LES

QUATRE SERGENTS

DE LA ROCHELLE

SCEAUX. — IMPRIMERIE M. ET P.-E. CHARAIRE.

LES
QUATRE SERGENTS
DE LA ROCHELLE

PAR

CLÉMENCE ROBERT

PARIS

F. ROY, LIBRAIRE-ÉDITEUR

Rue Saint-Antoine, 185.

LES
QUATRE SERGENTS DE LA ROCHELLE

PAR

CLÉMENCE ROBERT

F. ROY, éditeur, rue Saint-Antoine, 185.

1re LIV.   Propriété de MM. Michel LÉVY frères.

LES

QUATRE SERGENTS DE LA ROCHELLE

I

Autour du vieux chêne dansons,
En ronde dansons aux chansons...

Trois jeunes filles, se tenant par la main, répétaient ce refrain en courant légèrement autour d'un grand arbre isolé sur le rivage, à deux lieues de la Rochelle. Elles s'arrêtaient quelquefois pour regarder du côté de la plaine, où un chemin était frayé, puis elles reprenaient leur course et leur chanson :

La feuille de rose envolée
Tourne sur les ailes du vent ;
L'alouette dans sa volée
Sur les blés verts tourne en chantant.
Si la tête de la plus sage
Tourne parfois dans les beaux jours,
La jeune fille sous l'ombrage
Danse en ronde avec ses amours.

Enfin, lasses, essoufflées, rouges de chaleur, elles se laissèrent tomber sur l'herbe épaisse qui croissait au pied de l'arbre; et regardant encore du côté de la route, toutes trois s'écrièrent en même temps :

— Ah çà!... mais ils ne viennent pas, nos amours !

La même expression d'impatience, de désappointement, au milieu de laquelle régnait pourtant la gaieté, était peinte sur leurs figures. C'étaient trois jeunes filles de la classe moyenne, appartenant à des familles d'artisans, mais d'une existence aisée et de mœurs assez cultivées. Leur costume des environs de la Rochelle était composé de bonnets de mousseline à longues ailes arrondies sur le cou, de robes de toile peinte et de tabliers en soie de couleurs changeantes.

Gilberte, la plus grande et la plus âgée des trois, bien qu'elle n'ait que vingt et un ans, est brune, un peu pâle, avec des yeux noirs magnifiques et une physionomie on ne peut plus expressive. Quoique son aspect habituel soit assez froid et même un peu dédaigneux, ses traits mobiles rendent facilement les impressions les plus vives. Elle est du nombre de ces femmes qui, sans être belles, inspirent souvent la passion parce qu'on croit en sentir le foyer en elles.

Marthe, qui vient ensuite, n'a que la beauté de la jeunesse : mais jamais la fraîcheur que l'air vif de la mer jette sur les fleurs du rivage ne parut plus éblouissante ; et, après ce premier éclat, qui tombera bien vite, on trouvera toujours en elle l'aspect d'une douce, pure et honnête petite femme.

Églantine, la plus jeune, est presque encore une enfant, d'une taille frêle, d'une blancheur extrême, d'une très-jolie figure, sur laquelle règne seulement l'empreinte d'une sensibilité exquise développée avant les années.

— C'est pourtant bien singulier, ce qui nous arrive, dit Marthe ; il faut que nos trois amoureux...

— Nos prétendus, interrompit Gilberte. Raoulx a la permission de mon père pour m'épouser.

— C'est bien ainsi que je l'entends, reprend Marthe... Bon Dieu ! est-ce que je consentirais à venir me promener dans la campagne avec M. Pommier s'il n'était décidé à se marier avec moi, et si je n'espérais obtenir l'approbation de ma mère?...

— Oh ! moi, dit la jeune Églantine, M. Goubin ne m'a jamais parlé d'amour ni de mariage... Mais comme vous dites qu'il vient ici pour moi...

— Certainement.

— Il me demandera plus tard... ainsi c'est la même chose.

— Mais enfin, reprend Marthe, c'est bien singulier, comme je le disais, que nos amoureux nous aient donné rendez-vous juste au même endroit.

— Non, pas trop, dit Gilberte. Pommier, Raoulx et Goubin, tous trois sous-officiers dans le même régiment et liés de l'amitié la plus intime, avaient l'habitude de venir souvent, même en hiver, se promener du côté de la *Roche des Fades*[1] ; et, lorsque nous avons consenti à faire une promenade avec eux dans ces beaux jours, il leur est venu naturellement dans l'esprit à tous trois de nous indiquer ce rivage.

— Sans doute, dit Églantine. Ils avaient été si heureux ici entre amis, qu'ils voulaient aussi y rencontrer leurs amours.

— Mais ce qui est étrange, reprend Gilberte, c'est qu'ils ne viennent pas.

— Oui, qu'ils manquent de parole tous trois à la fois ! ajoute Marthe.

— Je ne comprends pas cela de la part de Raoulx, dit Gilberte. Il m'avait demandé ce rendez-vous avec tant d'instances, de prières !

— Oh ! oui, Raoulx est à tes genoux, dit Églantine. Il passe des heures à se promener devant l'atelier de charpentier de ton père... pour ne voir souvent que des planches et n'entendre que des coups de marteau... Heureux, quand tu veux bien lui apparaître une minute à ta fenêtre !

— Tu aurais tort de le désespérer, Gilberte, ajoute Marthe, d'abord parce que c'est un beau garçon, ensuite parce qu'il est honnête, brave, d'une conduite exemplaire, se faisant estimer de ses chefs et chérir de ses camarades.

— C'est vrai, répond Gilberte. Tout le monde s'accorde à dire que, par ses excellentes qualités de cœur, par son esprit sérieux et cultivé, Raoulx doit être cité le

---

1. Roche des Fées.

premier parmi les sous-officiers de la garnison.

— Oh ! dit Marthe, il y dans le corps un autre sergent-major, nommé Jean Bories, dont on parle comme d'un homme très-supérieur. Ses soldats ont pour lui une affection et un respect extraordinaires; ses officiers lui trouvent de profondes connaissances en tout ce qui touche à l'état militaire, et le consultent dans les affaires difficiles. Il est dans une sorte de vénération au régiment.

— Oui, sans doute, dit Gilberte ; mais nous ne le voyons pas ; il ne vient jamais dans nos réunions, dans nos petits bals, et ne fréquente pas plus les autres endroits publics. C'est pourquoi je dis que de tous les sous-officiers connus dans la ville, Raoulx est le plus estimé.

— Pommier, reprend Marthe, n'a pas un esprit aussi remarquable que ton fiancé ; mais par ses bons sentiments il ne le cède à personne. Il a le meilleur caractère, plein de douceur, d'aménité... Il est affectueux, dévoué pour ses camarades... Je pense qu'il le sera aussi pour sa femme... On peut tout attendre de ceux qui ont du cœur et de la raison.

— Oh ! pour la raison, dit Églantine en riant, ce n'est pas Charles Goubin qui lui disputera le prix.

— Non, ajoute Gilberte, le sergent Goubin ne peut passer une journée de congé dans la ville sans se faire des querelles avec ses amis, et trouver la salle de police au retour.

— Oui, répond Églantine ; mais il est si gai qu'il rit à la salle de police comme à la salle de bal, et si bon enfant qu'il faut que tout le monde lui pardonne.

— Oh ! ça, oui, ajoute Marthe ; sa gaieté, son insouciance chassent même la tristesse des autres. Rien qu'à le voir on se sent devenir léger, heureux comme lui... Il semble qu'il fasse plus beau temps quand il est là.

— Tout ce que je lui reproche, reprend gravement Églantine, puisque vous prétendez qu'il est amoureux de moi, c'est de ne pas venir passer devant notre maison comme Raoulx devant celle de Gilberte... Est-ce que je ne saurais pas aussi bien que Gilberte me mettre à la fenêtre et lui faire un petit signe de protection ?

— Écoute donc, objecte Marthe, Gilberte est à la ville ; nous demeurons à deux lieues, sur ce rivage; Goubin et Pommier, qui sont retenus par le service, ne peuvent pas venir soupirer ici entre deux roulements de tambours... Moi, je trouve cela bien naturel de la part de Pommier.

— Tu lui donnes toujours raison... Tu l'aimes tant !

— Oui, sans doute, je l'aime... Je crois qu'il m'est aussi sincèrement attaché ; et je voudrais bien, je l'avoue, que ma mère consentît enfin à notre mariage.

— Moi, dit Églantine avec un naïf soupir, j'attends, pour notre mariage, que M. Goubin me demande.

— Et toi, Gilberte ?

— Oh ! dit languissamment la belle brune, et d'un air un peu important, je n'attends rien...C'est moi qui fais attendre.

— C'est vrai, Raoulx brûle de se marier avec toi.

— Je ne tromperai probablement pas son espérance... Mais nous sommes bien jeunes, mes amies ; et, outre qu'il faut le temps de nous assurer de l'affection que nous nous inspirons, je crois qu'il nous faut aussi le temps d'éprouver notre propre cœur.

— Je suis bien sûre du mien, dit Marthe, il est tout à Pommier.

— Et moi, dit vivement Églantine, je crois que j'aimerai M. Goubin, qu'il se déclare ou non.

Les jeunes filles, un moment distraites par cette causerie, reportèrent alors leurs regards avec une impatience plus vive du côté de la route.

Elles étaient assises à l'ombre du grand chêne qui s'élevait seul au milieu d'une vaste prairie.

La vallée, peu profonde, était fermée, du côté des terres par une élévation en pente douce, mais qui dérobait dans cette partie la vue de toute habitation ; de l'autre côté, elle se déroulait jusqu'à la grève, où on découvrait dans l'éloignement quelques maisons de pêcheurs, blanches et riantes, au milieu de leurs larges filets étendus et de leurs beaux bateaux à voiles. Le sol, tapissé de gazon, était semé de buis et de ronces fleuries. A dix pas de l'arbre, des roches blanches, sortant de la verdure, enfermaient dans leurs parois une source limpide que la tradition populaire disait appartenir à trois fées ; ce qui faisait nommer cet endroit solitaire la *Fontaine des Fades*.

En ce moment, le soleil de juillet baissait à l'horizon ; mais le couchant, reflété par la mer, jetait de splendides rayons. Cette lueur enflammée dardait sur les flots, scintillait au nord sur des couches de coquillages phosphorescents, sur les grandes herbes marines à la verdure chatoyante, et répandait encore dans le fond de la vallée une atmosphère dorée, toute chargée d'étincelles.

Églantine, déjà lasse d'être assise, était montée se balancer sur la plus basse branche de l'arbre ; elle lutinait ses compagnes en jetant des tiges de gui dans leurs bonnets. Avec sa figure d'un rose pâle, au milieu de cette verdure, la jolie enfant ressemblait réellement à la fleur dont elle portait le nom. Gilberte, sérieuse et pensive, secouait nonchalamment les brins de verdure de sa coiffe ; Marthe ne s'apercevait même pas de ceux qui tombaient sur elle, tant elle regardait attentivement du côté de la route par laquelle devait arriver son prétendu.

Cependant, en ramenant ses regards près d'elle, la jeune fille jeta une exclamation de surprise, et ses compagnes virent presque en même temps un jeune homme debout à quelques pas d'elles.

Un vif mouvement de joie commença à se faire sentir, comme si un des trois amoureux attendus fût enfin arrivé...

Mais cet élan retomba aussitôt, car le jeune homme, dont l'apparence différait tout à fait de celle d'un sous-officier, tenait de plus par la bride un cheval duquel il venait de descendre.

Le jeune étranger, éclairé par le couchant, était placé devant les roches de la fontaine, que son ombre prolongée allait atteindre. Sa tête droite et découverte était entourée de longs cheveux bruns agités par le vent; les tons pourpres de la lumière animaient ses traits; sa taille et sa pose, parfaitement élégantes, se dessinaient sur les grandes pierres blanches avec une netteté qui leur était toute favorable.

Cette figure d'une remarquable beauté, sur un fond d'agreste paysage, formait un tableau saisissant.

Églantine sauta en bas de l'arbre et vint se ranger auprès de ses compagnes tout étourdies de cette apparition. Mais l'étranger salua gracieusement les jeunes filles en leur disant :

— Mes charmantes demoiselles, je vous prendrais pour les trois fées à qui appartient cette fontaine... si ces bonnes dames ne devaient être maintenant des grand'mères... Mais en me permettant de pénétrer dans votre solitude, je dois également vous demander la liberté de faire boire à cette source mon cheval qui tombe de chaleur.

Les jeunes filles se levèrent de leur siége de gazon, firent un salut un peu embarrassé, et Marthe balbutia :

— Monsieur, vous ne nous dérangez pas... d'ailleurs, nous allions nous retirer.

Cependant, tandis que l'étranger conduisait son cheval à la source, elles ne bougèrent pas de place, l'espoir les retenant encore au lieu du rendez-vous.

— Vous retirer! reprit l'élégant inconnu en revenant à elles ; mais des jeunes personnes ne peuvent pas rentrer ainsi seules, lorsque la nuit approche.

— Églantine et moi, dit Marthe, nous demeurons tout près d'ici... c'est seulement Gilberte qui retourne à la ville.

Églantine ajouta étourdiment :

— Elle croyait s'en aller avec...

Ses compagnes lui firent vivement signe de se taire.

— Il n'y a pas de mal, dit en souriant le voyageur, on peut bien accepter le bras d'un jeune homme .. auquel on est sans doute promise.

— Certainement, reprit l'indiscrète enfant pour atténuer sa faute. Tout le monde sait que Gilberte est près d'épouser Raoulx... et c'est du consentement de son père qu'elle le voit.

— Raoulx! répéta vivement l'étranger, Raoulx, sergent au 45e de ligne!... Et c'est lui que vous attendez ici?

— Il ne devait pas venir seul, dit Gilberte d'un petit air précieux, deux de ses amis comptaient l'accompagner.

— Pommier et Charles Goubin peut-être? demanda avec empressement le voyageur.

— Oui, précisément, dirent-elles toutes trois. Mais, mon Dieu! comment savez-vous?...

— Ah! reprit-il avec un sourire plus significatif et en regardant Marthe et Églantine, les deux amis de Raoulx devaient venir avec lui... Je comprends que ces deux belles demoiselles se trouvent également ici.

— Vous les connaissez donc? demandèrent vivement les jeunes filles.

Le voyageur hésita, puis répondit :

— La preuve pourrait être que je viens de vous dire leurs noms.

— C'est étrange!

— Mais vous les attendriez en vain.

— Comment?

— Les trois sous-officiers que nous venons de nommer ne viendront pas ici ce soir.

— Mon Dieu! s'écrièrent les jeunes filles effrayées, leur serait-il arrivé malheur?

— En aucune manière... à moins qu'on ne regarde comme un véritable malheur d'être privé de vous voir... ce qui serait bien naturel! ajouta l'inconnu.

— Mais alors, monsieur, demanda Marthe, comment pouvez-vous présumer?...

— Je ne présume pas, je vous affirme qu'ils ne viendront pas, dit le jeune homme.

— Il est vrai, reprit tristement Marthe, que l'heure est passée depuis longtemps... et voilà la nuit qui va tomber.

— Mon Dieu! rentrons bien vite! ajouta Églantine.

— En retour de l'avis que je vous donne, reprit le voyageur, voudriez-vous bien m'indiquer le chemin du petit hameau de Saint-Pierre?

— Ah! monsieur, vous n'y êtes pas du tout, dit Marthe, Saint-Pierre touche presque à la Rochelle, mais de l'autre côté de cette colline... et à l'heure qu'il est, vous vous perdrez avant d'y arriver.

— Je vais pourtant essayer, dit gaiement le jeune homme en remettant la bride de son cheval; et tout mon regret, mes chères demoiselles, est de vous laisser seule à cette heure dans la campagne.

— Oh! dit Marthe de nouveau, Églantine et moi nous serons chez nous dans un quart d'heure... Nos parents sont des pêcheurs de ce rivage et on aperçoit d'ici les voiles de nos bateaux... Mais notre pauvre Gilberte qui retourne à la Rochelle... la nuit va la prendre en route, c'est sûr.

— Ne vous inquiétez pas de moi, interrompit Gilberte avec une certaine émotion dans la voix.

— Mais il y aurait une chose bien simple, dit le bel étranger. Puisque Saint-Pierre touche à la Rochelle, en m'y rendant je pourrais accompagner mademoiselle Gilberte jusque-là... et, en même temps, elle me guiderait dans ce chemin si difficile!... Il me semble que nous y gagnerions tous deux.

— Ah! justement, s'écria Églantine,

Mes charmantes demoiselles, je vous prendrais pour les trois fées à qui appartient cette fontaine. (Page 7, col. 1.)

c'est par ce côté qu'elle doit rentrer... Et vous la conduirez seulement quelques pas au delà du village, à l'endroit où commencent les lumières des forts avancés.

— Monsieur, dit en rougissant Gilberte, je...

— Vous ne me connaissez pas, termina le voyageur, c'est juste. Mais je viens de vous montrer que j'étais étroitement lié avec Raoulx et ses amis. Cela doit être une garantie près de vous.

Cette raison et les manières parfaites de l'étranger ne laissaient point de motif de refus à la jeune fille. Elle ne répondit rien, et après avoir embrassé ses deux amies, qui prirent du côté du rivage, elle s'achemina avec l'inconnu par le sentier dans les terres.

Gilberte, en entreprenant ainsi son

Propriété de MM. Michel LÉVY frères.

retour à la ville, éprouvait un embarras dont elle ne se rendait pas compte.

Son compagnon de voyage, avec le tact qui dirigeait ses moindres mouvements, ne voulut ni lui offrir le bras, ce qui eût été trop familier, ni remonter à cheval et la laisser se fatiguer sur la route : il marcha près d'elle en tenant la bride de sa monture.

Le chemin, qui sillonnait des bruyères, était doux et uni ; le crépuscule éclairait encore et répandait une teinte brillante sur le plus gracieux paysage.

La facilité de la marche, le silence de la campagne, qui prêtait à la conversation, redoublaient le vague malaise de Gilberte, qui eût mieux aimé rencontrer des broussailles épineuses pour se donner une contenance en les écartant de ses pas.

Cette jeune fille, née dans le peuple, mais avec des instincts délicats et même un peu vains, ne s'était jamais trouvée en rapport avec un homme au-dessus de sa condition. Sa nature, assez perspicace et élevée pour lui faire sentir toutes les nuances qui différenciant les diverses classes, lui montrait en ce moment la distance qui la séparait du bel étranger, et faisait naître en elle une timidité extrême qu'elle n'avait jamais connue.

Cependant, trop fière pour laisser voir son trouble, elle répondait avec une apparente aisance à toutes les questions que le voyageur lui adressait sur le pays qu'ils traversaient ensemble. Car ce jeune homme, qui avait montré connaître les sous-officiers de la Rochelle et même

d'une manière intime, puisqu'il était au fait de leurs projets pour la soirée, paraissait pourtant tout à fait étranger aux lieux qu'il parcourait. Gilberte remarqua cette contradiction sans en parler pour ne pas rappeler le nom de Raoulx. Elle donna à son compagnon de voyage les détails qu'il paraissait désirer sur les mœurs, l'esprit, les usages de ces campagnes.

Mais le langage choisi de l'inconnu, la distinction qui apparaissait dans sa mise de voyage et jusque dans l'élégant cheval qu'il tenait par la bride, lui imposaient profondément ; et, bien qu'elle se blâmât elle-même de cette crainte puérile, la différence de rang qui régnait entre elle et son compagnon de voyage ne cessait pas de la préoccuper.

Tandis qu'à sa place Marthe n'eût vu dans le voyageur qu'un homme mieux mis que les pêcheurs du rivage, sans faire d'autres distinctions, Gilberte, plus accoutumée à réfléchir et d'une imagination plus vive, voyait la sphère du grand monde, avec ses lumières, ses arts, son éclat, et le peuple avec son obscurité, sa rudesse de mœurs et d'usages, passer dans ce sentier où elle cheminait avec le bel étranger !...

Cependant, comme elle avait beaucoup regardé le voyageur, tandis qu'il parlait avec ses compagnes, l'admiration se mêlait en elle à la crainte, et son trouble n'était pas dépourvu de charme.

Chemin faisant, la valise placée sur le dos du cheval se détacha à demi, s'entr'ouvrit, et il en tomba une petite boîte de maroquin vert.

— Vraiment, dit le jeune homme en la relevant, voici un portrait qui a du malheur.

— Un portrait? dit Gilberte; c'est un objet si précieux que vous semez ainsi dans les champs?

— Oh! ce portrait est le mien. Je viens passer quelque temps à la Rochelle, chez ma tante... vieille dame très-sentimentale qui reporte maintenant tous ses penchants sensibles sur son neveu... Elle m'a prié de faire faire cette miniature à Paris et de la lui apporter... Mais mon domestique l'avait si mal emballée que le cadre s'est cassé en route. En partant ce matin de Fontenay pour faire le reste du chemin à cheval, j'ai mis ce portrait dans ma valise... et voilà qu'il manque se perdre.

En disant cela, le jeune homme avait ouvert la boîte. Comme Gilberte jetait un coup d'œil sur la miniature, il la lui tendit.

Il restait trop peu de lumière pour que la jeune fille pût distinguer les détails de cette peinture; cependant elle ne la regardait pas sans une certaine émotion et surtout sans embarras; car, en fixant les traits de l'étranger devant lui, c'était comme si elle l'eût regardé en face lui-même. Elle ne vit pourtant distinctement que la fracture du cercle d'or qui entourait l'ivoire, et se hâta de parler de cela.

— Puisque vous ne connaissez personne à la Rochelle, dit-elle, je vous enverrai un de mes cousins qui est bijoutier, et très-habile dans son état. Il n'y a que lui

dans la ville qui puisse réparer ce joli cadre sans que la ciselure en soit altérée.

— Je vous remercie, mademoiselle, répondit-il, et si vous voulez bien me rendre le service tout entier, je vais vous laisser ce portrait que je ferai reprendre chez vous quand il sera raccommodé.

— C'est bien, monsieur. Mon père se nomme Daubray, et il est maître charpentier à la porte de l'Horloge.

— Je m'en souviendrai.

La nuit était venue; le chemin, moins battu et désert, décrivait de longs circuits dans les taillis.

Gilberte, à qui ces détours étaient connus, devint alors vraiment utile à l'étranger pour guider ses pas; et, en retour, le jeune homme lui offrit son bras pour assurer les siens. L'ombre rendait alors la marche plus difficile; le cheval s'arrêtait souvent pour brouter l'herbe imprégnée de rosée, et les deux voyageurs étaient obligés de ralentir leur marche.

Ce trajet si simple, si peu aventureux, prenait cependant pour Gilberte l'importance d'un véritable événement par les impressions qu'elle en éprouvait. Elle sentait que chaque bouquet d'arbre placé sur sa route serait maintenant pour elle marqué d'un souvenir!... Les haies vives, les plantes répandues au bord de ces sentiers qu'elle parcourait avec le bel inconnu exhalaient un arome que le vent n'emporterait pas...

Ils arrivèrent dans un endroit plus découvert, où quelques petites maisons de cultivateurs étaient semées au hasard, et à demi cachées dans les arbres.

Un objet attira les regards du jeune homme et parut le frapper vivement. A l'une de ces maisons, une croix formée de deux branches de cyprès était suspendue au-dessous du toit en pointe. Et à mesure qu'ils avançaient dans le hameau, d'autres habitations fermées et sans lumières se trouvaient marquées du même signe.

L'inconnu demanda à sa compagne si on connaissait la signification de cette marque distinctive.

— Non, répondit-elle ; les habitants de la Rochelle viennent peu de ce côté, et on n'a pas eu occasion, sans doute, de remarquer ces branches d'arbres en croix qui ne paraissent aux maisons que pendant la nuit.

— Comment le savez-vous ?

— Parce qu'un soir, en passant ici avec mon père, je les ai vues comme à présent, tandis qu'étant revenue deux fois le jour à Saint-Pierre...

— A Saint-Pierre ! interrompit l'étranger vivement, nous sommes à Saint-Pierre ?

— Certainement, monsieur... Il n'y a que ce village avant d'arriver à la Rochelle.

— Ah !... c'est ici... Et vous me disiez ?...
— Qu'étant revenue deux fois dans la journée, je n'avais aperçu aucune trace de ces croix.

— C'est en cet endroit que je dois m'arrêter, reprit le jeune homme ; mais je vais vous accompagner jusqu'à ce que vous soyez en lieu de sûreté.

Ils firent encore près d'un quart de lieue au delà du village ; mais à partir de ce moment, l'étranger pressa le pas et parut oublier sa jeune compagne pour s'absorber dans ses pensées... Gilberte se sentit le cœur serré de cette indifférence, comme si sa liaison d'un instant avec l'inconnu eût dû lui laisser quelque chose à regretter. Maintenant elle eût mieux aimé rentrer seule, dans la nuit, qu'avec ce compagnon silencieux, et elle marcha le plus vite qu'il lui fut possible.

Arrivé sur une grande route, où des maisons échelonnées répandaient leurs lumières, et en vue des premiers forts d'enceinte, le cavalier salua Gilberte poliment, mais d'un air distrait, et se hâta de retourner vers le petit village, obscur, silencieux, qui semblait endormi dans la mort sous son épais feuillage et ses croix de cyprès.

Le jeune voyageur, revenu au petit village de Saint-Pierre, frappa à l'une des maisons marquées des branches de cyprès.

Quoique cette habitation fût fermée et sans lumière, la porte s'entr'ouvrit aussitôt, et une voix demanda de l'intérieur :

— Qui servez-vous ?

L'étranger répondit :

— Notre frère à tous, Jésus-Christ, grand-maître de l'univers.

— Quelle heure marquent les étoiles?

— Celle qui précède le jour de la lumière éternelle.

— C'est bien, dit celui qui venait d'ouvrir, je vais vous conduire près de nos frères.

Ils sortirent ensemble du village et s'avancèrent dans la campagne par des chemins non frayés; devant eux la lune nouvelle se levait sur un massif de feuillage.

II

LES COMPAGNONS DE LA NUIT

Après un quart d'heure de marche, les deux voyageurs arrivèrent à l'entrée de ce bois. La lisière, battue le jour par les pâtres, et plantée de maigres taillis, était entièrement déserte. Mais en pénétrant dans les sentiers sinueux tracés par le hasard au sein de quelques hautes futaies, ils rencontrèrent divers groupes d'hommes qui parcouraient le bois en s'entretenant ensemble.

Le conducteur du jeune étranger, sans s'arrêter près de ces personnages, échangeait avec eux quelques paroles d'un sens à demi voilé.

— Eh bien! compagnon, disait-il à l'un d'eux, toujours fidèle à la clarté des nuits?

Et celui qu'il avait interpellé répondait en souriant :

— Ne sommes-nous pas fils des braves Gaulois, qui comptaient le temps de l'existence par les nuits, non par les journées?

— C'est le moment, disait un autre, de venir observer les astres.

— Et que cherchez-vous dans le ciel?

— Un modèle pour la société humaine : la marche éternelle dans l'harmonie.

— Moi, disait un troisième, je viens cueillir les plantes précieuses qui n'éclosent qu'à la clarté de la nuit.

— Ma tâche est plus modeste, répondait encore l'un d'eux; j'aime à chasser les taupes, et je viens les saisir quand elles sortent du terrier.

— Rien de mieux, frère; détruire le mal est le premier pas pour arriver au bien.

L'étranger et son guide entrèrent dans une clairière où le rassemblement était plus nombreux.

Là un jeune homme portant l'habit militaire se tenait adossé contre le tronc d'un saule.

Placé dans le point où la cime dépouillée de l'arbre laissait tomber la clarté de la lune, sa figure s'éclairait seule d'une limpide lumière dans la foule des assistants.

A ses côtés on apercevait encore, à leurs épaulettes rouges, aux poignées brillantes de leurs sabres, trois jeunes gens vêtus du même uniforme que lui.

Le reste de l'assemblée se perdait dans l'ombre.

Lorsque la France subissait le joug d'une monarchie renouvelée des anciens âges, quelques hommes, nourrissant encore des sentiments libéraux et patriotiques, se passionnaient pour la cause de leur pays opprimé, et s'absorbaient dans cet intérêt suprême.

Pour se fortifier et s'éclairer mutuellement dans leur croyance, ils s'étaient réunis dans les liens du *carbonarisme*. C'était une des sections ou *ventes* de cette société secrète qui se trouvait dans l'enceinte de ce bois.

Ses membres portaient le nom de *Compagnons de la nuit*.

Le jeune homme qu'on voyait sur le premier plan de ce nocturne tableau, exerçait une autorité supérieure parmi les carbonari.

C'était Jean Bories, sergent-major au 45° de ligne. Il avait vingt-sept ans ; sa figure martiale rappelait le type romain. Doué d'une intelligence supérieure, il était parvenu, avec le peu d'études que lui permettait la vie militaire, à des connaissances morales et philosophiques très-élevées ; il avait constamment cherché dans ses sentiments généreux, dans son civisme parfait, à en faire des applications aux temps et aux lieux où il vivait, et avait pu ainsi concevoir l'avenir social de la France et former le noble dessein d'y travailler.

Les trois jeunes hommes debout près de lui étaient ses amis, ses frères d'armes au régiment et dans la phalange mystérieuse du carbonarisme.

Raoulx, d'une année plus jeune que le chef des Compagnons de la nuit, d'une figure aussi remarquablement pure et élevée, avait un esprit sérieux, réfléchi, et, sous une apparence calme et grave, portait l'âme la plus ardente. Il s'était attaché à la pensée de régénérer son pays par raisonnement, par conviction, et y portait en même temps toute la chaleur, l'énergie, dont tous ses sentiments étaient empreints.

Pommier, avec un caractère digne, loyal, un dévouement complet à sa patrie, était surtout affectueux, aimant à l'excès ; et, en entrant dans la coalition, il avait été entraîné avant tout par l'amitié puissante qui l'unissait à ses compagnons d'armes ; il était carbonaro parce que ses amis l'étaient, parce qu'ainsi il pourrait partager leurs travaux, leurs dangers ; parce qu'ainsi il était sûr de vivre et de mourir avec eux.

Charles Goubin, âgé à peine de vingt-cinq ans, était aussi d'un esprit plus léger que ses compagnons. Il y avait en lui le patriotisme, le courage, l'affection profonde et éprouvée qui faisaient de ces quatre hommes unis un seul homme ; mais il apportait dans les entreprises d'une cause dangereuse un heureux naturel, plein de gaieté, d'insouciance, qui lui ferait traverser avec plus de consolante philosophie les rudes épreuves auxquelles les défenseurs de la liberté sont réservés.

Le guide du jeune étranger qui pénétrait pour la première fois dans le bois de Saint-Pierre, le prit par la main, et le conduisit devant le chef des Compagnons de la nuit, qui exerçait sa souveraineté dans l'ombre et sous le dais naturel des branches de saule.

Alors, celui qui se présentait dans l'assemblée posa un genou en terre en disant :

— Chevalier du second grade, j'offre à mon supérieur l'eau, la terre et le feu ; c'est-à-dire que, pour signe de fidélité, j'engage entre ses mains l'eau sainte qui tombera sur moi à ma dernière heure, la terre qui me recouvrira et la lampe qui brûlera sur mon tombeau.

Puis se relevant, il tendit au jeune chef la moitié d'une médaille avec un parchemin marqué de signes symboliques, et il ajouta :

— Mon nom au grand jour est Arthur d'Oberon. Voici mes titres d'initiation, et j'y joins ma foi de gentilhomme, qui est la même en tout temps et en tout lieu.

— Nous la recevons avec confiance, dit celui auquel il s'adressait, et vous trouverez en retour notre accueil fraternel.

Le noble carbonaro reprit avec un ton de distinction et d'aménité exquises :

— J'arrive de Paris, où j'ai l'honneur d'appartenir à la *vente suprême*. Là, j'ai souvent entendu parler de vous, monsieur Bories, du zèle, du dévouement, de la haute intelligence que vous et vos amis apportez au service de la sainte cause ; et, en arrivant à la Rochelle, où je viens résider quelque temps, j'étais sûr d'y trouver des frères auxquels il me serait aussi doux que flatteur d'être réuni par la foi civique.

— Votre présence sera un bonheur parmi nous, monsieur, dit Bories. Vous venez de quitter les grands-maîtres de l'ordre... Vous nous parlerez de ces hommes qui sont l'âme de l'association, la source de toutes ses lumières.

— Oui, Lafayette...

— Qui fut toujours le bon génie de la liberté.

— Benjamin Constant.

— Le haut penseur, le hardi philosophe.

— Le général Foy, Manuel.

— Illustres orateurs... qui prennent la moitié de leur éloquence dans l'amour de l'humanité, et montrent qu'on n'accomplit de grandes choses qu'avec le cœur. Vous apporterez ici, monsieur, leur bienfaisante influence ; et je vous remercie de n'avoir pas perdu de temps pour venir à nous.

— A Fontenay, où je me trouvais ce matin, j'ai appris d'un *initié* que les carbonari de la Rochelle avaient une réunion cette nuit même ; il m'a donné en même temps le mot d'ordre et indiqué le lieu de l'assemblée, ainsi que le signe désignant les maisons habitées par nos frères, et où je trouverais un *introducteur*... J'ai pu ainsi parvenir jusqu'à vous avant même de me rendre à la Rochelle.

— Nous nous rassemblons cette nuit pour un triste devoir, dit Bories ; nous venons prier ensemble pour le colonel Caron, que le despotisme cruel vient de mettre au rang des martyrs.

— Je l'ai pensé, répondit Arthur d'Obe-ron. La persécution redouble... les agents actuels du pouvoir pèsent fatalement sur la nation en même temps qu'ils avilissent la royauté.

— Au dehors, tout est opprimé ou as-souvi... La vraie France n'existe plus que dans les souterrains et dans les bois du carbonarisme.

— Honneur donc à ceux qui propagent ses doctrines ! honneur à vous qui les avez répandues dans cette contrée !

— Étant en garnison à Paris, répondit le jeune militaire, trois de mes camarades et moi nous fûmes introduits dans ce corps, institué pour nourrir et développer les sentiments de patriotisme et de liberté... Déjà, dans la vie aussi bruyante que mo-notone de la caserne, nous avions souvent échangé nos réflexions et nos regrets sur la triste destinée de la France abattue... Souvent aussi, dans des projets chiméri-ques qui faisaient passer bien vite les heures de récréation, nous fondions une société plus digne, selon nous, des des-seins de Dieu, et dont rien de ce qui existait ne nous offrait l'image. Nous vou-lions l'existence assurée, libre et digne pour tous les hommes ; le mérite seul don-nant la noblesse ; la vertu dominant au lieu de la fortune ; les plaisirs de l'esprit, les douceurs de l'amour remplaçant de toutes parts les intérêts cupides où l'homme s'absorbe et se consume loin de la lumière... Et nous pensions souvent en nous voyant si loin de l'ordre social éta-bli, être des enfants ou des fous...

— Et tout ce que vous dites là est jus-

tement inscrit aux tables de la loi dans la société secrète.

— Aussi nous retrouvâmes là nos pen-sées présentées dans un langage brillant, sous une forme élevée et lucide. Ce fut pour nous une joie immense, un légitime orgueil d'avoir découvert la vérité dans notre simple ignorance, d'être arrivés sans prêtres au culte du vrai Dieu.

— C'est ainsi que nous entrons tous dans le sein du carbonarisme. Les systè-mes les plus parfaits ne font pas des pro-sélytes, ils vont seulement chercher au loin leurs adeptes, qui s'ignorent eux-mêmes.

— Ensuite, ajouta Bories, nous avons été trop heureux de propager cette doc-trine, qui avait toujours été la nôtre, d'en devenir nous-mêmes les apôtres...

— Sous le nom de *Compagnons de la nuit*... quoique vous ne soyez pas de ceux dont les sinistres projets ont besoin des ténèbres pour s'accomplir.

— Ce nom a, dans notre pensée, une acception différente. C'est pendant la nuit que tout se forme dans la nature, que la sève fermente, que le bouton se dilate pour éclore au jour. De même, dans le sein de notre société, se prépare l'œu-vre d'émancipation, de délivrance qui, dans son temps, devra paraître à la clarté du soleil.

— Je sens comme vous qu'il est beau de consacrer sa vie à cette tâche, et, s'il le fallait, de mourir pour elle.

Les officiers du carbonarisme se réuni-

Alors celui qui se présentait dans l'assemblée posa un genou en terre en disant... (Page 15, col. 1.)

rent à leur chef pour accueillir le noble initié qui venait se joindre à eux. Il y avait à cette assemblée les principaux membres de la société secrète de la Rochelle : le capitaine Abassias, Castille, Asnès, Lefebvre, Guidral, Baradère, délégué de la vente suprême. Ce dernier se souvenait d'avoir rencontré le vicomte d'Oberon au comité central de Paris, et tous félicitèrent le jeune gentilhomme du double courage qu'il lui avait fallu pour dépouiller les préjugés de sa caste et entrer dans la cause populaire.

— Le monde monarchique est bien froid et bien aride, répondit-il; et pour qui porte une âme, il est plus facile que vous ne pensez de s'en détacher. Les honneurs, les plaisirs des anciennes cours ont repris leurs formes, leurs usages, sans reprendre leur prestige. J'ai été bien vite blasé avec ces vaines joies... Il semblait que je les

Propriété de MM. MICHEL LÉVY frères.

eusse d'avance usées dans mes pères, et j'ai été heureux de venir au sein des sociétés libérales me retremper dans mes émotions nouvelles et une atmosphère vivante.

En ce moment, un étranger parut dans la clairière.

Cet homme, venant d'un enfoncement du bois, se présenta devant le président de l'assemblée.

Il remplit le simple cérémonial usité dans le carbonarisme, comme l'avait fait le vicomte d'Oberon, et dit ensuite se nommer Rutel et être un des tristes débris de l'Empire, persécuté par la monarchie régnante.

Il venait seul, au lieu d'être, selon l'usage, présenté par un des membres de la société; mais ses titres étaient en règle; sa figure, autant qu'on pouvait en juger par la faible clarté de la nuit, offrait bien l'expression rude et découragée du vieux soldat au lendemain de l'Empire. D'ailleurs, dans une corporation qui grossissait rapidement [1], et dont les membres voyageaient sans cesse pour servir de communication entre les différents siéges, on ne pouvait être sévère pour la réception des adeptes ou leur admission dans une nouvelle *vente*.

Le jeune chef reçut la moitié de la médaille que Rutel lui présentait, et lui donna l'accolade fraternelle.

— Frères, dit le nouveau venu, excusez-moi si j'arrive seul au milieu de vous et

si j'observe mal les convenances... mais un vieux soldat qui a perdu son drapeau est comme l'aveugle privé de la lumière du jour pour se conduire... J'étais las de parcourir cette France où on ne trouve plus la France, où la gloire des armes est déjà oubliée de la nation et répudiée par un gouvernement qui est venu s'établir sans elle... J'avais besoin de me trouver parmi vous pour entendre au moins parler de projets et d'espoir de vengeance.

— Nous accueillons tout ce qui souffre, dit Bories, tout ce qui souffre par la monarchie et se réunit à nous dans l'opposition à un régime oppressif; mais nous ne saurions répondre aux besoins de vengeance, ne songeant pas à soulever d'hostilités dans le pays et à triompher de ses maîtres par la force des bras.

— Vous attendez un moment plus propice? dit le soldat.

— Nous n'attendons point le moment de prendre les armes, répondit le jeune chef. Nous pleurons sur ceux qui succombent dans de telles luttes, en pensant toutefois qu'ils se sont trompés dans leur noble courage.

— Quoi! reprit Rutel, vous, jeunes hommes destinés à passer votre vie sous les drapeaux, vos regrets ne sont pas pour l'honneur perdu de la France, vos vœux ne sont pas pour le voir renaître!...

— Ne nous accusez pas, dit Raoulx avec force; la gloire des armes nous sera toujours chère, sans que nous demandions pour cela le gouvernement militaire. L'armée est une portion du pays, elle doit

---

[1] En 1821, on comptait déjà trente-sept sociétés de carbonarisme en France.

se conduire noblement pour l'honneur du pays; mais elle ne doit pas tout absorber, tout dominer, parce qu'elle n'est pas la nation... Écoutez aujourd'hui les députés de l'opposition, nos chefs et nos guides, ils commandent le cri de *Vive la charte!* qui signifie pour eux vive la liberté; ils proscrivent le cri de *Vive l'empereur!* qui visiblement appelle un maître.

— Ainsi, dit encore Rutel, vous reniez le beau temps de l'Empire?

Raoulx allait répondre, lorsqu'un autre carbonaro prit vivement la parole.

Ce carbonaro s'était tenu jusque-là à l'écart sur un bloc de granit.

C'était un homme d'environ trente-six ans, aux traits durs et sillonnés de cicatrices, à la haute stature, et portant l'habit de paysan. Il disait se nommer Lambert et être cultivateur dans la campagne de Saint-Pierre, bien que l'expression de sa physionomie et de son langage, ses poses, ses gestes empreints de fierté et de résolution dussent faire penser qu'il avait vécu dans une autre condition. Mais nul de ses frères ne connaissait son passé, pas même Raoulx, avec qui il était étroitement lié. Ce personnage était un secret lui-même au sein de la société secrète.

— Non, dit-il d'une voix forte, puissante, et en se levant de toute sa hauteur, non, ce n'était pas un beau temps que celui de l'Empire, que celui de la guerre... Honneur au soldat qui travaille à ce rude labour des conquêtes sans en rien prendre pour lui, qui supporte toutes les privations, toutes les fatigues sans se plaindre,

et meurt en souriant sur le champ de bataille!... Dans les circonstances données, il a fait ce qu'il a dû; dans sa sphère, il a été grand, sublime... Oh! nul ne le sent mieux que moi! ajouta cet homme d'une voix vibrante. Mais honte à celui qui fait de la guerre la vie de l'humanité, appelée à des destinées plus hautes!... C'est là ce que je lui reproche plus encore que de verser égoïstement des flots de sang pour sa propre fortune... Cependant, que dirait-on du paysan assez vigoureux pour égorger son voisin et s'installer dans sa chaumière, puis aller de là dans d'autres demeures, en massacrer encore les habitants pour s'en rendre maître? Les hommes le maudiraient; les juges le condamneraient... Eh bien! que fait autre chose un conquérant que d'aller s'emparer par violence des pays voisins pour y installer sa couronne?... Cependant... folie humaine!... au lieu de le maudire, on l'adore, et il n'y a point de juge pour le condamner.

— Tu te trompes, ami! dit Raoulx en élevant une main vers le ciel.

— La guerre! reprit cet homme avec la même véhémence, mais c'est un reste de la barbarie. L'homme s'en éloigne à mesure qu'il avance dans la vie de l'humanité. *Sauvage*, il se bat sans cause, comme le tigre, le taureau, et déchire les vaincus; *barbare*, il se bat pour gagner des terres plus fertiles et conquérir l'abondance; *esclave*, il se bat pour un maître, et, soldat-gladiateur, il dit en passant devant un trône : *César, ceux qui vont mourir te saluent.* L'homme *libre* civilisé ne doit plus se battre pour rien ni pour personne. Avec la guerre doit disparaître le gouvernement militaire... Si on couronne une épée, brisons-la!

Cette voix, d'une raison, d'une sagesse passionnée, et qui sortait du fond des ombres, avait une impression puissante, quelque chose d'un oracle.

Il y eut un moment de silence. Puis Rutel reprit avec amertume :

— Alors, quel complot venez-vous donc cacher dans la nuit de ce bois?

— Croyez bien, répondit Bories, que dans le sein des Compagnons de la nuit il n'y a point de complot, quelque légitime et vaillant qu'il pût être. Nous prêchons, nous ne conspirons pas. Notre œuvre est une propagande continuelle, qui doit élargir peu à peu sur toute la France le cercle de patriotisme et de lumière; qui préparera ainsi la seule révolution vraie et durable, celle qui, fondée sur l'esprit public tout entier, ne connaîtra ni proscription ni cachots, n'ayant plus d'ennemis à combattre, mais viendra les mains pleines de grâces, ayant tous ses enfants à récompenser et à bénir.

— Et quand viendra ce jour? demanda encore le débris de l'Empire.

— Les hommes préparent les esprits, fécondent l'opinion, dit Bories; les événements n'appartiennent qu'à Dieu.

— Mais alors quelle sera la royauté de ce monde? reprit Rutel.

— Sa royauté, sa gloire, ce sera du pain et du bonheur pour tous les êtres!• s'écria un carbonaro de vingt ans, à la taille mince, élégante, à la figure charmante et pleine de feu.

— C'est cela, Cédric! dit le sergent Goubin en prenant la main de ce jeune homme; toi, le plus riche de nous tous, tu penses toujours aux malheureux!

Le vicomte d'Oberon se taisait. En quittant le carbonarisme de salon où on ne demandait guère que l'application de la charte, il était un peu effrayé de ses frères, les Compagnons de la nuit, qui du fond de leur bois semblaient penser à retourner le monde.

— Peu importe l'époque et la forme de ce gouvernement à naître! conclut Bories. Si à ce moment la raison et l'amour sont infiltrés dans les veines de la nation, si les hommes les plus dignes, par une équité générale, sont à la tête de tous, ces institutions que l'avenir nous cache seront toujours suffisantes et parfaites. Semons le bien, il ne pourra croître que le bien.

— Oui, dit Raoulx, nous devons travailler à cette grande journée sans savoir si nous la verrons naître.

— Nous sommes jeunes, dit Cédric; l'avenir est à nous.

— Jeunesse ne fait rien, prononça Bories avec un accent de douce mélancolie. La feuillée de ces bois est bien frêle, bien légère; cependant elle peut compter ses jours, elle vivra jusqu'à l'arrière-saison... tandis que nous, hommes, nous ne sommes pas sûrs de voir cet automne si près de nous!

A cet instant, minuit sonna au clocher de Saint-Pierre. Tous les Compagnons de la nuit épars dans le bois se réunirent dans la clairière. Un des initiés, qui arrivait d'Alsace et avait assisté à la mort du colonel Caron, vint se placer auprès de Bories, et tout le monde resta grave et recueilli dans ce sanctuaire de la nature où on allait prier pour une victime.

Celui qui arrivait des bords du Rhin prit la parole :

« C'est la trahison qui dans ces jours funestes a perdu tous les défenseurs de la liberté, dit-il ; aucun n'est tombé dans un combat loyal, sous une épée plus forte que la sienne. Vallée, Berton, les patriotes du Midi ont été livrés par la ruse. Mais jamais les piéges tendus aux braves, jamais la *provocation*, cette politique ténébreuse et sanguinaire, n'ont été aussi loin que dans les scènes dont l'Alsace vient d'être le théâtre, et qui sont allées aboutir à un supplice de plus.

« Vous savez tous quel était le crime imputé au colonel Caron. Il voulait enlever de leur prison des amis inculpés dans la conspiration de Béfort. Le pouvoir instruit s'empara de ce sentiment généreux avec une habileté infernale.

« Les officiers, les soldats qu'il croyait avoir gagnés à son entreprise lui dirent, d'après les ordres du ministre, qu'au lieu de délivrer quelques amis de leur captivité, il pouvait sauver la France entière, en relevant le drapeau tricolore au cri sympathique de *Vive l'empereur!* Dans les campagnes d'Alsace, toute la population était prête à se soulever à sa voix. Ils s'offraient de s'unir à son entreprise. Le colonel eut foi en leur parole, le capitaine Roger se livra avec lui, et tous deux furent perdus.

« Le pouvoir conçut cette trame odieuse et il se trouva des militaires français pour la mettre en œuvre !

« Des sous-officiers et des capitaines de l'escadron de l'Allier entourèrent le colonel Caron et partirent avec lui de Colmar, à cinq heures du soir.

« On traversa les vastes et fécondes plaines de ces contrées. Devant les bourgs, les villages, le cri de : Vive l'empereur! Vive Napoléon II ! s'élevait… Ce cri si vrai, si ardent dans la bouche du brave colonel, affreux mensonge, détestable blasphème sur les lèvres de son indigne escorte, devait attirer d'autres abusés dans le piége.

« Opprobre, infamie sans nom! une marche militaire était devenue une chasse aux bonapartistes, dans laquelle on se servait d'un malheureux prisonnier qui se croyait libre, vainqueur, et laissait éclater son enthousiasme pour appeler d'autres victimes.

« Parfois on s'arrêtait, on buvait ensemble au nom d'une courageuse entreprise. Dans les haltes de cet étrange voyage, les officiers royalistes choquaient fraternellement leurs verres avec le colonel Caron en le menant au supplice.

« J'ai vu passer cet odieux cortége.

« Une soirée délicieuse s'étendait sur le plus beau pays du monde. L'angélus venait de sonner, les chaumières se fermaient paisiblement sous leurs dômes de feuillage… Mais dans quelques-unes reposaient des vétérans de la grande armée. Au milieu des rustiques attributs du travail de la terre étaient suspendues à la muraille une croix d'honneur, une arme consacrée... rayon de gloire descendu sur l'humble population des champs.

« Peut-être à cet ancien cri de victoire qui résonnait dans l'air, les soldats de l'Empire seraient éveillés par les battements de leur cœur. Peut-être ils allaient se lever radieux, et revenir prendre leur place sous le drapeau tricolore.

« C'était là que les attendaient les traîtres... Et ces douces et belles campagnes seraient le lendemain couvertes de deuil... Ces chaumières si paisibles verraient des larmes de sang versées sur les martyrs.

« Mais le ciel veilla sur le sommeil des braves ; aucun ne sortit au cri de ralliement. Dans ce stratagème impie, les provocateurs eurent la honte de ne trouver d'autres coupables que ceux soulevés par eux-mêmes.

« Alors la feinte cessa. Les royalistes jetèrent le masque même, et enchaînèrent leur victime.

« Le lendemain, on fit parmi les traîtres une distribution de grades et de croix d'honneur.

« Peu de jours après, Caron fut condamné. Il marcha avec fermeté vers le champ de mort, il commanda lui-même le feu, et tomba percé de balles. »

Après ces mots, Bories s'avança et dit d'une voix solennelle :

— C'est ainsi qu'est mort le colonel Caron. Prions pour lui !

Les jeunes sous-officiers tirèrent leurs sabres et les plantèrent en croix dans la terre. Ces lames brillantes, sur un coin de gazon, formèrent le simple catafalque du colonel supplicié ; le silence et l'ombre de la campagne furent des pompes funèbres.

Et ce pieux *De profundis* s'éleva au sein du bois :

— Mon Dieu, protégez celui que les hommes ont trahi. Il est mort en suivant une inspiration généreuse, il a été immolé pour sa vertu. Modèle héroïque du devoir. il s'était voué avec tant d'ardeur à la gloire de la France qu'il la servait encore quand elle n'était plus... Et il est tombé dans le piége de cette illusion sublime !

« Les traces de son supplice ne s'effaceront pas de cette terre.

« Encore un funeste anniversaire ! encore un jour qui reparaîtra chaque année, éclairé d'un cierge funèbre, et apportant des palmes mortuaires !

« Oh ! que le sang qui a coulé ne soit pas versé en vain ! qu'il féconde le patriotisme sur le sol de la France !... Une âme de héros, qui s'élance du corps sous la hache du bourreau, doit passer dans le sein du peuple entier.

« Être éternel ! nous vous implorons pour nous-mêmes. Vous nous voyez dans les solitudes où nous sommes cachés pour méditer sur votre grandeur et vos lois. Faites que l'esprit de la société secrète, enfermé dans ces ombres comme le grain qu'on a enfoui dans la terre, en sorte bientôt pour s'étendre en arbre puissant qui protège le monde en élevant vers vous sa cime bénie ! »

Un moment de profond silence suivit ces paroles. On n'entendait aucun souffle agiter les branches des arbres ; la lune répandait une teinte pâle sur ces figures agenouillées et immobiles, tandis que s'élevait au ciel le chœur silencieux d'une douloureuse prière.

Pour qui eût pu embrasser d'un regard le présent et l'avenir, c'eût été un spectacle saisissant et solennel que celui de ces jeunes hommes, si purs, si nobles, si saintement dévoués, priant en ce moment-là pour le martyr de la liberté.

Le jour qui blanchissait les bords de l'horizon sépara les carbonari, qui s'éloignèrent par les différentes issues du bois.

Borios, resté le dernier auprès du saule, jeta un regard dans le tronc creux, et y vit un papier dont il s'empara.

En déployant cet écrit, il ne put en lire que quelques phrases à la lueur nocturne; mais à ce peu de mots un frisson rapide fit pâlir son visage et trembler le papier dans sa main.

Il se hâta de le replier et de le cacher dans son sein.

En même temps, les Compagnons de la nuit se retiraient par différents côtés de la campagne. Trois jeunes gens s'en allèrent ensemble ; c'étaient Pommier, Goubin, deux sous-officiers carbonari, et Cédric, le beau jeune homme, ami de Goubin.

— Messieurs, dit ce dernier, que pensez-vous des deux nouveaux personnages arrivés cette nuit dans notre *vente*... de ce vicomte d'Oberon... tribun enté sur une souche de noblesse ?...

— Il a l'air, dit Goubin, de ne toucher à la démocratie que du bout des doigts, et de craindre fort pour sa main blanche le contact de la charbonnerie.

— Et ce Rutel... malheureux débris de l'Empire ?

— Il fait bien, dit Pommier, d'appartenir à un souvenir illustre, car il ne saurait être grand'chose par lui-même.

— Moi, reprit Cédric, je suis triste de l'arrivée de ces deux hommes.

— Que nous importe ? dit son ami.

— C'est que je ne sais à quoi attribuer le sentiment pénible qui me possède depuis quelques moments... Et je m'en prends à cela.

— Enfant !

— Il me semble que cette nuit nous sera funeste.

— Voilà bien le Rochellois... superstitieux comme un vieux druide. Tu crois encore aux oracles des bois, Cédric?

— Non... je ne crois à rien... Mais si nous nous souvenons de la date de cette nuit... tenez, celle du 10 juillet... nous verrons peut-être que j'avais raison de la craindre.

III

LA CASERNE

La vie uniforme du soldat est comme le vent qui éteint les petites flammes et attise les grandes ; elle tue les imaginations faibles et exalte les plus fortes. Dans l'oisiveté de pensée que laisse une activité machinale, les jeunes gens de la Rochelle pouvaient se replier sans cesse sur leurs préoccupations politiques, élaborer à leur aise des doctrines libérales ; et cette méditation continuelle qui s'élevait de leur âme patriotique en redoublait aussi les ardeurs.

Souvent, grâce aux veilles oisives du soldat, la nuit leur était donnée pour suivre le cours de leurs pensées. Montant la garde au sommet d'un bastion, ils passaient de longues heures à rêver, appuyés sur leurs fusils.

Ils regardaient la ville endormie à leurs pieds, puis, au loin, la campagne, l'étendue de la terre si belle, si splendide, si les souffrances humaines ne l'attristaient pas !... Ils se demandaient quel serait le lendemain de ce monde endormi dans la barbarie, et ce qu'il devait trouver au réveil de l'avenir. Puis, levant les yeux vers le ciel, d'où tombaient de pures clartés d'étoiles, ils demandaient à Dieu de laisser tomber aussi dans les esprits un peu de ses lumières célestes.

Le carbonarisme trouvait donc dans les jeunes sous-officiers de la Rochelle ses adeptes les plus fervents.

Nous rappellerons d'un mot la source de cette association qui eut tant de puissance sous la Restauration, et qui compte encore des disciples de nos jours.

Lorsque les révolutions échouées d'Italie jetèrent le plus grand nombre des hommes qui y avaient pris part dans les cachots de l'Autriche, le carbonarisme émigra en France.

Joubert et Dugied, deux Français qui étaient allés offrir le secours de leurs bras aux indépendants du Midi, quittèrent leur terre asservie, et revinrent à Paris, où ils posèrent les premiers fondements d'une société secrète.

Une pauvre masure de la rue Copeau s'ouvrit pour recevoir les initiés.

Les dogmes vagues, mystiques de la secte d'Italie prirent des formes plus simples, un esprit plus positif, un but mieux arrêté pour s'approprier au caractère français. Les cérémonies de cette religion terrestre furent réduites aux plus simples symboles. Un poignard et un Évangile, posés sur une table, reçurent les serments des adeptes, qui jurèrent le secret inviolable, le dévouement à une œuvre libératrice, l'obéissance sans bornes aux chefs connus ou inconnus.

D'énergiques antipathies se soulevaient alors contre la Restauration ; la haine populaire grondait sourdement, les orateurs de l'opposition l'avivaient sans cesse. On avait besoin d'épancher ses plaintes, de laisser exhaler sa colère ; la société secrète, seul sanctuaire où on pût parler librement et devant des frères qui étaient

En même temps, les barques des musiciens, égarées au milieu des vagues... (Page 30, col. 1.)

liés par les mêmes intérêts, qui s'animaient des mêmes sentiments, se recruta avec une rapidité extraordinaire.

L'association, bien qu'il s'y mêlât des regrets donnés à la gloire de l'Empire, était essentiellement républicaine. Elle tendait à réprimer l'esprit de servilisme et la corruption qui envahissaient la société sous le gouvernement monarchique, à réunir en une même famille tous les opprimés contre tous les despotes; elle appelait les hommes à reconnaître leurs droits et à les exercer; elle dictait les suprêmes leçons d'égalité et proclamait les bienfaits de la fraternité humaine.

Les carbonari eurent bientôt des chefs illustres : La Fayette, Dupont (de l'Eure), Évariste Dumoulin, d'Argenson, Corcelles, Mérilhou, Manuel, Barthe, le général Foy, Benjamin Constant, présidaient ces assemblées et fortifiaient les esprits par leurs exemples et leur présence.

Il y eut aussi des écrivains, des artistes d'avenir : Armand Carrel, qui devait être un jour un publiciste ardent, énergique, profond ; Ary Scheffer, qui puisait peut-être dans les douleurs du patriotisme comprimé la touchante et majestueuse mélancolie dont ses belles pages de peinture sont empreintes.

Cinq cents membres, pris parmi les plus jeunes carbonari, et dont le corps portait le nom de *bataillon sacré*, étaient désignés pour marcher toujours les premiers en cas de soulèvement.

Ce fut de cette association que sortirent les complots de Béfort, de Toulon, de Saumur.

Le carbonarisme, en grandissant, se divisa en nombreuses fractions appelées *ventes*. Le siége principal, la *vente suprême*, demeura à Paris ; il y eut des *ventes centrales* à Lyon, à Strasbourg, à la Rochelle, qui se subdivisèrent elles-mêmes dans toute l'étendue de la France.

Les diverses sections de la société secrète avaient parfois des titres particuliers, telles que celles du *Vautour*, de l'*Épingle noire*, des *Patriotes*, des *Chevaliers du Soleil*. Bories avait institué à la Rochelle celle des *Compagnons de la nuit*.

Bories était, ainsi que nous l'avons dit, un homme d'élite ; les témoignages de ceux qui l'ont connu attestent son admirable caractère.

« Il n'avait de l'état militaire que la valeur et la franchise, sans aucun des défauts que produit l'oisiveté des casernes. Ses mœurs étaient pures, ses goûts simples, sa vie retirée. Il consacrait beaucoup de son temps à la lecture et ne se plaisait que dans l'étude. Son âme était exempte d'ambition ; son vœu le plus ardent était de mourir au moment de la victoire du peuple. Bien qu'entré fort jeune au service, il avait toutes les vertus de citoyen, et s'il s'enflammait souvent à l'éclat de la gloire militaire ; il ne concevait rien de plus triste et de plus déplorable que l'oppression de la nation par l'armée[1]. »

Mais, à l'exception de ce jeune chef de la société secrète, âme austère, patriote amoureux de la sainte liberté, les sous-officiers de la Rochelle liés à l'association, Pommier, Raoulx, Goubin, carbonari dévoués, étaient en même temps de jeunes hommes ayant les goûts et les sentiments de leur âge, se laissant aller à tous les enivrements de la jeunesse, et disposés à goûter la vie telle que le sort la donne, en attendant le premier signal où il faudrait la sacrifier pour leur pays.

Ainsi ils ne donnaient pas moins de place que tout autre à l'amour et au plaisir ; et, après le travail de la matinée, les longues lectures, les entretiens sérieux avec Bories, ils étaient attirés avec la même vivacité de caractère, la même fraîcheur de sensations, vers les fêtes et les divertissements que leur offrait la ville.

Huit jours s'étaient écoulés depuis la

---

1. *Histoire des sociétés secrètes*, par Pierre Zaccone. Cet ouvrage fort remarquable contient des détails intéressants sur le carbonarisme dans toute l'Europe.

réunion des carbonari au bois de Saint-Pierre.

C'était une journée de congé pour les sous-officiers du 45°, et il y avait bal au *Pavillon de la Voile-Blanche*, rendez-vous de la jeunesse rochelloise, à l'occasion de la fête de *saint Romain*, patron des pêcheurs.

Dans l'un des longs corridors de la caserne, Raoulx, Pommier et Goubin, encore en bras de chemise, nettoyaient leur équipement, donnaient un beau lustre de blancheur à leur buffleterie et faisaient reluire la lame de leur sabre.

Pendant cela, ils jetaient parfois un regard oblique vers la fenêtre, d'où on découvrait une grande étendue du ciel, et se disaient l'un à l'autre :

— Crois-tu que le temps se soutienne?

— Qu'est-ce que cela me fait, après tout? dit enfin Goubin. Je me sens si bien disposé, que je danserais au milieu de la pluie et de l'orage.

— Oui, dit Pommier, mais il faudrait danser seul!.. La fête se tient au bord de l'eau, les coups de vent y sont violents, et, au moindre mauvais temps, les dames font comme les abeilles, elles rentrent dans leurs ruches.

— C'est vrai, dit Goubin. Alors, que saint Romain, puisqu'il est tout porté pour cela, veille bien à l'état du ciel.

— Nous sortons... et Bories va rester seul, dit Raoulx.

— Oh! tu voudrais peut-être lui tenir compagnie...

— Mais non pas, ami, dit Pommier ; il faut que tu viennes avec nous.

— Vous savez bien, répondit Raoulx, que je ne peux manquer à ce bal.

— Puisque Gilberte y sera... C'est juste, dit Goubin.

— Mais je n'aime pas à passer tout un jour de congé sans Bories, reprit Raoulx.

— C'est lui qui le passe sans nous, objecta Goubin, puisqu'il reste toujours enfermé dans sa chambre, lorsque nous allons au spectacle ou dans quelque fête.

— Oh! c'est que je ne sais, dit Raoulx, mais, depuis quelques jours, il me semble toujours préoccupé.

— Je l'ai remarqué aussi, dit Pommier. C'est depuis notre dernière assemblée.

— Chut! dit Goubin, nous sommes à la caserne... Pour Bories, nous lui raconterons notre journée en rentrant; cela le distraira... car s'il ne cherche pas de plaisir pour lui, il est toujours prêt à jouir des nôtres.

— Il nous aime tant! dit Pommier. Hein !... je crois que le temps se couvre.

— Fou! ce n'est qu'un nuage, assura Goubin. Seulement il tient tout le ciel.

Les préparatifs du costume d'ordonnance étant parachevés, les trois jeunes gens s'habillèrent et sortirent dans la plus belle tenue.

Ils suivaient la longue promenade du Mail, à la droite de laquelle se trouvait, au delà des portes de la ville, le *Pavillon de la Voile-Blanche*, et causaient, en inspectant toujours les astres.

— Je n'aime pas les fêtes en plein air, dit Pommier. Il faut toujours être au caprice d'un nuage.

— On n'est jamais sûr de rien, ajouta Goubin.

— Enfants! dit Raoulx. Est-ce que toute la vie n'est pas de même *au caprice des nuages*... et peut-on rien régler dans sa destinée?

— C'est triste, dit Pommier. Et cependant, mon Dieu! si je pouvais régler mon sort, je ne serais pas trop ambitieux... Qu'est-ce qu'il me faudrait?...

— Oui! qu'est-ce qu'il nous faudrait à tous pour être heureux? dit Goubin; bien peu de chose.

— Je voudrais seulement, continua Pommier, que la mère de Marthe dît ce mot : *Oui, mes enfants, je consens à votre bonheur*... Et puis ensuite avoir en ville une petite chambre où j'installerais ma jolie Marthe... dans des tentures roses et blanches comme elle... avec des oiseaux et des fleurs... et où j'irais passer tous mes jours de congé, en défiant rosier et pinson d'être plus gais et plus heureux que moi!

— Je le crois bien! dit Raoulx.

— Ensuite je voudrais un peu d'avancement... seulement quelques campagnes, afin d'être capitaine à trente ans.

— En vérité! dit Goubin.

— A trente-cinq, si vous voulez... Autrefois on était bien colonel et même général à cet âge.

— Oui, dit Raoulx, en passant sur le corps de cinquante mille hommes, tués pour vous faire place!

— C'est égal, dit Goubin, on ne peut s'empêcher de désirer l'épaulette... le soldat est au monde pour cela... Et la croix, tu n'en parles pas?

— Oh! c'est que je n'ai pas besoin de la demander au sort, répondit Pommier; vienne l'occasion, et je saurai bien la prendre moi-même.

— Est-ce tout? demandèrent ses amis.

— Non, je voudrais avec cela... et avant tout cela même, que la France fût heureuse, qu'elle retrouvât la dignité, l'honneur, sans trop de luttes sanglantes... qu'elle pût se glorifier comme reine, sans avoir trop à souffrir comme mère... Et ensuite...

— Tu ne désires plus rien? dit Raoulx.

— Non... car, pour ce qui est de mes amis, j'ai la certitude de les conserver... je sens qu'ils m'aimeront toujours comme si leur affection était une chose visible, et que je pusse juger de son or pur par mes propres yeux... D'un autre côté... si je les perdais par quelque malheur, j'aurais cessé d'exister moi-même.

— Eh bien! ami, dit Goubin, ce que tu dis là est absolument ce que nous désirons pour nous-mêmes... N'est-ce pas, Raoulx?

— Oui, absolument.

— Seulement, moi, reprit Goubin, je mettrais dans la petite chambre bleue...

— Rose.

— Non, il me la faut bleue... Églantine est blonde.

— Tu l'aimes donc, décidément?

— Je ne sais, mais je pense à elle quand je songe au bonheur... Et toi, Raoulx, tu y mettrais...

— Oh! paix! mes amis! interrompit Raoulx.

— C'est vrai, dit Goubin, tu ne veux pas qu'on la nomme.

— J'y pense sans cesse, reprit Raoulx. Et je ne sais pourquoi, même avec vous, je n'aime pas à parler d'elle... Je crains surtout qu'un autre prononce son nom.

— Jaloux à ce point? dit Goubin.

— C'est tout simple, dit Pommier; une passion comme celle de Raoulx ne raisonne pas... Mais n'importe! si nous n'avions qu'à former des vœux pour être exaucés, nous demanderions tous trois une destinée semblable.

— Et pourquoi ne l'obtiendrions-nous pas? dit Goubin. Ce n'est pas trop ambitieux : une femme qui nous aime, un grade de capitaine seulement...

— Il n'y a point là de désirs insensés, dit Pommier, pour de braves jeunes gens qui ont tout l'avenir devant eux.

— Car enfin, ajouta Goubin, nous sommes honnêtes, courageux... Nous voilà arrivés jusqu'ici dans la vie sans avoir une faute réelle à nous reprocher, et nous pouvons répondre qu'il en sera toujours ainsi... La Providence nous doit bien quelque chose.

— La Providence, dit Raoulx en souriant, est souvent en mécompte avec ceux qui viennent réclamer leurs droits.

Ils arrivaient en ce moment à la grande allée du Mail.

Après avoir traversé le rempart, ils découvrirent au bord de l'eau les préparatifs de la fête.

Le pavillon de la Voile-Blanche dressait sa légère tente ronde et son mât orné de banderoles dans un vaste cintre formé de guirlandes de buis suspendues en festons à des poteaux surmontés de couleur pour l'illumination du soir. Au rivage, des bateaux pavoisés, jetant déjà aux airs des sons de flûte et de basson, attendaient les promeneurs pour les conduire en mer. De grandes corbeilles arrivaient à la file dans la rotonde, apportant des fruits et des vins exquis pour rafraîchir saint Romain.

Mais à mesure que les trois jeunes gens

avançaient, le théâtre de la fête leur apparaissait d'une manière plus trouble sous la teinte du jour assombrie, et au milieu des coups de vent qui en agitaient les décors.

Bientôt d'énormes nuages, qui roulaient dans le ciel, vinrent se rejoindre, se heurter sur la rotonde, comme s'ils se disputaient à qui l'abattrait de son aile.

Ils renversèrent le pavillon et dispersèrent sur le rivage tout ce qu'il contenait.

Puis leurs tourbillons, prenant les fragiles matériaux de l'édifice, les emportèrent dans l'espace; la tente, les festons de buis furent enlevés dans une rotation violente... On eût dit une valse infernale, dans laquelle les nuages sombres entraînaient avec eux et faisaient tournoyer rapidement ces pauvres guirlandes de fleurs et de verdure... Enfin l'ouragan emporta tous ces vestiges du côté de la mer et les abîma dans les flots.

En même temps, les barques des musiciens, égarées au milieu des vagues, exhalaient des sons aigus et plaintifs qui exprimaient leur détresse.

Il est inutile de dire qu'au milieu de ce bouleversement du rivage, de ces torrents de poussière, on ne vit pas venir l'ombre de Gilberte, de Marthe, d'Églantine, ni d'aucune des charmantes danseuses qu'on attendait.

Lorsque les jeunes gens eurent contemplé ce spectacle avec le plus profond désappointement :

— Eh bien! dit Raoulx à Goubin, la Providence, dont tu parlais tout à l'heure, nous devait bien notre fête de ce soir, puisque nous avions fait tant de toilette en son honneur... Tu vois, ami, que la Providence ne donne pas toujours ce qu'elle doit.

Aux premières approches de la tempête, tout le monde s'était enfui; en quelques minutes, le village était devenu entièrement désert. Le temps ne paraissait que devoir s'assombrir; des nuées de sable roulaient dans l'espace; des gouttes de pluie commençaient à tomber, et, dans l'intervalle des nuages épais, il passait des rayons de soleil blafards et plombés.

Cependant les jeunes sous-officiers restèrent les derniers sur la place, ayant plus de peine que les autres à renoncer à la partie qu'ils s'étaient promise.

Ils parcoururent tristement le théâtre du désastre, et, après l'avoir traversé, ils s'assirent au bord de l'eau sur un banc de rocher formé par les aspérités de la grève; un talus qui s'élevait assez haut derrière eux les tenait à l'abri du vent.

De là ils regardaient flotter à la surface de la mer les derniers débris du pavillon de la Voile-blanche, les banderoles aux fraîches couleurs, quelques instruments de musique, des branches de verdure... Chaque vestige semblait leur montrer un des plaisirs de la soirée qui s'en allait à vau-l'eau!

— Aussi, dit Raoulx en riant, nous aurions peut-être mieux fait de rester dans nos chambres à travailler... Ce n'est pas la place de graves carbonari de courir les fêtes... Nous devions plutôt nous préparer à la première séance, où on doit discuter de la forme républicaine antique et moderne.

— Ne nous le reproche pas, dit Pommier, car ce n'est pas le bal qui nous attirait... tu le sais mieux que personne... mais un intérêt de cœur digne des hommes les plus sérieux... L'amour est à la hauteur de toutes les situations. Il a aussi légitimement place dans l'âme que le patriotisme et les plus nobles sentiments du monde.

Les jeunes gens ne parlaient ainsi que parce que la position retranchée qu'ils occupaient sur le banc de granit et la solitude du rivage leur donnaient l'assurance de n'être pas entendus.

— Pour mon compte, dit Goubin, j'avouerai même que la danse entrait pour quelque chose dans les jouissances que je me promettais ici. Cependant je me sens aussi brave *Compagnon de la nuit*... et du jour... que qui que ce soit ; je défie personne de se lever plus matin que moi le jour où on nous dirait d'aller combattre pour le pays.

— Certainement, Goubin, dit Pommier en riant, tu es aussi courageux qu'aucun de nous et de plus beaucoup plus étourdi, ce qui te donnerait l'avantage de partir le premier, ne songeant pas même à prendre ton sac sur le dos.

— Vous parlez de courage, mes amis, dit Raoulx après un moment de silence. Savez-vous que nous en avons besoin... non pas seulement de celui qui fait braver la mort, mais du courage moral, qui consent à assumer ensemble les devoirs les plus lourds et les plus difficiles... car enfin, dans notre profession ostensible, nous avons nos devoirs de citoyens, de militaires à remplir fidèlement ; et, liés secrètement à une autre carrière, nous avons là encore un autre ordre de choses à servir, des serments à garder, des lois à suivre, des chefs à qui obéir. Il nous faut ainsi avoir deux existences complètes à dévouer.

— Oui, répondit Goubin ; mais, Dieu aidant, nous avons en retour double honneur à acquérir.

— Oh ! assurément, ajouta Pommier. Comme soldats, nous avons en espérance les guerres de frontières, où on peut gagner le grade de capitaine, dont je parlais tout à l'heure. Comme carbonari, nous avons à fournir une campagne contre la monarchie, où nous pourrons battre en brèche le drapeau blanc et obtenir le grade suprême de défenseurs de la liberté...

En ce moment, l'ombre d'un homme glissa devant les yeux des jeunes carbonari, nettement dessinée sur le pâle soleil qui teignait le sable de la mer à leurs pieds.

Elle ne pouvait être projetée que par quelqu'un passant sur le rivage, qui, en cet endroit s'élevait verticalement derrière les trois jeunes gens.

A cette vue, ils tressaillirent et se regardèrent avec anxiété.

— Nous avons été entendus ! dit Pommier à voix basse.

— Dieu veuille que non! le vent devait couvrir notre voix.

— Il n'y avait pas de vent à cet instant, dit Raoulx : et puis la voix monte.

Il se levèrent et regardèrent avec attention de tous côtés, mais sans apercevoir personne.

Cet incident toutefois les émut assez vivement.

Ils restèrent longtemps balancés entre la crainte d'avoir à se reprocher une imprudence dangereuse pour la corporation tout entière, et l'espoir de s'être abusés en prenant pour l'ombre d'un homme une de ces images capricieuses que les nuées dessinent sur la terre.

Quelques moments s'étaient écoulés, et ils demeuraient encore à cette place, lorsqu'une barque parut, suivant le bord de la mer, extrêmement houleuse, et que ne frayait aucune autre voile.

Ce bateau, assez grand, n'était monté que par deux personnes, placées à une certaine distance l'une de l'autre; le marinier à la pointe, et, au milieu, un seul passager, que la voile pendante au mât cachait presque entièrement.

Lorsque la barque effleura le bord où les jeunes militaires posaient le pied, ces mots sortirent de derrière la voile :

— Ne craignez rien... c'est un ami qui vous a entendus... Il ne peut faire que des vœux pour vos projets.

Puis le bateau s'éleva sur une haute vague, redescendit rapidement, et se perdit bientôt dans le lointain.

Mais depuis cet instant les jeunes gens, quoique bien plus étonnés, éprouvèrent pourtant moins de crainte, soit qu'ils eussent cru sentir un accent de vérité dans la voix qui leur avait parlé, soit que l'indiscrétion commise par eux n'eût pas réellement une bien dangereuse portée, tant qu'elle n'avait pas livré aux oreilles étrangères le lieu de réunion des carbonari et le nom d'aucun de ses membres.

Ils restèrent longtemps sur le rivage à s'entretenir de cet étrange incident. Puis Pommier termina ses récriminations contre cette soirée en disant :

— Il y a huit jours que je devais rejoindre ma jolie Marthe à la *Fontaine des Fades*, et la séance extraordinaire m'en a empêché... Aujourd'hui je devais la trouver ici, et l'orage nous sépare... Voilà deux fois de suite que mes rendez-vous sont perdus.

— Et nous donc, dit Goubin, sommes-nous plus heureux?

— Enfin, reprit Pommier, je vais retourner passer la soirée avec Bories... Depuis que nous l'avons quitté, son air soucieux et absorbé ne me sort pas de l'esprit... Puis j'ai hâte de me confesser à lui de l'indiscrétion que nous avons commise.

— C'est bien, dit Goubin. Moi, j'irai faire enrager notre adjudant, le séminariste, en le battant à l'escrime.

— Il s'en vengera en te mettant aux arrêts.

Lambert, tandis qu'il reposait ses yeux sur Gilberte, fut tout à coup saisi d'un douloureux frisson.
(Page 38, col. 2.)

— A la bonne heure ! Je charbonnerai sur la muraille la figure de ce bel officier taillé dans le bloc d'un moine... Puis les échos de la salle de police rediront mes chansons...

— Je vous laisse tous deux rentrer au quartier, dit Raoulx, et je vais voir Lambert à la campagne... La pluie commence... Mais tous les temps sont bons pour aller visiter notre solitaire.

Sous les murs du rempart, les trois amis se séparèrent.

IV

LAMBERT

Lorsque Raoulx eut à peu près fait un quart de lieue dans la direction de Saint-Pierre, où il allait voir, dans sa maisonnette de village, le carbonaro cultivateur,

Propriété de MM. Michel LÉVY frères.

il aperçut, à sa grande surprise, Lambert arrêté au milieu des champs et contemplant, avec la même consternation qu'il le faisait lui-même un moment avant, l'orage qui sévissait surtout sur le bord de la mer.

Ce qui étonnait en ceci Raoulx, c'est que, depuis qu'il connaissait Lambert, il ne l'avait pas vu passer les limites du hameau isolé qu'il habitait, et lui supposait des motifs de garder cette existence retirée.

Le jeune sous-officier et l'habitant de la campagne, en se rencontrant un jour dans un petit café de Saint-Pierre, s'étaient compris au premier mot prononcé sur l'état des choses en France; ils avaient développé avec bonheur leurs opinions l'un devant l'autre, et s'étaient liés de cette affection parfaite qui naît au premier moment lorsqu'on trouve dans un autre une partie de soi-même.

Depuis, ils n'avaient jamais cessé de se voir, et leur union s'était resserrée dans le sein du carbonarisme où ils étaient entrés ensemble.

Raoulx ne connaissait rien de l'existence passée de son ami, alors simple cultivateur à Saint-Pierre, et lorsque tout devait rendre Lambert suspect, son déguisement visible, son silence sur lui-même, son attention à se tenir caché, il était touchant de voir ce jeune homme l'aimer ainsi de confiance, sur un regard fier et doux, sur un accent ferme et sincère.

En effet, il ignorait le nom et la profession de cet homme, mais il lisait dans son âme à livre ouvert: il y voyait les principes d'honneur les plus austères, les intentions les plus pures, le courage le mieux affermi. Il pensait qu'avec un tel caractère, il n'avait pu dévier de la route du devoir dans le passé, et respectait les motifs qui l'engageaient à le tenir secret.

En ce moment il l'aborda en souriant et lui témoigna sa surprise de le voir hors de ses parages habituels, et par un temps qui devait peu engager à pousser au loin ses excursions.

— Au contraire, c'est ma journée de promenade, à moi, dit Lambert. J'ai bien le temps de rester chez moi lorsqu'il fait beau... Lorsque le soleil brille et que la population de la ville se répand de ce côté, l'espace des champs, l'air qu'on respire ne m'appartient plus... C'est seulement lorsque la campagne est inondée de pluie que je puis en prendre possession.

— Alors nous allons en jouir, dit Raoulx, accoutumé aux allures singulières de son ami, et en s'asseyant sur une pierre qui bordait un fossé.

L'eau ruisselait du grand chapeau de paille du paysan; dans la campagne le ciel était voilé, le bruit triste et monotone de la pluie remplaçait la voix des oiseaux; ce jour pâle et nébuleux semblait en harmonie avec l'expression de physionomie de Lambert, d'une gravité mélancolique.

Dès qu'ils furent assis, celui-ci dit à Raoulx:

— A toi, mon ami, je puis bien dire la

vérité. J'étais venu jusqu'ici ce soir pour me rendre à la fête de saint Romain, et je regardais avec tristesse l'orage qui est venu tout à coup suspendre cette partie de plaisir.

Raoulx resta étourdi de ce projet étrange de la part du solitaire.

— Toi! à la fête! dit-il avec l'accent du plus vif étonnement.

— Tu regardes ma veste ronde et mon chapeau de paille, dit Lambert; mais tu me fais bien le plaisir de croire que je ne comptais pas assister à ce divertissement en cavalier galant... Je voulais seulement tourner un peu autour de l'enceinte, regarder à travers une cloison... ensuite, j'aurais pris la première coquille de noix venue pour suivre quelques-unes des barques pavoisées qui se seraient promenées en mer.

— Mais alors, dans quel but?

— Je vois qu'il faut te l'avouer, répondit Lambert avec douceur et avec un peu plus d'abandon que de coutume. Ainsi, écoute, Raoulx : dans les longues conversations que nous avons eues ensemble, les intérêts de la France, assurément les plus chers à nos cœurs, ne nous ont pourtant pas constamment occupés. En me donnant toute ta confiance, tu m'as aussi parlé de tes sentiments de jeune homme, tu m'as avoué que tu aimais Gilberte Daubray et que tu espérais l'épouser.

— Eh bien! quel rapport?...

— Eh bien! aujourd'hui, je savais par toi que Gilberte... Gilberte, que tu m'as dite si belle, si charmante, serait à cette fête, et je voulais la voir.

Raoulx resta interdit, et dit avec l'accent du doute :

— Cette démarche que tu faisais... dans un intérêt extrême pour moi... mais sans m'en prévenir, me semble étrange.

— Non, répondit Lambert en souriant, ce n'était pas comme ta fiancée, comme celle qui doit disposer du bonheur de ta vie que je désirais connaître Gilberte Daubray... c'était pour moi-même.

Le jeune homme fit un brusque mouvement en arrière, avec une expression très-marquée de stupeur et de mécontentement.

Il n'est pas sans exemple, en effet, qu'en écoutant les interminables récits de l'amour, le confident devienne amoureux par tradition de la femme dont il entend sans cesse vanter les charmes... Et Raoulx, naturellement jaloux, ombrageux à l'excès en tout ce qui touchait Gilberte, eut un instant d'insupportable soupçon...

Mais il regarda fixement Lambert.

L'aspect de celui-ci était plus digne, plus élevé que jamais. Avec ses trente-six ans, sa forte tête sur laquelle le soleil, en bronzant le teint, avait éclairci les cheveux, son visage mâle et fier, mais déjà sillonné de rides, un amour de jeune homme eût été en lui ridicule et coupable, comme tout ce qui est en désharmonie avec l'âge et le caractère ; et, en considérant, il était impossible de l'accuser d'une faute qui eût impliqué la faiblesse ou le manque de dignité.

Raoulx sentit aussitôt se dissiper le violent malaise qui l'avait saisi, et comme en ce moment Lambert le regardait aussi avec assurance et candeur, son impression pénible acheva de se fondre dans une heureuse sérénité.

— Ainsi, dit-il avec un sourire, tu es mon rival, et tu m'en fais part... Je te remercie de la confidence !

— Hélas ! mon cher Raoulx, répondit Lambert, tu ne peux pas même me savoir gré de cela... je ne t'ai avoué ma pensée secrète que parce que j'avais besoin de toi.

— Encore mieux !

— Comme dans la position où nous sommes placés, un agent de police peut à chaque instant nous faire passer des assemblées du carbonarisme en prison, je ne voudrais pas attendre longtemps une autre occasion d'apercevoir Gilberte... et alors je désire que tu m'en procures les moyens.

— Très-bien... Et comment ?

— Comme tu voudras... Seulement, que ce soit en secret, sans être vu d'elle ni de personne... et le plus promptement possible.

Raoulx réfléchit un moment. D'abord, il chercha dans sa pensée le moyen de satisfaire au vœu de Lambert, ensuite il balança encore à le proposer. Mais enfin il eut honte de sa faiblesse, et répondit :

— Ce que tu demandes n'est pas impossible.

— Vraiment ! s'écria Lambert.

— Il est un endroit d'où je peux quelquefois voir moi-même Gilberte, sans qu'elle s'en doute, au moment où vers dix heures du soir, elle remonte dans sa chambre. Par exemple, lorsque je dois passer une semaine entière sans me trouver avec elle, j'abrége un peu le temps de l'absence par ce moment de contemplation rapide... Alors il suffirait que je te donnasse une fois ma place.

— Et tu y consens ?

— Oui.

— Ah ! merci... Et sera-ce bientôt ?

— Dès ce soir... Seulement, je te préviens que le poste est difficile, et que tu risqueras fort de te rompre le cou.

— Cela m'est parfaitement égal.

— Et que, même à ce prix, il n'est pas certain que tu aperçoives Gilberte.

— J'en aurai au moins l'espoir.

— Très-bien... Puisque tu es si décidé, nous allons commencer notre excursion par attendre le moment à la belle étoile... c'est-à-dire à la pluie... car il faut que le coup de dix heures rappelle Gilberte dans sa chambre... Ensuite je t'indiquerai le chemin aérien que tu dois prendre pour l'apercevoir à travers sa fenêtre... à moins qu'il ne lui plaise de tirer son rideau...

simple hasard... qui ruinerait pourtant aussi bien tes espérances que l'aurait fait l'orage de ce soir.

— J'accepte les heures de pluie à recevoir et la fatale chance du rideau tiré.

Lambert souriait en disant cela, et en même temps Raoulx crut voir une larme dans ses yeux.

Cette émotion avait un caractère de sainteté et de grandeur en se montrant dans un homme aussi fortement trempé que le rude cultivateur de Saint-Pierre. Aussi Raoulx, d'une jalousie si facile à éveiller, se sentit toujours plein de calme et de confiance devant l'inexplicable fantaisie de Lambert.

Après avoir erré longtemps par la pluie battante, comme ils se l'étaient promis, les deux amis entrèrent à la Rochelle, une heure après la nuit, et se dirigèrent vers le faubourg qu'habitait le maître charpentier Daubray, père de Gilberte.

Malgré l'espèce de gaieté qui avait présidé à leurs arrangements, Raoulx et Lambert, à mesure qu'ils avançaient, devenaient plus pensifs et plus silencieux.

Le jeune sergent, pour qui ce chemin eût dû être semé d'espoir et de joie, le parcourait avec une vague terreur qui régnait toujours au fond de son amour pour Gilberte.

Lambert n'avait aucune raison apparente d'être impressionné par ce trajet, dans un quartier ancien et mal bâti de la ville, et cependant il s'arrêtait parfois, comme si l'émotion lui eût ôté la force et eût suspendu ses pas.

La maison où ils se rendaient, la dernière du faubourg, touchait à un terrain vague, sur lequel s'élevait encore un pan de mur, qui avait appartenu aux fortifications renversées par Richelieu, lors de sa mémorable conquête, et que la ville, en grandissant, avait laissé dans l'intérieur des nouveaux remparts.

Cette fabrique, par la forme que lui avait donnée la ruine, décrivait un arc assez élevé. C'était de son sommet qu'on se trouvait immédiatement au-dessus de la chambre de Gilberte.

Mais ces débris, ébranlés par le temps, et nullement faits pour servir de chemin, menaçaient de s'écrouler sous les pas de celui qui les parcourait. De plus, le temps, favorable d'ailleurs en ce qu'il avait éteint l'unique réverbère de l'endroit, rendait cependant la terre et les touffes de lichen jetées aux joints de la ruine extrêmement glissantes.

Ces difficultés furent à peine remarquées par Lambert lorsque Raoulx lui eut indiqué l'escalade qu'il avait quelquefois accomplie lui-même, et lui eut montré une petite fenêtre, ornée de ces fleurs familières qui semblent croître d'elles-mêmes au balcon des jeunes filles, en lui disant : C'est là !

Lambert gravit pas à pas la vieille muraille en s'attachant aux aspérités de la pierre. Arrivé au sommet, il lui en fallut parcourir la longueur inégale pour arriver devant la fenêtre ouverte.

Cette ruine, dès longtemps ébranlée, tremblait sous le vent... les violentes rafales la faisaient vaciller jusqu'en ses fondements; de plus le demi-cintre suspendu en l'air, et dont la voûte n'était cimentée que par le temps, menaçait à toute minute de s'écrouler sous ses pas. Mais Lambert n'avait pas le temps de s'occuper de ce danger, car le hasard favorisait merveilleusement ses désirs.

La chaleur de la journée précédente faisait aspirer avidement l'air de la pluie; aussi Gilberte avait laissé le vitrage, les rideaux ouverts, et s'était assise devant la fenêtre, en plaçant près d'elle la petite table qui soutenait sa lumière.

Accoutumée à ne pas se méfier des regards, puisque sa chambre n'avait pour voisinage que les oiseaux posés au sommet de la ruine, elle se reposait dans tout l'abandon de la solitude.

Elle avait ôté le bonnet et le tablier qui désignaient sa condition d'ouvrière; ainsi son aspect prenait plus de distinction du déshabillé où elle se trouvait. Elle ne portait plus qu'une robe légère, à demi attachée; ses cheveux défaits tombaient sur ses épaules nues; la chaleur animait son teint pâle et brun de nuances plus vives; et, bien qu'elle fût seule et en apparence inoccupée, sa physionomie mobile avait une expression tendre et pensive.

Lambert était si près d'elle, qu'il eût pu compter les mouvements de son sein et respirer son haleine.

Il subissait l'impression que cette jeune fille, si séduisante sans être belle, répandait autour d'elle. Il examinait avec délice le modeste intérieur de sa petite chambre... son lit blanc... sa glace, ses cartons d'ouvrage, les dentelles entassées auxquelles elle travaillait... et près de là une table à toilette, indiquant des goûts distingués et le désir de se faire belle autant que possible.

Quel que fût le sentiment qui agissait en lui, Lambert regardait la jeune fille avec une douceur extatique et laissait, sans y songer, écouler le temps dans cette contemplation.

Raoulx, en parcourant à pas lents ce terrain de ronces et de gravier si bien connus à ses pas, et si près de Gilberte, oubliait aussi les moments, et ne rappelait son compagnon par aucun signe.

Cependant Lambert, tandis qu'il reposait avec tant de charmes ses yeux sur Gilberte, fut tout à coup saisi d'un douloureux frisson.

Il venait de remarquer entre les mains de la jeune fille, posées sur ses genoux, un portrait qu'elle regardait attentivement, et dont la vue semblait répandre en elle l'émotion profonde qu'on lisait sur son visage... Et Lambert, en examinant cette peinture, que la lampe éclairait très-bien, y avait vu une tête d'homme dont les traits, sans qu'il pût nettement les distinguer, n'étaient pourtant pas ceux de Raoulx.

Saisi des craintes que cette circonstance faisait naître sur les sentiments de Gilberte, Lambert sentit son cœur s'élancer vers son ami, qu'il pouvait croire trompé, et le nom de *Raoulx*, prononcé d'un accent profond, s'échappa de ses lèvres.

Gilberte se leva vivement, pâlit, et regarda autour d'elle d'où pouvait venir ce nom qui passait dans l'air.

Ce mouvement rappela Lambert à lui-même. Il se laissa glisser le long de la muraille, et il avait eu le temps de rejoindre Raoulx et de s'éloigner avec lui avant que Gilberte pensât à regarder du côté de la fenêtre.

— Eh bien! dit Raoulx, tandis qu'ils cheminaient tous deux dans le faubourg, tu ne me dis rien... Est-ce que la vue de Gilberte aurait produit sur toi une impression défavorable?

— Mon ami, je l'aime autant que toi, dit Lambert du ton le plus simple.

— Tu es fou!... mias n'importe, dis-moi ce que tu en penses.

Lambert ne répondit pas, et dit un instant après:

— Raoulx, es-tu bien sûr de l'amour de Gilberte?

— Elle sait que je l'aime de toute mon âme, et elle m'a promis d'être à moi.

— Voilà tout?

— Sans doute... Mais elle était libre en faisant cette promesse... Par conséquent, il serait indigne de sa part de me tromper.

— Oh! oui... ce serait bien affreux...

— Mon Dieu... le croirais-tu?

— Non, certes... c'est une crainte vague... un doute porté sur les femmes en général... Tiens! mon ami, ajouta Lambert, dont la loyauté souffrait du moindre détour, je te promets que nous nous occuperons une autre fois de ce sujet qui t'intéresse tant... Mais pour ce soir, viens m'accompagner, et nous parlerons de nos projets... de l'amour de la France... ne dussions-nous songer qu'à mourir pour elle... Cela du moins ne nous trompera pas!

V

L'ORDRE DE LA VENTE SUPRÊME

Le lendemain, comme le tambour battait à la caserne pour faire rentrer les compagnies qu'on venait de relever à la garde du rempart, Bories, qui avait été de service pendant la matinée, se trouva réuni à ses compagnons.

Après le dîner militaire, d'un quart d'heure, les officiers du corps entrèrent dans la cour pour l'heure de récréation. Les quatre sergents se livrèrent quelques instants aux exercices de l'escrime, qui remplissaient les loisirs de la garnison; puis ils cherchèrent à s'isoler le plus tôt possible de leurs camarades.

La cour, remplie de faisceaux d'armes, entourée d'arcades, et protégée par de hautes murailles, était en partie remplie d'ombre; le soleil dardait seulement sous une des arcades dont son vaste carré était bordé. Ce fut dans cet endroit, dont les joûteurs s'éloignaient, que les quatre sous-officiers allèrent s'asseoir sur le banc le plus exposé à la chaleur.

C'était sur ce banc, à cette heure, que bien souvent déjà les jeunes sergents, laissant leurs compagnons, dont le bras était plus exercé que l'esprit, continuer les jeux militaires, étaient venus échanger leurs pensées, leurs confidences mutuelles, et, dans les doubles aspirations de l'amour et du patriotisme, appeler autour d'eux toutes les visions de l'avenir.

Les amis de Bories, comme ils le disaient la veille, avaient remarqué, depuis quelques jours chez le jeune chef de carbonari une préoccupation extraordinaire, et ces plis du front causés par des pensées impérieuses, incessantes, qui apportent dix années de plus sur la tête de l'homme. Mais lorsqu'ils avaient témoigné leurs inquiétudes à ce sujet, Bories s'était contenté de répondre de la manière la plus évasive.

Pour eux, dans les devoirs du carbonarisme, ils devaient confiance entière à celui qui était chef de la *vente* de la Rochelle, et, dans l'association générale, membre du *bataillon sacré*.

Ils se hâtèrent de lui confesser l'imprudence qu'ils avaient commise en s'entretenant de la société secrète et des lois qui la régissaient, sur le rocher du rivage; ils parlèrent de cette ombre qui avait paru les entendre, et de cette voix qui leur avait répondu.

L'incident ne pouvait pas mieux être compris de Bories que d'eux-mêmes; ils cessèrent bientôt d'y songer.

Bories, qui avait des motifs particuliers pour cela, ramena ses compagnons à parler de l'essence même de la société et à rappeler en quelque sorte devant lui l'esprit et les sentiments qu'ils y apportaient.

— Certes, disait Raoulx, le but de l'association est juste et grand ; la mission qu'on nous a confiée est sainte. Relever les esprits abattus par le servilisme, dégager de ses voiles la pensée libérale, rallier toutes les intelligences vers le centre commun de l'émancipation humaine... Mais dans les temps où nous vivons, en présence de ce qui se passe, cette intervention apostolique est plus difficile pour des hommes de cœur que de servir la liberté les armes à la main, en y jouant sa vie.

— C'est une raison de plus de persévérer dans cette tâche si elle est difficile et pénible, dit Pommier; d'éloigner toute pensée de révolution sanguinaire, et de travailler ardemment à celle du progrès, que Dieu prépare sans doute pour l'humanité.

— Telle est toujours votre opinion, mes amis? demanda Bories d'un accent profond.

— Sans doute, dit Pommier.

— Nous l'avons toujours professée ensemble, ajouta Raoulx.

— Parlez pour vous, mes amis, dit Goubin, car pour moi, dans certains moments où mon sang bouillonne, il me serait bien plus agréable de marcher front levé contre l'ennemi, et de prêcher à coups de sabre.

— Oh! nous le savons, dit Raoulx.

Il y en a une qui s'approche de moi et me dit : « Monsieur le soldat, auriez-vous la complaisance
de remettre cela au... » (Page 48, col. 2.)

— Je suis bon et patient, pourtant, reprit Goubin, et je n'enrage jamais qu'à
juste titre... par exemple, quand on nous
mène trop souvent à la messe.

— Le grand mal !... Que t'importe! dirent ses amis.

— Savez-vous comment je prie quand
je vais à la messe? continua le plus jeune

des sergents... D'abord, en l'entendant
sonner, je pense que nos pères n'avaient
pas eu une mauvaise idée de fondre toutes
ces cloches-là pour en faire des canons,
qui, en guise d'oraison, allaient sonner au
loin le combat et la victoire.

— Ah! si les jésuites le savaient !

— Ensuite, quand je vois le prêtre officier au milieu de tous ses joyaux d'or et d'argent, je tire ma belle pièce de cinq francs, marquée au coin de la République, et je me dis que Dieu était bien plus satisfait quand, avec l'argent de ses autels, on battait monnaie pour les pauvres.

— Ah! si les jésuites l'entendaient!

— Puis, en sortant de l'église, il faut revenir ici obéir à nos officiers royalistes! à nos officiers du droit divin!...

— Décorés du Lys, interrompirent ses compagnons, et que tu appelles les *Compagnons d'Ulysse*... le nom leur en est resté.

— Ensuite, reprit Goubin, à peine met-on le pied dehors qu'on rencontre des Suisses... des Suisses dans la même garnison que nous! pour nous rappeler à chaque pas que l'étranger règne en France!

— Nous les détestons autant que toi... mais il faut souffrir et se taire.

— Moi, je ne les hais pas, dit Goubin, seulement... oh! les habits bleus et les pantalons rouges! je voudrais les voir tous pendus à côté du drapeau blanc, pour leur faire malgré eux arborer les trois couleurs.

— Nous savons trop, dit Raoulx, ce qu'il y a de douloureux pour nous dans un tel régime. Des officiers dont le nom fait le seul mérite, des étrangers portant le fusil au bras sur le territoire de la France, cela peut encore se comprendre par les déplorables traditions du passé et ce qu'on appelle la nécessité du moment.

Mais ce qui est à jamais avilissant pour l'ordre militaire, c'est qu'il se trouve dans ses rangs des traîtres qui ont provoqué et livré le colonel Caron! c'est de voir sous ses drapeaux les ignobles esclaves qui ont feint un moment la fidélité et le dévouement, pour faire tomber dans leur piége celui qui était fidèle et dévoué! Voilà la honte la plus difficile à dévorer pour nous qui avons dans les veines du sang de vrai soldat... Cependant qu'importe encore, si nous sommes, nous, purs de ces taches, loyaux et braves, incapables de livrer notre conscience devant la séduction ni la crainte! qu'importe de porter le même habit que ces misérables, si notre âme est si différente!

— Oui, Raoulx, tu dis bien, ajouta Pommier; restons fidèles au devoir, à l'honneur; conservons le contentement de nous-mêmes. On trouve là des forces pour supporter tout le reste.

Bories se taisait; mais il écoutait attentivement ses compagnons.

En ce moment un roulement de tambour se fit entendre sur la place d'Armes.

— Le rappel à cette heure! Ah! je me souviens... notre capitaine est parti ce matin pour sa nouvelle destination... c'est sans doute son successeur qui arrive.

Les sous-officiers se levèrent et allèrent rejoindre leur compagnie, qui, en effet, était appelée sur la place située à l'entrée de la caserne pour présenter les armes au nouveau commandant.

Celui-ci était un jeune homme de belle

apparence, de tenue parfaite, et dont l'élégant uniforme était rehaussé de la croix d'honneur.

Lorsqu'il eut passé la revue de sa compagnie, le colonel qui l'accompagnait, fit une courte allocution aux soldats, pour leur recommander de garder au capitaine d'Herbier, qui venait les commander, le respect et l'obéissance dont ils avaient toujours fait preuve envers leurs supérieurs.

Au nom du capitaine d'Herbier, un frisson électrique parcourut les rangs des soldats, et un léger bruissement s'éleva des armes qui tremblaient à leurs bras... il fallut l'habitude enracinée de l'obéissance passive pour qu'un cri d'indignation, un mouvement de révolte ne vînt pas éclater parmi eux.

Le capitaine d'Herbier était peu de temps avant lieutenant de l'Allier, et il se trouvait au nombre des officiers dont le ministère s'était servi pour dresser l'embûche au lieutenant-colonel Caron. Il avait gagné son grade et sa croix en livrant la victime de Colmar.

Cependant la troupe resta muette, et l'irritation intérieure ne se traduisit que par le froid silence qui accueillit ce nouvel officier.

Les compagnies rentrèrent. Le capitaine, qui était accompagné d'un jeune homme de la ville, resta quelques instants à s'entretenir avec celui-ci.

Bories examina attentivement ce jeune homme, puis le rejoignit au moment où, après avoir quitté le capitaine, il sortait de la place d'Armes. Il posa la main sur son bras, à la manière des initiés de la société secrète, et fit ensuite des doigts un signe rapide.

Le jeune citadin était Arthur d'Oberon, qui reconnut aussitôt Bories, comme il avait été reconnu de lui, bien que les deux frères carbonari ne se fussent vus qu'une nuit à la clarté de la lune.

— Vous êtes lié avec le capitaine d'Herbier? demanda froidement Bories.

— Je l'ai vu souvent à Paris... l'hiver passé, répondit Arthur avec embarras.

— Et vous continuez à le voir après les *services signalés* qu'il a cru devoir rendre au gouvernement?

— Il est venu chez moi en arrivant, dit le vicomte d'Oberon... Je n'ai pas pu changer brusquement de manière d'être avec lui; dans les circonstances présentes, cela eût semblé le fait d'une opposition politique, qu'il ne m'est pas permis de professer trop ostensiblement dans ma position.

— Vous êtes bien *prudent*, monsieur, répondit le sous-officier d'un ton qui fit baisser les yeux au noble carbonaro.

Puis il s'éloigna.

En rentrant dans la cour, il trouva ses amis à la place où ils s'étaient entretenus un moment auparavant.

— Eh bien! dit-il en se plaçant devant eux et en se croisant les bras.

— Oh! s'écria Raoulx, voilà le dernier degré de l'opprobre!

— Avoir pour supérieur un tel homme ! dit Pommier ; obéir à ce qui mérite tout mépris ! Se sentir haut placé par son caractère, et avoir au-dessus de soi ce qui devrait être écrasé dans la poussière !

— Tudieu ! dit Goubin, ne fussé-je que le chien du régiment, je voudrais lui sauter à la gorge !

— Vous sentez-vous encore la force de supporter cet outrage ? dit Bories. Reste-rez-vous fidèles aux principes de modération, de patience que vous exprimiez tout à l'heure ?

Les jeunes gens demeurèrent un moment en silence. Puis Raoulx reprit :

— Ceci passe tout exemple, et rendrait peut-être légitime tout acte d'indignation, tout moyen de vengeance... On ne peut être plus opprimé, plus malheureux que nous ne le sommes... Mais enfin le pays s'inquiète peu de nous et de nos ressentiments ! Que sommes-nous dans la nation pour donner à notre intérêt personnel une si large place, pour agir dans le sens où il nous guide ? Faut-il que, pour notre propre satisfaction, pour la joie de notre vengeance, un peuple entier soit livré à la guerre civile ?

— Non, dirent Pommier et Goubin. Résignation, patience !

— Oh ! mes amis, s'écria Bories, je vous admire, et j'attendais de vous ce saint courage... Persévérez, et que Dieu vous en récompense... Moi, je vais conspirer seul.

— Conspirer ?

— Oui.

— Toi... Bories !...

— J'exécute l'arrêt de la vente suprême.

— Grand Dieu !... que dis-tu ?

— Suivez-moi.

Le sergent-major monta dans sa chambre, où ses amis entrèrent avec lui. Ils s'enfermèrent là, entre ces quatre murs blancs, garnis d'un lit de camp, d'une table, d'une armoire de chêne qui formaient la case du soldat.

Bories alla vivement à cette armoire, ouvrit un secret qui s'y trouvait pratiqué, en tira un papier qu'il posa sur la table autour de laquelle ses compagnons étaient assis.

— La nuit de notre dernière réunion, dit-il, avant de quitter le bois de Saint-Pierre, j'ai trouvé dans le creux du saule où nos frères, en passant, déposent les messages, cette lettre de la *vente suprême*.

Il lut cet écrit tracé dans les formes mystiques et figurées du carbonarisme, sous lesquelles les initiés découvraient le sens réel.

« Le jour d'une grande tentative était enfin venu, disait-on. Les épouvantables abus du despotisme avaient achevé de le rendre odieux en France. Le sang de Vallée, de Caron, l'échafaud qui menaçait encore Berton et les siens, avaient

fait lever du sol une foule de vengeurs...
La révolution, trouvant partout l'appui
de l'opinion et le secours du bras, devait
enfin triompher.

« A Saumur, les élèves de l'École
royale de cavalerie, désespérés d'avoir,
par leurs incertitudes et leur faiblesse,
livré le malheureux général, désiraient
ardemment prendre une éclatante revan-
che. Elle serait de sauver l'illustre prisonnier tandis qu'il en était temps encore,
et d'amener la délivrance du pays, pour
laquelle ces jeunes hommes combat-
traient maintenant jusqu'à la mort. Les
campagnes de Colmar, qui avaient été
le théâtre d'une trahison inouïe, et dont
tant de vieux soldats habitaient encore
les chaumières, étaient prêtes à offrir
leurs champs pour premier champ de
bataille.

« C'était sur ces deux points que devait éclater en même temps l'insurrection. »

Les amis de Bories écoutaient avec une
attention palpitante.

« Comme chef de la vente centrale de
la Rochelle et membre du *bataillon sacré*,
Jean Bories devait être le premier émissaire du soulèvement. Il irait secrètement
à Saumur rallier les esprits, concerter
l'action, et, aux premières lueurs de succès, il appellerait à lui ceux des siens qui
voudraient prendre les armes. En même
temps, un des chefs du comité directeur,
sans doute La Fayette lui-même, irait tenter le sort des armes dans le nord de la
France.

« Les premiers jours du mois d'août,
pendant lesquels s'instruirait le procès de
Berton, étaient l'époque fixée pour la
révolution. »

Après cette lecture, les carbonari demeurèrent quelque temps absorbés dans
leurs réflexions.

— C'est étrange ! dit enfin Pommier
d'une voix profonde. Cet ordre est précis, cette insurrection est bien arrêtée.
Combien cependant une telle déclaration
de guerre est opposée à tous les principes de philosophie sociale que nous
avons reçus ! Combien de fois ces grands
patriotes, ces sublimes penseurs, qui sont
les ministres de notre foi, ont proscrit
l'intervention à main armée de toute la
force de leur parole !

— Je crois encore entendre leurs voix,
dit Raoulx. Ils disaient que la force matérielle n'est plus l'arme de notre temps,
que la violence aveugle et égarée ne peut
choisir sa voie, et ne fait que pousser
dans l'abîme ceux qui s'y sont livrés...
Ils nous répétaient sans cesse de rester
fidèles à notre devise : « La parole et
non le fer. »

— Les conspirations sorties du sein du
carbonarisme ont éclaté contre leur volonté, dit encore Pommier, ils en ont
déploré l'esprit insensé autant que le résultat funeste, et maintenant cette lettre
apporte dans son pli une conspiration
nouvelle !

— Mais est-elle bien d'eux ? dit Goubin avec une surprise croissante.

— On ne peut s'y tromper, répondit
Bories. Voici le cachet, les armes de la

vente suprême, les signes symboliques dont elle seule possède le sceau.

Goubin, difficile à convaincre, tourna longtemps entre ses doigts le papier aux mystérieux emblèmes.

— Oui, dit-il, tout cela est authentique.

— De plus, ajouta Bories, depuis huit jours que ce message est entre mes mains, j'ai envoyé un de nos frères à Saumur pour y reconnaître l'opinion publique. Il a trouvé partout, et particulièrement à l'École royale, la fermentation que fait naître l'approche du procès du général Berton, et son rapport confirme entièrement les assertions qui sont faites ici.

— Il n'y a pas à en douter, dit Raoulx, l'arrêt émane de la vente suprême, et il ordonne le combat!

— Et moi, j'obéirai, prononça Bories.

— Et *nous*, ami! s'écrièrent ses trois frères d'armes.

— Non... non!... l'ordre de départ immédiat ne concerne que moi.

— Nous te suivrons... nous partagerons ton sort, quel qu'il soit.

— Avant de vous livrer le secret de cette lettre, dit Bories, je vous ai fait rappeler vos principes politiques, votre résolution de rester toujours dans la voie d'une mission libérale, afin que vous en prissiez de nouveau l'engagement avec vous-mêmes.

— Tu ne peux partager ces principes, Bories; ils n'existent plus pour nous.

— Moi, j'appartiens au *bataillon sacré*, qui doit se lever dans les moments de danger. Vous, vos serments vous lient seulement à la société secrète, dont vous devez nourrir l'esprit et propager les bienfaits.

— Mais l'amitié qui nous lie à toi a aussi ses serments.

— Oh! je vous en supplie... au nom du ciel!

— Écoute, Bories, dit Pommier, ne cherche pas à nous retenir, ce serait en vain. Tout ce que nous venons de dire en faveur de la loi apostolique que nous voulions seule, servir, tout cela est vrai: mais, bien au-dessus des doctrines politiques, l'affection qui nous unit à toi se fera toujours entendre... Principes, opinions, raisonnements, tout pâlit devant cet intérêt suprême. Si tu dois exposer ta vie dans une entreprise périlleuse, oh! ne cherche pas à nous éloigner de toi, tu n'y parviendrais jamais!

— Mon Dieu! dit Bories, vous voir entraînés par moi dans de tels dangers!

— Mais songes-y donc, dit Goubin, tant que nous serons réunis, la force, le courage ne nous manqueront jamais; ainsi nous n'avons rien à craindre... Les périls, les revers, quand on les souffre ensemble ne paraissent plus rien... On s'aime, on se soutient, et le malheur s'efface... Ce qu'il y aurait d'affreux, ce serait de rester ici, enfermés, inactifs, et de trembler pour toi... de te savoir exposé et de ne l'être pas avec toi!

— Ce serait impossible! ajouta Raoulx avec feu. La vie paisible, l'avenir assuré pour nous, et peut-être le martyre pour toi! Oh! non, non, tu ne peux pas le croire!... N'as-tu pas souvent remarqué, Bories, que nous n'avions à nous tous qu'une même existence? Quand l'un de nous conçoit une pensée, elle vient aussitôt sur les lèvres de l'autre. Quand tu souffres, quand tu es indigné des actes odieux commis autour de nous, ne vois-tu pas, en même temps, la même pâleur sur notre visage? Quand l'espoir se réveille en toi, et que tu crois découvrir au loin le salut de la France, ne vois-tu pas le même éclair radieux passer aussi dans nos yeux? Nous ne formons ensemble qu'un seul être, Bories; il ne dépend pas de toi de nous faire vivre ou mourir l'un sans l'autre.

Bories n'avait pas la force de répondre; l'affection de ses amis venait remplir son âme et la faire déborder de tendresse. En même temps les dangers qu'il allait courir lui semblaient terribles lorsqu'il voyait ses compagnons près de les partager avec lui. Il tenait son front brûlant penché dans sa main, et de rapides frémissements passaient sur son visage.

Raoulx reprit :

— Mon Dieu! crois-tu donc qu'exposer notre vie avec la tienne ce soit un si grand sacrifice!... Nous vivons dans un temps si tristement odieux, que bien souvent le sort de ceux qui mouraient pour le fuir nous faisait envie. Il est de ces époques de crise politique où tout bouillonne dans l'être, où on a besoin de vivre aussi vite que le temps marche... Il est insupportable alors d'attendre venir la vieillesse; et la mort dans la lutte vous sourit.

— Cela est si vrai, dit Pommier, que si je n'avais pas cru être plus utile à notre cause en la servant en secret par les efforts seuls de l'intelligence, j'aurais cent fois mieux aimé pour moi-même m'en remettre au sort des armes, où on joue d'un seul coup la perte et le succès.

— Pour moi, Bories, dit Goubin, je n'ai qu'un regret, c'est qu'ayant toujours demandé et appelé de tout mon cœur la guerre ouverte contre nos odieux despotes, je n'aie nul sacrifice à te faire en ce moment.

— Allons, vous le voulez! dit enfin Bories d'une voix étouffée.

— Oui, dit Raoulx, nous voulons nous associer aux devoirs que t'impose ton rang dans la société secrète. Comme membre du bataillon sacré, tu dois être jeté au premier danger, tu dois aller en sentinelle perdue porter le signal de la révolte au milieu des hasards; nous partirons avec toi; ce moment solennel nous verra réunis.

— Encore un mot, reprit Bories. Songez bien qu'en entrant dans une telle entreprise, ce n'est pas l'espoir qui doit nous guider, mais le seul dévouement. Malgré ces vives sympathies qui nous attendent sans doute, malgré ces nombreux

opprimés qui se lèveront peut-être pour
combattre avec nous, le parti du despotisme et de la servitude est encore le plus
fort dans notre triste patrie : et il est mille
fois à craindre que, dès le premier pas, il
ne se dresse devant nous pour nous bar-
rer le chemin.

— Et alors, dit Raoulx, ce premier pas
suffit pour nous perdre.

— Au contraire, ajouta Bories, les
chances du succès sont si faibles, qu'en
passant le seuil de cette ville, nous pouvons déjà nous croire dévoués.

— A la mort, dirent les trois jeunes
sergents, en étendant la main. Mais là,
dans nos cœurs, il y a assez de fierté et
de courage pour nous faire répondre que
cette mort sera belle !

Une larme d'enthousiasme brillait dans
leur regard.

Mais en ce moment les conjurés enten-
dirent le bruit de la porte qui venait de
s'ouvrir derrière eux.

Ils frémirent à cette interruption sou-
daine, comme lorsqu'un incident étranger
et glacial vient se jeter au milieu d'un vif
élan de l'âme.

Ils redoutaient d'ailleurs qu'on eût pu
les entendre.

Mais, en se retournant, leurs regards
rencontrèrent, sur le seuil de la chambre,
la meilleure et la plus joviale figure qu'il
fût possible de voir; le rire épanouissait
encore cette bonne face, rouge de teint,
grise de moustache, et coiffée de travers
du bonnet de police.

C'était celle de Robin *Vieille-Moustache.*

— Salut, mes sergents ! dit-il en entrant. Qu'est-ce que je tiens là, hein ?
qu'est-ce que je tiens là ?

Les jeunes gens, aussitôt remis de
leurs craintes, virent entre les mains du
vieux soldat une grande corbeille de pêches rangées dans la mousse, dont les
filets verts faisaient ressortir leur éclat
vermeil et transparent.

— Pas besoin de dire d'où ça vient,
reprit Vieille-Moustache. Mais c'est moi
qui ai bien ri... J'étais à fumer à l'entrée
de la caserne, sur la place Dauphine,
quand je vois venir deux jolies petites
demoiselles... mais jolies !... suffit !... mes
sergents savent cela mieux que moi... Elles
tenaient ce panier... Les pauvres enfants,
il leur avait fallu se mettre à deux pour
le porter... Il y en a une qui s'approche de
moi et me dit : « Monsieur le soldat, auriez-vous la complaisance de remettre
cela au... » Puis voilà qu'elle s'arrête.
Moi, je lui dis en faisant la petite voix
comme elle : « Au sergent Pommier?...
Oui, mademoiselle, ça sera remis... »
A-t-elle été étonnée, mon Dieu !... Mais
c'est qu'on a des yeux... on a vu une ou
deux fois passer la demoiselle au bras du
sergent Pommier, et on a compris de
reste.

Cette visite bien innocente du soldat
n'en contenait peut-être pas moins, pour
les jeunes gens, d'impressions doulou-

La sainte cause de la liberté!... Ah! mon père, elle est gravée dans toutes les âmes. (Page 55, col. 2.)

reuses... Ce souvenir d'amour, venant au milieu des dangers amoncelés devant eux, en faisait sentir l'effroi et portait un coup mortel à l'âme.

Pommier, sans rien répondre, fit un mouvement pour prendre la corbeille.

— Ah! doucement, mon sergent, dit encore le soldat; je dois faire la commission tout entière... La demoiselle... la plus grande... m'a dit : « Vous recommanderez à votre sous-officier de lever tout de suite la belle pêche d'en haut. » Je lui ai promis de vous dire ça... et voilà.

— Tiens, mon bon Vieille-Moustache, prends cela, dit Pommier en prélevant une belle part de fruits pour le soldat. Et maintenant je te remercie... Va!

Lorsque le soldat fut sorti, les jeunes

gens restèrent immobiles et intérieure-
ment atterrés. Ce message si simple était
venu tout à coup rappeler à trois d'entre
eux ce qu'ils perdaient en perdant la vie.

Assis devant cette table, sur laquelle
était posée la corbeille de pêches, et la
tête penchée, ils sentaient l'aiguillon des
regrets subits, déchirants.

Il s'élevait de ces beaux fruits entourés
de verdure une émanation qui évoquait
autour d'eux les charmes de l'existence,
la nature, l'air libre des champs, le soleil
qui anime jusqu'à l'âme, l'amour, la famille, enfin l'avenir tout entier! Ils se
retrouvaient subitement à l'âge de vingt
ans..., toutes les sensations, tous les désirs
de la jeunesse revenaient les saisir avec
le parfum de ces pêches.

Cependant Pommier souleva courageusement celle qui était placée au sommet,
et une lettre se trouva sous la mousse.

Elle était de Marthe et ainsi conçue :

« Enfin, Pommier, ma mère consent à
notre mariage... il a fallu bien longtemps
attendre, prier, pleurer... mais tout cela
est fini... les peines sont passées ; je ne
sens plus que la joie.

« C'est hier au soir, quand j'étais si
triste de l'orage qui m'avait empêchée de
te voir à la fête... et peut-être pour faire
une bonne action le jour de *Saint-Romain-
les-Pêcheurs*, notre patron... que ma mère
m'a dit : « Eh bien! épouse-le donc, si tu
« l'aimes tant!... »

« Oh! je voudrais que tu eusses déjà
cette lettre, pour pouvoir me dire : *Il le*
sait maintenant!... il est heureux comme
moi!... Tu vois, mon ami, nous avions
tort de désespérer ; Dieu a été bon pour
nous... Il ne dépend plus que de toi de
fixer le jour de notre mariage... Moi, je
n'ai d'autre volonté que la tienne... Seulement, je t'avertis qu'Églantine sera ma
première demoiselle d'honneur ; pense
bien à prendre Charles Goubin pour chevalier. Tu entends!... Il faut espérer que
notre mariage fera encore d'autres heureux
que nous-mêmes.

« Je t'attends pour te dire de nouveau
que je t'aime.

« Marthe. »

Pommier lut tout bas cette lettre et la
fit passer à ses amis qui la parcoururent
aussi du regard.

Tous quatre gardaient le silence. Raoulx
pensait à celle dont le nom n'avait pas été
rappelé, mais qui était bien plus présente
à son cœur que les deux jeunes filles nom-
mées dans ce message ne pouvaient l'être au
cœur de ses amis... D'une nature plus passionnée que ses compagnons et moins sûr
qu'eux d'être aimé, il aimait bien davantage.

Quelques instants de morne silence se
passèrent ainsi. Puis Raoulx, dans un
mouvement ferme et digne, releva la tête.

— Quel jour partirons-nous? demanda-
t-il à Bories.

Le jeune chef ne peignit que par son
regard tout ce que lui inspirait d'admiration le courage de ses amis, et il répondit :

— Un des premiers jours du mois d'août, lorsque le procès du général Berton sera ouvert. D'ici là, il y aura deux réunions des Compagnons de la nuit. Dans la première, nous communiquerons l'ordre de la vente suprême à nos frères ; nous leur exposerons la marche de l'entreprise. Dans la seconde, nous recevrons le serment de ceux qui voudront prendre part au soulèvement, et qui devront se tenir armés et prêts à partir au premier signal.

Les jeunes sous-officiers se serrèrent la main et descendirent au roulement du tambour qui les appelait à l'exercice.

VI

M. PONTARLIER ET SA FAMILLE

Dans une maison blanche et riante, située près de la porte de l'Horloge, en vue du port de la Rochelle et des îles verdoyantes qui en forment le lointain, habitaient à cette époque M. Pontarlier et sa famille.

M. Pontarlier, vieillard encore frais et vermeil à soixante-dix ans, était un heureux père, et ce qui ne le touchait pas moins, un heureux propriétaire. Ses deux enfants, son fils et sa fille, étaient (selon son expression) beaux comme le jour ; sa maison de ville et le jardin attenant offraient un aspect de prospérité parfaite ; un domaine situé aux portes de la Rochelle, et dont les vignes et terres étaient dans le meilleur rapport, lui donnait cinq mille francs de rente au soleil.

Rien n'eût troublé cette bienheureuse existence sans les rumeurs sourdes et les complots partiels qui venaient parfois menacer la tranquillité de la France. M. Pontarlier, par sa nature et son expérience, avait une horreur profonde des révolutions, qui se plaisent à déranger les colonnes de chiffres des capitalistes. Mais, à mesure que les bouffées de terreur soulevées dans son âme par le moindre symptôme d'insurrection venaient à se dissiper, il se reprenait à jouir de la possession de sa maison et de ses terres, qu'il croyait sentir plus à lui que jamais.

Un seul désir lui restait réellement à former ; c'était de marier un de ses enfants ; pour voir commencer ces générations futures, grâce auxquelles il s'assurait la possession de ses biens au delà même de la vie, en les transmettant aux siens.

Sa fille Édith, âgée de dix-huit ans, refusait tous les partis, sans donner d'autre raison de cette exclusion générale que celle de son bon plaisir. Mais depuis quelque temps M. Pontarlier avait tout lieu de croire que son fils, qui venait d'atteindre vingt-trois ans, serait moins rebelle à la raison de famille. Voulant éclaircir ses suppositions, et jugeant que la confiance devait régner entre enfants du même âge, il pensa à s'adresser à sa fille pour obtenir la confirmation de ce qu'il désirait.

Ce matin-là donc il cherchait Édith pour l'interroger adroitement sur les projets d'établissement qu'aurait pu lui confier son frère.

Mais, bien qu'elle sortît rarement, il n'était pas facile de rencontrer cette jeune fille dans la vaste maison de son père.

Elle était presque toujours seule, à errer sous les combles inhabités de la maison, ou dans les endroits les plus ombreux du jardin. Sa physionomie était habituellement pensive, et elle ne communiquait à personne ce qui la préoccupait; les méditations de cette enfant étaient même si continuelles et si tendues, que sa jolie figure en avait déjà pris quelque chose de la pâleur qui couvre les traits du savant et du cénobite contemplatif.

Pourtant, loin de se lasser de ces promenades intérieures, de ces rêveries solitaires, si on venait l'en tirer malgré elle, un certain air de froideur dédaigneuse témoignait aussitôt de sa contrariété.

Édith était petite, mince et blonde, avec des yeux d'azur et une carnation diaphane; sa taille, ses pieds, ses mains étaient d'une délicatesse extrême; sa chevelure magnifique aurait pu l'envelopper tout entière. Une expression de hauteur, qui avait assez de grâce dans sa petite stature, lui était habituelle dès l'enfance.

Quand on la voyait passer avec l'air de fierté princière empreint sur son front et l'extrême légèreté de toute sa personne, elle semblait ne pas daigner effleurer la terre.

Ainsi, souvent la jeune fille disparaissait tout à fait dans la maison de son père, spacieuse comme toute habitation de province.

Il n'est pas probable qu'elle s'y livrât à aucune occupation. L'étage supérieur, où elle prétendait aimer à se tenir à cause de la beauté de la vue, et d'où en effet on découvrait la mer et les îles de Ré et d'Oléron, n'était point meublé; il s'y trouvait seulement de vieilles peintures, pour la plupart des portraits de l'ancienne famille royale. Madame Pontarlier, dont la mère avait été dame d'honneur de la reine Antoinette, s'était plu autrefois à conserver ces toiles, que depuis sa mort on avait reléguées sous les combles.

La jeune Édith ne pouvait donc guère s'occuper en cet endroit qu'à voir passer les nuages.

Dans le jardin, elle ne se souciait guère non plus de la culture des fleurs : des touffes de lis et un royal datura captivaient seuls son attention; pour les autres plantes, qui étalaient devant elle leurs plates-bandes émaillées, c'était pour Édith comme si elles n'eussent pas existé.

Ce jour-là, son père la rencontra heureusement comme elle descendait de sa retraite habituelle.

—Bonjour, Édith, bonjour! dit M. Pontarlier en entraînant sa fille au salon, tu te portes bien ce matin?... Ton frère aussi... Parbleu! il prend un air tout à fait martial, et lui voilà des favoris noirs... presque aussi beaux que ceux de notre substitut... ton dernier prétendant... Ah çà!... ce pauvre garçon est donc renvoyé comme les autres?

— Sans doute, dit Édith, puisqu'il ne me plaît pas davantage.

— Je t'ai pourtant proposé de beaux partis... tu as eu tort de les refuser.

— Je ne les aimais pas.

— Alors tu avais tort de ne pas les aimer.

— Comme vous voudrez.

— Que te faut-il donc?... Mais, voyons, c'est de ton frère que je viens te parler. Ne remarques-tu pas que depuis quelque temps il a l'air bien affairé? il sort à tout moment de la journée, et ne rentre que très-tard le soir.

— Eh bien! mon père?

— Il ne t'a rien dit du motif de ces sorties?

— Non... depuis longtemps je n'ai pas causé seule avec lui.

— Ah! raison de plus pour croire que quelque chose l'absorbe vivement, dit avec empressement M. Pontarlier. Il ne vient plus faire ma partie de tric-trac... il n'entend rien quand on lui parle, et répond à autre chose.

— Il faut lui faire sentir que c'est mal.

— Je m'en garderais bien!... A son âge, une seule chose peut le préoccuper à ce point... Tu ne devines pas?...

— Non.

— Il est amoureux et veut se marier!

— C'est possible.

— Ah! tu crois que c'est possible! s'é-cria M. Pontarlier d'un air de jubilation. Eh bien! sais-tu de qui il est amoureux?... Voyons, cherche un peu... Quelle est, selon toi, la jeune personne de la ville, riche, bien née, à laquelle il pourrait songer?...

Édith, le front penché, gardait le silence.

— Tu cherches? reprit son père. Hein?... Sur laquelle aura-t-il porté ses vues?

— Mon père, dit la jeune fille, croyez-vous que le ministère soit changé?

— Ah! par exemple! qu'est-ce que cela te fait?

— Sans doute, il devrait peu importer qu'un homme ou l'autre fût à la tête des affaires...

— Alors, pourquoi y songes-tu?

— Mais l'influence des ministres suscite souvent des ennemis au gouvernement.

— Des fous, qui ont payé leurs sottises !... Il n'est plus question de cela.

— On ne sait... Les troubles, les douleurs qui agitent la France...

— Où vois-tu donc des troubles, des douleurs? Tout va très-bien.

— Ces troubles, disais-je, font douter de l'établissement de la monarchie.

— Hé! la monarchie est très-bien établie.

— Pour vous, mon père, qui êtes un simple et bon royaliste ; mais...

— Doucement, ma fille ; j'étais pour l'empereur tant qu'il a régné... Dieu sait que j'aurais voulu lui voir conserver son trône ; cela nous eût épargné deux révolutions ! Maintenant, je souhaite de tout mon cœur paix et prospérité à Louis XVIII... et qu'il jouisse d'une longue vie... afin que nous puissions en faire autant.

— Mais la dynastie des rois que Dieu même a choisie pour gouverner la France, doit régner sans lutte et sans conteste, aimée et bénie de tous ses sujets.

— Sans doute.

— Et ce n'est point ce qui se passe aujourd'hui. Les complots de toutes les factions qui éclatent tour à tour sont un danger continuel pour le pays et pour le trône.

— Que veux-tu qu'on y fasse ?

— C'est peut-être la Providence qui le permet ainsi, afin de nous amener à une ère nouvelle, où la monarchie brillera de son premier éclat.

— Ma fille, je te vois toujours, comme on dit maintenant, plus royaliste que le roi.

— Pour moi, l'expression est juste ; car j'aspire à une souveraineté plus réelle, à une couronne plus éclatante que celle qui règne maintenant en France.

Tu ferais bien mieux d'aspirer à autre chose... à un mari, par exemple... Toutes ces rêveries-là sont très-inutiles pour une petite fille et très-dangereuses pour tout le monde.

— C'est ce qu'on verra, dit Édith d'un petit ton prophétique.

— Je ne veux rien voir du tout ! s'écria M. Pontarlier avec impatience. Ne me mets pas encore des terreurs dans l'âme avec tes folles prédictions... Et puisque tu ne peux rien m'apprendre sur les projets de ton frère, je vais l'interroger lui-même.

— Mon bon père, reprit Édith d'un ton plus doux, c'est dommage que vous soyez fâché aujourd'hui contre les royalistes, car je voulais vous demander la permission d'aller voir madame de Forban.

— Ta nourrice... c'est elle qui te met toutes ces extravagances en tête.

— Madame de Forban n'est pas une nourrice ordinaire ; elle m'a donné son lait par amitié pour ma mère, qui était fille d'une dame d'honneur de la reine...

— Oui, je le sais, elle est toute vouée à l'ancien régime... toujours à cheval sur le trône et l'autel... J'aimerais mieux la voir sur un âne... ça vaudrait mieux pour sa santé !... et pour notre repos.

— Mais, mon père, il fait si beau aujourd'hui, l'air de la campagne m'aurait fait du bien...

— Alors... va, mon enfant, puisque cela te fait du bien, dit l'excellent homme en embrassant sa fille ; moi, je vais retrouver ton frère, qui doit être rentré pour déjeuner... car il n'oublie pas cela, du moins.

A ces mots, M. Pontarlier passa dans la salle à manger, où il trouva en effet son fils qui prenait une omelette au sucre, après avoir déjà fait disparaître un vol-au-vent et un perdreau.

— Il mange beaucoup pour un amoureux, se dit M. Pontarlier avec une certaine inquiétude, en remarquant le déchet opéré sur la table. Me serais-je trompé ?

Résolu de savoir aussitôt à quoi s'en tenir, il avoua à son fils que depuis quelque temps il observait sa conduite, et y trouvait de notables changements. Il ajouta que cette nouvelle manière d'être avait été attribuée par lui à une vive préoccupation de cœur.

— Eh bien ! oui, mon père, s'écria le jeune homme dans une tendre effusion à laquelle l'entraînaient la bonté du vieillard et le vin de Champagne qui venait de clore son déjeuner ; pourquoi ne vous avouerais-je pas ce qui remplit mon âme ?... Vous ne me trahirez pas, vous !

— Moi te trahir, mon enfant ! dit M. Pontarlier radieux. Loin de là ! C'est si bien de ton âge !... Je te seconderais plutôt de tout mon pouvoir.

— Mon bon père !

— Ah çà ! c'est donc une véritable passion ?

— Oui, qui absorbe tout mon être.

— On le comprend, dit M. Pontarlier d'un ton capable.

— Je lui ai voué ma vie, reprit le jeune homme, et suis prêt à mourir pour elle.

— Il faut espérer que ça n'en viendra pas là...

— Pour la plus pure, la plus noble...

— Oh ! c'est entendu... Mais tu ne m'en as pas parlé.

— J'aurais craint que vous ne pussiez me comprendre.

— Si ! si !

— Mais moi, dès que j'ai pu penser, sentir, je l'ai adorée... je me suis lié par les serments les plus sacrés...

— Lié par serment... et sans me prévenir !...

— C'est une foi jurée que rien ne peut rompre.

— Ah ! ça va trop loin, par exemple... Ne sais-tu plus que je suis ton père ?... as-tu toute ta raison ?

— La raison ! je ne sais... je ne puis trop compter sur la solidité et la réflexion de mes vingt-trois ans... mais tout ce qu'il y a de sentiment et de force en moi lui est acquis à jamais.

— Morbleu !... mais je dois au moins la connaître.

— La sainte cause de la liberté !... Ah !

mon père, elle est gravée dans toutes les âmes... Il ne faut que la dégager des nuages qui...

—La cause de la liberté! s'écria M. Pontarlier en bondissant de son siége. Ah çà!... mais de quoi diable me parles-tu donc?

— De l'intérêt le plus cher de ma vie... Pourquoi me demandez-vous ce qui m'absorbe si ardemment, si vous ne voulez pas l'entendre?

— La cause de la liberté est ce qui te fait aller et venir à toute heure... ce qui te donne ces airs rêveurs, préoccupés?... Ah! mon fils, j'espérais mieux de toi, dit le pauvre père avec un soupir de détresse... Mais, morbleu! que prétends-tu donc?

— Je prétends travailler de tout mon pouvoir à faire triompher cette cause, et, s'il faut vous l'avouer, je suis lié à une société secrète qu'animent les idées les plus libérales.

Le fils de M. Pontarlier, pour la plus grande douleur de celui-ci, était le jeune Cédric, ami de Charles Goubin, et, comme nous l'avons dit lors de la réunion du bois de Saint-Pierre, un des plus fervents Compagnons de la nuit.

Pendant la première stupeur de son père, il ajouta :

— Cette société a pour but de délivrer la France.

— Que le ciel la confonde! s'écria M. Pontarlier.

— A tout autre que vous, je ne l'aurais pas avoué au prix de tout mon sang; mais vous, mon père, vous avez droit...

— Tu aurais bien mieux fait de te taire aussi avec moi... Qu'est-ce que vous voulez encore?... soulever, agiter la nation?

— Pour la sauver.

— Mais ça ne sera pas... je ne veux plus de révolution.

— Oh! on ne demande pas si M. Pontarlier en veut, dit Cédric avec chaleur. La France est avilie, déchirée par un pouvoir odieux...

— Allons donc!

— La liberté est anéantie sous les plus indignes entraves qu'ait jamais forgées la tyrannie... Il faut combattre tant de maux.

—Pour nous jeter dans des maux cent fois pires, monsieur. Je sais trop ce qu'il en est de ces bouleversements amenés au nom de beaux principes, de ronflantes théories. Tout ce qu'on avait promis s'en va en fumée, et il reste la dévastation, la ruine, la misère.

— Quoi! mon père, le malheur d'un pays entier ne vous touche pas, ne vous fait pas saigner le cœur?

— Mais, écervelé, le pays n'est malheureux que parce que vous allez lui criant sans cesse aux oreilles qu'il souffre, qu'il est opprimé... Sans cela tout irait bien...

Elles s'arrêtèrent alors, et lurent le billet tracé sur la marge d'un feuillet déchiré.

Que nous manque-t-il donc, s'il vous plaît?

— Oh! s'écria Cédric en frappant du poing sur la table et se levant à son tour, voilà ce qu'il y a de plus affreux au monde, c'est d'entendre des gens dire que tout va bien, que le pays est en pleine prospérité, quand ils vivent largement, dans leur bonne maison, tandis que tant de malheureux meurent sur le pavé de la rue. Ce mot *tout*, ce nom de *pays* appliqué à soi-même, à sa seule individualité, est le plus monstrueux égoïsme qu'il existe.

— Voyons, calme-toi... ne vas-tu pas nous faire passer pour des monstres à présent?

— Eh! non, sans doute, vous tous, les privilégiés, vous n'êtes pas durs, cruels de propos délibéré; mais vous êtes tellement enveloppés de calme, de bien-être, que cette atmosphère de prospérité vous cache tout le reste; tellement bercés de toutes les douceurs de la vie, que vous vous endormez sans entendre les cris de vos frères que le malheur déchire à côté de vous.

— C'est bien à moi qu'il faut dire cela!... Ne suis-je pas bien riche, bien privilégié, parce que j'ai cinq pauvres mille livres de rente!...

— Et votre maison?

— Et ma maison... Cependant, monsieur, je ne suis ni avide ni égoïste comme vous l'entendez; car j'aurais pu devenir deux fois millionnaire, et je ne l'ai pas voulu. . Ce n'est pas la fortune que je demande, c'est la tranquillité... J'ai tout sacrifié pour l'obtenir, je l'ai, je veux la garder.

Puis, M. Pontarlier s'approchant de la fenêtre :

— Tiens, Cédric, dit-il, tu vois d'ici, dans le port, des vaisseaux chargés de marchandises qui sont autant de richesses. J'aurais pu, comme les autres, amasser une fortune immense par le commerce qui nous est ouvert. Je ne l'ai pas fait, je n'ai pas voulu confier un sou de ma bourse à la mer, parce qu'elle est sujette aux orages, et que j'aime mieux une heure de sommeil que tous les trésors du monde. J'ai fait mettre un paratonnerre sur ma maison pour me préserver des révolutions du ciel... J'ai placé ma fortune en biens-fonds pour que le feu, ni l'eau, ni la faillite ne pussent me l'enlever... Je veux le calme, la sécurité, encore une fois, m'entendez-vous?

— C'est-à-dire l'immobilité.

— Oui, monsieur; si on me tourmente ici... si on bouleverse tout encore une fois, j'irai en Chine... où rien ne change... Ah! c'est bien le céleste empire!

— C'est l'empire de pierre qui garde éternellement sa forme et sa couleur, à la condition de ne pas vivre; tandis que les nations d'Europe sont dans les conditions de l'être vivant qui souffre, mais se développe.

— Et si par hasard on y jouit d'un moment de paix, il se lève un tas de fous comme toi pour la troubler.

— Ainsi, mon père, voilà donc toutes les sympathies que je peux espérer de vous pour la société secrète à laquelle j'appartiens?

— Je vous défendrais de la fréquenter si je ne voulais vous épargner le tort de me désobéir... Ainsi, parlez, pérorez, amusez-vous à jouer aux conspirations... Mais, pour Dieu! n'en faites pas davantage. Ne nous amenez pas encore quelque révolution; ou, du moins, attendez que je n'y sois plus.

Là-dessus M. Pontarlier sortit en murmurant :

— J'aurai bien de la peine à le marier... Il n'y a plus de jeunes gens!...

Et Cédric se mit à fredonner le *Dieu des bonnes gens.*

VII

Dans l'après-midi de ce jour, Cédric et sa sœur se trouvèrent tous deux dans l'antichambre, ordonnant en même temps au domestique d'aller au port leur retenir un bateau de promenade.

— Si tu vas à Colombelle, ma petite sœur, je puis te conduire, dit Cédric, car je passe devant la maison de madame de Forban, et je te remettrai chez elle.

— Mais oui, très-volontiers, répondit Édith, cela me dispensera d'emmener Joseph avec moi, et ma bonne nourrice me reconduira elle-même ce soir.

Les deux jeunes gens, en sortant, passèrent devant le jardin, où le digne M. Pontarlier, la tête bourrelée des folles chimères de ses enfants, qui pensaient à toute autre chose qu'à perpétuer sa famille, se consolait dans l'aspect régulier de son jardin, dont la végétation docile se pliait du moins à ses idées d'ordre, de stabilité et d'accroissement prospère.

Au port, Cédric et sa sœur montèrent dans une jolie barque à voile qui leur avait été amenée, et suivirent le rivage du côté du midi.

Le marinier était à la proue, s'occupant de naviguer entre les anciennes digues ruinées qui forment des espèces de récifs vers ce bord ; Édith et son frère, assis en face l'un de l'autre, gardaient le silence.

Le bateau se dirigeait dans le bras de mer d'Antioche, vers l'île d'Aix. Le rivage nu et sablonneux était coupé de tours, de bastions, qui jetaient leurs grandes ombres sur les eaux ; la mer unie et immobile, le mouvement grave des barques qui la sillonnaient en appuyant à peine la rame, les grandes ailes blanches des oiseaux marins qui fendaient sans se mouvoir l'étendue azurée, tout l'aspect de ce bord était en harmonie avec la disposition profondément pensive des deux jeunes voyageurs qui le suivaient.

Ils paraissaient tous deux, indifférents et inoccupés, regarder les légères embarcations qui glissaient auprès d'eux. Mais Cédric ramenait souvent ses yeux sur une feuille de papier à demi déroulée entre ses doigts, et dont les lignes qu'il méditait étaient encadrées de signes symboliques et mystérieux. Édith, assise sur le banc de la nacelle, avait baissé son grand voile de dentelle ; à l'abri de ce tissu, elle tenait sur ses genoux un petit dessin au pastel, qu'elle regardait sans cesse à la dérobée.

Les deux jeunes gens, dans cette activité ardente de l'imagination qui fait passer rapidement les heures, comme elle précipite aussi le cours de la vie, naviguaient ainsi s'en s'apercevoir de leur silence, dans lequel on pouvait distinguer le léger bruit du sillage.

Il y avait déjà longtemps que le bateau, laissant derrière lui les derniers forts de la Rochelle, suivait les rives de la campagne, lorsque des ruines, attestant l'existence passée d'un petit fort, se montrèrent sur le rivage.

Cédric fit arrêter le bateau à cet endroit,

et les deux passagers descendirent. On voyait à cent pas des décombres féodaux un habitation demi-rustique, demi-bourgeoise, précédée d'une modeste allée de pommiers. Ce fut à l'entrée de cette avenue que le jeune homme accompagna sa sœur ; puis il revint prendre la barque, qui s'éloigna.

Édith, après avoir traversé l'allée de pommiers, frappa à la porte de la maison habitée par madame de Forban.

Celle-ci vint elle-même ouvrir, embrassa Édith avec effusion, et toutesdeux allèrent aussitôt s'enfermer dans une petite salle basse, avec l'empressement de personnes qui ont beaucoup de choses à se dire.

Madame de Forban était une femme de cinquante ans, encore fraîche et gracieuse.

Elle appartenait à une très-ancienne famille, mais depuis fort longtemps ruinée. Ses grands-parents, après la destruction de leur château de Forban, dont on voyait encore les restes sur la plage, s'étaient retirés humblement dans une maison qui était celle de leur fermier, au temps où ils avaient des terres. Madame de Forban était née dans cette demeure, elle s'y était mariée et l'habitait encore.

Sa vie avait été celle de la plus simple fermière, bien que, unie à un de ses cousins elle eût conservé son nom. Mais n'ayant jamais vu sa noblesse qu'en perspective, dans les formes incertaines de deux tourelles grises qui se dessinaient au loin sur l'azur de la mer, elle la traitait à peu près comme un conte de fée,

et s'arrangeait très-bien de son honnête médiocrité.

Le seul sentiment qu'elle eût conservé de son origine était un royalisme fanatique.

Si elle ne s'était jamais plainte de sa propre ruine, elle avait donné bien des larmes secrètes à celle des Bourbons. Depuis 1815 aussi, elle fêtait leur retour, seule et sans bruit, dans la joie de son cœur.

Ce rapport d'opinion l'avait étroitement liée avec madame Pontarlier.

La mère de celle-ci avait été dame d'honneur à la cour de Marie-Antoinette, et le comte d'Artois, de galante renommée, l'avait prise aussi, dit-on, pour la dame de ses pensées. Si bien que madame Pontarlier, fille de cette personne si bien en cour, était peut-être royaliste de naissance comme d'opinion, et avait pu transmettre ce sentiment à sa fille par droit héréditaire.

Quoi qu'il en fût, lorsque Édith était née, madame de Forban, venant de perdre un enfant de quelques mois, avait voulu donner son lait à la fille de son amie, qu'une trop faible santé empêchait de nourrir, et qui avait succombé quelques mois après.

Veuve depuis longtemps, n'ayant qu'un frère qui habitait Paris, madame de Forban vivait seule à Colombelle.

Ses opinions royalistes, que nulle lueur de raison ni d'intelligence n'était venue éclairer, étaient une de ces superstitions qui passent d'âge en âge, sans que jamais l'examen les arrête en chemin ; le fond en importe peu, et l'imagination oisive y trouve où semer ses broderies. Madame de Forban, retirée à la campagne, l'esprit nourri de chimères, était donc dans une complète ignorance du monde ; et son humeur douce et candide, son extrême simplicité de caractère, l'empêchaient même de juger aucunement par induction des hommes et des choses.

Lorsque Édith et sa nourrice furent réunies sur le canapé de jonc, à l'ombre des volets verts, une certaine émotion les empêcha un moment de parler. Puis madame de Forban, prenant les mains d'Édith, dit seulement :

— Eh bien ! mon enfant, c'est aujourd'hui que nous allons tenter cette épreuve... Tu as apporté le portrait ?

— Le voici, dit la jeune fille en découvrant le pastel qu'elle regardait si attentivement en chemin.

— C'est toi qui l'as peint ?

— Oui. J'ai copié le portrait authentique que nous possédons avec une scrupuleuse exactitude.

— Nous pourrons aujourd'hui faire la comparaison... rapprocher cette auguste image de ses traits, à lui... Il nous attend.

— Tu crois, nourrice ? dit la jeune fille qui avait conservé l'habitude de cette enfantine appellation.

— J'en suis sûre... Hier et avant-hier, vers quatre heures... je suis allée dans le taillis, d'où on découvre la tour du château de Colombelle, et je l'ai aperçu à sa fenêtre, regardant du côté d'où il nous a vues venir souvent.

— Pauvre prisonnier !

— Malheureux exemple des vicissitudes humaines !

— Et tu crois qu'il pensait à nous ?

— Est-il possible d'en douter ? Oui, Edith, il t'a remarquée, l'amour a pris naissance en lui... comme dans tous les grands cœurs... à la première vue... Il est d'un sang où cette passion s'allume vite...

— Mais est-il en effet de ce sang royal ?... Ah ! ma bonne amie, nous pouvons si facilement nous faire illusion l'une et l'autre !

— Édith !...

— Près de toi je suis pleine de confiance, la conviction me gagne... Mais quand je suis seule, il y a des moments où tout mon enthousiasme s'éteint... Il me semble qu'un mot de vérité est venu tout à coup détruire nos chimères... m'apprendre que nous étions folles toutes deux !

— Douter, quand c'est plus simple, plus facile, et quand il y a un certain danger à croire, douter est une faiblesse coupable dont il faut se défendre.

— Oh ! dans ces moments-là, mon sang

se glace, ma poitrine s'oppresse, et je me sens mourir..... C'est bien étrange... car enfin quel intérêt si grand y a-t-il pour moi dans tout ceci?

— Y penses-tu?...

— Sans doute... que ce soit lui ou non, qu'importe?

— Qu'importe! s'écria la fervente royaliste; qu'importe, après trente-deux ans d'orages révolutionnaires, de retrouver l'élu de Dieu, qui peut rendre le repos et la gloire à la France!

— Mais, en admettant tous ses droits, il est bien loin encore de les faire triompher. Comment, du fond de sa captivité, remontera-t-il sur le trône de ses pères?

— Et la main de Dieu, mon enfant!

En disant cela, madame de Forban se leva, servit à Édith une tasse de lait et des fruits de son jardin, et tandis que la jeune fille prenait sa légère collation, elle mit un chapeau de paille et s'enveloppa d'un mantelet noir pour être prête à sortir.

Édith, pressée de partir, et voulant aider la bonne dame dans ces derniers soins, entra dans la pièce voisine, ouvrit une armoire dans laquelle madame de Forban plaçait habituellement son ombrelle..... Mais là, elle recula subitement en jetant un cri sourd. Au lieu du parasol qu'elle cherchait, elle venait de mettre la main sur un sabre et voyait deux pistolets et un habit d'homme sur la tablette.

Sachant que sa nourrice habitait seule depuis plus de vingt ans, elle ne comprenait rien à la présence de ces objets, qui devaient lui être parfaitement étrangers.

Madame de Forban la rassura en lui disant que ce mystère ne contenait rien d'effrayant, et encore moins de coupable, ajouta-t-elle en souriant. Mais du reste elle refusa absolument de lui donner aucune autre explication, et l'intérêt puissant qui les entraînait au dehors leur fit bientôt oublier à toutes deux cet incident.

Cet intérêt était l'amour sous des formes différentes: l'amour qu'une femme, dans son âme toujours jeune, portait à une dynastie entière de princes, dont la bannière blanche, l'armure éclatante, les hauts faits chevaleresques se détachaient sans cesse du passé pour venir se peindre dans ses rêves; l'amour d'une jeune fille pour un homme jeune, beau, assurément malheureux, entouré, à force d'imagination, du prestige de la royauté, et d'autant plus séduisant qu'elle ne connaissait rien de lui que sa vague apparition dans l'ogive d'une tour.

Souvent, depuis le jour où cette découverte s'était faite pour elles, madame de Forban et Édith s'étaient entretenues du personnage mystérieux, sous le berceau de chèvrefeuille qui ombrageait le jardin de la bonne dame, et ces conversations, ignorantes de la moindre donnée sociale et politique, mais animées de l'esprit de parti et très-riches en poésie, avaient porté au dernier degré l'exaltation de ces deux têtes romanesques, en versant sur la plus jeune et la plus faible des dangers au delà de toute prévision naturelle.

Les deux dames s'acheminèrent dans la

vallée de Colombelle. A un quart de lieue à peu près, elles arrivèrent en vue d'un château de construction ancienne, mais de peu d'apparence et d'étendue. Aussitôt Édith serra vivement le bras de sa nourrice. Ses yeux de dix-huit ans, malgré les branches épaisses et mobiles, qui, à cette distance, lui disputaient encore la vue de la façade, avaient aperçu une tête brune et penchée sur le cadre d'une des fenêtres.

Mais, loin de se montrer, Édith et sa conductrice s'enfoncèrent dans un taillis qui s'élevait en face du vieux bâtiment, et à l'abri duquel on pouvait approcher à très-peu de distance des fenêtres du château sans être aperçu.

Elles se placèrent dans une touffe de jeunes arbres, dont la feuillée transparente leur faisait une jalousie naturelle, et toutes deux tinrent leurs regards attachés sur le personnage que la croisée ouverte leur faisait distinguer.

— Mon Dieu! qu'il est beau, avec cet air de noblesse, de grandeur et de mélancolie! dit madame de Forban, tandis qu'Édith pensait la même chose. Il tient un livre, et semble s'en occuper, ajouta la bonne dame... Mais, regarde, mon enfant, ses yeux sont toujours fixés sur le chemin par lequel il pense nous voir venir.

— Oh! regardons d'abord s'il ressemble à ce portrait! dit la jeune fille.

Elle développa le pastel en reprenant :

— Le portrait de Louis XVI, conservé par ma mère, était extrêmement ressemblant; je l'ai copié dans cette esquisse aussi fidèlement que possible; vois si les traits du prisonnier ont quelque rapport avec cette peinture... et dis-moi s'il est en effet le fils de l'infortuné monarque.

— Oui, ce type des Bourbons est très-reconnaissable, et nous pouvons chercher sur la figure de ce jeune homme les lignes et l'expression qui composent l'air de famille.

— Oh! regarde toi-même, dit Édith, mon cœur bat si fort que je n'ai pas la force de tenter cette épreuve!

Madame de Forban porta tour à tour ses regards du pastel, qu'elle tenait, au jeune homme qu'elle voyait à la fenêtre.

— Mais oui! c'est cela! c'est bien cela! s'écria-t-elle... il me semble trouver une ressemblance extrême.

— Mon Dieu! est-il bien vrai?

— Cette tête de Louis XVI est bien belle, la figure du jeune inconnu est admirable... Ainsi ils se ressemblent parfaitement.

Édith regarda à son tour et secoua la tête.

— Oui, dit-elle, il y a de la régularité, du charme dans ces deux figures..... mais ce n'est pas le même caractère..... les traits du jeune homme sont plus accentués, la nuance de son teint plus chaude, plus colorée.....

— Songe donc! les souffrances, le malheur.....

— Devraient le pâlir, au contraire... Et puis, ce prisonnier est bien jeune... et maintenant le fils de l'infortuné Louis XVI devrait avoir...

— Oh! nous ne savons pas l'âge de ce jeune homme... ensuite le malheur...

— Aurait dû le veillir, au contraire, dit encore tristement Édith.

— N'importe! reprit madame de Forban, pour moi, ma conviction est encore plus forte qu'avant d'avoir fait la comparaison de ce portrait.

— Bonne amie... tu soutiens mon courage.

Madame de Forban regardait toujours la fenêtre de la tour.

— Tiens, Édith, dit-elle en portant la main au-dessus de ses yeux, là, au fond de sa chambre... autant que je puisse distinguer dans l'ombre, c'est une branche de lis qui trempe dans un vase de terre.

— Oui... oui, dit la jeune fille en apercevant l'objet désigné... Oh! la vue de cette fleur me persuade plus que tout le reste... C'est une inspiration du cœur qui l'a choisie! et nul autre que le prince n'y eût songé!

— Pauvre lis de la royauté, le voilà jeté dans un grossier vase de terre!

— C'est l'image de l'héritier du trône enfermé dans cette prison!

— Patience! la vraie légitimité sortira enfin de ses nuages... Le prince héréditaire sera sauvé... et nous aurons été des premières à lui payer le tribut d'amour et d'obéissance auquel il a des droits éternels.

— Et que son malheur rend plus sacrés encore.

— Oui, c'est bien l'excès du malheur, dit la fervente royaliste; lui, fils de tant de rois, avoir pour première demeure les affreux cachots du Temple, survivre à sa famille immolée, passer toute sa jeunesse errant, proscrit... et quand il revient en France, sur la terre qui lui appartient, qui est son vaste domaine, n'y trouver que la captivité!

— Oh! c'est à désespérer d'une telle destinée!

— Au contraire, mon enfant. La Providence en paraîtra plus grande quand elle viendra le prendre par la main pour le conduire sur le trône de ses pères; et ce sera bien là une preuve merveilleuse que Dieu protège les rois envoyés par lui, et bénit malgré tout la légitimité.

— Le ciel t'entende!

— Oui, Louis par la grâce de Dieu reprendra la couronne de France... Et toi, ma fille, ajouta madame de Forban dans une exaltation extrême et entourant Édith de ses bras, et toi, tu la partageras peut-être avec lui!

— Oh! ne dis pas cela! s'écria la jeune fille frémissante.

— Pourquoi?... Il t'aime; et si votre

Pommier, qui marchait le premier, écarta avec effort d'énormes touffes de broussailles. (Page 67, col. 2.)

union était formée pendant la captivité du prince, le changement de sa fortune ne pourrait la rompre.

Édith cachait dans le sein de madame de Forban son visage d'une rougeur brûlante.

En ce moment, un bruissement de feuilles assez sensible se fit entendre dans le taillis. Les deux dames se retournèrent vivement du côté d'où le bruit était parti... mais n'apercevant rien qu'une tourterelle sauvage, elles durent attribuer au frôlement d'ailes de l'oiseau le mouvement qui les avait une minute effrayées.

—Viens, mon enfant, reprit la bonne dame. C'est trop faire languir ce pauvre prisonnier qui attend notre présence.

Elles sortirent du taillis et allèrent prendre plus haut le chemin de traverse qui passait sous les fenêtres du château. La route était déserte, le bâtiment presque entièrement fermé, et le jeune homme de la tour pouvait seul les apercevoir.

Elles avançaient lentement. Édith regardait par-dessous son voile le beau prisonnier qui suivait de l'œil tous ses mouvements.

A une certaine distance, elle cueillit une abondante moisson de fleurs des champs ; et quand elle eut ses mains pleines d'iris, de marguerites, de roses sauvages, de toutes les fleurs que la terre répand si gracieuses et si belles, elle en forma une couronne à l'aide de tiges de roseau, et alla la suspendre au-dessous de la fenêtre du prisonnier, dans lequel elle croyait sincèrement honorer la royauté.

Le jeune homme, en ce moment, se pencha autant que possible hors de la croisée et laissa tomber aux pieds d'Édith un papier étroitement plié. La jeune fille releva vivement ce gage.

Édith et sa compagne restèrent quelques instants tremblantes et muettes à ce signe visible de la liaison qui s'était établie silencieusement entre elles et l'habitant de la tour.

Intimidées et frémissantes, elles n'osèrent pas ouvrir tout de suite le pli du papier, et marchèrent jusqu'à l'endroit où le tournant du chemin les mit hors de vue du château. Elles s'arrêtèrent alors et lurent le billet tracé sur la marge d'un feuillet déchiré

Le prisonnier écrivait :

— La vue de la beauté console l'infortune..... C'est le signe céleste qui lui annonce des jours meilleurs.

Ces lignes portèrent au comble les espérances de madame de Forban et de sa trop faible compagne, et les livrèrent plus que jamais à l'aventureuse passion dans laquelle elles s'étaient aveuglément jetées.

Madame de Forban, pour rester plus longtemps avec sa fille chérie qui était déjà à ses yeux reine de France, monta dans le bateau qui ramena Édith à la Rochelle, et la reconduisit jusqu'à la maison de son père, où les deux ardentes royalistes ne se quittèrent qu'avec l'enivrante espérance de se retrouver bientôt dans les environs du château de Colombelle.

VIII

LES CARBONARI SUR LES TOMBES DE LEURS PÈRES

Après avoir déposé sa sœur à Colombelle, Cédric passa une partie de la journée dans l'île d'Aix. Puis, ayant repris sa barque, il se fit conduire vers un endroit inhabité de la côte, où il descendit et se promena quelques instants seul dans la campagne.

La nuit approchait.

A cinquante pas du bord que parcourait le jeune homme, se trouvait un monticule couvert de broussailles et de hautes ronces.

Ce tumulus, qu'on voit encore aux environs de la Rochelle, sert de base à l'une des pierres celtiques éparses dans l'antique pays d'Aunis. Au sommet s'élève, à cinq pieds de terre, la large table d'un *dolmen*, pierre sacrée, que le temps n'a pas eu le pouvoir de briser !... D'énormes tiges de ronces, montant jusqu'à cette masse de granit, l'enlacent de leurs arabesques sauvages. A côté du monticule, un massif de pins et de lauriers, d'une verdure immuable, semble la sentinelle éternellement apposée à la garde du monument.

Autour s'étend un sol aride et nu, qui n'offre nulle pâture aux troupeaux, et ainsi préserve de tout envahissement la solitude de ce lieu.

Saint Louis, dit-on, en revenant de vaincre les Anglais, se reposa et s'endormit sous ce *dolmen*. Un peu plus loin, sont des racines de piliers ayant appartenu à un camp romain ; puis une pierre restée, à ce qu'on croit, d'un autel d'Isis.

Ainsi, en cet endroit, des signes visibles rappelaient les plus grandes révolutions du monde, et devaient faire regarder avec un philosophique sourire le simple changement de souveraineté en France, dont de jeunes conspirateurs s'occupaient en ce moment.

Nul sentier n'était tracé dans cette espèce de lande ; cependant un homme y arriva bientôt. Il s'approcha du monticule planté d'une épaisse et courte végétation et disparut subitement, quoique les touffes épineuses qui couvraient le sol fussent loin d'avoir la hauteur nécessaire pour le dérober.

Au bout de quelques minutes, d'autres personnages s'approchèrent aussi de ce tertre couvert de branchages, et disparurent également.

Cédric les regardait et continuait sa marche pensive. Il resta sur le rivage jusqu'au moment où ses amis les sous-officiers Pommier et Gouhin vinrent le rejoindre.

Tous trois à leur tour s'avancèrent vers le monticule. Pommier, qui marchait le premier, écarta avec effort d'énormes touffes de broussailles, souleva une pierre plate qui découvrit une large ouverture dans le sol, et des degrés formés par des pas successifs dans la terre.

Les jeunes gens descendirent cette sorte d'escalier, qui, après avoir décrit un assez long détour dans le monument druidique, arrivait dans une vaste cavité.

Les Compagnons de la nuit, par mesure de sûreté, changeaient parfois le lieu de leurs assemblées, mais ils se réunissaient le plus communément dans cette grotte, qui garde encore leur souvenir.

Au moment où Cédric et ses amis y descendirent, voici l'aspect qu'offrait le souterrain.

Une seule lampe pendait de la voûte.

Au milieu de l'enceinte était une espèce d'autel en pierre brute, sur lequel reposait la hache de silex dont les prêtres gaulois se servaient pour leurs sacrifices, et qu'on avait découverte dans les fouilles opérées sous le monument. La vaste grotte ayant été une chambre sépulcrale de laquelle on avait retiré un grand nombre d'ossements, était encore garnie dans tout l'intérieur de tombes de pierre à demi démolies, ou de grandes dalles qu'on en avait enlevées.

L'étendue était sombre. A la voûte, des filets d'eau cristallisée, brillant aux lueurs mobiles de la lampe, décrivaient comme des signes de zodiaque à ce firmament souterrain. De grandes souches d'arbres, semblables à de noirs serpents, des pampres de lierre, perçant les crevasses des parois, répandaient au front de l'ancien temple barbare des frises, des enroulements creusés par la nature sauvage.

Les Compagnons de la nuit étaient assis sans ordre sur les décombres funéraires. Ils tenaient, comme dans les séances solennelles, leurs poignards nus à la main.

Ces enfants de la France reposaient sur les tombes où leurs pères gaulois étaient descendus en rêvant de combats et de conquêtes; la goutte de sang belliqueux, après avoir filtré dans mille générations, coulait encore dans leurs veines.

Mais leurs pères des premiers âges se battaient pour conquérir des champs plus féconds; eux, ils allaient combattre pour une idée, pour l'affranchissement de leur pays. C'était la ligne de démarcation entre les deux mondes : Brennus plantait la vigne, eux plantaient l'arbre de la liberté.

Jean Bories était debout près de l'autel sur lequel reposait la hache, et sous la clarté de la lampe. Au-dessus de sa tête flottait le drapeau de la légion, d'un bleu sombre semé d'étoiles.

Le chef des carbonari fit part à l'assemblée du message qu'il avait reçu du comité central. Opérer un mouvement à Saumur, délivrer le général Berton, et marcher sur Paris, tel était l'ordre de la vente suprême.

Bories était désigné pour ouvrir l'entreprise. Il devait en communiquer le projet aux Compagnons de la nuit, dont il était chef, sous serment de leur part d'y participer ou d'en garder le secret.

La missive, revêtue des sceaux symboliques, parcourut les rangs de l'assemblée. La conspiration était arrêtée; les lumières des grands-maîtres devaient y faire accorder confiance, leur ordre ne pouvait être discuté.

A cette pensée de combats, de triomphes qui se levait tout à coup devant eux, une étincelle électrique parcourut les rangs des initiés. Le nombre de ceux qui voulurent s'élancer dans cette entreprise décisive fut presque universel. Ces hommes jeunes, ardents, dévorés du besoin de déployer leurs forces, supportaient avec peine les lenteurs d'une mission tout apostolique... Ils allaient enfin secouer l'ombre des bois qui leur pesait depuis longtemps, et proclamer au grand jour l'avénement de la liberté !

— Des armes !... un drapeau ! s'écrièrent-ils, et nous partons.

— Oui, dit Bories, des armes !... ce souterrain devra en recevoir le dépôt. On apportera ici trois ou quatre cents fusils pour le premier moment; puis de la poudre, des cartouches, des sabres, des poignards... et le drapeau qui devra bientôt se lever.

— Le drapeau ! dirent-ils, nous le ferons de nos mains, pour qu'il signale mieux notre foi.

— Il sera déposé ici sur le faisceau d'armes, dit le chef.

— Oui ! oui ! s'écria-t-on, sur les richesses de la guerre, le drapeau de la conquête.

— Ensuite, reprit Bories, une sentinelle montera toujours la garde autour de ce camp, c'est-à-dire que l'un de vous restera constamment dans cette campagne, veillant à la sûreté du dépôt, et se trouvant prêt en même temps à recevoir et à transmettre le signal du départ qui sera apporté ici.

Les Compagnons de la nuit s'engagèrent à rendre compte, dans la prochaine séance, de la quantité de fusils et de munitions de guerre que chacun d'eux pourrait fournir.

L'argent nécessaire à l'entreprise devait aussi être déposé dans le trésor de la société. Tous les carbonari, militaires, bourgeois, ouvriers ou cultivateurs, mirent avec joie le peu qu'ils possédaient au service de l'œuvre libératrice.

Cédric s'engagea à tenter tous les efforts possibles auprès de son père pour en obtenir une somme qui ne coûterait qu'un léger sacrifice au riche propriétaire et compléterait cependant les fonds nécessaires.

Bories reprit la parole.

— La vente suprême, dit-il, me désigne seul pour aller au centre du parti patriote reconnaître l'état des esprits et déclarer le soulèvement. C'est moi seul en effet que cet ordre peut concerner, puisque je fais partie de cette avant-garde dont la vie est livrée d'avance aux premières épreuves. Mais trois de mes compagnons, les sergents Raoulx, Pommier et Charles Goubin, veulent partager ces dangers avec moi. Nous demanderons donc des congés pour des lieux différents, nous partirons par des routes opposées, et nous nous retrouverons secrètement aux portes de Saumur. L'École royale, les indépendants de la contrée seront appelés à la sainte entreprise ; nous rassemblerons autour de nous les soldats épars de la liberté ; et quand le jour de la prise d'armes sera fixé, un courrier viendra vous dire de nous apporter le drapeau.

— Il suffit, dit un des carbonari au nom de ses frères ; vous ne parlez plus à des missionnaires, mais à des combattants de la foi démocratique... Nous croyons que les temps sont venus ! nous croyons que Dieu bénira nos armes !

— Oui, dit Lambert, le paysan carbonaro, l'ardent républicain, les temps sont venus ! Le pouvoir monarchique se dévore lui-même par ses odieux excès.

« Le royalisme, vieilli, épuisé, en qui se sont éteintes toutes les sources de la vie, ne peut plus sentir que les jouissances de la cruauté. Incapable de vivre, incapable de rien créer, de rien aimer, il ne trouve de joie qu'à déchirer, étouffer ce qui existe, à tout réduire à l'état de cadavre où il est tombé lui-même.

« Il comprime l'essor de la jeunesse et

de l'avenir de la France. Voyez le ministère Villèle mettre l'éducation aux mains de la *Congrégation chrétienne*, des jésuites, qui vont infiltrer dans les veines de nos enfants les préjugés, les superstitions, toutes les idées fausses, et ne les rendre à la société que frappés de mort dans l'âme.

« Il étouffe la pensée. Voyez les nouvelles lois sur la presse; la censure éteint la voix des journaux; les journaux doivent se taire... Le despotisme qui nous gouverne, pour que rien ne transpire de ses cruautés, a mis, comme les maîtres de l'Orient, des *muets* à la porte de son palais.

« Il éteint le feu sacré de la poésie. Voyez les prisons de l'État, elles sont remplies d'écrivains, de poëtes dont la voix étouffée par les voûtes ne peut plus se faire entendre. Ceux qui ont reçu l'inspiration céleste sont dégradés de leurs titres, de leur puissance, dépouillés de leur lyre; ceux qu'on appelait autrefois des demi-dieux sont aujourd'hui jetés dans les mêmes fers que les voleurs et les bandits.

« Le pouvoir comprime le premier et le dernier sentiment qui fait battre le cœur de l'homme, le saint patriotisme. Voyez, dans ces derniers jours encore, cette population parisienne exhalait ses vœux, ses aspirations suprêmes de liberté par le cri de *Vive la Charte !*... C'est le sabre des dragons qui leur a répondu !

« Enfin, ce royalisme, jaloux de répandre partout la glace de mort qui est en lui, voudrait anéantir la nature. C'est dans ces jours d'été, c'est dans le Midi, où éclate toute la pompe des fleurs et des fruits de la terre, que se trame, que s'achève chaque jour le massacre des libéraux; que la haine, la persécution, sous toutes les formes. étendent partout un voile de deuil ! »

A ces paroles, l'assemblée répondait par des cris de : *Honte à la monarchie! Guerre aux tyrans!* qui résonnaient dans l'antique caverne, réveillant des échos depuis des siècles silencieux.

Lambert continuait :

— Et ce pouvoir inique, que donne-t-il à la place de ce qu'il enlève? Cette restauration qui a coûté si cher à la France, que lui apporte-t-elle pour la dédommager de ses sacrifices? Elle a inventé la corruption; c'est la seule institution qui soit d'elle. Le ministre Decazes a imaginé de gorger de dîners, d'argent, de places, de faveurs, les députés ministériels... Et soudain le *centre* de la Chambre s'est rempli jusqu'aux combles ! il nous a donné cette triste conviction que, lorsqu'on peut vendre sa conscience, son honneur à prix d'argent, des masses entières se jettent au-devant de ce honteux marché... Il nous a fait douter de l'humanité.

« Dans toute l'étendue de la France, ce funeste pouvoir sème le vice, la bassesse en même temps que le désespoir ! »

Lambert se tut, en jetant encore au fantôme de la monarchie, qui se levait devant lui, un dernier regard de haine et de colère.

Et la foule répéta :

— Guerre ! guerre aux tyrans !

Un autre carbonaro prit la parole. C'é-
tait Rutel, le soldat de l'Empire, dernièrement arrivé parmi les Compagnons de
la nuit.

— Notre frère, dit-il, a peut-être oublié
un des plus grands maux de ce temps de
perversité : c'est l'espionnage constitué,
et élevé de nos jours au plus haut degré
de science politique. Il enveloppe et en-
vahit toutes les classes de la société. Le
gouvernement non-seulement utilise ses
cent mille espions, mais il se sert de la
terreur qu'ils font naître pour désunir ses
ennemis. Tout le monde en se tenant en
garde contre les infâmes agents de la police, croit voir partout des espions ou des
excitateurs soldés. Le chef se méfie de ses
subalternes, ceux-ci de leur supérieur ; les
vieux amis, les anciens camarades n'osent
plus se communiquer entre eux leurs ressentiments politiques. Un patriote laisse
éclater ses haines contre le gouvernement
monarchique ; on le prend pour un agent
provocateur ; un écrivain publie d'éclatan-
tes vérités ; c'est encore un excitateur de
la police. Enfin, pour mettre la division
entre les hommes du même parti, on fait
circuler de prétendues listes de personnes
attachées à cette police occulte, dans lesquelles on place des noms honorables à
côté de gens connus pour être réellement
vendus au pouvoir. Pour comble d'immo-
ralité, il s'est trouvé des hommes assez
détestables pour ajouter à ces listes infernales le nom de leurs ennemis personnels,
ou des libéraux qu'ils voulaient perdre.

« Voilà comment on prétend amener le
parti national à se dévorer lui-même.

« Ainsi, moi-même, mes frères, s'il m'est
permis de me nommer, triste débris des
armées françaises, proscrit par la Restauration, jeté dans le fond du Nouveau-
Monde, dans la solitude du Texas, après
avoir déserté au péril de ma vie le *Champ
d'asile*, après être revenu en secret dans
ma patrie, je suis contraint d'errer loin
de ma famille pour ne pas la comprome-
tre et la livrer à nos bourreaux... car si
je pénétrais dans la chaumière natale, si
j'osais embrasser mon père, mes frères, il
se trouverait aussitôt là un agent de police
pour dénoncer mon père, mes frères avec
moi, et pour nous perdre tous. »

Les carbonari laissaient éclater à ces
paroles trop vraies les murmures de leur
indignation violente. Bories reprit la parole, mais avec le calme d'un grand courage qui ne l'abandonnait jamais.

— Oui, mes frères, dit-il, oui, tel est
l'état de la France, et c'est cela seulement
qui rend notre révolte légitime. Nous devrions supporter les erreurs, les fautes
d'un gouvernement qui émanerait du pays,
ce serait être indulgent envers nous-mêmes. Mais au contraire la nation entière
se lèverait en masse pour chasser un
ennemi étranger. Eh bien! qui peut nous
sembler plus étranger à notre caractère
français, à notre esprit national, que cette
tourbe de nobles et de prêtres qui forment
le gouvernement monarchique ; que ce
Villèle, entrant dans le Panthéon et jetant au vent les cendres de Voltaire et de
Rousseau pour y placer des saints venus
on ne sait d'où ; que ce La Bourdonnaye,
si avide du sang des libéraux ; que ce Bellart et ce Marchangy, qui vont chercher
dans l'arsenal de la vieille féodalité des
instruments de justice, des chaînes, des

échafauds, pour torturer les patriotes et verser le plus pur du sang français !

Les cris de : *Honte à la monarchie! Guerre aux tyrans!* s'élevèrent plus passionnés, plus brûlants sous la voûte profonde.

Bories éloigna la hache gauloise, leva une pierre de l'ancien autel, qui laissa voir une cavité remplie de lettres, de papiers.

— Mais la meilleure preuve de la sainteté de notre cause, reprit le chef des Compagnons de la nuit, la voici : ce qu'il y a maintenant de plus noble, de plus digne en France, est avec nous. Nous avons ici des lettres de Manuel, de Benjamin Constant, de Lafayette, de Dupont (de l'Eure), de d'Argenson, du général Foy, qui travaillent pour frayer notre route... Quels noms plus populaires ? Quelle garantie plus certaine que le génie de tels hommes?... Car, il faut bien le croire, la célébrité de ces publicistes, de ces orateurs, ne vient pas de leurs succès à la tribune, dans la presse ; c'est la justice et la grandeur de leur opinion qui font leur éloquence. De l'autre côté, que voyez-vous ? Villèle, Corbière, La Bourdonnaye, aussi mauvais orateurs qu'ils sont mauvais Français. C'est toujours, en tout temps, au parti démocratique et libéral que vient le don sympathique et puissant de la parole... Le beau langage est l'arme sainte et brillante, l'épée d'honneur que Dieu donne à ceux qui combattent pour lui.

« Maintenant, que nous reste-t-il à faire ? Vous l'avez dit, compagnons : rallier tous les justes éléments de révolte qui sont dans nos âmes, montrer au grand jour une poignée de braves armés pour reconquérir la liberté du pays ; colonne intrépide à laquelle viendra se réunir tout ce qu'il y a encore de pur et de grand dans la nation, pour vaincre ou pour mourir ! »

D'ardentes sympathies accueillirent ces paroles ; puis les esprits s'élancèrent dans le champ de l'avenir. Les Compagnons de la nuit, en attendant l'ordre de choses que proclameraient les chefs du carbonarisme, planaient déjà dans ce règne de paix, d'amour, de liberté, qui succéderait à la monarchie renversée.

Rutel éleva encore la voix en faveur de Napoléon II. Avec lui, un certain nombre de membres appelaient aussi de leurs vœux le gouvernement militaire ; voyant tout le salut de la France dans ces armées à jamais mémorables qui avaient racheté la Révolution de toutes ses fautes, et créé le plus puissant empire du monde.

Les jeunes sous-officiers de la Rochelle, plus éclairés et plus généreux, tout en s'inclinant devant la gloire militaire de la France, pensaient que son règne était rejeté dans le passé, et que se rallier à elle seule était se faire les soldats d'une ombre!...

Cédric demandait, entre tous, un pouvoir propre à répandre sur la terre cette égalité relative que rêve toute âme généreuse. Il parlait avec l'enthousiasme aveugle de la jeunesse, qui ose établir une constitution, un gouvernement tout entier avec les seuls élans de son cœur.

Lambert, qui était le moins connu de ses compagnons, mais dont tout attestait

La nappe d'eau glissa sous ce corps sans mouvement et le souleva sur sa lame.

l'ardente foi démocratique, Lambert représentait dans cette association le républicain de nature, avec ses principes absolus et ses moyens extrêmes, le républicain de cette Montagne qu'on vit s'élever et s'écrouler dans le siècle dernier.

Le vicomte d'Oberon, qui prit la parole après lui, montrait par ses principes les contrastes étranges jetés dans le sein du carbonarisme, où s'agitaient les éléments les plus divers. Ses théories se portaient contre les hommes de 1815, qui faisaient haïr et mépriser l'antique monarchie; mais il voulait seulement mettre à la place une aristocratie forte et généreuse, brillante et protectrice, il ne venait point détruire l'ancien régime, mais le redorer d'un nouveau lustre.

Aussi, lorsque, au mot de république, pour la centième fois répété, des excla-

Propriété de MM. MICHEL LÉVY frères.

mations en sens divers s'élevèrent de toutes parts, Arthur s'écria avec un visible effroi :

— La république est impossible en France... et le ciel nous garde d'en faire l'épreuve !

Mais ce mot soulevait ailleurs de tumultueux applaudissements.

— Oui ! dit Bories, la république, le gouvernement populaire, l'avénement de la raison humaine au pouvoir, et tout ce qu'il y a de beau à sa suite !

— L'homme devenant semblable au Christ, dit Raoulx, c'est-à-dire se reconnaissant fils de Dieu, et n'obéissant qu'à son père.

— Le temps où la fraternité, où l'amour mutuel aideront les chartes à gouverner, dit Pommier.

— Le temps, dit Cédric, où tomberont les bornes des champs pour que la vendange et la moisson soient à tout le monde !

— Jurons Dieu, reprit Bories, que notre association, ayant été toute libérale, notre œuvre dans l'avenir sera de même ! Oui, partout où seront tombés de nobles enseignements dans une terre fertile, partout où l'intelligence, étoile suprême, brillera au front de l'homme, partout où de nobles cœurs battront dans les poitrines, on appellera de ses vœux la république, et rien que la république !

— Après l'extinction du mal sous la forme des tyrans, dit Lambert.

— Appelez-vous tous les rois des tyrans ? demanda Rutel.

— Oui, dans un sens, prononça Bories. Je ne parle pas d'un passé barbare où les rois ont eu leur raison d'être ; ce temps n'est plus. Je parle d'aujourd'hui. De quelque forme qu'on l'entoure, un souverain représente toujours un maître. S'il est nul, faible ou méchant, quel nom donnera-t-on à la fatalité étrange qui l'appelle à commander aux autres ? S'il est, par exception, juste et sage, de quel droit me prive-t-il d'exercer moi-même ma force et ma vertu ? De quel droit vient-il, pour me guider, substituer sa raison à la mienne ? L'étincelle d'intelligence suprême qui luit dans son cerveau doit-elle être déchue de sa divinité ?... Non, non ! Le premier besoin de l'homme est de respirer, le premier besoin de l'être moral est d'être libre : tendre de tous ses efforts à faire succéder le règne d'une liberté grande et sage à une royauté pervertie dans sa décadence, c'est donc servir les hommes et Dieu !...

Lorsque le malheureux Bories prononça ces paroles, le vent de la nuit les porta peut-être jusqu'au pied du trône, et de cet instant sa mort fut arrêtée !

Pendant longtemps encore les discours chaleureux, les exclamations ardentes retentirent dans le souterrain où l'insurrection s'applaudissait elle-même. Cette cavité sombre de la terre, par le souvenir et l'illusion, s'agrandissait en un vaste théâtre où on voyait passer des marches militaires, des scènes de combat et de gloire. L'enthousiasme soutenait les jeunes carbonari, à défaut d'autre appui. Ils étaient alors dans le véritable moment du triomphe... car nulle victoire n'est parfaitement belle, grande et pure qu'avant sa réalisation ; et, pour le bonheur, nul succès accompli n'eût valu leurs ardentes espérances !...

Ainsi, à l'approche du matin, ils terminèrent la séance en répétant avec feu leur premier cri :

— Des armes, un drapeau, et la France est à nous !

Le chef répondit :

— Dans sept jours, mes frères, le 1er du mois d'août, nous nous rassemblerons ici. Chacun de vous accusera le nombre d'armes et l'argent qu'il peut fournir à l'entreprise, et prononcera le serment exigé dans les conspirations ouvertes. Tous les Compagnons de la nuit doivent donc se trouver ici, dans cette séance, sous peine de faillir à l'honneur, et d'être déclarés traîtres à la société secrète.

« Je partirai pour Saumur bientôt après cette réunion, et l'heure du soulèvement sera près de sonner. Je n'ai plus qu'à vous dire : Nous sommes peu nombreux, nous sommes pauvres et obscurs, nous n'avons que le cœur et le bras ; mais nous combattons pour la liberté, et Dieu est avec nous... Courage, Compagnons de la nuit, le jour est près de se lever ! »

Les carbonari sortirent du souterrain druidique.

. . . .

Raoulx et Lambert se retiraient ensemble.

Dès qu'ils furent seuls dans la campagne, et hors de la vue de leurs frères, Lambert saisit vivement le bras de son compagnon, en lui disant d'une voix sourde :

— Nous sommes trahis !

— Grand Dieu ! dit Raoulx en s'arrêtant.

— Cet homme qui a si bien parlé de police...

— Eh bien ?

— C'est un espion.

— Est-il vrai ?

— Il a dit quelques mots qui l'ont dévoilé à mes yeux d'une manière certaine... Tu doutes encore... Écoute, tu ne me connais pas, tu ne sais rien de mon nom, de mon existence : mais ici, sur la mousse de ces rochers, nous nous sommes souvent entretenus ensemble, et tu connais mon âme... Eh bien ! je te jure que cet homme est un espion.

— Nous sommes donc trahis, perdus ?

— Trahis, oui ; perdus, pas encore... Le jour se lève, il faut nous séparer. Mais viens demain à Saint-Pierre, et je te dirai ce qu'il nous reste à faire.

— Quoi qu'il faille tenter, je suis prêt.

— A demain.

IX

LE REPOS AU BORD DE LA MER

L'un des derniers jours de juillet, Lambert et Raoulx marchaient ensemble le long du rivage, le dernier portant deux épées sous sa capote bien fermée.

Les deux carbonari allaient tenter de délivrer la société secrète de l'espion qui s'était introduit dans son sein. Lambert avait arrêté le seul moyen possible de s'emparer de l'ennemi et l'avait communiqué à Raoulx dans l'entrevue qu'ils avaient eue le lendemain de la séance à la pierre druidique : il ne restait plus qu'à savoir si le hasard des circonstances, aidant à l'adresse et au courage, rendrait ce moyen praticable.

Ils ignoraient le lieu qu'habitait Rutel. Lambert avait seulement remarqué le chemin par lequel il était venu en se rendant à la dernière assemblée. Comme il y avait ce soir-là une réunion préparatoire pour arrêter diverses clauses de l'expédition, il était probable que les deux Compagnons de la nuit rencontreraient l'agent de police déguisé en allant au-devant de lui de ce côté de la campagne. C'était là-dessus que se fondait leur espérance.

Raoulx et Lambert connaissaient seuls le danger planant sur la société secrète par la funeste apparition du traître qui l'avait peut-être déjà livrée, et il leur fallait assumer seuls de cruelles anxiétés. Toutefois il était à espérer que l'espion, devant avoir des données plus certaines sur la conspiration, sur ses forces et ses desseins dans la réunion préparatoire de cette soirée et dans sa séance solennelle du 1er août, attendrait ce moment pour dénoncer les conjurés. Il aurait alors les honneurs de la guerre, et arriverait au ministère de la police les mains pleines de preuves qui pourraient lui mériter du pouvoir éloges et récompenses.

Ce point arrêté, les deux carbonari attendaient le résultat de la lutte avec fermeté.

Des communications d'un autre ordre restaient à faire de la part de Lambert. Il les avait remises à ce moment où un assez long trajet sur le bord de la mer le laisserait seul avec son ami.

Lambert avait demandé à conduire une partie de l'expédition à main armée qui se préparait. Ce poste l'exposait davantage, et le désignait d'avance à une mort presque certaine : car, en ce temps-là, la monarchie était bien gardée, ses soldats frappaient rudement sur les assaillants, ses magistrats étaient inexorables, et à ce moment même deux échafauds restaient encore debout sur la route sanglante des révolutions, pour avertir le voyageur de s'en détourner. Toutefois, Lambert ne montrait pas le moindre signe de cette émotion que l'homme le plus courageux éprouve à la vue de tels dangers ; cette pensée de mort glissait sur son âme comme sur un roc sans y imprimer de trace.

Mais ce soir-là, sous l'impression des intérêts différents dont il voulait entretenir Raoulx, son cœur battait avec force, et il passait sur son visage de rapides frémissements.

— Raoulx, dit-il, depuis la soirée où j'ai aperçu Gilberte pour la première fois... et sans doute pour la dernière... nous n'avons plus parlé d'elle...

— Tu as bien fait, répondit Raoulx, de garder le silence à ce sujet... Maintenant que le moment de ce départ approche, je craindrais de manquer de force pour parler d'elle... ou pour partir !

— Cependant je m'étais accoutumé aux épanchements de ton cœur... Ils m'ont appris plus de choses que tu ne penses.

— Comment ?

— La première, c'est que ton dévouement à la cause commune est bien plus admirable encore qu'on ne pourrait le croire, lorsque, passionnément amoureux d'une femme que tu espères épouser, tu livres ainsi courageusement ta vie au service du pays. La seconde, c'est qu'un lien secret existait entre nous, et avait présidé à notre amitié même avant les motifs que nous pensions avoir de nous comprendre et de nous aimer.

Raoulx tourna les yeux vers son compagnon et le regarda plus attentivement qu'il ne l'avait fait jusque-là.

Lambert était un homme de trente-six ans, au visage creusé par les fatigues et les peines, sillonné de plusieurs cicatrices, mais d'une expression fière et puissante. On voyait que la force de souffrir, éprouvée dans le passé, était encore prête pour l'avenir. Il y avait en lui du martyr et du tribun.

Mais, malgré la rudesse de ses traits, Raoulx y trouvait un charme qui l'attirait puissamment; et il pensa avoir pu en effet être réuni à Lambert par le seul instinct de son cœur.

— J'ai dû te cacher ce lien, reprit Lambert. Les motifs que j'avais de taire mon nom étaient si puissants, qu'ils m'engageaient comme un serment... Mais à présent nous partons, avec moins d'espoir de

revenir que s'il fallait franchir l'intervalle des mers, nous partons pour un voyage dans lequel l'un de nous deux laissera sans doute la vie; et je ne veux pas que nous soyons séparés pour toujours sans que tu m'aies connu... Ainsi, écoute-moi.

— Oh ! parle, ami.

— J'ai quitté la Rochelle, où je suis né, à l'âge de dix-huit ans, et je viens seulement d'y rentrer après dix-sept années d'absence. Enrôlé dans les premiers temps de l'Empire, j'en ai fait toutes les guerres...

— Toi, Lambert ! s'écria Raoulx, tu as servi sous les drapeaux ?

— Et j'y ai gagné le grade de colonel.

Le jeune sergent, à ces mots, s'arrêta subitement dans sa marche, et regarda son compagnon avec une sorte d'admiration respectueuse, que des militaires seuls pourraient comprendre.

— Oui, reprit Lambert, le paysan de Saint-Pierre est colonel de l'Empire.

— Oh ! mon ami ! dit Raoulx avec ardeur, combien à mon tour, en te connaissant, je t'admire davantage ! Toi, qui as consacré ta vie à la carrière des armes, qui as fait ces merveilleuses campagnes destinées à rester sans pareilles dans les fastes du monde, tu t'élèves aujourd'hui contre le gouvernement militaire, tu combats de toutes tes forces sa puissance... Ton républicanisme ne s'est pas brisé au prestige de la gloire.

— Sans doute, dit Lambert, il faut de

la force pour résister à l'intérêt personnel, à l'amour de son état, quand de si puissantes séductions se réunissent pour le faire croire le premier de tous. Mais j'ai pris l'habitude de me défendre des illusions de l'orgueil, de ne.pas me fier à ce qui éblouit les regards, et de ne juger qu'avec les yeux de l'âme. Quand je voyais l'aigle impériale s'élancer rapidement à travers les champs de bataille, pour saisir au loin d'autres contrées et agrandir le cercle de la France aux cris retentissants de victoire, je me disais que ce n'était pas là le but de l'humanité; que Dieu, qui garantit et protége tout dans la nature, n'approuve pas la destruction, et que ce n'est pas pour éclairer le massacre de millions d'hommes que le soleil se lève chaque jour si splendide... Quand j'entrais, le chapeau sur la tête et l'arme au bras, dans les palais des princes de l'Allemagne et de l'Italie et que je m'y sentais maître par le droit de l'épée, je fermais les yeux pour me défendre de l'éclat de ces dorures, et je me disais que le moindre travailleur, en fournissant sa journée, en créant quelque chose, avait plus fait que moi... moi, dont le stérile labeur s'était borné à faire changer de place le pouvoir et la fortune.

— Je te comprends, ami, répondit Raoulx. Mais parle; dis-moi comment de ces palais tu es venu dans la cabane de Saint-Pierre.

— A la Restauration, toute ma grandeur s'est évanouie, et je me trouvai à peu près avec mes blessures pour tout bien. J'allais revenir dans ma ville natale, lorsqu'à Toulon, le jour même où je débarquai, une querelle violente, suivie de

duels, avec des officiers royalistes, me fit bannir de France. Je fus jeté sur un vaisseau avec d'autres proscrits qui allaient au *Texas*. Nous passâmes huit mois dans le *Champ d'asile*...

— Lambert!... quoi... tu étais au Champ d'asile?

— Tu comprends maintenant comment je sais que ce Rutel n'y était pas, et qu'ainsi il ment, il nous trahit.

— Ah! sans doute... Continue.

— Je ne te parlerai pas des souffrances de cet exil. Rien ne prouve autant l'amour inné de la patrie que l'ennui qui nous dévorait sous le plus beau ciel... On nous avait donné des champs plantés de vignes, d'oliviers, dont le produit devait nous faire vivre. Notre sol était si fécond que la culture avait à peine besoin d'aider à son rapport... Quelques lianes, jetées entre nos arbres, formaient bientôt de magnifiques berceaux qui se couvraient d'oiseaux à l'éblouissant plumage... Toute cette nature baignait dans l'éther d'un bleu pur, mêlé de nuages d'or... et nous étions tristes comme la mort!

« Et puis, pour nous vieux militaires, passer des champs de bataille à ceux du labour, ne plus manier le fer que pour tailler de faibles arbrisseaux, était une tâche insupportable; l'émotion brûlante qui avait toujours accompagné nos travaux nous manquait, et nous ne pouvions agir sans elle!

« Nous avions acheté cent esclaves pour nous aider; ils se jetèrent à la nage dans la Trinité, qui bordait nos terres, et désertèrent chez les sauvages.

« Forcés de nous remettre à la culture, de n'avoir plus d'autre existence que celle de nos arbres, une langueur mortelle s'empara de nous, et nous rendit le séjour du Texas insupportable.

« La plupart de mes compagnons allèrent s'établir dans d'autres contrées d'Amérique; quelques-uns tentèrent de revenir en France, et je fus du nombre. Après avoir pris passage sur un vaisseau, à l'aide d'un faux nom, je débarquai, il y a quinze mois, à la Rochelle.

— Et tu n'y retrouvas plus de parents ni d'amis.

— Qui te le dit?

— C'est que je te vois habitant seul une espèce de cabane et dans un endroit retiré à quelque distance de la ville.

— Si! j'ai à la Rochelle une famille bien chère! Après dix-sept ans, et avec le bronze laissé sur mon visage par le feu de la guerre et celui d'un soleil lointain, je ne devais pas être reconnu. J'espérais revoir mes parents en secret, et passer aux yeux de tous pour un étranger. Mais je dus renoncer à ce bonheur. Il y avait en France une redoutable police, dont les réseaux s'étendaient de toute part... comme le disait l'autre jour Rutel, qui a de bonnes raisons pour le savoir!... Si j'étais allé embrasser mon père, je me serais peut-être oublié un moment dans ses bras, et aussitôt l'œil d'un espion eût été fixé sur nous pour nous dénoncer tous

deux... ou dans une crainte incessante, nous aurions soupçonné de nous trahir les regards innocents qui se seraient arrêtés sur nous; car les agents de ce pouvoir occulte sont si multipliés, que leur plus grand mal est de se faire croire encore là où ils ne sont pas. Ils jettent leur ombre hideuse sur les êtres les plus purs; grâce à eux, la présence d'un ami, le regard, l'accent du cœur sont souvent méconnus, calomniés.

— Et cette crainte, dit Raoulx, fut assez forte pour te tenir éloigné de ta famille?

— J'achetai une maisonnette, un coin de terre aux portes de la ville, et je demeurai là, seul et inconnu... Mais en cultivant à Saint-Pierre un maigre terrain que me dispute le chardon, en ne voyant passer sur ma tête que l'aile grise de l'oiseau de mer, je me trouve plus heureux dans ma province natale que sous le splendide climat du Texas... Puis parfois, à la tombée de la nuit, je vais sur une hauteur d'où l'on découvre de loin la maison de mon père... Je regarde à travers mes larmes la fumée qui sort de ce foyer où est réunie ma famille!... tout ce que j'ai jamais aimé!... Tu le vois, c'était ma propre destinée que dépeignait cet espion de police... En prenant au hasard un des malheurs causés par la tyrannie, il avait choisi le mien!

— Cruelle bizarrerie de nos temps!

— Si je n'eusse exposé que moi en me faisant connaître aux Compagnons de la nuit, je me serais cru coupable de rien cacher à ceux à qui je suis lié par le serment politique, et dont je dois partager le sort. Mais en me compromettant, j'exposais mes parents; c'est pour cela que j'ai gardé le silence; et la présence de ce traître parmi nous me prouve combien j'ai eu raison de me taire. Avec toi seul, Raoulx, je puis parler, car une double garantie m'assure de ta discrétion... Gilberte, cette jeune fille que tu aimes, et que j'ai voulu apercevoir à sa fenêtre...

— Eh bien?... dit Raoulx le cœur palpitant.

— Tu ne devines pas?

— Si, elle est ta sœur.

— Oui.

— Est-il bien vrai, Lambert?

— Lambert Daubray... Tu comprends, maintenant, pour quelle raison je te révèle mon secret... D'abord, je crois en toi de toute mon âme; mais ensuite, pour me justifier devant le devoir qui m'ordonne de me taire, j'ai une garantie de plus contre toute indiscrétion ou légèreté de ta part, puisque en me perdant tu perdrais Gilberte elle-même.

— Toi, son frère!... Ah! voilà donc la cause de l'attrait invincible qui me poussait vers toi!

— Oui, une vague ressemblance qui doit exister entre Gilberte et moi, malgré la différence des années et des cicatrices de mon visage, a sans doute agi sur ton cœur sans que tu puisses connaître son influence.

— Oh! Lambert, s'écria le jeune homme en se jetant à son cou, conçois-tu ce que j'éprouve en t'embrassant, toi qui es deux fois mon frère?...

— Oui, Raoulx!

— Mon frère, pour vivre près de Gilberte dans l'amour et le bonheur! mon frère, pour aller mourir dans là sainte cause de l'honneur!...

— Toujours, partout!

— Ah! je comprends maintenant ton désir de voir Gilberte, ton bonheur à la contempler...

— Dont tu as été jaloux un instant.

— Mais cette jalousie s'est effacée soudain dans la seule confiance que j'avais en toi.

Lambert se tut pour laisser Raoulx exhaler sa surprise, son bonheur. Mais tandis que ce moment était tout de douceur pour l'âme du jeune homme, le souvenir de la soirée où il avait vu Gilberte, la pensée du portrait qu'il avait surpris entre les mains de la jeune fille, fit passer un nuage sur le front de Lambert.

Ils marchèrent encore quelque temps sur le rivage; puis le jour qui baissait vint les rappeler à la tentative hardie qui les amenait en cet endroit.

— Nous devons bientôt le rencontrer, dit Lambert. Comme je te l'ai dit lors de notre dernière assemblée, je m'étais avancé par hasard jusqu'ici, en attendant l'heure de la séance : j'ai vu Rutel, qui s'y

Les éclaircies du feuillage lui permettaient d'observer la belle étrangère. (Page 95, col. 2.)

rendait, arriver par ce côté de la grève... Je l'ai observé... me méfiant déjà de cet *illustre débris de l'Empire*... Voici l'heure où il doit venir... Heureusement l'espace est découvert, nous l'apercevrons sur toute l'étendue du rivage... Attendons.

— Il n'a pas encore dû nous dénoncer. Espérant apprendre le jour précis du soulèvement et les dernières dispositions des conjurés, il aura voulu attendre ces renseignements pour ne se montrer au ministère qu'avec un succès complet et éclatant.

— Toutes ces révélations, il les obtiendrait ce soir à la séance où il va se rendre... Il ne faut pas qu'il y arrive !

— Non, dit Raoulx. Nous sommes ici par hasard... nous le rencontrons en chemin... nous causons amicalement avec un de nos frères... avant de continuer la route, nous lui offrons de partager une bouteille avec nous sous la treille du petit cabaret qu'on voit d'ici... nous le faisons boire autant que possible ; quand il a la tête assez échauffée, une querelle s'engage sur le premier prétexte venu... Je me bats avec lui... et si je succombe, tu prends ma place !

Raoulx serra plus étroitement sa capote sous laquelle il portait deux épées, et ajouta :

— C'est ainsi que les choses sont arrangées, n'est-ce pas ?

— Oui, enfant ! c'est ainsi que les choses sont arrangées, répondit Lambert avec un accent d'ironie et de douce pitié que Raoulx ne remarqua pas.

Les deux amis ne furent pas trompés dans leur attente.

Au bout d'un instant, ils aperçurent la forme d'un homme sur la plage... ils firent quelques pas encore... c'était Rutel !...

Rutel arrivait le pas lent et le front penché comme un pauvre soldat d'arrière-garde, blessé à la grande défaite de l'Empire... Mais dès qu'il vit deux carbonari, deux de ses frères bien-aimés dans le service de la sainte cause, son visage s'épanouit d'un sourire.

L'approche de cet homme fit courir un frisson dans les veines de Raoulx, et il pâlit en l'abordant. Lambert se chargea des premiers frais de l'entretien.

Comme on pouvait le penser, Rutel y répondit avec empressement ; et bientôt après il accepta la halte que ses compagnons lui offraient de faire dans un petit cabaret isolé sur la côte, en attendant l'heure de la réunion.

On fit apporter un broc de vin sous la tonnelle ; on but, on causa comme entre frères. Rutel montrait toujours, à propos des choses du temps, l'humeur brusque et morose d'un ancien militaire licencié. Il semblait parler à cœur ouvert, et allait au-devant des épanchements avec une confiance et une bonhomie parfaites.

Lambert y répondait avec le même abandon. Il entrait avec lui dans tous les détails désirables sur l'organisation de la société, son but et ses œuvres, et lui donnait avec largesse mille instructions, qui certainement devaient être payées à l'agent de police au poids de l'or.

Raoulx frémissait de voir le sort d'une corporation entière joué sur de tels hasards ; car les secrets de la société étaient désormais livrés à l'ennemi, et l'issue des événements à suivre était encore incertaine ; dans le duel qu'il allait engager avec Rutel, le sort des armes pouvait tromper son courage... il pouvait être tué, et Lambert après lui !...

Détournant la tête, et se penchant comme pour relever son mouchoir, il dit à Lambert qui saisit ce mouvement :

— Malheureux ! peux-tu dire de telles choses devant cet homme ?

— Je te jure, dit Lambert, qu'il ne les répétera pas.

Et, sans tenir compte des terreurs de Raoulx, il continua à parler avec la même expansion. Il s'abandonnait avec Rutel à toutes les confidences que celui-ci pouvait désirer, il lui livrait le nom des personnages les plus éminents engagés dans le sein de la société secrète, pourvu que son adversaire, distrait par l'intérêt de l'entretien, consentît à laisser toujours remplir son verre.

Rutel, de son côté, pensant sans doute que le vin aidait à la confiance dont les Compagnons de la nuit faisaient preuve envers lui, cherchait à leur en verser avec abondance.

La chaleur de la soirée servait de motif des deux côtés pour redoubler les libations, et les pampres épais de la treille permettaient de ne pas s'apercevoir que le soleil avait disparu à l'horizon.

Dans cette lutte bachique, ceux qui étaient soutenus par un intérêt élevé, puissant, fait pour dominer toute excitation physique, durent avoir l'avantage sur celui qui, n'obéissant sans doute qu'à des instincts vulgaires, devait être plus facilement dominé par l'influence du vin.

Rutel sortit de la tonnelle, la tête prise de fumées étourdissantes, tandis que Raoulx et Lambert échangèrent un regard dans lequel brillait toute lucidité d'esprit, toute force de résolution.

Cependant, après avoir fait un court trajet sur la plage, Lambert, qui portait une veste ronde de paysan et une gourde à sa ceinture, revint seul au cabaret pour faire remplir cette gourde d'eau-de-vie, et rejoignit aussitôt ses compagnons.

Il fit signe à Raoulx qu'il s'était procuré ce spiritueux pour surexciter le cerveau de leur adversaire, afin qu'au moindre sujet, la colère remplaçant l'entente cordiale, on pût l'amener au combat désiré.

Cette boisson allait préparer la lutte; Raoulx portait des armes pour l'achever.

Ils marchaient tous trois sur la grève solitaire, au bord des landes qui précédaient d'une demi-lieue la pierre druidique.

Le rivage n'était sillonné que par quelques chariots attelés de bœufs et chargés de moissons, au sommet desquels le paysan dormait dans des gerbes; la mer, hérissée en cet endroit de roches à fleur d'eau, ne donnait passage à aucune barque. Ainsi le désert régnait de l'un et de l'autre côté des trois passants.

Lambert, par instants, offrait sa gourde à Rutel. Celui-ci, comme tous les gens à demi ivres, avait soif et buvait largement.

A un endroit où le rivage se divisait en une falaise et une bande de sable qui bordait les eaux, Lambert proposa de prendre ce dernier passage.

L'heure de la marée, dit-il, était encore éloignée, et le chemin serait plus facile sur ce sable uni.

A peine Rutel eut-il fait quelque trajet dans cette direction, que sa marche devint lourde, embarrassée. A chaque pas il avait plus de peine à avancer, et semblait accablé par une pesanteur plus intense que celle de l'ivresse.

Il s'arrêta tout à fait, chancelant, les yeux

à demi clos, et appuyant sa main pour se soutenir aux parois de la falaise.

— Je suis accablé aussi de cette chaleur lourde, brûlante, dit Lambert. Si nous prenions un moment de repos?

La falaise aux cimes grisâtres et nues s'élevait derrière eux de manière à les dérober aux regards; quelques saillies de sa muraille pouvaient seules servir à l'escalader dans une nécessité extrême. Devant eux la mer unie et solitaire plongeait déjà dans les ombres du soir.

Les trois compagnons de voyage s'étaient assis en silence.

Déjà Rutel, cédant à un engourdissement invincible, s'était affaissé sur le sable en fermant les yeux... Bientôt son souffle régulier, la pose de ses membres détendus, accusèrent le plus profond sommeil.

Raoulx et Lambert, qui s'étaient placés à ses côtés, se levèrent subitement; le premier, avec une expression de mécontentement extrême, causé par ce sommeil qui dérangeait ses projets; le second, avec une expression de joie cruelle.

— Que faire maintenant? dit Raoulx, comment se quereller, se battre avec un homme qui dort?

Et il jeta violemment sur le sable les épées qu'il portait.

— Attendons! prononça Lambert.

— Qu'il s'éveille!... il sera trop tard.

— Il ne s'éveillera pas... il a bu de l'opium!

— Comment!

— Oui... j'en ai mêlé à la boisson de cette gourde.

— Mais pourquoi?... dans quel but?

Les deux Compagnons de la nuit se turent subitement. Rutel, dans son sommeil, venait de prononcer quelques mots entrecoupés.

Ils se penchèrent sur lui, le sourcil contracté, l'haleine suspendue, cherchant à saisir ce vague murmure de souffles élevés et de paroles confuses.

Peu à peu, les mots eurent plus de suite, et ceux-ci sortirent distinctement du rêve qui passait dans le cerveau de Rutel:

— A Son Excellence le ministre de la police... Le général Berton... vous l'avez... Maintenant, aux Compagnons de la nuit... je les tiens...

— Le misérable! s'écria Raoulx.

— Chut! dit Lambert, écoute.

Au bout d'une minute, les lèvres agitées de Rutel murmurèrent encore:

— Un affreux métier... non... le roi a besoin qu'on veille à sa personne... tout noble est dévoué au service du roi... Mon château... je le ferai relever... Vingt mille francs!... encore vingt mille francs!... encore! Le maître récompense un serviteur fidèle...

— Voilà donc ce que font les rois! dit

Lambert en étendant son poing serré sur l'espion endormi... voilà les courtisans : fiers de se faire valets quand le maître est un prince!... L'un s'enorgueillit d'attacher ses souliers; celui-ci d'espionner pour lui!... Et les titres, les blasons qu'ils portent si haut, sont les gages donnés aux plus vils des laquais!

— Oh! s'écria Raoulx pâle de colère et en regardant les épées; il est là... là, devant moi! et je ne peux me battre avec lui!

— Insensé! dit Lambert; crois-tu donc réellement que je l'eusse permis, ce duel!... Peut-on penser à un combat égal quand le prix du sang est si différent!... Si tu rencontres un serpent dans un bois, penses-tu à te battre avec lui?... Tu l'écrases!

Raoulx n'entendait rien, et disait en se frappant le front :

— J'aurais dû l'attaquer, là-haut, sur le rivage.

— Et son corps, qu'en voulais-tu faire?... Le laisser sur la terre, pour attirer la police auprès du lieu où nous nous réunissons?... L'enterrer? Crois-tu donc que le regard de la police n'aille pas jusqu'au fond de la terre remuée pour y découvrir un cadavre?... Non, non, le combat était impossible!

Raoulx attacha son œil fixe sur Lambert.

— Cependant, dit-il, je lis sur ton visage un arrêt de mort.

Lambert se tut.

Le jeune homme reprit avec violence :

— Un meurtre?... Oh! ça ne sera pas!

— Non, prononça Lambert.

— Que prétends-tu donc faire?

— Rien.

— Rien?...

— Écoute!

Lambert étendait la main vers la mer qui se soulevait en masses immenses et arrivait du fond de l'horizon vers la grève.

— La marée monte, dit Raoulx avec un frisson. Oh! comme elle monte vite!

— As-tu peur?

— J'ai peur de ta pensée.

— Raoulx!...

— La mer vient... et cet homme est endormi.

— Oui... le sommeil que je lui ai versé le suivra dans les eaux; il n'en sortira pas.

— C'est affreux!

— Il le faut.

Lambert saisit le bras de Raoulx, le retint fixé à sa place, et tous deux demeurèrent immobiles le regard attaché sur l'espion.

Le sommeil de Rutel était alors calme, profond : son corps appesanti reposait tout entier sur le sable contre lequel les flots venaient se briser.

Cette immensité d'eau montait comme un monde entier qui change de place.

Les vagues, roulant dans un mouvement uniforme et terrible, approchaient pour ensevelir ce corps immobile... elles venaient en masses pressées, formidables... Le bruit profond, lugubre qui sortait de l'abîme, semblait le chant funèbre dont les sons accompagnaient ces vastes funérailles.

La lame montant avec plus de rapidité, mugissant avec plus de force, enveloppa les rochers du bord... Elle effleura les longues herbes marines, et les algues arrachées allèrent se perdre dans le gouffre..... elle monta plus haut, et la cime des récifs disparut... Elle monta encore, et d'un flot immense, elle couvrit la bande de sable.

Elle enveloppa le corps de Rutel.

Lambert et Raoulx avaient de l'eau jusqu'aux genoux; ils ne le sentaient pas; leur regard ardent, immobile, restait fixé sur le condamné.

La nappe d'eau glissa sous ce corps sans mouvement, le souleva sur sa lame, et l'emporta dans l'étendue de la mer.

Les eaux se confondaient dans une ombre grise, incertaine et profonde; seulement quelques reflets jaunes d'un crépuscule voilé couraient à la surface de la mer... Ces lueurs pâles dessinaient la forme du corps flottant sur la vaste plaine... On le voyait s'éloigner dans l'espace. La vague berçait encore ce sommeil qui l'emportait dans la mort... puis il disparut tout à fait.

Les deux Compagnons de la nuit s'élan-cèrent alors aux saillies de la falaise, et en quelques bonds gagnèrent le rivage.

Ils marchèrent un moment en silence; puis Raoulx s'arrêta, essuya son front baigné de sueur, et attacha sur Lambert un regard mêlé de surprise et d'effroi.

Son compagnon sentit ce qui se passait en lui.

— Pauvre ami! dit-il, en ce moment je te fais peur.

— Comprends-tu, dit Raoulx, ce que nous venons de faire?

— Oui, mais j'en souffre moins que toi.

— Est-il possible!

— Ne t'étonne pas... Les passions de l'homme sont partagées entre nous; tu aimes ta patrie avec ardeur, moi je hais avec non moins de force ce qui l'opprime et l'avilit; tu ne penses qu'à te dévouer pour la France, moi je sens le besoin de détruire ses ennemis. Ton âme est l'amour, et la mienne est la haine. Restons donc unis, ajouta Lambert en souriant, pour former à nous deux une double puissance, non moins nécessaire au monde que le jour et la nuit.

Les deux amis se rendirent à la pierre celtique, et assistèrent à la réunion de la société secrète, sans rien laisser pénétrer de ce qu'ils venaient de faire pour elle.

X

GILBERTE

Dans l'après-midi du 1er août, Gilberte travaillait à des dentelles au fond d'un petit jardin situé à la suite des ateliers de son père, et fermé seulement par une claire-voie qui donnait sur le faubourg.

Cette jeune fille était bien changée depuis le jour où elle dansait avec ses amies au bord de la *fontaine des Fades*. Un mois à peine s'était écoulé, et il semblait que dans ce court intervalle elle eût passé de l'enfance à la jeunesse. Sa figure avait une expression toujours pensive, souvent triste, languissante, quelquefois animée d'éclairs de joie et de triomphe, comme si elle eût pris possession d'une existence nouvelle, plus large et plus féconde.

Le trajet nocturne qu'elle avait accompli dans la campagne avec le bel inconnu était resté comme un événement dans sa vie obscure et monotone, et le hasard avait contribué à en prolonger le souvenir. Le portrait du jeune étranger, dont elle s'était chargée de faire raccommoder le médaillon, lui avait été remis après cette réparation, et celui à qui il appartenait avait négligé de le faire reprendre ; ne connaissant ni son nom ni sa demeure, elle n'avait pu le lui faire remettre, et le portrait était resté entre ses mains.

Les traits que représentait cette miniature étaient doués du charme le plus attrayant, et, dès les premiers jours, Gilberte n'avait pu s'empêcher d'y porter souvent ses regards. Cette contemplation, à laquelle elle avait pris l'habitude de se livrer en secret, jointe au souvenir d'une seule soirée, avait suffi pour qu'elle se créât dans sa pensée un de ces romans intimes que les jeunes filles se composent souvent à elles-mêmes en tirant lentement leur aiguille.

Le caractère concentré et impression-nable de Gilberte, la présence de ce portrait, hôte dangereux de sa petite chambre, avaient pourtant donné un peu plus d'importance aux rêveries de la jeune fille.

Mais ce qui avait le plus contribué à captiver sa pensée, c'était la manière indifférente et un peu brusque dont le jeune homme l'avait quittée dès que son esprit s'était trouvé occupé d'autre chose. Ce souvenir, plein d'amertume et de vague tristesse, mêlait à son entraînement vers le bel inconnu un germe d'animosité qui entretenait ses préoccupations et donnait déjà une nuance de passion à cet amour imaginaire.

Gilberte en ce moment-là travaillait sous un chèvrefeuille, au chant du merle..... chant simple, monotone, rêveur comme la vie qui lui était faite.

A travers la claire-voie, elle vit venir Raoulx pressant le pas et la physionomie animée.

Il s'arrêta devant la balustrade vers laquelle il était déjà venu quelquefois, lorsqu'il se trouvait de garde sur les remparts voisins, échanger quelques mots avec Gilberte et prendre un bonheur de hasard.

Ce jour-là, il le sentait bien plus vivement... C'était la première fois qu'il revoyait Gilberte depuis l'ouverture de la conjuration... Pourtant, au milieu des devoirs imposants qui pesaient sur lui, au milieu des émotions puissantes d'une révolution près d'éclater, son âme se reportait encore souvent vers la jeune fille qu'il aimait... qu'il aimait comme si, heureux enfant de la paix et de la solitude, il eût pu ne vivre que d'amour...

Mais prêt à partir pour un de ces voyages dont on ne revient guère, il ne pouvait pas même, en confiant ce départ à Gilberte, émouvoir son cœur. Il devait s'éloigner sans emporter ni un adieu, ni la certitude d'être aimé... ces trésors cachés qui fournissent sans cesse au courage du combattant.

Aussi, lorsqu'il aperçut Gilberte au bord de son jardin, un frisson courut dans ses veines et pâlit légèrement son visage.

Il s'appuya sur la petite barrière qui le séparait de la jeune fille :

— Gilberte, dit-il avec un triste sourire, il faut que je t'apprenne bien vite le sujet qui m'amène : car si je me mets à causer avec toi, je l'oublierai... et j'oublierai même la garde du bastion que je dois remonter dans dix minutes d'ici.

— Dans dix minutes ! répéta Gilberte en regardant au cadran solaire. Tu fais bien de me le dire, car je te laisse huit minutes pour causer, et je te renvoie aux remparts où tu arriveras à temps... en courant bien fort !... Voyons d'abord ce dont tu viens me parler.

— Veux-tu me rendre un service ?

— De tout mon cœur.

— Tu vois cette carte. Il faut que ce soir même elle soit remise à quelqu'un.

— La singulière chose ! dit la jeune fille en prenant le carton point... des signes du zodiaque... des étoiles... Je ne comprends rien à cela.

— Ne cherche pas à comprendre, mon enfant. Mais, vois-tu, cette carte est d'une telle importance que je ne peux la confier à personne au monde... si ce n'est à toi, que je regarde comme un autre moi-même.

— Tu as raison.

— Et il faut absolument, comme je le disais, qu'elle soit remise à la personne *en mains propres, sans témoin, et avant dix heures du soir.*

— Donne ta carte... A qui la porterai-je ?

— Au vicomte Arthur d'Oberon, à l'hôtel du même nom, dans la rue Royale.

— Je te promets qu'elle sera remise, dit Gilberte avec le même ton de gravité que Raoulx avait mis dans sa demande.

— C'est bien, je suis tranquille, dit le jeune homme.

Gilberte réfléchit.

— Mon Dieu ! il est donc bien vrai que tu as des secrets, reprit-elle avec douceur, des secrets importants que tu me caches à moi-même !... Cela me ferait croire aux bruits sinistres qui circulent depuis quelque temps.

— Quels bruits ?

— On dit qu'il y a des carbonari à la Rochelle ou dans les environs, qui méditent une révolution terrible... le massacre entier de la France !...

— Ah ! vraiment ?

— On dit aussi qu'il y a des révoltés même dans le régiment de la garnison. O Raoulx, ajouta-t-elle, en levant sur lui

Arthur trouva Gilberte étendue sans mouvement. (Page 99, col. 1.)

ses grands yeux noirs pleins de crainte et de charme, serais-tu bien toi-même un des membres de ces sociétés secrètes, qui causent tant d'alarmes et sont exposés en retour à de si affreux dangers!

— Ma chère Gilberte, dit-il d'un accent ému, si ces dangers étaient réels et qu'ils pussent me rendre plus cher à ton cœur, je les bénirais!

— Tu me réponds par une galanterie, quand je te demande la vérité sur des suppositions effrayantes... Il faudrait donc concevoir des doutes sur ta fidélité au serment militaire... et tous les jours trembler pour toi?...

— Mais c'est tout ce que je puis désirer, que tu penses à moi tous les jours!

— Encore!

— Comment puis-je te parler de choses étrangères, quand j'ai si peu d'instants à te voir, quand je n'ai pas encore eu le temps de te demander, comme chaque fois que je te vois, si tu m'aimes toujours!...

— Tu en doutes?

— Ou plutôt si tu es bien certaine de m'aimer... car ces inquiétudes sur des dangers que je pourrais courir, n'appartiennent qu'à un mouvement d'humanité... Gilberte, je n'ai jamais été bien sûr de ton amour... et je ne sais si tu en es sûre toi-même.

— Si, vraiment!... je peux bien juger de mes sentiments... Après mon excellent père, tu es ce que je préfère au monde... Mes amies, Marthe et Églantine, me sont bien moins chères que toi..... Il n'est peut-être qu'une affection qui ait place à côté de la tienne dans mon âme.

— Laquelle?

— Celle d'un frère qui nous a été enlevé pour la guerre dès l'âge de dix-huit ans.

— Et lorsque tu pouvais à peine le connaître.

— Je n'avais que quatre ans... Hélas! je ne devais pas le connaître davantage, plus tard... Des guerres l'ont retenu loin de nous pendant longtemps; et lorsque les autres officiers de l'Empire rentraient dans leurs foyers, mon pauvre frère partait pour l'exil!

— Et tu disais?

— Je disais qu'après mon père... et peut-être avec le souvenir de Lambert, tu es ce que j'aime et j'estime le plus au monde.

— Ce que tu m'accordes là, reprit Raoulx, ne suffit pas.

— Mais si, en vérité.

— Alors, si cela suffit, pourquoi ne consens-tu pas à m'épouser?

— J'y ai consenti.

— Oui, mais sans fixer le jour de notre union.

Raoulx s'interrompit et reprit d'un accent du cœur, profond, indicible :

— Tiens, Gilberte, c'est en ce moment que tu devrais me donner un espoir plus assuré, un mot d'amour vrai et sacré!... Oh! tu ne sais pas combien j'en ai besoin!

— Ah! mon Dieu! s'écria Gilberte, après avoir consulté le cadran, les huit minutes sont écoulées!... Sauve-toi.

Raoulx partit en effet comme un trait et arriva au rempart au roulement du tambour qui l'appelait.

Le chef des Compagnons de la nuit, en voyant la liaison d'Arthur d'Oberon avec le capitaine d'Herbier, avait conçu de vifs soupçons sur les sentiments du noble carbonaro et la solidité de sa foi civique. De plus, dans la dernière séance, le langage et l'attitude du vicomte d'Oberon, qui ne s'était point engagé dans la conspiration et avait paru redouter ce mouvement révolutionnaire, avaient beaucoup augmenté ses craintes.

Bories redoutait une faiblesse de caractère qui pouvait devenir dangereuse à la cause commune. Le matin de ce jour, qui était le premier d'août, il s'était concerté avec Raoulx. Tous deux avaient jugé de la dernière importance qu'Arthur d'Oberon se trouvât à la séance solennelle de ce soir-là, où tous les initiés devaient comparaître sous peine d'être voués par la société à la peine de mort.

Afin que nul prétexte ne pût servir à son absence, ils avaient cru devoir lui adresser une carte de convocation qui lui rappelât le jour et l'heure de la séance, et fût dans les circonstances présentes une sorte de sommation d'y paraître.

Cette carte, portant le sceau de la société et les signes particuliers aux Compagnons de la nuit, qui marquaient le quantième du mois et l'heure des réunions par le nombre et la disposition des étoiles, ne pouvait être confiée à des mains peu sûres, même sous le pli d'une lettre. Raoulx étant de garde toute la journée, avait eu la pensée de charger Gilberte de la remettre à sa place.

La jeune fille, dès que Raoulx se fut éloigné, ne pensa plus qu'à remplir fidèlement le message qu'il lui avait confié. Elle mit la carte mystérieuse dans son corset; et, tout en soignant par habitude sa modeste toilette, elle répétait en elle-même, pour ne pas l'oublier, le nom d'Arthur d'Oberon, qu'elle venait d'entendre pour la première fois.

Ensuite, pour avoir à elle tout le temps nécessaire, elle dit à son père qu'elle allait jusque chez Marthe, qui habitait sur le rivage, et elle put s'éloigner de la maison

sans que l'on comptât les minutes de son absence.

Arrivée dans la rue Royale, à l'hôtel qui lui avait été indiqué, Gilberte traversa la cour, monta le perron qui conduisait à un vestibule ouvert et trouva deux valets à l'entrée.

Elle demanda d'une voix un peu intimidée à parler à M. d'Oberon.

Il lui fut répondu que monsieur donnait une soirée d'été ce jour-là, qu'il était dans le parc avec les personnes invitées, et qu'on ne pouvait le voir en ce moment.

Gilberte cependant insista, disant qu'elle avait une lettre très-importante à lui remettre, et qu'elle ne pouvait la donner qu'à lui-même.

Le domestique alors lui fit traverser le vestibule et une vaste salle à manger; puis, ouvrant une porte à glaces qui donnait sur le parc, il lui dit d'y descendre. Il ajouta, en étendant la main du côté que devait suivre la jeune fille, que monsieur était assis sur un banc, à droite de la grande allée.

Les difficultés qu'avait à résoudre Gilberte ne finissaient pas là. Elle pouvait remettre son message à M. d'Oberon lui-même, mais non pas *sans témoin*, et c'était la seconde des conditions que Raoulx avait imposées.

Après avoir fait quelques pas, Gilberte vit M. d'Oberon à la place que le valet de chambre lui avait indiquée. C'était un vieillard mis avec beaucoup de recherche, et s'entretenant avec deux dames assises sur le banc du parc, à ses côtés, et de jeunes élégants debout devant lui.

La principale allée était bordée de belles charmilles abritant sous leurs cintres des urnes, des bancs de marbre, et s'étendant à perte de vue.

La jeune fille, avant d'avoir pu être remarquée des personnes qui parcouraient l'allée, passa de l'autre côté de sa cloison de verdure, espérant trouver un instant favorable où M. d'Oberon se séparerait de sa société, et pensant devoir attendre ce moment pour l'aborder.

Gilberte, enfant du peuple, était comme nous l'avons dit, attirée par un charme irrésistible vers les classes élevées, polies, brillantes, et avait souvent ressenti une tristesse jalouse de ne pas leur appartenir. En ce moment, cet instinct se fit sentir sur elle. Arrivée derrière le banc où ce groupe du grand monde était réuni, elle s'arrêta pour regarder et entendre les personnes qui le composaient.

A droite de M. d'Oberon, vieillard musqué et poudré, était une douairière couverte de fleurs et de pierreries; à sa gauche, une jeune personne moins parée, mais que la fraîcheur de sa mise et le charme extrême de sa figure rendaient bien plus éblouissante. Cette dernière se nommait miss Julia d'Elbe. Debout, devant M. d'Oberon et ces dames, étaient le capitaine d'Herbier, récemment arrivé à la Rochelle, comme on le sait, et commandant une compagnie du 45e, et M. Marchangy, avocat à la cour royale de Paris.

Gilberte entendit quelques fragments de leur entretien.

— Vous avez là de bien beaux orangers, monsieur le comte, disait la jeune Anglaise avec une difficulté à s'exprimer et un accent britannique pleins de grâce dans sa bouche.

— A propos d'orangers, dit la vieille dame, il y a donc toujours des troubles dans le Midi?

— Grâce à messieurs les libéraux, dit le comte.

— Oui, je crois que c'est leur faute, prononça avec une naïveté cruelle la belle miss Julia.

— Sans doute, dit M. Marchangy en riant; s'il n'y en avait pas, on ne serait pas forcé de les emprisonner, et de leur couper quelquefois la tête.

— On finira par s'en défaire, dit le vieux comte, en donnant des places à ceux qu'on redoute, et des coups de sabre à ceux qui sont taillables à merci.

— Messieurs de l'émigration, vous avez des manières expéditives! dit le capitaine d'Herbier.

— Parbleu! les révolutionnaires nous ont envoyés dans les cours du Nord; nous en rapportons les usages... et les moyens de gouverner.

— Rendez-nous donc à tout prix notre ancienne France, avec son luxe, ses arts, ses belles-lettres, sa fleur de galanterie, dit la vieille dame.

— Laissez se rétablir à leur place la

noblesse et le clergé ; le reste viendra par surcroît, répondit le comte.

— En réalité, dit l'avocat Marchangy, puisqu'il faut toujours, dans les lois de la nature et de la société, que les uns soient dessus et les autres dessous, mieux vaut voir poindre au sommet des bois les tourelles des châteaux, que les cheminées des fabriques enfumées ; mieux vaut voir planer sur les villes la noble bannière des lis, que les piques des jacobins et le drapeau souillé des traîneurs de sabre.

— Et il est plus agréable aussi, ajouta la douairière, de voir à la surface de la société l'hermine, le cordon bleu et la croix d'or des seigneurs et des prélats, que les guenilles et les bras nus de la populace.

— Les femmes sont pleines de goût ! dit le vieux comte en lui baisant la main. Oui, dans le temps, c'est vous, mesdames, qui avez voulu émigrer les premières.

— Pour fuir le bonnet de la Liberté, qui était une mode détestable, dit la dame en minaudant... une coiffure disgracieuse : il y avait bien de quoi nous faire en aller au bout du monde !

— Rien n'est plus laid, en effet, que le bonnet de la Liberté, dit M. Marchangy. Et encore, dites-moi ce que la Liberté a trouvé sous son bonnet? L'échafaud? On le connaissait depuis la montagne où Abraham fit monter son fils pour lui couper la tête. — Le gouvernement de la place publique? Renouvelé des Grecs. — La guerre? Elle existe depuis qu'il y a deux hommes sur terre. — Le règne de l'épée?

Le monde romain n'a vu que cela... Et c'était là le fond du sac... ou du bonnet phrygien !

— Vous conviendrez, dit M. d'Oberon, que ce qu'on nomme l'ancien régime est encore plus nouveau que cela.

— D'autant mieux, dit miss Julia, qu'il est plus beau..... et que le beau est toujours jeune, toujours nouveau.

— Oh! notre charmante miss d'Elbe pense très-bien, dit M. d'Oberon.

— Comment donc! reprit la belle Anglaise; mais c'est votre famille, monsieur le comte, qui est connue pour très-bien penser.

— J'aime à le croire, répondit le vieil émigré. Et si mon neveu, que voici, ajouta-t-il en tournant ses regards vers le fond de l'allée, si mon neveu s'entachait jamais de libéralisme, je le déshériterais.

A ces mots, le comte tendit la main à un jeune homme qui venait le saluer.

Gilberte, toujours arrêtée derrière la charmille, tourna les yeux vers celui qui se présentait..... Elle tressaillit, et le cœur lui battit avec violence en reconnaissant en lui le bel inconnu de la fontaine des Fades.

Cette vue inattendue éveilla en elle une vive impression de douceur et de crainte, qui pendant quelques instants lui fit oublier tout le reste.

Mais son trouble augmenta lorsqu'elle

entendit des personnes présentes nommer le jeune homme *Arthur d'Oberon.*

C'était à lui qu'elle devait remettre le message de Raoulx... Elle frémit de la faute qu'elle avait été sur le point de commettre en livrant la carte secrète à un étranger, et peut-être à un ennemi!

Car, sans avoir une connaissance précise des partis qui divisaient la France, elle jugeait bien, par le peu de mots qu'elle venait d'entendre, que le vieux royaliste ne pouvait avoir aucune intelligence avec Raoulx et ses compagnons, dont le langage était si différent, tandis qu'Arthur d'Oberon, ayant montré dès son arrivée le désir de connaître les jeunes sous-officiers de la Rochelle, c'était assurément lui que concernait le message.

Ainsi, il lui fallut attendre le moment de s'acquitter de sa mission; et ce fut alors avec bien plus d'inquiétude et de trouble.

XI

LA CHAMBRE D'ARTHUR

Arthur d'Oberon, neveu du vieil émigré, ami du capitaine d'Herbier et de l'avocat Marchangy, chevalier servant de la belle Anglaise à qui il venait d'offrir le bras, était en même temps lié au culte du carbonarisme, et se mêlait aux réunions des conjurés dans le souterrain et les bois.

Mais, comme il l'avait dit en commençant, il s'était blasé bien vite avec les avantages de sa position; car, très-jeune encore, il n'avait réellement vécu que depuis les sept années de Restauration,

qui ne lui laissaient, sans lutte et sans danger, que des privilèges à recueillir. Ainsi, las d'un bonheur trop facile, il était allé chercher dans le sein des associations militantes l'intérêt puissant qui anime les facultés, la passion qui fait vivre.

Opposé en certaines parties au monde où il vivait, il voulait une monarchie aussi grande, aussi forte que par le passé, mais qui, dépouillant les formes surannées dont les anciens nobles revenus au pouvoir l'entouraient, s'appropriât tout ce que le nouveau siècle avait produit d'heureux et de brillant, et fût la règle de la jeune France à laquelle il appartenait.

C'était là tout ce qu'il attendait du mouvement révolutionnaire.

Ainsi, à Paris, où il vivait loin de son oncle, sa profession de foi libérale avait consisté à déjeuner quelquefois avec les chefs de l'opposition, et à laisser croître ses beaux cheveux bruns *à la Benjamin Constant;* et encore cette manifestation lui avait été conseillée par son miroir plus que par ses sentiments politiques.

Dans la société secrète, il ne supposait d'autre rénovation politique que celle d'un changement de ministère qui amenât des institutions plus avancées.

A Paris, il n'avait rencontré dans les réunions du carbonarisme que l'élite des libéraux; et là, n'entendant que des doctrines modérées, des principes d'émancipation compatibles avec la royauté, ses illusions sur les tendances de ce parti étaient restées complètes.

Mais, en arrivant dans la vente des

Compagnons de la nuit, en se trouvant au milieu de soldats, de cultivateurs, de rudes républicains, il avait été un peu effrayé de se voir de tels frères; sa nature aristocratique s'était repliée sur elle-même à l'âpre vent de la démocratie. Le complot d'une révolution radicale, qui s'était formé sous ses yeux, l'avait fait sortir cette nuit-là très-épouvanté du sanctuaire de la société secrète.

En même temps son oncle venait d'ajouter un nouveau lien à ceux qui l'attachaient déjà au monde monarchique, en lui faisant entrevoir la possibilité d'un mariage avec la riche et noble miss Julia d'Elbe. Or, le patriotisme d'Arthur n'était pas assez fortement trempé pour qu'il y sacrifiât l'héritage de son oncle et la main de la belle étrangère; sa foi n'allait pas jusqu'au martyre.

Le jeune vicomte d'Oberon était donc en ce moment un carbonaro très-froid, tout prêt à renoncer à l'honneur du titre de conjuré, sans que sa légèreté lui eût permis de réfléchir encore aux conséquences que pourrait entraîner sa désertion, et au danger de jouer avec le feu.

Il pensait à tout autre chose en donnant le bras à miss Julia, le long de la grande allée qu'ils parcouraient ensemble, et en reposant ses yeux sur la plus jolie héritière qu'eussent jamais abritée les antiques marronniers du parc nobiliaire.

Gilberte était émue et tremblante en voyant que le hasard allait la remettre en présence de celui dont elle avait gardé un si vif souvenir, après quelques instants de voyage.

Étant obligée de lui parler seule, pour remplir les volontés de Raoulx, elle devait peut-être aussi profiter de ce moment pour lui remettre son portrait, qu'il avait oublié de réclamer... Elle avait ce médaillon dans sa ceinture, ayant pris, sans s'en apercevoir, l'habitude de le porter sur elle... Mais cette réflexion était accompagnée d'un regret amer; et, triste, abattue, elle eût voulu s'être acquittée de sa pénible et singulière tâche, pour s'éloigner de cette habitation étrangère.

Elle suivait machinalement l'autre côté de la charmille que longeaient Arthur et miss Julia, et les éclaircies du feuillage lui permettaient d'observer la belle étrangère.

Miss Julia, posant à peine sur le sable son pied chaussé de satin blanc, marchait de ce pas onduleux des Anglaises, qui faisait balancer ses dentelles et ses rubans.

Blanche comme l'albâtre, avec de légères couleurs roses, elle portait une plume vaporeuse, fixée par une rose, dans ses cheveux tombant en boucles diaphanes; sa coiffure, la gaze de sa robe et de son écharpe, flottaient dans l'air sous une ombrelle de soie blanche. Elle apparaissait ainsi comme entourée d'une auréole aux regards de Gilberte, qui enviait amèrement le rang et la fortune, grâce auxquels cette jeune fille pouvait être belle tout à son aise, et donner le bras au vicomte d'Oberon.

A chaque instant plus souffrante, et entraînée par ses réflexions, Gilberte arriva à la fin de l'allée. Sa distraction l'ayant empêchée de se retirer assez tôt, un cintre qui s'ouvrait dans la charmille la laissa voir aux yeux d'Arthur.

Le jeune vicomte la regarda et sourit en silence.

Il s'était parfaitement aperçu, pendant le trajet où Gilberte lui servait de conductrice, de l'impression profonde qu'il faisait sur cette jeune fille.

Arthur était trop avantageux, et avait eu trop souvent raison de l'être, pour négliger aucune de ces remarques-là. En voyant ainsi Gilberte, la fiancée du sergent de la Rochelle, dans la maison qu'il habitait, et paraissant assez interdite de s'y trouver surprise, il pensa que cette jeune fille avait découvert sa demeure, et y était venue dans l'espérance de l'apercevoir.

Cela eût été d'ailleurs simple et facile, car le parc de l'hôtel d'Oberon était souvent ouvert dans cette partie, et on n'en interdisait pas l'entrée aux habitants du voisinage.

En ce moment-là, des sons de musique se firent entendre au loin. Ils annonçaient l'ouverture du bal, et Arthur reprit avec miss Julia l'allée qui les conduisait au salon.

Gilberte pensa alors que le seul moyen de parler sans témoin à M. d'Oberon était d'attendre que le bal eût réuni tout le monde à l'intérieur de l'hôtel, et de le faire demander par un domestique.

Elle se retira dans l'enfoncement le plus ombragé du parc, afin qu'on ne remarquât pas sa présence, et vit que sa solitude ne serait point troublée dans cet endroit.

C'était une retraite couverte d'arbres si épais qu'ils y répandaient une nuit profonde ; dans le fond était un bassin d'eau verdâtre, entouré d'herbes dont la hauteur attestait qu'on n'en foulait jamais les bords.

La jeune fille s'assit sur une racine d'arbre, le cœur gonflé de jalousie, de tristesse, de mille sensations qui l'oppressaient sans qu'elle pût les définir.

Elle s'avouait bien qu'il était cruel d'être ainsi seule, renfermée dans ce coin obscur, tandis que tant de femmes parées, spirituelles, souriantes, brillaient aux yeux d'Arthur. Mais elle ne savait comment une chose aussi simple que l'infériorité de son rang, et dont elle n'éprouvait autrefois que des peines passagères, pouvait maintenant creuser une si profonde douleur dans son âme...

C'est qu'autrefois, dans les classes élevées, elle n'enviait que le luxe et les plaisirs, tandis qu'alors elle enviait l'amour.

Aussi sa souffrance était si poignante et si vraie, qu'elle sentait un vertige puissant l'attirer vers l'eau, où elle pourrait finir sa vie... C'était un de ces désespoirs sans cause, qui naissent dans une ardente jeunesse aussi habile à souffrir qu'à jouir... ou, pour Gilberte, c'était un instinct providentiel, lui révélant que son existence eût dû finir en ce moment !...

Elle passa la main sur son cœur qui

Gilberte n'avait encore repris aucun des souvenirs de cette soirée. (Page 100, col. 1.)

battait douloureusement, et sentit la carte que Raoulx lui avait confiée, en lui disant qu'il s'agissait *d'un intérêt plus cher que la vie...* Elle eut honte de se replier depuis si longtemps sur elle-même, quand elle n'eût dû songer qu'à remplir un devoir sacré; elle se leva, passa les mains sur son front, et se dirigea résolûment vers l'hôtel.

La nuit était venue; la jeune fille se trouva seule devant les fenêtres du salon, situé au rez-de-chaussée.

Là, elle ne put résister à l'attrait funeste qui la portait à contempler ces tableaux du grand monde; fantastique mirage qui lui montrait sa verdure, ses eaux vives, ses fleurs, sans qu'elle pût les atteindre, et lui faisait mieux sentir la sécheresse, la nudité du sol aride auquel elle était attachée!

De hauts orangers s'élevaient devant les fenêtres du salon, ouvertes sur la terrasse ; Gilberte put se cacher tout entière dans le feuillage d'un de ces beaux arbustes, et regarder le coup d'œil de la fête.

C'était un bal d'été, frais, gracieux, moins nombreux qu'animé. On dansait au piano ; les faibles sons de la musique et le silence d'une belle nuit répandu au dehors laissaient dominer les conversations légères, les rires contenus des danseurs... La perspective de ce salon, où se mêlaient les diamants et les fleurs, sur un fond de glaces et de dorures, était partout également splendide et riante.

Gilberte enviait tout à ce monde d'élite : la fortune, le repos qui conservent la beauté, les moindres accessoires de luxe et de parures ; elle enviait jusqu'à ce parfum riche et pénétrant de l'oranger qui se répandait maintenant sur sa tête, et qu'elle n'avait jamais senti dans le jardin de son père.

Elle regarda plus longtemps les deux personnages qu'elle avait vus d'abord dans le parc, près du vieux comte d'Oberon, le capitaine d'Herbier et M. Marchangy.

Gilberte, qui ignorait leurs noms, les remarquait sans savoir pourquoi : mais elle les observa assez dans cette soirée pour que leurs traits ne sortissent pas de sa mémoire.

Arthur dansait dans un quadrille avec miss Julia.

Dans un moment où ils étaient arrêtés près de la croisée, Gilberte put remarquer l'attention admirative dont le vicomte entourait sa belle danseuse. Miss Julia parlait le français d'une manière à peine intelligible. Gilberte voyait avec amertume, à l'air de douceur avec lequel Arthur l'écoutait, que dans les femmes privilégiées, les défauts mêmes deviennent des grâces ; et elle haïssait de toute son âme cette Anglaise et son langage...

La jolie miss était alors animée par la danse ; le vif incarnat de son visage faisait paraître d'une blancheur plus éclatante ses bras et ses épaules nus ; Arthur laissait tomber sur elle de brillants et humides regards, dont Gilberte ressentait un âcre bonheur, comme s'ils lui eussent été adressés, et qui en même temps lui déchiraient l'âme...

Le quadrille fini, Arthur se mit au piano. Il avait une belle voix, douce et vibrante, et chantait avec expression. Il excita plusieurs fois de ces légers ravissements qui s'expriment par des accents entrecoupés et sympathiques.

Mais tandis qu'il obtenait ce facile succès de salon, Gilberte sentait toute son âme suspendue à ses lèvres ! Ce fut en ce moment que le secret de sa préoccupation, de ses rêveries, de ses angoisses, se dévoila enfin pour elle... Elle sentit qu'elle adorait Arthur d'Oberon, et frémissante, brisée, elle fondit en larmes.

Pendant quelque temps elle demeura à sa place, n'osant plus regarder dans le salon, et tenant son front pressé dans ses mains. Mais enfin, entendant des pas sur la terrasse, elle sortit vivement de sa retraite.

C'était un domestique qui s'avançait,

mais non de ceux à qui elle avait parlé d'abord. Elle demanda à ce valet de vouloir bien dire à M. d'Oberon que quelqu'un l'attendait pour lui remettre une lettre importante.

— M. Arthur, répondit le domestique, vient de monter dans sa chambre pour chercher un album que je n'ai pu trouver, et qu'il veut montrer à ces dames. Si vous avez à lui parler, montez de suite, vous le trouverez encore là-haut.

En disant cela, le valet de chambre indiquait à Gilberte un petit escalier, éclairé et garni de tapis, qui conduisait seulement au premier étage.

La jeune fille rappela tout son courage, tira la carte marquée de signes mystérieux de son sein, et monta rapidement les degrés.

Mais arrivée à la porte d'un petit salon qui précédait la chambre à coucher d'Arthur, elle se trouva dans une profonde obscurité et n'entendit aucun bruit.

Arthur, après avoir traversé son appartement, était redescendu au salon par le grand escalier.

Gilberte, tout en ayant cette pensée, fit quelques pas pour s'en assurer... Comme elle avançait avec trouble et vivacité vers la seconde pièce, sa tête se heurta à l'angle d'une porte entr'ouverte... Le sang jaillit de son front, et elle fut violemment rejetée en arrière.

Étourdie du coup, elle s'affaissa sur elle-même et tomba sur le parquet, où elle demeura étendue sans connaissance.

Pendant ce temps-là le bal continuait.

. . . .

A la fin de la soirée, Arthur, en remontant chez lui, trouva Gilberte étendue sans mouvement sur le seuil de sa chambre.

Son premier mouvement fut une compassion sincère et tendre pour cette enfant qu'une aveugle passion pour lui avait sans doute entraînée jusque-là...

Mais, en relevant Gilberte dans ses bras, il vit la carte des carbonari qui était restée dans la main serrée de la jeune fille. Il reconnut le signe de réunion des Compagnons de la nuit, la carte de convocation, où le nombre et la disposition des étoiles devaient indiquer le jour et le lieu de l'assemblée, mais sans l'observer davantage.

Troublé et frémissant de voir cette pièce dénonciatrice dans la demeure où il se trouvait, et apportée d'une manière si imprudente, il ne s'occupa point de l'espèce d'assignation que lui apportait cette carte, et se hâta de la faire disparaître à la flamme de la bougie.

Il revint à Gilberte, dont la présence lui était alors plus naturellement expliquée, puisque sans doute, en se rendant chez lui, elle avait cédé à la demande de l'un des carbonari... de Raoulx sans doute... et s'était chargée de ce message sans en connaître le danger.

Cette jeune fille était grièvement blessée ; il fallait appeler des secours auprès d'elle...

Mais là, un mouvement égoïste retint

le vicomte d'Oberon ! En reprenant connaissance, cette enfant prononcerait peut-être des paroles indiscrètes, et un seul mot révélant ses adhérences avec les ennemis du gouvernement pouvait le perdre dans sa famille, dont les préjugés monarchistes allaient jusqu'au fanatisme... L'héritage d'un oncle, un mariage brillant, un avenir entier dont cette soirée venait de lui donner une agréable image, étaient là devant ses yeux pour les préserver de toute imprudence.

Arthur déposa la jeune fille évanouie sur son lit, et lui prodigua les soins qui pouvaient dépendre de lui seul sans éveiller personne de la maison.

Il défit les liens qui serraient son corps délicat, lava sa blessure, étancha le sang qui coulait encore sur ses tempes et sur son cou... Sentant le froid mortel qui suspendait les battements de son cœur, il la pressa contre lui pour la réchauffer et la rendre à la vie.

Gilberte se réveilla sur le sein d'Arthur.

La bougie, posée sur une commode derrière le jeune homme, laissait dans un clair-obscur sa figure, qui se trouvait placée dans le cintre formé au bord du lit par les rideaux de soie pourpre relevés. Au fond, la glace de la commode reflétait l'intérieur élégant et voluptueux de cette chambre de jeune homme.

Gilberte n'avait encore repris aucun des souvenirs de cette soirée.

En se voyant dans ce lieu richement décoré qu'elle ne connaissait point, et soutenue dans les bras d'Arthur, elle crut rêver, ou être transportée dans un autre monde.

En dénouant la ceinture de la jeune fille, Arthur y avait trouvé son portrait à lui, précieusement caché.

Si le message des carbonari le détrompait sur le motif qu'il avait d'abord prêté à Gilberte en la trouvant dans le parc, il voyait pourtant alors que cette jeune fille, trop honnête pour venir jusque dans son habitation dans l'espérance de l'y revoir, n'éprouvait pas moins l'entraînement très-vif, très-puissant qu'il lui avait supposé d'abord, et que sa divination d'homme heureux ne l'avait pas trompé.

Sous cette impression, les soins qu'il donnait à la jeune fille prenaient une nuance plus tendre.

Ses yeux, d'une rare puissance d'attraction, se reposaient sur les grands yeux étonnés et humides de Gilberte.

Il faisait boire goutte à goutte à la pauvre enfant quelques spiritueux qui s'étaient trouvés dans sa chambre, et détachait doucement le sang qui s'était séché à ses cheveux. La certitude d'être aimé éveillait en lui de forts battements de cœur, et faisait couler un rapide frémissement dans ses veines ; un attrait puissant le portait à se pencher sans cesse plus près de cette jeune et séduisante créature ; il la ranimait mieux par le fluide épanché de ses regards que par les gouttes de l'excitant breuvage versées sur ses lèvres.

Le cœur d'Arthur était réellement attiré

vers la jeune fille, et sous cette émotion qui le dominait, ses soins prenant la douceur voluptueuse des caresses, pouvaient se confondre avec elles.

Gilberte était trop faible encore pour parler et pour repousser ces soins dangereux.

Elle éprouvait le bien-être physique qui succède à un choc violent, et mille délices de l'âme à la vue, à l'approche d'Arthur. La fraîcheur de cette eau qui imprégnait son front, le mouchoir d'Arthur qui servait à la répandre, et dont elle aspirait le parfum, la main du jeune homme qu'elle sentait parfois venir jusqu'à ses lèvres, l'enivraient d'un charme inconnu.

La perte de sang avait affaibli son esprit, tandis que dans ce retour à l'existence ses sensations doublaient de force. Elle se souvenait alors de tout ce qui s'était passé dans cette soirée ; elle se voyait distinctement dans la chambre d'Arthur, dans ses bras ; mais sans reprendre la triste faculté d'en souffrir, sans trouver le raisonnement qui lui eût fait sentir l'étrangeté de la situation et lui eût inspiré la crainte.

Ce qu'elle jugeait avec lucidité, c'est que cet homme qu'elle voyait quelques moments auparavant entouré, admiré de tant de nobles dames, était là près d'elle, et pour elle seule...

L'amour, qui s'allume souvent par reflets, était venu dévorer son âme quand elle avait vu Arthur envelopper la belle Anglaise de ses ardents regards, quand elle lui avait senti presser la main de cette jeune femme... Elle eût alors donné sa vie entière pour une de ses émanations de tendresse ! Et maintenant, Arthur était tout occupé d'elle ! tout à elle !... Elle sentait cela bien plutôt qu'elle n'eût pu le définir. Mais il naissait de cette privation de pensée et de cette surexcitation des sens une sorte de délire muet, délicieux et ardent.

A chaque minute, l'attrait puissant, mystérieux agissait plus fortement, et la raison s'éloignait davantage... Cette nuit, amenée par le hasard, était faite de tout ce qui pouvait le plus étroitement réunir dans la solitude, le secret, et une sécurité profonde, deux êtres jeunes et beaux.

Une telle situation ne pouvait se prolonger sans un danger irrésistible... Et elle dura ainsi jusqu'au matin.

Lorsque le jour commençait à naître, Gilberte, pâle comme la mort, portant sur les traits une altération qui avait quelque chose de profond, d'éternel, était sur le seuil de la sortie dérobée du parc. Arthur lui en ouvrait la porte, en regardant avec anxiété si personne n'était encore éveillé à l'hôtel d'Oberon.

Ils échangèrent quelques phrases entrecoupées, et si faibles, si basses, qu'elles se confondaient avec le premier vent du matin dans les feuilles... Puis Arthur finit par ces mots :

— Oui, ma chère enfant, garde mon portrait.

Pendant cette nuit, la réunion des conjurés avait eu lieu au souterrain de la pierre celtique... Et ce fut ainsi qu'Arthur d'Oberon n'y parut point.

DEUXIÈME PARTIE

I

LA FORTUNE

La séance qui eut lieu le 1er août 1822 dans le souterrain de la pierre celtique, fut une de celles qui marquèrent le plus dans les fastes du carbonarisme.

La conspiration qui s'élevait alors était pleine d'espoir, d'enthousiasme, et paraissait ainsi pleine d'avenir; les hommes réunis dans son sein étaient les plus jeunes, les plus purs patriotes de leur temps; jamais un petit nombre d'*appelés* se soulevant contre la puissance oppressive ne mérita aussi bien qu'eux l'appui du ciel, et ils l'attendaient avec une religieuse confiance qu'exprimait la devise inscrite dans leur temple sauvage : *Fede et liberta!*

Un serment prononcé sur le Christ et le poignard avait astreint tous ceux qui connaissaient le secret de l'entreprise à le garder sous peine de mort.

Un seul des initiés s'était trouvé soustrait à cet engagement solennel par son absence. C'était le vicomte Arthur d'Oberon.

Il avait attiré par là de graves soupçons sur sa fidélité. Quelques-uns des carbonari les plus rigides, parmi lesquels était Lambert, pensaient que par cette absence seule il devait être déclaré traître à la sainte cause, et poursuivi comme tel par l'autorité secrète de la société, qui exerçait le droit de vie et de mort.

Bories et Baradère jugèrent toutefois qu'avant d'encourir cette condamnation le vicomte d'Oberon devait être appelé à rendre compte d'une coupable réticence et à se justifier s'il était possible. Ils chargèrent Lambert de rechercher et d'interroger en leur nom le membre réfractaire.

Il n'y avait plus que quelques jours d'attente avant l'ouverture de la campagne. L'un de ces jours serait consacré au repas d'adieu que les officiers du carbonarisme offraient à Bories et aux autres sous-officiers, premiers émissaires du soulèvement. On vaquerait ensuite au transport des armes dans la grotte; solennité qui serait suivie de la bénédiction du drapeau.

L'approvisionnement de guerre était le point le plus important de l'entreprise. Ainsi, à la Rochelle et dans les environs, les membres de la société étaient ardemment occupés à se procurer les armes et les munitions qui devaient être déposées sous peu dans l'arsenal souterrain.

Les beaux fusils de chasse et de guerre, les pistolets, les sabres brillants qu'on voyait étalés aux devantures des armuriers, allumaient la convoitise des jeunes conjurés, et ils inventaient des prétextes spécieux pour en acheter le plus grand nombre possible, sans éveiller les soupçons de l'autorité.

Ceux qui ne pouvaient se procurer ces armes de luxe exploraient tous les endroits de la maison où leurs pères, anciens militaires ou chasseurs, avaient déposé les fusils de leur jeune temps, et ils s'emparaient avidement de ces armes rouillées.

Cédric avait mis tout son argent comptant à l'achat de deux pistolets richement montés et d'une épée resplendissante d'ornements, et le brave jeune homme se croyait parfaitement armé en guerre.

Il restait à se procurer la somme promise par lui au trésor des conjurés, et tirée à vue sur le bon M. Pontarlier, qui ne s'en doutait nullement.

Charles Goubin, que son humeur enjouée avait mis depuis longtemps dans les bonnes grâces du vieillard, devait aider son ami Cédric dans cette circonstance difficile.

Ainsi un jour, vers dix heures du matin, les deux jeunes gens déjeunaient ensemble pour se préparer à l'attaque, en attendant M. Pontarlier, absent de la maison.

Cédric, impatient de son retour, monta pour s'en informer près de sa sœur, qui était seule sous les combles déserts et démeublés de la maison, dont elle faisait, comme nous l'avons dit, son salon ordinaire.

— Sais-tu où est mon père? dit le jeune homme en entrant. Va-t-il bientôt rentrer? Est-il de bonne humeur ce matin?

— Mais non sans doute, je n'en sais rien, dit Édith de l'air d'ennui superbe qu'elle prenait avec qui venait la déranger dans sa retraite. A moins, ajouta-t-elle, qu'il ne soit allé voir ses vignes.

— Ah! c'est que j'aurais quelque chose à lui demander.

— Moi aussi, j'ai à lui parler.

— Alors, Dieu veuille que ses vignes se portent bien!

— Pour moi, peu m'importe... je n'ai rien à lui dire que de fort raisonnable, et il ne peut refuser de m'entendre.

— Ce que je désire est aussi de toute justice... cependant j'aimerais mieux le trouver en gracieuse disposition.

— Alors tu devrais être un peu plus attentif pour lui. Il ne t'en coûterait guère de faire sa partie de tric-trac, au lieu de sortir tous les soirs.

— J'aime mon père de tout mon cœur, et rien de ce qu'il faudrait faire pour lui ne me coûterait... Mais j'ai des affaires qui m'appellent au dehors, ajouta le jeune homme d'un air d'heureuse importance; tandis que toi, Édith, il te conviendrait de le distraire, de lui jouer sur ton piano les airs qu'il aime, au lieu d'être toujours seule ici, comme une alouette effarouchée... D'ailleurs, que peux-tu faire dans ces greniers?...

Il regarda autour de lui.

— Ah! quelle fantaisie! dit-il, un vase de lis et d'immortelles devant ce vieux portrait de Louis XVI!...

— Je suis bien libre, dit Édith en rougissant, de cueillir des fleurs et de les placer où il me plaît!

— On dirait que c'est ici la Saint-Louis.

— La Saint-Louis! répéta la jeune fille avec émotion, jour triste et doux, qui appelle toutes les fleurs de fête et de deuil!

— Une fête de roi m'a toujours semblé ridicule, prononça Cédric. Quand le cours du calendrier ramène le nom de celui qui est par hasard sur le trône, on sonne les cloches, on bat le tambour, on fait partir des fusées... on se réjouit de rien, et sans savoir pourquoi; donc c'est absurde.

— A propos de quoi cette sortie?

— Parbleu! à propos de ces fleurs.

— Tu ne peux rien comprendre à ces choses-là.

— Ma sœur... ton confesseur perdra ton âme.

— Il y a longtemps que les philosophes ont perdu la tienne.

Édith s'était approchée de la fenêtre.

— Tiens, dit-elle brusquement, voilà mon père qui rentre, va le trouver et laisse-moi.

Cédric courut en effet rejoindre Goubin, et tous deux allèrent au-devant de M. Pontarlier.

— Prends bien garde, dit Cédric en chemin, de laisser voir à mon père que nos jours peuvent être en danger dans les affaires qui se préparent. Du reste, tu peux parler avec confiance devant lui; c'est un homme d'ordre et de conservation s'il en fut jamais; cependant il laisserait massacrer tous ses champs par les chevaux des gendarmes, plutôt que de livrer nos personnes ou nos secrets.

M. Pontarlier, après avoir été admirer ses vignes au soleil levant, se reposait en rentrant sur un banc de son jardin. Il accueillit les deux jeunes gens d'un air un peu rembruni; mais ceux-ci, en enfants gâtés qui ne s'effrayent pas de si peu, allèrent s'asseoir de chaque côté de lui sur le banc.

— Avez-vous fait bonne promenade, mon père? dit Cédric du ton le plus aimable; voici mon ami Charles qui vient vous voir.

— Savez-vous, monsieur Pontarlier, que vos espaliers sont magnifiques cette année? dit Goubin.

— Et vos melons! ajouta Cédric, ils promettent; mon père, on les voit déjà se dorer sous leurs cloches.

— Il est heureux, messieurs, qu'ils ob-

Il indiquait de sa cravache un grand donjon fortifié. (Page 112, col. 2.)

tiennent votre suffrage... répondit M. Pontarlier, car ordinairement vous ne vous occupez pas plus de mes espaliers et de mes melons que de moi.

— Ah! mon père, dit Cédric souriant, ne vous confondez pas ainsi avec les produits de votre jardin, car alors j'aimerais ces derniers à ne pouvoir plus m'en séparer.

— Flatteur! reprit le bon père en se déridant. Mais s'il n'y avait que toi pour diriger la culture de ces sujets, surveiller les plantations et les tailles, le jardin ne serait pas en si bon état.

— Si cela vous est agréable, mon père, dit Cédric, je ferai mieux encore, j'y travaillerai moi-même... Vous me verrez en veste et en chapeau de paille.

— Moi aussi! dit Goubin, je voue mon sabre à la coupe des charmilles.

Propriété de MM. Michel LÉVY frères.

— Allons! dit M. Pontarlier, voilà mon jardin entre bonnes mains.

— En retour je ne demande qu'une chose, reprit Cédric.

— Hein! dit son père; je m'y attendais. Voyons?

— C'est que vous me payerez mes journées d'avance.

— Ah! tu veux de l'argent... Nous y voilà!

— Le prix d'un jardinier.

— Bon... dis plutôt tout de suite combien il te faut.

— Six mille francs...

M. Pontarlier bondit sur son siége.

— Que je vous rendrai en journées.

— Six mille francs!... Demande toute ma fortune, ce sera plus tôt fait.

— Écoutez donc, mon père, vous dites sans cesse que si vous tenez à la fortune, ce n'est pas pour vous, mais pour vos enfants; que tout ce que vous possédez est à eux... Si j'ai moitié du revenu, c'est-à-dire vingt-cinq mille livres de rente, je puis bien en prendre six.

— Après moi, monsieur, s'il vous plait.

— Ah! mon père...

— Vous êtes bien pressé...

— Mon père, dit Cédric tristement, j'aime mieux une de vos caresses que des millions à dépenser après vous... Ainsi, vous voyez que je ne suis pas pressé.

— Allons, dit M. Pontarlier tout à fait radouci, on peut peut-être s'arranger; je ferai des sacrifices; tu rabattras un peu de tes prétentions.

— C'est cela, dit Goubin, il n'y a que le premier écu qui coûte!

— Je sais qu'il faut que jeunesse s'amuse, reprit le bon père. Si je te donnais un billet de cinq cents francs?

— Non, six mille.

— Tu es fou... Et que pourrais-tu en faire?

— Cet argent est destiné à un usage sacré!... et que vous approuverez moins sans doute que s'il s'agissait de le dépenser pour un cheval ou pour une maîtresse.

— Je crains de deviner, dit M. Pontarlier fronçant le sourcil.

— Allons, mon père, devinez.

— Ta société secrète...

— A besoin que ses enfants se cotisent pour elle, oui, mon père.

— Et j'irais donner de l'argent là! s'écria M. Pontarlier en se levant; j'aiderais à des complots diaboliques qui achèveront de me ruiner, de me tuer!

— Calmez-vous, mon père.

— Du calme, c'est bientôt dit... quand tu veux que je sacrifie six mille francs !

— Nous sommes tout prêts, monsieur, à sacrifier notre vie, dit vivement Goubin.

— Vous aussi !... Je m'en doutais... Vous êtes de cette société des...

— Des *Compagnons de la nuit*.

— Quel affreux nom !... J'avais entendu parler des carbonari.

— C'est la même chose.

— Oui... des charbonniers, des hommes de nuit... C'est toujours noir comme le diable... Et que voulez-vous, messieurs de la nuit ?

— Des réformes salutaires.

— Ça se comprend... des réformes à la fortune de ceux qui en ont trop à vos yeux.

— Non, dit Cédric, car il n'y aura plus de fortune outrageante quand il n'y aura plus de pauvreté déplorable... et c'est à quoi nous tendons. Quand tous les hommes auront de quoi vivre, la fortune ne sera plus, comme la beauté, qu'un ornement, un charme de plus, que nul n'aura le droit d'accuser... Riches, priez donc pour qu'il n'y ait plus de pauvres, pour qu'on vous admire, qu'on vous aime, au lieu de voir en vous l'expression d'une injustice odieuse.

— Mais vous ne changerez pas l'ordre des choses, vous ne ferez jamais que tous les hommes soient riches.

— Non, mais qu'ils aient l'existence assurée... qu'il n'y ait plus dans la fortune que l'inégalité régnant dans la nature, où quelques-uns sont beaux, les autres laids, mais où tous ont les organes nécessaires.

— C'est impossible.

— Alors, que le monde s'abîme !

— Peste ! comme vous y allez !

— Oui, s'il faut qu'une foule d'êtres viennent toujours sur terre pour y traîner la faim, et rentrer dans la fosse sans avoir touché à aucun fruit de ce monde, il n'y a pas d'existence pour eux ; il n'y a pas de bonheur non plus, pas de nuits paisibles pour les hommes de cœur qui voient leurs frères éternellement languir, souffrir... Il vaut mieux que l'univers s'engloutisse.

— A la bonne heure !

— Mais non ! cela n'est pas dans les décrets de Dieu... Quand je regarde ce désordre du monde, quand je vois tant de misères d'un côté, tant de richesses inutiles de l'autre, il me semble que le ciel se voile... J'attends, sans savoir quand il viendra, un temps meilleur pour les hommes, et le retour du soleil !

— Il suffit de la charité pour te satisfaire... Fais l'aumône.

— L'aumône ! c'est cela... toujours l'aumôme, le dernier degré de la misère! Si dans une famille on donnait tout à l'aîné pour qu'il fît la charité à ses frères, on trouverait cela bien injuste. Pourquoi dans la famille humaine, en est-il ainsi? De quel droit imposez-vous à un homme de recevoir le don de la pitié, quand il est aussi digne de posséder que vous!

— Alors, monsieur, pourquoi donnez-vous tout mon argent aux pauvres, si c'est leur faire injure?

— A présent, je crois bien!... Il n'y a pas d'autre ressource pour eux... Dans le temps où nous vivons, la charité, mon Dieu! c'est ce qu'il y a de plus beau au monde... La charité est le baume divin qu'on vient poser sur une blessure en attendant qu'elle guérisse... mais est-ce une raison pour vouloir qu'elle ne guérisse jamais?... Tenez, laissons cela, mon père... c'est un sujet où nous nous querellons éternellement sans nous comprendre.

— Non, morbleu! nous ne nous entendons pas, parce que vous demandez toujours des améliorations avec la hache à la main, en portant partout la destruction, en amenant des bouleversements qui font cent fois plus de mal d'un côté qu'ils n'en effacent de l'autre, qui déchaînent sur le monde la discorde, le trouble, l'enfer.

— Oui, dit Goubin, pour quelques jours...

— Mais ces jours, je ne veux pas les voir... dit impétueusement le propriétaire; je déteste les révolutions avec autant d'ardeur que vous en avez à les faire... Je

m'y opposerai de tout mon pouvoir. Et, pour commencer, je proteste contre votre société des *Rôdeurs de nuit*.

— Des *Compagnons de la nuit*.

— Je me prononce d'avance contre tous ces actes et complots...

M. Pontarlier réfléchit.

— Voyons, reprit-il, où passe-t-on pour aller à cet antre de conspiration?

— Pourquoi demandez-vous cela? dit Cédric.

— Parce que je veux m'y présenter aussi, moi.

— Vous, mon père!

— Pourquoi pas?... Vous voulez tous la liberté, l'égalité : les uns en créant une société nouvelle, les autres en ramenant l'Empire, la République, ou je ne sais quoi!... Eh bien! je veux faire une motion aussi, moi... oui, moi-même.

— Vraiment!

— Oui, je veux proposer qu'on reste tranquille... et je parlerai si fort, qu'il faudra bien qu'on m'entende.

La résolution de M. Pontarlier était si vraie et sa colère si naïve, que Cédric perdit son propre emportement et oublia la gravité de ses préoccupations dans un long éclat de rire.

— C'est bien, mon père, je vous approuve ; mais, pour être bien venu au sein de la société secrète, mettez d'abord à son service la somme que je réclame... donnez-moi...

— Rien.

— Comment?

— Je ne donnerai rien pour soulever une révolution, pour mettre le monde en feu.

Le jeune homme ne s'attendait pas à un refus aussi obstiné et en fut d'abord déconcerté... Mais il réfléchit à son tour, et dit au bout d'un instant :

— Eh bien! mon père, ne parlons plus de cela... Une discussion d'argent ne me convient pas... et même, pour dissiper le mal de tête qu'elle m'a donné et l'oublier tout à fait, je vais faire une promenade à cheval avec Goubin... Vous voulez bien prêter un de vos chevaux à mon ami?

— Oui, certes! s'écria l'excellent homme charmé d'en être quitte pour si peu. Prenez le cheval anglais... l'alezan... Prenez tout ce que vous voudrez!

M. Pontarlier resté seul passa quelques minutes à s'essuyer le front et à reprendre haleine.

Un instant après il vit venir sa chère petite Édith par le fond du parterre. La charmante enfant avait une robe blanche tout unie ; ses magnifiques cheveux blonds étaient simplement relevés avec un peigne d'écaille et, sortant de son atelier, elle portait encore le petit tablier noir destiné

à recevoir impunément les traces du crayon et de l'encre de Chine.

— Les jeunes filles sont bien simples dans leurs désirs, bien faciles à contenter, disait M. Pontarlier en la voyant venir ; ma bonne Édith surtout... quelques robes de mousseline, des pinceaux, des couleurs, de la musique, des choses qui ne coûteront pas dans tout le cours de sa vie autant que le cheval sur lequel va se promener son frère ; voilà tout ce qu'il lui faut !

— Ne vous dérangez pas, mon père, dit-elle à M. Pontarlier qui venait de son côté : je ne peux pas rester longtemps à ce soleil.

— Entre sous la charmille, mon enfant.

— Non ; je viens seulement vous rappeler que je passe jeudi prochain toute la journée à Colombelle, chez madame de Forban, comme vous me l'avez promis.

— Sans doute, ma chère petite.

— Ensuite j'ai besoin de quelque chose que je viens vous demander de mettre à ma disposition.

— N'es-tu pas maîtresse de tout à la maison?

— Vous me l'avez dit souvent... Mais, en ce moment, c'est une somme d'argent assez forte que je voudrais prélever sur ma fortune, et vous seul pouvez me la remettre.

— Une somme d'argent... ta fortune... que dis-tu?... tu as besoin de quelques pièces d'or pour tes robes d'été... je ne te les ai jamais refusées.

— Non. J'ai tout ce qu'il me faut pour la saison. Mais je voudrais vingt mille francs en billets, pour une destination que je ne puis vous indiquer en ce moment, mais que vous connaîtrez sans doute plus tard.

M. Pontarlier resta stupéfait, le regard effaré.

— Est-ce que je rêve? s'écria-t-il; est-ce que tout le monde devient fou?

Édith ne comprenait rien à l'irritation dont son père paraissait saisi et qui n'était aussi violente que par la secousse dans le même sens que le propriétaire venait déjà de recevoir. D'abord Édith se croyait réellement maîtresse de tout à la maison; ensuite cette jeune fille, trop riche pour rien désirer, trop enfant pour rien posséder, ne connaissait pas la valeur de l'argent, et n'avait nulle idée de l'importance de la somme qu'elle demandait.

— Qu'avez-vous donc, mon père? dit-elle avec assurance et même avec un petit air d'autorité qui ne l'abandonnait jamais; vous m'avez mal entendue... Je vous demande seulement vingt mille francs, dont j'ai besoin... voilà tout.

— Vingt mille francs?... folle... et où veux-tu que je les prenne?

— Vous les avez sans doute en caisse ou chez votre notaire.

— Mais, dit-il en bondissant d'impatience, ce n'est pas pour te les donner.

— Il ne s'agit pas de donner, puisque vous prétendez que tous vos biens sont à vos enfants.

— Mais non pas pour les dépenser, s'il vous plaît.

— Comment la fortune peut-elle être à nous autrement que pour la dépenser?

— J'en suis dépositaire; il faut qu'elle croisse et fructifie.

— Vous y tenez?

— Pour vous.

— Alors vous devez être charmé que mon frère et moi puissions en jouir.

— Allez, allez au diable tous les deux! s'écria M. Pontarlier dans un courroux tel que le digne homme n'en avait connu de sa vie.

— A la bonne heure, dit Édith froidement, n'en parlons plus.

M. Pontarlier, s'arrêtant subitement dans sa marche, croisant les mains sur le pommeau de sa canne, dit avec un accent de stupeur profonde :

— Ah çà! mais qu'ai-je fait au ciel pour avoir des enfants semblables?

Il était désormais incapable de rien entendre. Édith retourna à la maison s'abriter de la chaleur et s'étendre sur un canapé.

Le roman d'Édith et du prince royal avait continué son cours, en laissant subsister la distance que la captivité de l'héritier du trône établissait entre lui et la jeune fille. Mais ce roman, ce poëme di-

gne des temps héroïques, touchait peut-
être à son dénouement.

Après plusieurs billets du même style
que le premier, et jetés également par la
fenêtre de la tour, le prisonnier avait
annoncé que le jeudi de la semaine suivante il pourrait sans doute sortir pour
se rendre, vers huit heures du soir, à la
butte de Colombelle, où il espérait rencontrer ses deux adorables consolatrices.

Profiter de cet instant de liberté pour
ravir le prisonnier à ses persécuteurs,
l'enlever, le conduire à Paris, sur le trône!
tel était le simple projet qu'avait formé
madame de Forban, et qui semblait le
moindre des devoirs que pût remplir une
bonne royaliste.

Elle devait l'accomplir seule, tandis
qu'Édith attendrait à la Rochelle l'élection
au rang suprême de son auguste amant.

Mais pour cette entreprise il fallait de
l'argent. En fait de fortune, madame de
Forban en avait toujours été au souvenir
de ses ancêtres, et elle n'eût pu, faute de
quelque mille francs, relever la couronne
de France.

Alors Édith, sans hésiter, avait offert à
sa nourrice la somme de vingt mille francs,
que celle-ci jugeait nécessaire aux frais
du voyage.

Plutôt que de renoncer à ce projet, la
jeune fille y eût laissé la vie; mais comme,
après le refus de son père, elle savait encore où se procurer la somme convenue,
elle avait reçu cette réponse négative avec
assez d'indifférence.

Voilà pourquoi en ce moment elle se
livrait si paisiblement à sa rêverie sous
les rideaux de soie de son élégante petite
chambre.

Pendant ce temps-là, Cédric et son ami
galopaient le long des remparts.

Dès qu'ils eurent un peu ralenti leur
course, Goubin dit à son ami :

— Eh bien! mon pauvre Cédric, te voilà
battu... Tu as perdu la partie avec ton
père.

— Tu crois cela?

— Et l'argent que nous espérions tant!

— Nous le tenons.

— Pas que je sache.

— Charles, tu es connaisseur; combien
estimes-tu mon cheval?

— Je n'ai guère envie de m'occuper de
chevaux en ce moment... Mais puisque tu
le veux... Voyons... C'est un joli alezan,
de six années à peu près : il vaut deux
mille cinq cents ou trois mille francs.

— Et celui de mon père, que tu montes?

— Oh'! celui-là est de pur sang, et du
plus beau pelage; il irait bien à quatre
mille francs, sans marchander.

— Et les selles et harnais?

— As-tu fini ton inventaire?... Allons,
cinq cents francs.

— Total : au moins sept mille francs...
En un clin d'œil nos chevaux peuvent
donc être transformés en sept bons billets
de banque.

— Et tu y songerais !

— C'est pour leur faire subir cette métamorphose que nous les montons.

— Cédric... des chevaux des écuries de
ton père !

— Il faut de la justice en tout. Si l'intérêt était le même des deux côtés, certes,
malgré mes devoirs de carbonaro, je ferais
passer avant tout celui de mon père : mais
M. Pontarlier n'éprouvera pas le moindre
changement d'existence pour deux chevaux
de plus ou de moins dans son écurie, et
pour la campagne que nous allons ouvrir
l'argent est une question de vie ou de
mort.

— Et nous allons...

— Chercher cet argent... chez un marchand de chevaux de ma connaissance qui
demeure à dix minutes d'ici.

Les deux amis s'élancèrent en avant, en
se dirigeant vers l'extrémité de la ville où
se trouvait le marchand dont Cédric venait de parler.

Comme ils allaient ainsi en brûlant le
pavé, Cédric dit d'un air radieux :

— Depuis un moment, songe qu'en
voyant passer ainsi, dans cette belle journée, deux jeunes gens portés sur d'élégantes montures, on ne se douterait guère

qu'ils vont peut-être de ce pas renverser le
pouvoir de France.

— Oui, *peut-être*, répondit Goubin.
Mais tiens, Cédric, tu me dis cela bien à
propos !

— Pourquoi ?

— Comment nommes-tu ce monument
qui se trouve sur notre passage ?

Il indiquait de sa cravache un grand donjon fortifié.

— Eh bien ! répondit Cédric, c'est la
tour de l'Horloge, la prison d'État.

— Ainsi, reprit le jeune sergent en
riant, cette tour se montre justement sur
notre passage pour te répondre : elle dit
que nous allons à la conquête du royaume
de France... à moins que nous ne nous ar-
rêtions là.

II

LE PARC

Tandis que les Compagnons de la nuit
préparaient en secret leur armement pour
la marche militaire qu'ils allaient entre-
prendre, Lambert seul n'avait pas à s'occuper de ce soin. Le colonel Daubray avait
toujours conservé dans sa cabane de paysan une épée, un sabre d'honneur, reçus
après les batailles de l'Empire, et son courage était toujours prêt comme ses armes.

Mais des soupçons pressants lui faisaient
mettre le plus grand intérêt à défendre

...Et déposé sur une grève déserte, où j'ai rouvert les yeux. (Page 123, col. 1.)

l'association des carbonari contre les actes de trahison dont il pensait qu'Arthur d'Oberon pourrait se rendre coupable.

Le jeune vicomte n'était pas assez lié à la conspiration pour qu'on pût lui en abandonner le secret dans ces circonstances périlleuses. Cependant la défiance inquiète, tourmentée de Lambert, venait bien plus de la répulsion instinctive et profonde dont il avait été saisi au premier

instant pour le gentilhomme carbonaro, que des craintes légitimes d'une félonie odieuse, dont il était difficile de penser qu'il pût se rendre coupable.

Quoi qu'il en fût, il se hâta de mettre en usage les pouvoirs dont les chefs de la *vente* l'avaient investi pour voir et interroger celui des carbonari qui s'était soustrait par l'absence à la prestation du serment.

C'était la première fois que l'exilé, revenu secrètement en France, osait sortir, le jour, de son hameau solitaire, et se montrer à la Rochelle, sa ville natale. Il se rendit vers deux heures à l'hôtel d'Oberon, et demanda à parler en particulier au jeune maître de la maison.

Sous des habits de cultivateur, Lambert avait dans la physionomie et dans l'organe une empreinte de distinction et d'autorité qui se faisait sentir à tout le monde. Les valets de l'hôtel, en lui disant que M. le vicomte était absent, l'engagèrent à attendre son retour dans la salle d'entrée ou dans le parc.

Au bout d'un moment d'attente, l'agitation de Lambert le porta à descendre dans le vaste enclos qui s'ouvrait devant lui, et il s'enfonça machinalement dans la profondeur des ombrages.

Dans quelques villes de province, le parc d'une belle habitation particulière sert de promenade publique. Celui de l'hôtel d'Oberon était ouvert aux habitants de la Rochelle, qui y entraient par la porte du fond, et en avaient la jouissance jusqu'au parterre déroulé devant les fenêtres du salon.

Mais en province on ne se promène que le dimanche, et malgré la facilité d'y entrer dans un jour de la semaine, et par une excessive chaleur, le parc que parcourait Lambert était entièrement désert.

Le gazon se couvrait de feuilles jaunies; les plantes grimpantes étaient desséchées comme des lianes; leurs réseaux, semés de feuilles aux nuances d'or et de fleurs aux vives couleurs, allaient, en décrivant mille arabesques diaprées, s'attacher aux plus hautes branches; au-dessus, le soleil dardait sur le dôme des grands arbres.

Ce jour brûlant, ce silence, ce parfum d'oranger qui remplissait l'air, reportaient Lambert aux campagnes du Texas.

Il ressentit cette impression pénible de l'isolement du cœur et de la stérilité d'existence sous un beau ciel, qu'il avait longtemps éprouvée. Le souvenir du Champ d'asile, où il avait tant souffert, joint aux dispositions hostiles et amères qu'il avait apportées de cet endroit, remplirent son âme d'une tristesse profonde.

Il était resté debout, les bras croisés, et adossé contre une urne de marbre, lorsqu'à travers le réseau de lianes il vit venir du fond du parc une jeune fille, dont le premier aspect, avant qu'il pût reconnaître ses traits, fit vivement battre son cœur... Puis, en la regardant davantage, il reconnut Gilberte, sa sœur, qu'il n'avait vue qu'une fois, et qu'il avait toujours tant aimée!

Elle tenait un carton à la main, et approchait d'un banc vers lequel venaient aboutir deux allées.

Lambert pensa qu'elle venait travailler dans la partie du parc ouverte au public.

Il la voyait parfaitement à travers le rideau de verdure sans pouvoir être aperçu d'elle, et il rendit grâce au ciel du hasard qui avait conduit la jeune fille en cet endroit. Après avoir tout tenté pour apercevoir sa sœur de loin, une seule fois, il allait pouvoir la contempler à son gré, étudier ses traits, ses mouvements... L'impression qui venait de lui rappeler à l'instant le Champ d'asile rendait cette circonstance plus heureuse : c'était passer subitement du fond de l'exil en France et aux côtés même de sa sœur.

Le pauvre proscrit sentait un mélange de tristesse et de douceur indicible auprès de cette sœur, qui avait constamment occupé sa pensée pendant ses longues pérégrinations militaires, qu'il voyait en imagination grandir et embellir; tandis qu'elle, l'ayant perdu si jeune, l'avait sans doute oublié; de cette sœur enfin qui n'avait point de frère !

Gilberte, cependant, après être venue d'un pas craintif, agité, avait jeté son carton à côté d'elle, et s'était laissée tomber sur le banc.

Elle restait là, droite, fixe, les mains serrées ensemble et pendantes sur ses genoux, le regard perdu dans l'espace. L'animation de son teint était moins celle de la chaleur que de la fièvre; son sein se soulevait vivement; une larme répandue dans ses grands yeux noirs les rendait plus brillants... ces pleurs retenus, et le vague sourire qui effleurait ses lèvres, donnaient à ses traits une expression extraordinaire, brûlante et passionnée.

Cet aspect frappait Lambert de surprise et d'une sorte de crainte.

Il avait toujours rêvé sa sœur simple et douce jeune fille, honnête, laborieuse ; ne vivant, même par la pensée, que dans l'intérieur de sa famille; ne portant sur ses traits que l'empreinte de cette existence modeste et retirée. Dans ces derniers temps, les confidences de Raoulx, qui, en attendant l'instant d'épouser Gilberte, avait pour elle autant de respect que d'amour, avaient encore peint à Lambert sa sœur sous les mêmes couleurs...

Et, maintenant, il la voyait portant sur le front le sceau fatal d'une vie d'orage...

En même temps, elle lui semblait si charmante, si belle ainsi, que tout son cœur frémissait de joie... Il se sentait prêt à s'élancer vers elle pour la serrer dans ses bras.

En ce moment, il se rappela le portrait qu'il avait vu Gilberte contempler avec tant d'émotion, lorsqu'elle ne pensait pas qu'on pût l'apercevoir dans sa petite chambre. Sans pouvoir distinguer les traits de cette miniature, il avait bien reconnu que ce n'était pas ceux de Raoulx.

Cette circonstance avait déjà été une triste révélation pour lui; il avait soupçonné Gilberte d'avoir dans l'âme un sentiment dangereux, sans pouvoir encore entièrement la croire coupable de trahison envers Raoulx. Il avait depuis tâché d'effacer cette pénible pensée... Mais en ce moment la pose, l'expression étrange de Gilberte, donnaient plus de consistance au souvenir du portrait.

Il sentit, sans pouvoir bien s'expliquer cette conviction, que Gilberte aimait un autre homme que Raoulx... et une colère sourde se soulevait dans son sein.

Comme il était en proie à cette impression violente, un jeune homme parut dans une allée, et s'avança précipitamment vers Gilberte.

Lambert le regarda : c'était le vicomte d'Oberon...

C'était lui que sa sœur aimait ! Un trait de lumière vint le lui révéler.

A ce brillant soleil, Arthur était beau, radieux, comme le jour où Gilberte l'avait vu devant la roche des Fades.

A son aspect, la jeune fille frémit comme une tige d'arbre sous le vent ; elle se leva, et courut jeter sa tête dans le sein de son amant.

Lambert n'avait pas besoin de cette preuve pour croire à la faute de sa sœur ; le coup lui avait déjà été porté. Mais la vue de cette étreinte lui déchirait le cœur de honte et de rage.

Séparé de sa sœur lorsqu'elle n'était qu'une enfant, par une bizarrerie du cœur, il l'avait toujours aimée d'exclusion à tout autre objet, aimée autant, et peut-être plus, que s'il avait toujours vécu près d'elle ; et lorsque, après dix-sept années d'absence, il la retrouvait, elle était indigne de lui !...

Son amour de frère, son honneur étaient indignement trahis !...

Mais surtout il souffrait pour Raoulx... Raoulx était son frère d'armes, son ami, un autre lui-même ; il souffrait pour lui d'une atroce jalousie.

Enfin, pour que tout rendît cette décou-verte plus affreuse, l'homme que Gilberte avait choisi pour déshonorer son nom, pour perdre Raoulx, était cet indigne carbonaro auquel il avait à demander compte de sa lâcheté, et qui, lorsqu'il venait pour le traiter en accusé, semblait le railler par son insolent bonheur.

L'indignation que faisaient naître ces pensées dans l'âme vindicative, implacable de Lambert, s'exhalait jusqu'à une fureur sauvage.

Gilberte était toujours appuyée sur l'épaule de son amant et avait une main dans la sienne. Tous deux parlaient à demi-voix. Quelques mots se détachaient seuls au milieu de paroles plus basses et d'accents indéfinis de tendresse.

Gilberte murmurait :

— Tu m'aimes ?

— Enfant ! dit Arthur.

— C'est que je souffre tant quand je doute !

— Tiens ! je te trouve chaque fois plus jolie avec cette petite coiffe de mousseline, ce tablier... Tu ne te vois pas toi-même, modeste jeune fille ; tu ne sais pas combien tu es charmante.

— Pourvu que tu le saches !... Miss Julia... tu ne l'as pas revue ?

— Jalouse !

— Dis que tu m'aimes !

— Encore !

— Oh c'est que la dernière nuit... j'y ai pensé depuis... tu ne me l'as pas dit...

— Des lèvres...

— Tiens.... ce gant que tu as oublié. J'ai été bien heureuse de l'avoir.... Je ne te quittais pas tout à fait... Oh! ce gant, mon Dieu! c'est le parfum de ta main.... c'est toi!

— Tu me le rendras la nuit prochaine... Tu as bien entendu?

— Oui.

— Tu viendras à dix heures?

— Oui!... maintenant je n'ai plus peur de rien... je passerais sur le feu pour te rejoindre.

— Viens, alors.

— Oh! il y aura donc encore une nuit dans ma vie!

Ces paroles, Lambert ne les entendait pas. Mais il y avait dans l'expression des deux amants, dans l'atmosphère qui les entourait, une émanation de l'amour heureux à l'apogée de ses délices... Lambert nourrit longtemps sa rage de leur vue...

Puis Arthur, qui avait souvent regardé avec inquiétude autour de lui, renvoya Gilberte de ce parc de l'hôtel d'Oberon, endroit dangereux pour tous deux, et s'éloigna par une autre allée.

Lambert était sans armes! Il fut obligé de le voir passer devant lui!... à deux pas du massif où il était caché!... et de le laisser s'éloigner!

Une colère telle qu'il n'en avait jamais connu le dévorait... Lui, le colonel Daubray! l'honneur incarné! Il ne pensait point à se battre avec Arthur d'Oberon, il voulait le tuer!... le tuer, il ne trouvait que cette pensée lucide, impérieuse dans son cerveau brûlant.

Lambert courut toute la ville jusqu'à ce qu'il pût rejoindre Baradère. Il le rencontra chez lui vers le soir.

— Je vous trouve enfin, dit-il en entrant précipitamment dans le cabinet de l'avocat délégué de la haute vente.

— Tous mes instants ont été employés à la sûreté de notre cause... dit Baradère. Les soupçons nous environnent, nous pressent... Une rumeur sourde éveille partout l'attention de l'autorité... A toute minute, la conspiration peut échouer... Il s'agit seulement pour elle de profiter des jours que lui laissent encore les dangers.

— Le plus grand des dangers viendrait d'un carbonaro infidèle... Combien de conjurations ont été renversées par un de leurs indignes membres... Je viens vous demander de signer l'arrêt de mort d'Arthur d'Oberon.

— L'avez-vous vu, interrogé?

— Est-ce le moment de faire subir des délais à la loi, ou de l'appliquer dans toute sa rigueur?

— Sans doute jamais circonstances ne furent plus impérieuses.

— Eh bien! la loi est formelle : «Observer un secret impénétrable sur l'existence, sur les noms, sur les desseins des carbonari, ou la mort. En cas de conspiration, se soumettre à un nouveau serment qui consacre le mystère de cette œuvre, ou la mort. »

— Mais l'exécution de cet article a été modifiée par l'usage en passant de l'Italie en France.

— L'esprit du carbonarisme est tout; ceux qui l'interprètent ne sont rien... A moins qu'en tendant à le perdre par une fausse indulgence, ils ne doivent être suspectés eux-mêmes.

La voix, le regard de Lambert, étaient armés en ce moment d'une domination suprême. L'imminence de la situation aidait trop à sa justice sévère, pour que le chef des carbonari pût se soustraire à ce qu'il exigeait de lui.

Il se mit à son bureau et traça ces lignes :

« L'arrêt de la vente suprême déclare traître à la cause sainte et à la patrie Arthur d'Oberon, membre de la société secrète, qui est dès ce jour voué au poignard. Ordre à tout fils du Christ, pieux carbonaro, qui pourra voir tomber l'infidèle entre ses mains, d'exécuter la présente condamnation.

« Courage et vertu [1]. »

1. La loi du carbonarisme condamnant les traîtres au poignard avait été conservée dans les statuts qui propageaient cette institution en France, et gardait son pouvoir d'intimidation sur les membres de la société secrète.
Voici ce que nous rapporte un des carbonari de la

Baradère remit cet ordre à son collègue pour qu'il en donnât connaissance aux Compagnons de la nuit.

—C'est bien, dit Lambert après avoir lu.

Puis il ajouta tout bas :

— Je jure bien que celui des frères qui pourra atteindre et punir le coupable, ce sera moi.

Lambert se retira soulagé par la possession de cette pièce, qui lui permettait d'accomplir une vengeance judiciaire. En lui, l'homme n'aurait jamais pu descendre jusqu'au meurtre, mais le carbonaro allait accomplir un arrêt de mort.

III

LE REPAS D'ADIEU

Lambert, oublieux de sa sûreté dans ce jour d'impressions poignantes et d'inté-

rente de la Rochelle, en parlant de l'époque où cette association fut révélée à la justice :
« Peu après l'arrestation de plusieurs sous-officiers du 45e, nous étions réunis au *Soleil d'or*, et on s'entretenait du complot de la Rochelle. Je pris le parti d'aller faire un tour de jardin. Il faisait ce soir-là un clair de lune magnifique. J'y étais à peine depuis quelques minutes que le sergent Chaulet vint m'y rejoindre. Il me conjura d'aller trouver le colonel et de lui dire tout ce que je savais sur ce complot, parce qu'évidemment d'autres carbonari allaient être conduits chez lui et y feraient des révélations. Je répondis que j'avais toute confiance en mes camarades, et que, quant à moi, je ne ferais jamais une telle démarche.
« Voyant que Chaulet persistait, je lui dis que, d'après l'un des articles de nos *statuts*, le révélateur serait poignardé comme l'avait été Kotzebue, et, pour le terrifier, je relevai mon pantalon et lui montrai le poignard que je portais toujours dans l'une de mes bottes.
« La vue de cette arme fit sur lui ce que j'en attendais, et il me jura qu'il ne préviendrait pas le colonel. »

(AUGUSTE GOFFILON, *Documents inédits sur l'affaire de la Rochelle*.)

rêts plus impérieux que celui de sa vie, ne sortit point encore de la Rochelle. En quittant la maison de Baradère, il s'assit à peu de distance, sur un banc de la route.

Il songeait dans quel lieu il pourrait rejoindre Arthur d'Oberon, dont il avait obtenu la condamnation, pour le frapper du fer sacré des carbonari... Ce devait être à l'entrée du bois de Saint-Pierre, dans lequel il se rendrait sans doute à la prochaine réunion des Compagnons de la nuit.

Lambert portait en lui l'amour de l'humanité au plus haut degré; il avait pu se défendre du prestige de la carrière militaire, renier ses propres triomphes pour ne glorifier dans sa pensée que le règne de la paix et du travail.. Il aimait sa patrie, sa famille, au point de revenir, malgré les dangers de la proscription, s'enfermer dans une campagne aux portes de sa ville natale, dont il ne pouvait passer le seuil, cachant sa gloire dans une cabane de paysan, et vivant du bonheur de voir de loin le filet de fumée qui sortait du foyer de sa famille.

Mais s'il savait bien aimer, il savait haïr avec la même énergie; il apportait à ce sentiment le même calme de conscience, jugeant ce qui était bas et méchant, et en poursuivant la punition sans trouble ni remords.

Ainsi il avait donné la mort au vil espion Rutel, et il comptait maintenant les jours du bel et fier vicomte d'Oberon.

Pour Gilberte cependant, pour cette sœur aimée et coupable, il ne savait encore s'il pourrait la condamner ou la plaindre, et cherchait de toutes ses forces à l'éloigner de sa pensée...

Comme il méditait ainsi, quelqu'un, en s'arrêtant près de lui, lui fit relever la tête, et il fut saisi d'une douloureuse émotion en voyant Raoulx.

La belle et noble figure du jeune sergent était éclairée d'un rayon de joie.

— Je m'étonnais, dit-il à Lambert, de te trouver au milieu du jour dans les rues de la Rochelle... Mais tu viens à la ville pour notre banquet d'adieu.

Ces mots rappelèrent à Lambert la réunion importante qui avait lieu en effet, ce jour-là, et dont l'heure était même très-rapprochée.

— Je te rencontre à propos, reprit Raoulx; nous nous rendrons ensemble à l'endroit du repas, et en chemin je te ferai part d'une agréable nouvelle.

Effectivement, tandis qu'ils se dirigeaient vers la porte de la ville où se trouvait le restaurant choisi par les carbonari, Raoulx dit à son ami :

— Tu sais que Pommier ne voulait pas conclure son mariage avec Marthe avant le retour de notre aventureuse expédition...

— Et il avait bien raison! Comment enchaîner une jeune fille à une destinée hasardeuse, dont elle ne peut accepter les dangers, qu'elle ne connaît pas, et qui menaceraient cependant de retomber jusque sur elle?

— Aussi faisait-il tous ses efforts pour résister à ses propres désirs, et éloigner ce mariage. Après avoir rempli les premières formalités pour paraître recevoir avec joie le consentement de la mère de Marthe, si souvent imploré, il parlait de remettre le jour de son union au retour d'un voyage qu'il se disait forcé d'accomplir... Mais les pleurs de Marthe semblaient l'accuser d'indifférence; il n'a pu résister au bonheur de se justifier près d'elle; et il se marie après-demain, c'est-à-dire la veille de notre départ.

— C'est une faute. Il se prépare des regrets de plus, et peut-être des remords.

— Il est vrai... Et vois comme je suis égoïste, je n'ai pu me défendre d'apprendre avec joie la décision de ce mariage.

— Toi, Raoulx!

— Tu ne devines pas?... C'est que Gilberte sera là et je pourrai la voir! Passer une journée entière avec elle!... la veille de mon départ!... J'emporterai cette pensée dans la route périlleuse où l'on a tant besoin d'avoir quelques souvenirs de bonheur derrière soi!

Lambert pâle et morne ne répondait rien.

— Oh! tu dois bien me comprendre, toi qui l'aimes aussi sans la connaître, reprit Raoulx. Et, faible que je suis, je te laisse voir ma joie de cette journée, sans penser qu'avec bien plus de droit que moi d'être auprès de Gilberte tu ne pourras seulement échanger un regard avec elle... pauvre frère!

Dans ce moment d'épreuve, combien Lambert eut besoin de penser que Raoulx du moins serait vengé!

Ils arrivèrent au rendez-vous des carbonari.

Le repas était donné au *Pavillon de la voile blanche*. C'était, comme on l'a déjà vu, un lieu de fête aux portes de la Rochelle.

Outre sa frêle rotonde, jetée en avant comme une sentinelle perdue, et si cruellement bouleversée par le vent de la mer le jour de Saint-Romain-des-Pêcheurs, le restaurant avait un bâtiment plus rapproché des murs d'enceinte, qui s'élevait immédiatement au-dessous d'un bastion, dont il n'était séparé que par une cour plantée de tilleuls.

Les membres de la société secrète avaient eu des raisons particulières et décisives pour choisir cet endroit; mais, en outre de ces motifs, la solitude des alentours convenait pour un repas de corps dont on devait cacher la célébration presque autant que le but.

La table était dressée dans la cour, à l'abri de tout voisinage importun.

Le carré de cette cour entourée d'assez hautes murailles était dominé par le bastion. La vue du soldat de garde sur cette plate-forme pouvait plonger dans cette enceinte, mais à une distance telle qu'il n'était pas à craindre que les paroles des convives pussent arriver jusqu'à cette sentinelle.

Les principaux membres du carbona-

Rutel, qui suivait seul le maître du lieu, tomba dans une trappe ouverte sous ses pas. (Page 127, col. 2.)

risme étaient réunis vers quatre heures dans cette salle de banquet en plein air.

Bories et Baradère étaient en face l'un de l'autre. Le délégué de la vente suprême avait près de lui les membres appartenant à la partie civile du carbonarisme; à droite de Bories étaient Pommier, Goubin, puis Cédric; à sa gauche Raoulx et Lambert qui venaient d'entrer ensemble.

Cependant, entre ces deux derniers, un couvert restait vide. Mais ils le remarquèrent à peine et ne s'occupèrent pas de le faire retirer.

Malgré la gravité des circonstances, et peut-être même parce qu'on avait besoin de fuir de terribles préoccupations, le repas était très-animé. Le vin et la jeunesse des convives noyaient la perspective des dangers dans une folle insouciance;

Propriété de MM. Michel Lévy frères.

on riait, on parlait haut, on buvait gaiement à cette fête d'adieu, qui précédait un jour si imposant; car pour des jeunes gens réunis il n'y a guère de lendemain,

Le bruit des verres et des propos animés commençait à élever très-haut sa joyeuse rumeur, lorsqu'un nouveau convive entrant vint se placer en silence entre Raoulx et Lambert.

C'était l'ombre de Rutel!

Du moins ce fut là la première impression de Raoulx et de Lambert, car c'étaient bien les traits de Rutel, tels qu'ils l'avaient vu sur le bord de la mer; mais pâle, amaigri, l'œil fixe et terne, tel que la mort avait dû le faire un moment après!...

Un sourire ironique était sur ses lèvres.

Ce sourire sur une face cadavéreuse était affreux; cependant ce fut le premier signe qui rappela les deux meurtriers de Rutel au sentiment de la vérité, et leur fit juger que par un miracle impossible à prévoir l'odieux espion s'était sauvé des flots.

La voix de Rutel vint ajouter à ce témoignage d'existence.

Comme les deux carbonari le regardaient avec stupeur :

— C'est un frère qu'on oublie, et qui vient se joindre à vous, dit-il avec son sourire moqueur, et en s'établissant entre Lambert et Raoulx.

Ceux-ci, malgré leur force d'âme, ne purent articuler une parole.

Ils n'avaient rien laissé transpirer, dans la société secrète, de leur découverte au sujet de l'espion et de la vengeance qu'ils en avaient tirée. Les carbonari, dont l'esprit général d'ailleurs comportait peu de circonspection et de prudence, ne s'occupèrent point de la venue de Rutel, qu'ils avaient déjà vu dans leurs réunions, et qu'ils croyaient voyageant d'un siége de la société à un autre, comme le faisaient beaucoup de leurs frères.

Lambert jugea rapidement de cette situation extrême.

Avertir les conjurés de se taire devant cet homme était inutile; l'espion en savait déjà plus qu'il ne fallait pour les faire arrêter, condamner, et il ne fallait pas les livrer au désespoir de leur perte avant de juger s'il ne restait plus aucun moyen de salut. Raoulx fit les mêmes réflexions que son ami, et ils se turent tous deux.

La situation des personnages du banquet était donc celle-ci :

Les jeunes conjurés, joyeux, insouciants, pleins d'espérance sur le bord d'un abîme qu'ils ne connaissaient pas.

Lambert et Raoulx, portant seuls au milieu des leurs le poids d'une catastrophe imminente, voyant des projets si longtemps nourris, des résultats amenés avec tant de peine, s'écrouler sous la main d'un seul homme, et du plus abject de tous!

Rutel triomphant, se voyant, lui chétif,

entouré d'ennemis, sûr pourtant de les perdre, de les anéantir d'un seul mot, et portant par-dessus tout sur sa face décharnée l'image de la malice satisfaite.

L'agent de police, certain d'avoir, à sa sortie de ce banquet, toute la force armée à ses ordres, avait voulu rester seul encore un moment en face des carbonari, et savourer sa vengeance avant de l'accomplir. Ayant reconnu la sécurité que l'endroit lui offrait, il avait fait d'avance marquer sa place entre celles de ses deux meurtriers.

Quand le bruit du repas fut assez élevé pour couvrir sa voix dans les autres parties du cercle, il dit à ses deux voisins de table :

— Vous ne m'attendiez pas... Je reviens de l'autre monde.

Ils n'avaient pas encore la force de répondre.

— De l'autre monde, ajouta Rutel, où vous m'aviez envoyé par le chemin de la mer.

— La mer! dit Lambert : elle rejette de son sein les corps impurs... Nous aurions dû nous en souvenir!

— Elle m'a emporté loin de vous, répondit Rutel, et déposé sur une grève déserte, où j'ai rouvert les yeux... pour aller de là, il est vrai, sur un lit de douleur... Mais enfin, je suis sorti de la maladie comme des flots... et le crime a été commis en vain.

— Dites que la justice a échoué, répliqua Raoulx; car c'était justice : nous savions qui vous étiez !

— Et maintenant, dit Rutel en relevant la tête, vous le savez encore ; pourtant je n'en ai pas moins de force contre vous !

— Espion! murmura Lambert.

— Espion, soit dit Rutel. Et je peux me dire qu'étant là, connu de vous, je dispose de vos jours à tous !

— Pas encore! dit Raoulx; nous avons quelque force aussi, quelque courage, et en attendant que vous nous vendiez au pouvoir, vous êtes ici seul au milieu de nous.

Rutel leva la main avec un geste solennel en disant :

— Celui qui est là-haut veille sur moi !

— Dieu?... Allons donc!... dit Lambert.

— Non, pas si haut! pas si haut!... Le soldat de garde sur le rempart, dont le regard plonge dans cette cour, et qui vous empêchera de mettre la main sur moi ; car vous savez bien qu'au premier acte de violence le poste du bastion descendrait par ici !

Cela était vrai; Lambert et Raoulx avaient déjà songé à ce gardien involontaire de Rutel, et même remarqué que le soldat désœuvré penchait naturellement la tête vers la cour où se tenait le banquet, le seul point de l'horizon dont la vue pût distraire ses regards.

En même temps, les Compagnons de la nuit se livraient à la joie du festin.

Heureux convives, ils jouissaient de leurs derniers jours de sécurité ; ils s'excitaient les uns les autres à la gaieté, tandis que le vin mousseux les excitait tous ensemble.

Heureux conjurés, ils sentaient mieux leurs forces en se trouvant réunis ; ils parlaient de l'entreprise avec la plus radieuse confiance ; ils se voyaient déjà au terme de leurs vœux et maîtres de la France.

— Vous comprenez donc parfaitement, poursuivait Rutel en s'adressant à voix basse à ceux qui étaient près de lui, qu'en sortant d'ici je vous dénonce avec les renseignements les plus exacts, les preuves les plus certaines, et que vous allez tous, messieurs les carbonari, faire votre campagne militaire au palais de justice, et créer de nouveaux gouvernements au fond de vos cachots... si ce n'est au fond de la terre.

— C'est là votre résolution? dit Raoulx en mordant ses lèvres pâles et frémissantes.

— Inébranlable ! répondit Rutel.

— Oh ! dit Lambert avec une rage sourde, c'est donc une stupide dérision que ce mot de noblesse!

Il se souvenait des paroles que Rutel avait laissé échapper dans son rêve.

— Pourquoi ? demanda l'agent de police.

— Parce que vous êtes *noble*, vous...

Rutel tressaillit légèrement et fronça le sourcil.

— Oui, il paraît, reprit Lambert, que celui qui se nomme ici Rutel, qui se fait passer pour officier de l'Empire, et qui est en réalité un infâme espion, il paraît que celui-là est aussi un *gentilhomme*...

— Baron... laissa échapper Rutel emporté par la vanité.

— Ayant en fiefs, château !...

— Et droit de suzeraineté !

— Et le voilà agent de police, dénonciateur soudoyé, pourvoyeur de geôles et d'échafauds! continua Lambert.

La figure blême de Rutel se contracta; il répondit d'une voix âcre :

— Il y a toujours bonheur et gloire à servir son prince, n'importe par quelle voie.

— Je savais, dit Lambert, que c'était un insigne honneur de porter la queue de son manteau ; j'ignorais qu'il fût aussi glorieux de se traîner dans la fange de l'astuce, de la traîtrise, pour pêcher quelques victimes à ses bourreaux.

— Vous autres carbonari, dit Rutel, ne vous cachez-vous pas? ne changez-vous pas de nom, de visage pour conspirer?

— Nous conspirons pour la France, dit Raoulx, et au lieu de recevoir de l'argent pour salaire, nous donnons notre sang.

— Hé! c'est que vous n'avez besoin de rien, vous! dit le vieux noble. Mais quand on est de race illustre, ayant toujours possédé terres, vassaux, donjon seigneurial, on ne peut vivre sans cordon bleu à son habit, sans tourelles pour s'abriter.

— Et pour ce puéril orgueil, dit Raoulx, vous servez la police, vous touchez son argent!

— L'argent est la fondation des murailles... et il est dans les desseins de Dieu que les jours où nous sommes voient se relever le château de...

Rutel, qui avait parlé comme malgré lui, s'arrêta au moment de laisser échapper le nom de sa famille.

— Ainsi, sans honte ni remords, reprit Raoulx, vous vendrez lâchement de jeunes hommes d'honneur, de vertu, de courage; vous les verrez traîner au cachot, au supplice!

— Vos jeunes gens d'à présent, répondit Rutel, c'est une joie de plus de les livrer; on se venge d'une génération insolente qui n'a pas assez d'injures pour le passé, qui déteste l'antique noblesse...

— La noblesse maintenant dégénérée! interrompit Lambert.

— Qui l'accable de mépris, de railleries, continua Rutel, comme un enfant qui mord le sein de sa mère.

En disant cela, il contractait son front ridé, tandis que son sourire ironique était toujours sur ses lèvres.

— Ainsi, reprit Raoulx après un moment de silence, rien ne peut vous faire changer de dessein?

— Singulière demande! dit Rutel en haussant les épaules.

— Nul sentiment d'honneur, d'humanité ne peut se faire jour en vous? dit Lambert.

— Ni de *reconnaissance!* dit Rutel avec un accent significatif.

Le sang de Raoulx bouillonnait; Lambert jetait des regards obliques à l'espion et tourmentait son couteau dans sa main.

Rutel, comme s'il eût vu ce qui se passait en eux, reprit, en affectant plus de froideur et d'aplomb :

— Vous pensez bien que je ne suis venu que sous bonne caution. Ici le poste du bastion veille sur moi; en sortant, la présence des gens de la maison suffit pour m'empêcher d'être victime d'un assassinat; au dehors, les hommes du roi m'appartiennent et me feront bonne garde tant que vous serez encore en liberté... ce qui ne sera pas long.

Raoulx avait fait un vif mouvement, mais aussitôt réprimé. Il reprit d'un accent qui n'était plus le même :

— Les maîtres de la maison... les gens du roi... Je vous remercie de m'y avoir fait songer.

— Et pourquoi?

— Mais, sans doute, pour que nous n'allions pas commettre devant les premiers de nouvelles imprudences... Encore une fois, dit Raoulx en souriant à son tour, je vous rends grâce de me les avoir rappelés.

Tout cela s'était dit à mots entrecoupés et à voix basse.

Le banquet devenait toujours plus animé, plus bruyant.

Lambert avait la mort dans le cœur.

Il voyait dans les jeunes hommes réunis à cette table l'élite de la nation, l'espoir de la France : dans le corps des carbonari qu'ils représentaient, il voyait ce qu'il y avait de plus avancé, de plus digne en Europe... et tous ces hommes allaient être perdus dans un moment. Et la société secrète tout entière en ressentirait un contre-coup terrible !... Ces chefs, d'une âme supérieure, Bories, Baradère, seraient donc enlevés au pays ! Ces jeunes initiés, si pleins de gaieté, d'espoir, si confiants dans leur étoile, passeraient donc de cette douce ivresse à l'abîme éternel !...

Ils vidaient si paisiblement ces flacons, et quand viendrait le dernier verre ce serait la mort.

Il réfléchissait ainsi, lorsque, à un signe imperceptible de Raoulx, il tourna la tête derrière lui.

Il vit alors dans la main de Raoulx, tendue derrière le siége de Rutel, un morceau de papier sur lequel le jeune sergent venait de tracer, par dessous la table, quelques traits au crayon ; il put jeter un rapide regard sur le papier ouvert, et lut ces mots :

— *Je m'en charge.*

Le regard de Raoulx était étincelant.

Lambert respira.

Il prit le flacon posé près de lui, et auquel il avait à peine touché ; il remplit son verre jusqu'au bord, l'éleva au-dessus de la table, et dit avec une explosion de joie :

— *A la ruine de la monarchie !*

Tout le monde vida son verre avec lui.

Ce fut le signal des toasts.

Jean Bories dit avec un enthousiasme plus grave :

— A la ruine de la monarchie, messieurs, c'est trop facile : la couronne de France s'est flétrie par maintes hontes, et une tige flétrie tombe d'elle-même de l'arbre qui la porte... Mais comme il est plus difficile et plus glorieux d'édifier que de détruire, buvons : *A la venue de toutes les libertés !*

Le toast de Bories fut porté ; puis vinrent ceux des autres convives.

— *A nos frères les carbonari de toute l'Europe !* dit Baradère.

— *Au peuple combattant pour ses droits !* dit Pommier.

— *A la probité politique !* dit Raoulx.

— Ton vœu est beau, dirent ses amis ;

mais on aura le temps de boire des fleuves avant qu'il soit réalisé ; en attendant, vidons nos verres.

— *A la ruine de la police!* dit Rutel avec la cynique audace qu'il avait déjà montrée.

— *A la liberté de conscience!* dit Goubin. Plus de jésuites et plus de messes!

Puis, après plusieurs toasts :

— Compagnons de la nuit, dit Cédric, finissons comme nous avons commencé. Buvons *à nos frères!* non plus seulement aux carbonari, mais à tous les hommes qui, loin de nous et dans le secret de leur âme, partagent nos patriotiques ardeurs. Buvons :

A nos frères inconnus!

Ce toast, qui réunissait tout ce qu'il y a de grand et de beau épars et perdu sur la terre, fut le dernier.

Puis on quitta la table, et les convives commencèrent à se retirer.

Le chef de l'établissement et son fils avaient seuls dressé le repas dans la salle en plein air, et s'étaient retirés aussitôt après leur service. Quelques-uns des convives, et Raoulx en dernier lieu, étaient allés dans la maison commander les vins et le punch ; mais les maîtres du logis ne reparurent dans la cour qu'au moment où les membres de la réunion en sortaient.

Ceux-ci défilaient tour à tour, en causant, par un long couloir qui traversait l'intérieur de la maison pour arriver à la porte de sortie.

Les derniers des convives qui prirent ce passage étaient accompagnés par les maîtres du logis. Rutel, sans affectation, se joignit à eux pour sortir en toute sûreté.

Vers le milieu du couloir, le maître de la maison fit tourner ses hôtes à droite, dans un passage assez sombre, et passa devant en disant qu'il allait ouvrir une porte pour donner de la lumière. A ces mots, Raoulx, qui marchait par derrière, retint vigoureusement ses compagnons.

Rutel, qui suivait seul le maître du lieu, tomba dans une trappe entr'ouverte sous ses pas... Il roula sur des degrés de pierre, puis dans le fond d'une cave.

Meurtri, brisé, frappé d'un étourdissement douloureux, il n'eut pas la force de se relever ; mais dans le haut de l'escalier il entendit une voix, qu'il reconnut pour être celle de Raoulx, lui dire :

— La maison où nous sommes réunis appartient à de braves carbonari, qui sacrifieraient tout à la défense de la sainte cause, et mourraient avant de livrer les conjurés. Ainsi, misérable, tu resteras enfermé dans cette cave jusqu'à la fin de l'entreprise... Alors, vainqueurs, nous n'aurons plus à te craindre, ou, vaincus, ce ne sera pas toi du moins qui nous auras vendus... Ainsi, songes-y bien, tu ne toucheras pas le prix de notre sang pour faire relever ton château nobiliaire, monseigneur l'espion !

IV

UN ORAGE

Le lendemain du banquet, vers huit heures du soir, Lambert était seul dans sa petite maison couverte de chaume, et la dernière de celles qui formaient le hameau de Saint-Pierre.

N'ayant que la campagne devant lui, il avait laissé sa porte ouverte pour recevoir un peu plus de lumière. Il méditait comme on le fait après des événements divers, avec une rapide succession de pensée; tantôt revenant à la cruelle découverte qu'il avait faite de la faute et à l'arrêt grâce auquel il pouvait en tirer vengeance sur celui qui l'avait causée; tantôt revoyant l'affreuse apparition de Rutel au milieu du banquet, et songeant au moyen de salut inespéré qui délivrait la société secrète de cet ennemi mortel, et la laissait libre encore de suivre ses destinées...

La nuit tomba tout à coup. Ce n'étaient pas les ombres du soir qui s'étendaient à l'horizon, mais un orage qui abaissait rapidement ses nuées les plus noires.

Lambert alluma sa lampe, et posa sur une table des papiers importants qu'il avait sur lui.

C'étaient des lettres de la correspondance secrète des carbonari, une carte de réception, puis l'ordre du délégué de la vente suprême, portant la condamnation d'Arthur d'Oberon. Il réunit ces divers titres, pour les placer dans le portefeuille qui contenait tous les papiers relatifs à la société secrète.

Ensuite il s'occupa de disposer ses armes afin d'être prêt pour la campagne des conjurés, dont Bories, qui partait le lendemain, ne tarderait pas à donner le signal.

Il alla prendre, derrière les grands ri-

deaux de laine qui les cachaient aux regards, son sabre, son fusil de soldat, puis l'épée d'honneur qu'il avait gagnée dans les batailles de l'Empire, et les posa sur la table.

Ayant été longtemps soldat, et des plus soigneux de son équipement, le colonel Daubray avait toujours conservé l'habitude de nettoyer ses armes lui-même, et il reprit cette occupation avec un certain charme.

L'orage bouleversait la campagne. De larges éclairs remplissaient par instants la cabane; les éclats du tonnerre faisaient trembler ses murs et vaciller son toit de chaume; le vent, engouffré dans les masses d'arbres sous lesquelles le hameau était enfoncé, rendait un mugissement continuel où se mêlait le ruissellement de l'eau sur la feuillée.

Lambert était assis devant sa table, sous la clarté de la lampe. Le rayon de la lumière éclairait faiblement autour de lui quelques meubles rustiques, le lit à quatre colonnes, garni de rideaux de serge, les murailles de pierres grises, le plafond aux solives noircies. Attentif à son occupation, le colonel Daubray passa la pierre à affiler sur chaque tranchant de son épée, qui devenait plus brillante entre ses doigts.

La porte de la cabane, en s'ouvrant, rendit un faible bruit.

Lambert tourna la tête.

Il entrait une jeune fille simplement vêtue, mince et pâle.

Sa robe ruisselait de pluie; ses cheveux

Lambert était bien plus troublé, car il venait de reconnaître Gilberte. (Page 129, col. 2.)

noirs, défaits, tombaient à demi sur son cou ; toute sa personne portait l'empreinte d'une marche pénible au milieu du mauvais temps : mais sa physionomie était ou ne peut plus tranquille et sereine ; le calme limpide de ses beaux yeux noirs était celui d'un ange qui eût traversé l'orage sans le sentir.

Elle pénétra jusqu'au milieu de la chambre, puis s'arrêta tout interdite.

Lambert était bien plus troublé encore, car il venait de reconnaître Gilberte.

La jeune fille, qui était loin de présumer chez qui le hasard l'avait conduite, n'éprouvait cependant que le léger embarras d'être entrée chez un homme qu'elle ne connaissait pas.

Elle balbutia que, surprise par le mauvais temps, et voyant de la lumière par

Propriété de MM. MICHEL LÉVY et fils.

une porte entr'ouverte, elle avait cru que cette maison était celle de la mère Saint-Jean, qui habitait ce village... mais que dans l'épaisseur de la nuit, elle s'était sans doute trompée de porte.

Lambert n'avait pas la force de faire un mouvement.

Sa sœur, qu'il avait tant de raisons d'aimer et de haïr, lorsqu'il se croyait pour toujours séparé d'elle, et faisait tous ses efforts pour l'oublier, sa sœur venait tout à coup dans sa retraite!... Elle venait là, bon et mauvais génie à la fois... figure charmante à ses yeux et cruellement pénible à son cœur... messagère de troubles, apportant en même temps une douceur d'âme infinie et une tristesse profonde.

Gilberte, ne recevant pas de réponse, renouvela ses excuses d'être entrée ainsi, et se disposa à sortir.

Lambert avait repris cependant assez de présence d'esprit pour ne pas laisser la jeune fille s'exposer de nouveau à l'orage; et la fit asseoir dans le fond de la cabane.

Mais, pendant ce peu de minutes, une foule de pensées avaient passé dans son esprit.

Il se trouvait bien malheureux de voir sa sœur chez lui et de la traiter ainsi en étrangère. Si Gilberte eût été innocente, oubliant bien vite les raisons de prudence qui l'engageaient à se tenir caché, il lui aurait dit :

— Viens sur mon cœur, ma Gilberte

bien-aimée, je suis ton frère exilé!... Cette France, que j'ai longtemps servie, n'avait pas une place pour moi ; il fallait vivre loin de son ciel... J'y suis revenu en secret, et près de mon père, près de toi, je me tenais enfermé ici, pour que la persécution qui m'accable, ne tombât pas sur vous deux!... Mais puisque la consolation divine t'a conduite ici, viens sur mon cœur, ma sœur bien-aimée!...

Mais connaissant et détestant les fautes de sa sœur, il ne pouvait être assez lâche pour feindre l'ignorance et lui ouvrir ses bras; il ne se sentait pas assez fort non plus pour l'accuser hautement; il fallait donc lui rester inconnu.

Ayant pris cette décision, il demanda à la jeune fille comment il se faisait qu'elle fût seule dans la campagne, à cette heure et par cet orage.

Gilberte en avait déjà sans doute donné les raisons sans que son frère, absorbé par ses pensées, l'entendît, car elle sourit comme on le fait devant une distraction étrange, et elle dit en recommençant son explication :

— J'étais allée, chez une de mes amies qui se marie demain, m'excuser près d'elle de ne pouvoir pas assister à sa noce. Elle demeure au bord de la mer, où ses parents sont pêcheurs ; je l'avais quittée bien assez tôt pour être de retour à la Rochelle au grand jour ; mais le mauvais temps m'a retenue beaucoup plus longtemps en chemin, et a aussi avancé l'heure de la nuit... C'est pourquoi, dans la profonde obscurité, j'ai pris votre maison pour celle où je voulais chercher un abri.

La jeune fille montrait en même temps un petit panier de fruits que Marthe, toujours bonne ménagère et amie attentive, avait voulu lui donner à emporter.

Tout ce qu'elle disait était exact. Seulement Gilberte avait parcouru le chemin qui la ramenait à la Rochelle avec une extrême lenteur, parce que c'était là qu'elle avait vu Arthur pour la première fois. Sur ce chemin où elle avait rêvé le bonheur d'être aimée de lui, il était doux de revenir avec la possession de ce bonheur.

Le mauvais temps ne pouvait gâter ses sentiers consacrés; le vent qui tourmentait leurs branches, les nappes d'eau qui couvraient leur mousse ne changeaient rien pour elle à leur attrait; c'était toujours le même parfum de plantes, le même charme de perspective, puisqu'à chaque pas elle retrouvait le souvenir d'Arthur.

— Et pourquoi ne pouvez-vous aller demain au mariage de votre amie? lui demanda Lambert.

Elle se tut, et Lambert pensa avec amertume :

— Elle ne peut plus se trouver avec des jeunes filles pures, qui aiment saintement l'honnête homme auquel elles veulent s'unir au pied des autels.

Il reprit avec rudesse :

— Une amie! c'est pourtant ce que vous devriez avoir de plus cher au monde.

— Ma bonne Marthe, répondit-elle, avec un sourire, oui, sans doute, c'est ce que j'aime le mieux.

Elle disait la vérité, car l'amour d'Arthur était tellement au-dessus de tout dans son âme, qu'elle ne le regardait pas comme de ce monde, et, après lui, elle confondait ensemble toutes ses faibles affections pour les autres.

Ils gardèrent le silence, Lambert souffrait le martyre, Gilberte, douée d'un indéfinissable attrait, exerçait une grande séduction sur lui; il sentait le pardon vibrer dans tout son être et monter à ses lèvres. S'il ne se fût agi que de son honneur et du nom de sa famille outragée, le malheureux eût pu les oublier! le souvenir seul de Raoulx, si indignement trompé, lui donnait la force de résister.

Gilberte, comme elle l'avait dit peu de temps auparavant à Arthur, depuis qu'elle aimait, n'avait *peur de rien* dans ce qui ne touchait pas à l'intérêt suprême de son amour. En se trouvant seule, par une nuit profonde, dans la maison isolée d'un homme à la physionomie rude et sombre, et entouré d'armes qui lui donnaient un aspect peu rassurant, elle n'avait éprouvé aucune crainte. Son hôte lui parlait peu, la considérait d'une manière étrange, fixait sur elle des regards sympathiques ou haineux... on les distinguait à peine sous ses sourcils froncés... mais assurément très-animés, et elle n'en recevait aucun trouble pénible. Il y avait en même temps dans cet homme, bien plus âgé qu'elle, quelque chose de la supériorité paternelle qui la rassurait à son insu. Enfin elle trouvait cet hôte très-bizarre ; mais elle ne se sentait effrayée ni de lui ni de ses armes.

Elle avait jeté son bonnet de mousseline tout inondé sur le panier posé à ses pieds, et elle essuyait ses beaux cheveux collant à son front, et que l'eau rendait brillants comme du jais; sa figure brune, pâle, mais souriante, sa taille mince, déliée, élégante, se détachaient nettement sur les vieilles et sombres courtines du lit à colonnes; et Lambert pouvait enfin satisfaire ce désir si longtemps nourri de voir sa sœur, et même lui parler.

— Vous êtes bien jeune! dit-il en la contemplant, et en cherchant peut-être à ouvrir par cette réflexion une voie à sa propre indulgence.

— Non, répondit-elle; j'ai vingt et un ans.

— Et vous retourniez à la ville dans votre famille?

— Chez mon père.

— Vous n'avez point d'autres parents?

— Non.

Lambert fut saisi de tristesse et pencha sa tête dans sa main.

— Oh! il est vrai, se dit-il, je suis mort pour elle... Peut-on demander à un enfant de quatre ans la mémoire du cœur?

— Mais votre père est sans doute bien tendre pour vous? reprit-il.

— Oui, sans doute, répondit Gilberte. Et puis il n'a que moi au monde.

— Et sa vieillesse est douce, paisible? demanda Lambert avec intérêt.

— Autant que possible. Mais il conserve toujours le souvenir d'un grand malheur qui l'a frappé.

Le proscrit pensa que sa sœur allait enfin parler de lui.

Il se tut pour laisser continuer Gilberte, et attendit avec émotion les premiers mots qui sortiraient de ses lèvres.

Mais son espoir fut trompé; la pensée de la jeune fille avait déjà changé de cours.

— L'orage va durer encore, reprit-elle au bout d'un moment; cependant il faut que je retourne à la Rochelle pour ne pas donner d'inquiétude à mon père.

Lambert sentit un nouveau serrement de cœur à la pensée de la voir s'éloigner.

— Vous ne pouvez, dit-il, rentrer seule la nuit, et par ce temps affreux.

— Non, répondit Gilberte; mais je vais tâcher de découvrir, ici près, la cabane de la mère Saint-Jean, l'herbagère... Elle m'aime beaucoup. Son mari est un vieil ami de mon père; il mettra son cheval à son chariot couvert de toile, et me ramènera à la maison.

— S'il en est ainsi, je ne m'y oppose pas, répondit Lambert.

Gilberte s'avança jusque sur le pas de la porte; un éclair et un coup de tonnerre lui barrèrent le passage.

— Restez, dit-il à Gilberte; je vais chercher dans le hameau la maison de vos amis, et je leur dirai de vous amener leur voiture ici.

La jeune fille lui donna les indications qui pouvaient l'aider à découvrir dans la nuit la demeure de la mère Saint-Jean, et il sortit.

Gilberte, toujours calme et insouciante, s'assit à la place que venait de quitter Lambert, et s'accouda sur la table, sans donner la moindre attention au lieu où elle se trouvait.

Au bout de quelques minutes seulement, un coup de vent bouleversa les papiers posés sous la lampe et que Lambert, sous la vive impression causée par la vue de sa sœur, n'avait pas songé à enfermer.

La jeune fille, en retenant ces feuilles que le souffle de l'air dispersait, reconnut les signes cabalistiques, les croix, les étoiles tracées sur la carte qu'un jour Raoulx, pour son bonheur ou son malheur éternel, lui avait donné à porter à Arthur d'Oberon.

Elle avait bien reconnu, en ce moment-là, qu'il existait en effet à la Rochelle une de ces sociétés secrètes dont les habitants ne soupçonnaient la présence qu'avec crainte, et que le jeune sergent ainsi que le vicomte d'Oberon devaient en faire partie ; mais, évitant d'arrêter sa pensée sur Raoulx, dont le nom ne se présentait pas à elle sans être entouré de quelques remords, elle n'avait point cherché, depuis ce temps, à obtenir plus de lumières sur ce qu'on nommait le carbonarisme.

A cet instant-là, en reconnaissant sur ces feuilles les signes mystérieux dont était marquée la carte qu'elle avait eue entre les mains, elle retrouva les traces de ces conspirateurs dangereux, et reconnut qu'elle était chez un carbonaro.

Les armes posées sur la table, le sabre, le fusil qui accompagnaient ces signes d'une puissance secrète, leur donnaient un aspect plus redoutable.

Un nom tracé sur l'une de ces feuilles frappa vivement ses regards, et elle lut :

« Arrêt de la vente suprême... Déclare Arthur d'Oberon traître à la cause sainte, à la patrie... et le voue au poignard... Ordonne à tout fils du Christ, pieux carbonaro, qui pourra voir tomber l'infidèle entre ses mains, d'exécuter la présente condamnation... »

Gilberte, les yeux voilés par l'effroi, par une indicible horreur, a pu à peine achever ces mots.

Cependant elle a bien lu... l'ordre d'assassiner Arthur est tracé... et cette épée nue, qui brille là à côté, semble prête à accomplir le crime.

Elle jette sa main crispée sur le papier et se lève frémissante.

Pâle, froide comme une statue de marbre, la tête renversée en arrière, elle fixe dans l'espace un regard embrasé.

Son front se mouille de sueur, une étreinte mortelle éteint les battements de son cœur. Cependant elle semble en ce moment avoir une force nouvelle ; une puissance extraordinaire se révèle en elle... On dirait, tandis qu'elle froisse cet ordre odieux sous sa main, que cette faible main a aussi le pouvoir d'anéantir l'arrêt de la vente suprême...

Puis, tout à coup, elle s'élance hors de la cabane, en emportant le papier broyé entre ses doigts.

Les personnes qu'était allé chercher Lambert n'étaient point chez elles. Il revenait à pas lents, songeant avec un mélange de crainte et de douceur, à accompagner lui-même Gilberte jusqu'à la maison de son père.

Mais en entrant, il trouve sa chambre vide.

La surprise, l'émotion causées par la présence de la jeune fille, ont jeté un tel trouble dans ses idées, qu'un moment il croit s'être trompé, et avoir rêvé l'apparition de Gilberte... Il reste quelques minutes sous l'influence de cette idée... Puis, le panier de fruits et le bonnet de mousseline encore mouillé frappent sa vue...

Alors il sort précipitamment de la maison pour rejoindre sa sœur, qui est bien venue réellement chercher un abri sous son toit, et qui a eu l'imprudence de s'exposer de nouveau à la nuit et à l'orage.

Il parcourt d'un pas agité les environs de la cabane... il voudrait prendre tous les sentiers à la fois... A la lueur de chaque éclair, il cherche à distinguer la robe blanche de Gilberte, au milieu des masses noires de feuillage ; il appelle de toutes ses forces, se baisse pour mieux entendre le son de la voix ou des pas.

Mais il ne distingue que les coups de vent et le bruissement des filets d'eau de pluie qui serpentent entre les rochers.

V

L'ARSENAL SOUTERRAIN

Le congé de Jean Bories et ceux des trois sergents du 45° qui partaient en avant-garde avec lui étaient obtenus. Les autres sous-officiers liés à la conspiration devaient attendre, pour quitter leur place, le signal qui serait donné aux Compagnons de la nuit ; et rien jusque-là n'avait éveillé l'attention des commandants supérieurs de la garnison.

Dans la soirée du 15 août, le jeune chef des carbonari partit ostensiblement de la Rochelle. Il allait prendre congé de ses frères dans les campagnes solitaires de la pierre druidique, et assister au dépôt d'armes qui devait être fait dans le souterrain ; après quoi, il prendrait des habits de paysan, pour arriver inconnu dans les environs de Saumur.

On sait le reste. Le général Berton, trahi par la faiblesse des partisans qu'il croyait trouver à l'École royale de cavalerie, livré plus tard par un agent de police revêtu de l'habit militaire, subissait une rude captivité dans la prison de Saumur, en attendant un procès dont l'issue ne pouvait être douteuse.

Les premiers émissaires de la conspiration allaient arriver dans la ville où le général était prisonnier, se rallier aux carbonari de l'endroit, faire tourner au service de la révolte les regrets et même les remords des jeunes élèves de l'École royale ; puis, après s'être acquis ces alliés, appeler à eux le corps des Compagnons de la nuit.

Pourvue alors de forces suffisantes, l'insurrection livrerait son drapeau au vent, et, sous les ordres du général Berton délivré, marcherait sur Paris.

L'esprit public semblait mûr pour une révolution. La monarchie des Bourbons, renversée, ferait place au pouvoir plus libéral que le vœu universel proclamerait dans ces grandes journées.

Bories, accompagné de Raoulx, se rendit donc à la pierre celtique.

Mais ce jour-là était aussi celui du mariage de Pommier. Et tandis que le chef des conjurés et Raoulx se livraient aux ardents préparatifs du combat, ne vivaient plus que dans l'avenir d'une révolution patriotique, Pommier, l'heureux mari de Marthe, et Charles Goubin, le léger et riant amoureux d'Églantine, ajoutaient deux ou trois jours à leur existence de jeunes hommes, jouissaient encore quelques moments des dons de la terre et du ciel, pour aller rejoindre leurs amis, leurs frères d'armes, et partager leur sort.

A la nuit close, les conjurés commencèrent le transport des armes à la pierre druidique dont on connaît la situation isolée à cinquante pas de la mer, et au milieu de terres incultes, çà et là semées de rochers et plantées d'arbres.

Le rivage, ordinairement si désert en cet endroit, était sillonné de passants qui se dirigeaient tous vers le même point, bien qu'à certain intervalle et en observant des routes différentes.

En approchant du dolmen, le chemin devenait plus facile ; des bouquets de chênes, des blocs de granit dérobaient les sentiers non battus qui serpentaient à leur pied ; la bruyère épaisse dissimulait tous les bruits.

Quelques-uns des initiés avaient pris un habit de chasse pour emporter leur fusil ostensiblement et sans obstacle.

Un certain nombre conduisaient des chariots recouverts de fraîche luzerne, et remplis de fusils et de sabres.

Des villageois arrivaient portant sur leur dos des hottes pleines d'herbage.

Des colporteurs venaient, pliant sous le poids de leur balle.

C'étaient encore des carbonari, prenant des habits divers. Et les hottes, les balles, contenaient dans les doubles-fonds des pistolets, des poignards et force munitions de guerre.

Cédric et un autre carbonaro, tous deux vêtus en chasseurs et le fusil sur l'épaule, montaient la garde des deux côtés du monticule, et inspectaient les mouvements de la place.

Le mot de laisser-passer était *Dieu et France*.

La lune nouvelle argentait légèrement

le ciel sans descendre jusqu'au fond des chemins ; la solitude était à peine troublée par l'arrivée de ces hommes à la marche silencieuse.

Quand l'heure avancée eut donné plus de sécurité, on commença le déchargement des armes.

Les broussailles du monticule étaient déblayées, la dalle qui fermait éternellement l'entrée de l'escalier avait été enlevée ; une lanterne était posée sur la large pierre du dolmen, qui surmontait l'ouverture de la grotte, une autre dans le fond de la caverne.

Les jeunes gens vigoureux, ardents à leur tâche, emportaient des faisceaux d'armes sur leurs épaules, le long du rude escalier taillé dans le roc, avec l'aisance et la rapidité du travail où la passion elle-même soulève le fardeau et remue la matière.

Le vaste souterrain se remplissait de masses de sabres et de fusils.

Des faisceaux d'armes étincelantes s'élevaient sur les antiques cercueils de pierre, où s'étaient réduits en poussière les ossements des Gaulois : le génie belliqueux des races antiques se relevait de la tombe.

Les canons de mousquets, les lames d'acier étaient jetés à pleines mains dans la caverne, et montaient jusqu'à la voûte de granit et de lierre, en rendant ce résonnement formidable qui est la langue guerrière de tous les âges, et dont les parois de la grotte comprenaient le serment solennel.

La pierre creusée de l'ancien autel reçut aussi le trésor des conjurés.

On déposa dans cette caisse ensevelie sous la terre l'argent nécessaire à la campagne qui allait s'ouvrir. Riches et pauvres, parmi les Compagnons de la nuit, avaient apporté leur offrande. Cédric avait pu donner de bons billets de banque, grâce à la vente courageusement opérée par lui des deux beaux chevaux de son père ; d'autres jeunes gens de la ville avaient fourni d'assez fortes sommes ; d'autres, à peine une légère offrande : mais c'était la dîme prélevée sur les besoins du jour, le denier du patriote.

Pendant que le transport des armes s'effectuait, Bories, Raoulx et quelques officiers du carbonarisme étaient au pied du monticule, sous le taillis de chêne qui l'ombrageait, et à quelques pas de l'entrée du souterrain.

Cédric, posé en sentinelle au bord du camp, montait sa garde en sifflant un air militaire.

Il devait, à la première approche d'un étranger, donner le signal à ses compagnons, pour qu'ils eussent à suspendre tout mouvement aux alentours du souterrain ; si le passant approchait davantage et prenait une apparence suspecte, il devait faire feu.

Une seule fois pendant sa faction, sa surveillance fut mise à l'épreuve. Il entendit dans le taillis voisin un bruit assez fort et plusieurs fois répété. Oubliant le signal, ou charmé de débusquer seul un ennemi, Cédric courut au taillis le

Cependant elle a bien lu; l'ordre d'assassiner Arthur est tracé. (Page 133, col. 2).

fusil en joue et prêt à tirer... Mais après avoir battu le terrain en tout sens, il ne parvint qu'à faire lever un lapin qui s'enfuit devant lui.

Pendant qu'il était occupé à cette expédition, Bories, placé au bord du fourré qui entourait la pierre celtique, vit venir un cavalier sur le rivage.

Le peu de lueur versée par le croissant de la lune ne permettait pas de le distinguer; les principaux membres du carbonarisme qui se trouvaient là aperçurent seulement la forme vague d'un homme de belle apparence, monté sur un cheval gris clair.

Le cavalier, en passant, s'arrêta avec le plus grand calme devant le groupe des jeunes gens, et à portée du pistolet que tenait Bories.

— Vous êtes bien jeunes, mes amis,
dit cet inconnu. On ne conspire pas avec
tant d'imprudence!... Vous avez une sentinelle qui quitte son poste pour courir
après son ombre... et à deux pas d'ici
vous avez laissé tomber un poignard
dont on voit briller la lame dans l'herbe...
Mais pourtant ne craignez rien de moi...
tout haut je ne dirai rien... tout bas je
prierai Dieu qu'il couronne votre entreprise.

Puis le cavalier s'éloigna avant qu'on
eût repris assez de sang-froid pour l'arrêter.

Les conjurés, stupéfaits de cette apparition, allaient manifester leurs inquiétudes, lorsque Raoulx dit vivement :

— Je connais cette voix!

— Alors, dis vite quel est cet homme!
dirent tous ses camarades.

— Peut-on se fier à sa parole, ou bien
faut-il courir sur ses traces?

— Je n'en sais rien, répondit Raoulx ;
seulement je crois qu'on peut avoir confiance en lui, car il y a déjà longtemps
qu'il connaît nos projets sans en abuser...
Oui, c'était bien lui...

— Que veux-tu dire? demanda le chef.

— Tu t'en souviens, Bories, dit Raoulx ;
nous t'avons raconté qu'étant assis sur le
bord de la mer Pommier, Goubin et moi,
et parlant imprudemment de l'esprit et
des desseins du carbonarisme, nous avons
vu une ombre se dessiner à nos pieds...

puis qu'un moment après, lorsqu'un bateau glissait sur le bord, une voix sortie
de derrière la voile est venue nous dire
que nos secrets étaient tombés dans le
sein d'un ami...

— Et c'était celle de ce cavalier?

— Je ne puis en douter : non-seulement cette voix m'a assez frappé pour
que je puisse parfaitement la reconnaître,
mais son langage était le même qu'aujourd'hui.

— Et tu ne sais rien de plus?

— Pas même si ce n'est point un être
de raison : car la première fois c'est une
ombre seule qui est apparue, et dans ce
moment une forme insaisissable.

— En tout cas, il serait trop tard maintenant pour l'atteindre.

— Que faire donc? se demandèrent
les conjurés.

— N'y plus penser, prononça Bories.
Quand on ne peut agir, il ne faut pas
méditer; le temps qu'on donne à un fait
accompli est autant de perdu pour ce qui
reste à faire. Oublions donc cet étranger.

L'ordre du chef fut promptement exécuté.

Les paroles de l'inconnu avaient réellement un accent de vérité, qui pouvait
toutefois ne servir qu'à mieux cacher un
ennemi... Mais l'excès de prudence n'é-
tait pas le défaut des carbonari, et ils
continuèrent en effet leurs préparatifs,
sans songer davantage à cet incident.

Tous les Compagnons de la nuit descendirent dans le souterrain.

Cette vaste étendue pleine d'ombre, rembrunie par ses parois antiques, par ses tentures de lierre, où la lumière isolée allait jeter de loin en loin des feux fantastiques sur l'acier et le salpêtre, cette étendue entourée de tombes séculaires, peuplée d'hommes rêvant de luttes guerrières et de victoires, était admirable de majesté et de mystères.

Il est des lieux consacrés. Cette caverne, où se célébrait le culte des Barbares qui devaient envahir l'Europe civilisée, semblait n'avoir traversé les siècles que pour voir cette solennité des libéraux, qui devaient, non le lendemain, comme ils le pensaient, mais bien peu de jours plus tard, prendre à leur tour l'empire du monde.

Les armes disposées, les carbonari voulurent préparer le drapeau qui devait se lever en tête de l'insurrection.

Ce drapeau si cher, ils éprouvaient une joie indicible à le façonner de leurs mains.

Cédric, le plus jeune des Compagnons de la nuit, prit un large sabre et alla en haut du souterrain couper une forte branche de chêne.

— C'est dommage, dit-il en revenant, qu'au lieu de cette lame je n'aie pas une faucille d'or...

— Parce que tu as coupé cette branche dans le reste d'un bois druidique? lui dit-on.

— Et je l'ai prise à une si forte souche, que c'est sûrement le rejeton du chêne sacré.

— C'est digne du drapeau de la liberté.

On attacha à ce pennon des banderoles aux trois couleurs, alors prohibées. Raoulx écrivit sur la zone blanche la devise des carbonari : *Fede et liberta;* puis on fixa à la pointe un aigle d'or les ailes déployées.

Ensuite un jeune prêtre, qui faisait partie de la société secrète, bénit le drapeau au milieu des carbonari agenouillés.

— *Fede et liberta!...* Devise sublime ! qui pourra te suivre trouvera sa route en cette vie, et s'ouvrira les champs de l'avenir ! La *foi,* source de vertu, lui fera accomplir tous ses pas, tous ses actes, sous le regard du Juge suprême ; la *liberté,* source de grandeur, lui donnera honneur, courage et dignité... Celui qui croit sera fidèle à tous ses devoirs ; celui qui se sent libre revendiquera tous ses droits !

Après cette dernière disposition, le drapeau fut placé sur l'autel, et tout prêt à se lever en même temps que les armes.

Ensuite on referma bien attentivement le souterrain, devenu un puissant arsenal. Puis les carbonari quittèrent le monticule et se dispersèrent dans la campagne.

Bories, en sortant de là, devait s'acheminer sur la route de Saumur, et ouvrir par ses premiers pas une entreprise d'où dépendait le sort de la France.

Il s'éloignait lentement, et avait peine à s'arracher de ce sanctuaire de la pierre celtique, témoin du serment des conjurés et gardien de leurs trésors.

Au bout de quelques minutes, il revint sur ses pas.

La solitude du rivage était maintenant profonde, Bories s'enfonça dans les arbres et s'arrêta les bras croisés devant la pierre celtique.

Il respira de se sentir seul en ce lieu. Peu à peu la méditation l'absorba tout entier et son âme s'épancha dans une prière suprême.

— Mon Dieu! dit-il en tombant à genoux et en penchant son visage mouillé de larmes dans ses mains, mon Dieu! je voudrais mourir pour la France!

« Oh! ce vœu est en moi depuis que je respire! j'ai toujours rêvé pour avenir cette mort glorieuse... J'ai compris les saints martyrs de la patrie, j'ai versé une larme sur chaque page de l'histoire où est inscrit un grand sacrifice.

« Mais cette passion, je l'ai cachée à tous les yeux... j'aurais souffert qu'on pût voir l'ardent patriotisme dans mon âme; cette âme se serait refermée sous les regards... On n'a vu en moi que l'homme grave, méditatif... on m'a cru froid, austère, parce que je n'aimais que mon pays!... Dieu puissant, on ne sait pas que cet amour immense possède aussi l'être tout entier, remplit ses jours d'émotions puissantes, ses nuits de fièvres, d'extases!...

« C'est quand le pays souffre que le vrai citoyen l'aime davantage; et quel pays fut plus malheureux que la France à cette heure! J'aimais mieux encore pour elle les temps de féodalité, d'esclavage. Aveugle alors, elle ne connaissait pas ses maux; ignorante de ses forces, elle sentait moins ses chaînes... Mais elle a connu des jours de liberté et de grandeur; et maintenant, les yeux dessillés, le sein rempli d'aspirations ardentes, il lui faut reprendre ce lourd fardeau de la servilité!

« La France est riche, brillante... qu'importe! Qu'importent les arts, l'industrie, ce partage illégal d'un petit nombre! C'est la nation entière que je voudrais voir heureuse; c'est de dignité, de paix, de véritable grandeur que je voudrais la voir douée.

« Oh! ce rivage est bien agreste, ces broussailles, ces rochers ne sont pas des parcs, des palais, cette pâle lueur de la lune est bien peu splendide. Eh bien! cette terre, cette nature seraient assez belles si l'homme y vivait dans l'égalité suprême, dans la douceur fortifiante d'une vraie religion, au milieu d'une famille pure, si, en voyant ce calme harmonieux qui règne à l'horizon, il pouvait se dire que ce calme, étendu à un lointain infini, par delà les frontières, l'assure de vivre en paix avec les autres familles humaines!

« Oui, mon Dieu, l'égalité sainte, la dignité, l'honneur pour mon pays! c'est là ce que je vous demande!... Rien pour moi... rien que mon sabre de soldat et une tombe obscure... voilà mon vœu, mon espoir! Mais il me possède à toute heure, il fait battre mon sein, il m'enivre d'espoir ou m'arrache des larmes brûlantes. Oh! que je verse au moins un moment et devant vous, mon Dieu, ces larmes que vous seul avez vues couler ! »

En sortant du taillis de la pierre celtique, vers deux heures du matin, Bories prit le chemin de la ville dans laquelle devait éclater l'insurrection.

VI

RÊVE ET RÉVEIL.

Édith Pontarlier et madame de Forban avaient, comme on le sait, l'espérance de voir enfin le prisonnier détenu au château de Colombelle quitter un moment sa prison.

Dans le dernier billet lancé de sa fenêtre, celui qui était alors, aux yeux de beaucoup de royalistes, l'héritier de la couronne de France, avait écrit qu'ayant désormais des garanties de sécurité, il se hasarderait à sortir de sa tour le jeudi suivant, qui était le 17 août, vers huit heures du soir, pour aller rendre grâces aux deux nobles dames qui s'intéressaient si généreusement à son malheur.

Bien avant l'heure, madame de Forban et Édith étaient arrivées à la butte de Colombelle, endroit du rendez-vous indiqué par le prince.

Elles étaient assises sur un banc de gazon naturel, à l'ombre d'un grand platane. A leur gauche s'élevait la butte, au-dessus de laquelle se montraient un moulin, dont le cours d'eau descendait la colline, puis un petit cabaret et la maisonnette d'un artisan de campagne; en face d'elles était le chemin plat qui, après avoir serpenté dans la prairie, allait passer sous le château. De cette place, elles pourraient apercevoir le prince dès qu'il paraîtrait à l'horizon.

A cinquante pas se tenait arrêtée une voiture de voyage très-simple, mais pourvue d'un bon attelage.

On connaît déjà le fanatisme de madame de Forban pour les descendants de saint Louis; ce sentiment avait seul rempli son existence passée dans la solitude et l'ignorance du monde.

Cependant, quelque vive et ardente que fût cette passion, elle ne pouvait plus suivre dans son élan impétueux celle qui s'était allumée pour Édith.

Cette jeune fille était d'une organisation faible et puissante à la fois : faible de corps, faible de raisonnement pour tout ce qui n'était que logique et positif; énergique à l'excès pour toutes les chimères de l'imagination. C'était une de ces natures exaltées, sans règle ni frein, au sein desquelles un moment funeste allume la folie.

Depuis son enfance, solitaire, rêveuse, vivant en dehors de ce qui l'entourait, appartenant presque à la nature des fées qui peuplaient autrefois ces rivages, elle avait nourri son imagination de fantaisies orgueilleuses et rêvé l'amour d'un prince.

On sait du reste que du côté de sa mère

Édith avait peut-être elle-même du sang de prince dans les veines.

Ainsi, depuis qu'elle avait vu en quelque sorte son attente réalisée, depuis que sa nourrice, assez jeune encore et assez exaltée elle-même pour être son amie, l'avait rapprochée du fils de Louis XVI persécuté, Édith s'était livrée aveuglément à une passion trop violente pour sa frêle complexion, et où ses forces et sa beauté s'effeuillaient chaque jour dans une langueur brûlante.

Celui que les deux dames attendaient en ce moment, bien qu'elles le qualifiassent sans cesse du nom de prisonnier, n'était pas précisément captif dans le château de Colombelle.

Détenu pendant quatre ans à la prison de Rouen, à la suite d'une condamnation, il en avait été soustrait depuis quelques mois par des personnes assez puissantes, qui s'intéressaient à son sort, et qui avaient obtenu à prix d'argent des employés secondaires de la prison, qu'on lui permît de passer un certain temps au château de Colombelle, avec la condition expresse toutefois qu'il ne sortirait pas des murs de cette habitation.

Il était donc dans ce château appartenant à l'une des personnes qui le protégeaient, sous la caution de celle-ci, et gardé seulement par les domestiques de la maison. La crainte d'être réintégré dans sa prison l'avait surtout empêché jusque-là de franchir le seuil de cette retraite.

C'était là que madame de Forban, étant instruite de sa présence, et l'ayant aperçu

à la fenêtre de la tour, lui avait voué un culte idolâtre.

Depuis quelques jours enfin, sachant que. par exception à la règle, le prince pourrait venir jusqu'à la butte du Moulin, elle avait conçu le projet très-hardi de profiter de cet instant de liberté pour l'emmener en poste à Paris, où bientôt entouré, défendu par ses nombreux partisans, il ne pourrait tarder à faire reconnaître ses droits.

L'argent nécessaire à cette entreprise était fourni par Édith. Après le refus de son père, Édith qui, en enfant gâtée, avait beaucoup de bijoux précieux, et qui, en qualité de riche héritière, avait surtout beaucoup de crédit à la Rochelle, s'était facilement procuré les vingt mille francs nécessaires et les avait remis à sa nourrice, qui, sur cette somme, s'était déjà procuré une chaise de poste.

Si quelque chose eût pu détourner Édith de ses puissantes préoccupations, c'eût été une observation qu'elle avait été à portée de faire dans ses dernières visites à Colombelle.

Elle avait toujours vu madame de Forban demeurer seule, dans le petit bâtiment qui fut la ferme du château de sa famille, maintenant en ruines. Et pourtant, dans cette même pièce contiguë à la salle basse, où Édith mit un jour la main sur un sabre en croyant prendre l'ombrelle de sa nourrice, elle avait entendu à diverses reprises des pas trop fortement accentués pour être autres que ceux d'un homme.

Mais comme madame de Forban lui

disait toujours en riant qu'il n'y avait là aucun coupable mystère, ces remarques ne purent la distraire longtemps des chers intérêts de son cœur.

Ce jour-là, la jeune fille était venue dès le matin à Colombelle. Il est impossible d'exprimer avec quelle lenteur se passa cette journée, avec quelle joie et quelles angoisses les deux femmes comptèrent les heures qui les séparaient encore de l'instant désiré !

Enfin elles s'étaient acheminées de bonne heure vers la butte de Colombelle, où maintenant elles attendaient l'arrivée du prince avec une anxiété dévorante.

Mais rien ne paraissait encore sur le chemin du château.

— Comme tu es émue, mon enfant ! dit madame de Forban ; ta main tremble.

— Mon cœur tremble bien plus encore, dit tout bas Édith.

— De joie ?

— Non... de crainte.

— Je conçois... la majesté royale impose toujours dans le plus simple entourage comme au milieu des grandeurs de la cour.

— Ma bonne amie... je crois que s'il n'était que prince, je tremblerais moins.

— Qu'est-il donc encore ?

— L'homme qui peut disposer de ma vie.

— Mon Dieu !... tu m'effrayes... Mais tu ne l'as jamais vu que de loin, à une fenêtre.

— Je l'ai toujours vu dans ma pensée... Va... il y a longtemps que je l'aime sans le connaître.

— Oui, mais il fallait renfermer ce sentiment dans les bornes de l'amour, du dévouement que toute âme bien-née doit à son souverain.

— Il n'est plus temps !

— Et maintenant... je frémis d'y penser !... si les circonstances viennent traverser ce sentiment, il peut te rendre malheureuse !...

— Il peut me tuer.

— Grand Dieu !... qu'avons-nous fait ?... c'est moi qui suis coupable... Mais pourquoi ne m'avoir pas dit plus tôt ton amour... je l'aurais combattu par la raison.

— Je ne le savais pas moi-même... Bonne nourrice, tu m'as donné, avec ton lait, ta sensibilité peut-être un peu trop vive, ton attachement sans bornes pour notre auguste monarchie, qui a sauvé la France de tant d'orages, qui l'a faite si grande et si belle. Ainsi, lorsque j'ai connu le prince, lorsque je l'ai aimé pour sa beauté, pour son malheur, pour le charme répandu sur sa personne par un étrange mystère, je ne croyais sentir en moi que la fidélité, le besoin de dévouement d'une sujette pour son prince persécuté.

— Oh! ma fille chérie, que me dis-tu! s'écria madame de Forban les yeux humides de larmes.

Mais à l'instant son inconséquence naturelle la rejeta plus avant que jamais dans ses chères illusions.

— Vraiment, dit-elle, nous sommes folles de nous tourmenter ainsi! L'excès de l'amour que tu éprouves ne peut être un mal, puisque ce sentiment est partagé... Et même, le prince t'a aimée le premier... Il t'avait déjà remarquée lorsque nous n'avions fait que l'apercevoir.

— Le connaissons-nous mieux maintenant?

— Tu l'as revu cent fois... tu as reçu des lettres pleines de la plus délicate tendresse.

— Des billets de deux lignes...

— Tu es impitoyable... Doutes-tu de lui ou de sa fortune?

— Je n'ose douter... Il me semble que c'est une faute envers la majesté souveraine.

— C'est aussi manquer de *foi* et *d'espérance*.

— Et cependant je ne suis sûre de rien... Oh! j'ai beau aimer le prince avec idolâtrie, il y a toujours en moi une voix secrète qui me rappelle la bizarrerie, le danger de cet amour... Je suis folle!... et pourtant la raison froide, impérieuse, n'a pas perdu son empire pour me faire souffrir.

— Pauvre enfant! si je pouvais te donner de mon courage, de ma confiance! Car j'ai toujours été ferme dans ma croyance, moi! Et maintenant je la sens en moi plus que jamais... Oui, quand je regarde le prisonnier, je vois, comme si une vive lumière venait tout à coup m'éclairer, c'est bien là le fils de Louis XVI!

— Oh! moi aussi, quand je le contemple... Quand nous sommes là-bas, enfoncées dans le taillis, et que mes yeux s'attachent sur sa fenêtre... sa tête blonde se détache seule sur l'ombre de la chambre; et dans cette ombre il me semble voir les emblèmes de son rang qui se dessinent autour de lui; il me semble voir les fantômes de sa famille qui planent tour à tour sur sa tête. Toute son existence se rappelle alors à ma mémoire...

— Existence marquée de souffrances sans nom!

— Ce Temple où il était si enfant!... A cet âge de bonheur pour les autres êtres, lui, captif, maltraité, n'avait pas même le jour qui nous éclaire : il ne pouvait voir le ciel qu'en songe!... Le plus à plaindre de sa famille, il ne recevait pas la mort d'un coup de hache, il la sentait venir lentement et frapper sur la faiblesse de l'enfance tous les coups de la douleur... Sa délivrance! ce fut une autre calamité : il ne grandit que pour comprendre son sort et juger de l'injustice qui le condamnait, lui, le premier parmi les grands, à l'exil, à la misère... Puis, le retour dans son pays... Alors sa famille est remontée sur le trône, a retrouvé les honneurs suprêmes, et il subit, lui, un procès infamant, comme fou, comme imposteur... Il

Voilà comme vous me recevez maintenant! dit-il. (Page 147, col. 1.)

passe quatre années entières en prison...
et maintenant le voilà trop heureux de
trouver un refuge à sa grandeur dans des
murs solitaires, et de s'abriter dans une
tour avec les hirondelles de ce rivage!

— Paix !... ne parle pas ainsi... Tout
cela est trop vrai... et fend le cœur!

— Conçois-tu tout ce que ces images
qui l'entourent reflètent sur lui d'intérêt,
de gloire et de charme? et ne penses-tu pas
que j'ai dû lui donner mon âme tout entière?

Cependant les deux dames, les yeux
avidement fixés sur le chemin du château,
ne voyaient rien apparaître de ce côté.

— Eh bien! reprit madame de Forban,
aime-le, ma fille, aime-le, puisque cela
était dans ta destinée. C'est entre vous

un lien sacré, éternel... Et quand le prince arrivera à sa haute fortune, elle deviendra aussi ton partage.

— Mon Dieu, quel rêve ! dit Édith le visage rayonnant d'autant d'orgueil que d'amour... Prends garde, bonne amie ! ne me rends pas tout à fait insensée.

— Vois-tu, la voiture est prête ; ce soir même nous allons partir, voler à Paris... Une fois là, entouré d'amis puissants, dont la noblesse l'élève déjà sur le pavois, penses-tu donc que le prince légitime puisse rester si près de son palais, si près de son trône, sans y reprendre sa place ; que la nation puisse demeurer toujours aveugle et trompée?... Ce serait douter de la France ! ce serait douter de Dieu même !

— Oh ! c'en est fait, s'écria Édith en se jetant au cou de son amie, oui, ta confiance me gagne !... je me sens renaître !... j'aime avec bonheur ! j'espère comme toi !

Ces deux femmes également aimantes, exaltées, reportèrent encore sur la route du château leurs yeux où brillait une larme d'extase.

Mais à cet instant, entendant tout à coup à côté d'elles des éclats de rire lourds, communs, elles se levèrent en tressaillant

Un homme chancelant sur ses jambes, le visage aviné, venait par le sentier qui descendait du petit cabaret situé sur la butte voisine ; il riait et faisait des gestes pour lui seul, comme les gens ivres... Sa vue ne fit d'abord aucune impression sur Édith et sur sa compagne, qui le prirent pour le premier passant venu... Mais lors-

qu'il s'approcha, elles reconnurent en lui le prisonnier de la tour... le prince royal !...

Édith jeta un cri sourd et s'appuya sur le tronc du platane. Madame de Forban pâlit et entoura la jeune fille de ses bras, comme pour la défendre d'un danger qu'elle ne définissait pas encore.

Le jeune homme les aperçut en cet instant et vint droit à elles.

— C'est vous, dit-il en regardant Édith, c'est vous, la jolie fille, qui, depuis tantôt six mois, me faites la cour par la fenêtre?... Encore plus gentille de près que de loin !... Laissez-moi vous embrasser, pour que je vous trouve tout à fait charmante.

Il avait avancé d'un pas à chaque mot, et tendait vers Édith frémissante des bras balancés dans l'ivresse.

Il reprit :

— O ma bergère !... non, ma princesse, car je suis prince... quand vous veniez si souvent rôder dans la campagne, c'était pour moi... pour mes beaux yeux... oui, je suis beau garçon, c'est tout ce qu'il y a de sûr... Vous apportiez au pied de ma tour des bouquets de fleurs... moins fraîches que vous !... toujours des lis !... Je ne sais pas pourquoi tout le monde me donne des lis !...

Il réfléchit un moment, et reprit d'un air capable en s'adressant à Édith :

— Ah ! j'y suis maintenant... je devine... des lis, ça veux dire que vous m'aimez? Et moi donc ! je ne suis pas cruel, j'ai

copié pour vous les plus belles phrases de
mes livres... C'était le cœur qui parlait.
ma toute belle!

Il fit un mouvement pour prendre la
main d'Édith; mais elle le repoussa d'un
geste armé de tant d'autorité, de dédain,
qu'il fit un pas en arrière.

— Ah! voilà comme vous me recevez
maintenant! dit-il. Ce n'était pas là ce que
promettaient vos regards, la belle enfant...

Il montra le cabaret en continuant :

— Est-ce parce que je sors de là?... Ah!
oui, c'est vrai, je viens... de cette bico-
que?... C'était de trop bonne heure
pour le rendez-vous... j'ai été me rafraîchir
un peu... il ne faut pas y faire attention...
Le vin et le tabac, voyez-vous, ils m'ont
suivi en tous pays; et avec eux, j'ai toujours chassé la tristesse... On n'oublie pas
ses amis!... jamais... jamais, ses bons
amis!...

Le fer qui éteint la vie dans le sein n'est
pas plus froid, plus douloureux que la
vulgaire réalité qui venait à cette heure
tuer dans l'âme d'Édith les illusions les plus
chères... Le coup porté par cette déception
terrible était aussi celui de la mort.

Madame de Forban, dans une stupeur
indicible, regardait cet être repoussant qui
était venu remplacer l'idole parée par elle
de tout l'éclat de la royauté. Elle ne concevait pas comment avait pu s'opérer ce
changement funeste; elle le prenait presque pour une métamorphose causée par
un démon ennemi, et sentait sa tête se
perdre de surprise et d'effroi.

Mais le jeune homme remarqua très-
bien que ces deux femmes, au lieu de lui
répondre, le regardaient avec des yeux
effarés et une expression de dégoût visible.

Alors, dans l'ivresse où il était plongé,
la galanterie fit bientôt place à la colère.
Il adressa à madame de Forban des reproches grossiers sur son âge; à Édith, des
propos où sa jeunesse et sa beauté étaient
traitées d'une manière plus outrageante
encore.

Les deux femmes épouvantées, et con-
duites par l'instinct qui leur faisait chercher du secours, s'élancèrent sur la butte
occupée par quelques petites habitations.
Elles se réfugièrent contre le moulin, situé
au bord de son courant d'eau.

L'étrange personnage courut après elles,
le visage empourpré par une violente impatience, l'œil troublé et étincelant.

Édith, pâle comme la mort, regardait
l'eau profonde et bouillonnante à ses pieds,
décidée à y chercher, s'il le fallait, un refuge contre l'injure brutale ou la tendresse
cynique.

Mais au moment où le jeune homme
allait les rejoindre, il passa devant la porte
ouverte de la maisonnette d'artisan qui
touchait au moulin. Il regarda l'intérieur
de ce logis, vide pour le moment, mais
pourvu de tous ses ustensiles, et une vive
attention parut s'emparer de lui; sa figure
changea; le désir hideux, la colère furent
tout à coup remplacés par un air de surprise joyeuse et un rire bénin.

Il sauta le pas de la porte, entra dans

la chambre de l'ouvrier absent, qui était fabricant de sabots, et parut aussitôt vouloir s'y installer. Il passa prestement le tablier de cuir, s'assit à l'établi, puis se mit à creuser un sabot commencé.

Édith et madame de Forban, dès l'instant qu'il ne s'occupait plus d'elles, osèrent le regarder. Arrêtées à deux pas de la porte, elles tendirent la tête, et le virent livré à son occupation, qu'elles n'avaient pas encore le temps de s'expliquer.

La figure du jeune homme était insouciante et gaie, et il taillait le morceau de bois en chantant un air du métier :

> Margot, Margot,
> Ton petit pied me met en joie,
> De perles fines et de soie
> Je voudrais te faire un sabot,
> Margot, Margot.

Puis se retournant, et gesticulant avec le ciseau :

> Ma toute belle,
> Vois à tes pieds
> Le plus fidèle
> Des sabotiers.

En même temps, du côté de la maison opposé à celui où se trouvaient madame de Forban et Édith, débouchèrent trois gendarmes qui s'arrêtèrent en faisant sonner la crosse de leurs fusils.

Ils regardèrent d'abord autour d'eux comme cherchant quelqu'un; puis, en voyant dans l'échoppe le jeune homme en riche toilette et tranquillement occupé de son travail, ils partirent d'un bruyant éclat de rire.

— Ah! Louis XVII! Louis XVII!... le roi de France qui fait des sabots!

Le jeune homme, trop accoutumé à la vue de la force armée pour s'en inquiéter dans l'état d'ivresse où il était, leva gravement le doigt en disant :

— Ne me trouble pas, gendarme! ne me trouble pas dans l'exercice de mes fonctions.

—Enfin, il l'avoue! dirent les trois soldats en chœur.

— Mon Dieu, c'était donc vrai! s'écria Édith d'un accent qui semblait emporter le dernier souffle de sa vie.

— J'ai avoué, dit le jeune homme avec sa physionomie on ne peut plus avinée. C'était pourtant gentil d'être fils de Louis XVI, d'être prince!... Mais d'être sabotier ce n'est pas à dédaigner non plus... Hein! lequel rend le plus d'honneur d'être roi ou sabotier? Le gendarme va nous dire ça... Le gendarme a plus d'esprit que nous, car il nous empoigne. Dis, gendarme, lequel vaut le mieux d'être...

— Assez de discours! dit le brigadier. Le dauphin de France abdique, pour redevenir Mathurin Bruneau, fils de son père.

Et les soldats, peu jaloux d'attendre que le sabot fût terminé, mirent la main au collet de l'illustre artisan.

A cette vue, Édith jeta un cri et tomba sans connaissance sur la terre.

— Oh! c'est moi qui l'ai tuée! dit madame de Forban en se penchant sur sa fille chérie et en la couvrant de larmes.

Mathurin Bruneau, condamné à Rouen

comme imposteur, sans que cet arrêt pût dissuader de sa naissance royale ses dévoués partisans, après avoir subi quatre années de prison, était dans le château de madame Rose Avenel, qui avait déjà figuré au procès, et il s'amusait à continuer son rôle de prince envers les deux dames qu'il voyait de sa fenêtre, et qu'il jugeait comme tant d'autres bonnes royalistes vivement intéressées à son sort. Il en était là, lorsqu'un *avis d'amis* vint lui dire qu'il pourrait sortir de sa retraite dans les jours suivants où toute la maréchaussée des environs devait pour affaire importante être appelée à la Rochelle.

Le désir de voir de plus près sa jolie sujette le conduisit à la butte de Colombelle... Malheureusement un cabaret se trouva devant ses pas ; le vin, qu'il avait toujours aimé à la folie, le perdit... Il parut alors aux yeux de ses sujettes dans une attitude si chancelante que la couronne tomba de sa tête !

Dégrisé par le danger au moment où l'on s'emparait de lui, il essaya pourtant quelque résistance. Mais les gendarmes en vinrent bientôt à leurs fins, et le placèrent entre leurs chevaux pour lui faire prendre la route de Rouen, où il allait être réintégré dans sa prison[1].

Édith ne le vit pas. Elle était toujours plongée dans un évanouissement d'où elle ne devait sortir que pour tomber dans un état de langueur mortelle.

Le triste dénouement de cette passion méritait d'être rapporté pour exemple. Com-

[1]. Mathurin Bruneau fut transféré plus tard à la prison du Mont-Saint-Michel, où il mourut.

bien de jeunes filles font de l'objet de leur amour un beau prince rempli de grâce, de cœur et d'esprit, et reconnaissent au jour de l'épreuve n'avoir aimé qu'un sabotier !

VII

LE BARON DANS SON CHATEAU.

Madame de Forban, après avoir accompagné Édith à la Rochelle, où elle avait eu la douleur de laisser la jeune fille dans un état de prostration et de souffrance extrêmes, était revenue à Colombelle pour y trouver d'autres sujets d'inquiétude. Un nouveau malheur, non moins étrange peut-être que celui qui venait de la frapper, l'attendait encore.

L'homme dont Édith avait par hasard aperçu les armes, et d'autres fois entendu les pas dans la chambre voisine de celle de sa bonne nourrice, était le frère de madame de Forban, qui depuis quelque temps habitait secrètement Colombelle.

Ce frère, seul héritier du nom et des titres de l'ancienne famille de Forban, avait passé toute sa vie à Paris.

Le jeune homme de haute naissance, mais pauvre, nu, n'ayant que les parchemins de sa noblesse pour se vêtir, avait été élevé par les soins d'un parent éloigné. Il avait grandi, vécu et vieilli à Paris, au milieu de tous les objets d'envie, de tous les sujets de comparaison qui pouvaient le plus lui faire regretter la ruine de sa famille, et d'ailleurs trop nul d'esprit pour trouver aucun charme d'existence en dehors de la fortune.

Il était seulement revenu depuis six ou huit mois chez sa sœur, où il voulait que sa présence restât ignorée, par une fantaisie que la bonne dame ne s'expliquait pas, mais qu'elle admettait sans se donner la peine de faire aucun commentaire à ce sujet.

Pendant ce temps, il avait fait plusieurs voyages de quelques jours ; il était allé à Nantes, à Thouars, à Saumur. Dans l'intervalle, il passait habituellement ses journées hors de chez lui, et s'occupait chaque soir de la rédaction d'une active correspondance.

Mais M. de Forban avertissait toujours sa sœur de ses absences. Cependant, le dimanche précédent, après un séjour de six semaines à la maison, il était sorti dans l'après-midi et n'était point rentré le soir. Quatre jours s'étaient passés de suite sans que madame de Forban le vît reparaître, et elle l'attendait encore.

Ainsi, après les poignantes déceptions qui venaient de terminer cette soirée si impatiemment attendue par elle, la disparition prolongée de son frère, qu'elle aimait sans beaucoup le connaître, par la disposition affectueuse de son âme, lui apporta d'autres sujets de trouble. Elle passa une nuit sans sommeil, agitée de regrets et d'inquiétudes poignantes.

Le lendemain, de très-bonne heure, elle voulut aller dans les ruines du château de Forban, situées à quelque distance, sur les bords de la mer. Sachant que son frère affectionnait particulièrement ce lieu, elle pensait qu'il prendrait peut-être ce chemin en revenant à Colombelle, et qu'ainsi elle le verrait quelques moments plus tôt.

Elle prit l'avenue de pommiers de sa maison, et se dirigea sur la route qui conduisait de cette ancienne ferme du château à ses ruines seigneuriales.

Une heure à peu près avant elle, un homme entrait dans ces décombres par le côté du rivage.

C'était Rutel, qui, après quatre jours de captivité, avait pu fuir de sa prison ; mais la barbe et les cheveux tellement en désordre, les habits tellement maculés du sol boueux de la cave où il avait roulé, que ne pouvant, au sortir du *Pavillon de la Voile blanche,* paraître dans la ville en semblable état, il s'était hâté de prendre la route du rivage.

Il entrait dans les ruines en respirant librement, et avec un air de béatitude extrême.

Les décombres du château de Forban occupaient un large espace.

Quelques fondations à ras de terre indiquaient la puissance des murailles qu'il avait fallu des siècles pour abattre. Une grande partie du terrain était couverte d'éboulements informes, où les chèvres d'alentour avaient souvent foulé le front des tours féodales ; l'autre gardait encore debout les fortifications crénelées de la herse, le cintre d'une poterne et un mur de défense lézardé, dont les mâchicoulis versaient des flots de lichen.

Du reste, tout l'ensemble de l'édifice, sol et murailles, était couvert de longs réseaux de ronces qui abritaient la promenade des vipères, de nombreux chardons qui retenaient, à leurs boules violacées, des flocons de plumes que l'orfraie laissait tomber du haut de ses meurtrières.

Par hasard, des ferrures restées aux montants de la herse soutenaient encore l'ancienne cloche du château à une hauteur où l'éboulement d'alentour empêchait de l'atteindre.

Le vent la faisait parfois sonner. Il était étrange de retrouver là ce reste d'existence; et si, après avoir longtemps considéré ces ruines, ce grand corps féodal défiguré dans la tombe, il vibrait un son de cette cloche, c'était une commotion de surprise froide, comme si en regardant un mort on l'entendait tout à coup prononcer une parole.

Rutel, avec ses habits délabrés, sa longue barbe, était encore plus livide, plus décharné qu'il ne l'avait paru au banquet; ses traits étaient creusés par ces jours de prison dans le caveau, où les carbonari maîtres de la maison avaient soigneusement pourvu à sa subsistance, mais où le dépit, la colère, l'avaient dévoré.

Affaibli après cela par une longue marche, il s'assit à l'entrée des ruines.

— Grâce au ciel, dit-il, les carbonari ne sont pas encore découverts, car je n'ai rien entendu qui annonçât cette nouvelle dans le faubourg que j'ai traversé, et c'est encore à moi que reviendra l'honneur de les livrer.

« J'en ai fait arrêter bien d'autres... Mais eux, quelle peine ils m'ont donnée pour les signaler tous, pour aller au cœur de leurs projets, et ne porter leur affaire à la police que toutes preuves en main.

« Et dans le moment propice ils me dévoilent... je ne sais comment... Oh! les infâmes! ils ont envoyé mon corps rouler dans les flots... ils m'ont donné à dévorer à la mer... Mais la mer m'a sauvé!... voilà la langue de sable où je suis venu échouer... justement au seuil de ces ruines. Ah! il y avait quelque chose d'étrange, de miraculeux, dans le salut trouvé à cette place; la mer semblait me dire :

« Baron de Forban, tu vis, entre chez « toi; tu seras bientôt un haut et puis- « sant seigneur, et ton château se relè- « vera de ses cendres! »

« En attendant, j'étais pris d'une fièvre ardente. Un bain de cette force! J'ai passé cinq semaines au lit, où ma sœur a veillé à mon chevet.

« Pauvre femme! elle prend bien gaiement son rôle de fermière, elle se porte à merveille dans le bâtiment qui logeait nos paysans; elle oublie titres et blason en donnant à manger à ses poules et en promenant ses chèvres. Pourvu que ses princes chéris soient sur le trône, elle se passe de restauration pour elle.

« Oh! moi, je ne pourrais vivre ainsi... Il faut que je reprenne mon rang. Depuis que je suis au monde, j'attendais le retour des Bourbons. Louis le Désiré est revenu, et il ne m'a rien donné, sous prétexte que ma famille, ruinée depuis un demi-siècle, n'avait rien perdu à la Révolution. Il y en avait bien d'autres qui étaient dans le même cas, et qui ont reçu de bonnes indemnités. Enfin, ils ont été plus habiles ou plus heureux.

« Il fallait gagner mon pécule au service du roi. Servir le roi, comment? Il n'y avait plus à le suivre au combat; il est dans son fauteuil. Il n'y avait plus à défendre ses places contre les lances étrangères, les ennemis sont nos amis. J'ai pris mon grade dans sa police.

« Oh! quelle vie de mensonges, de ruses, de turpitudes continuelles, de voyages clandestins, de déguisements, de comédies, de parades!... parades où rien ne manque, car on y reçoit souvent soufflets et coups de bâton.

« N'importe, on y gagne vite son contingent; j'y gagnerai château et domaine.

« Les temps sont bons... Vallée, Berton!... toutes leurs échauffourées de cerveaux brûlés ont été éventées par moi.

« Il n'y a pas jusqu'à ce petit imbécile de Mathurin Bruneau, prisonnier égaré dans les champs, que j'ai reconnu en suivant ces dames, adoratrices du prince supposé, et qu'à l'aide d'un faux avis à lui donné j'ai remis aux mains des gendarmes. »

Il se leva et parcourut rapidement les ruines.

— Voyons, dit-il, combien de conspirations me faut-il encore pour relever la présente masure? Je l'ai déjà compté vingt fois... La tête de Vallée m'a rendu de quoi faire rebâtir ce côté; la tête de Berton me paiera le grand corps de logis; mes petits sergents de la Rochelle me feront les quatre tourelles; les autres carbonari me feront le reste. Je trouverai bien encore quelques fous à vendre pour acheter des terres.

« Alors, alors, comme nous serons beaux et fiers, mon castel et moi!

« L'ombre des tours ira jusqu'à la mer! Je répandrai mon nom dans la province. J'aurai l'habit brodé, la poudre sur l'oreille et le cordon d'honneur. Ouf! comme cette capote me pèse au soleil! Je quitterai aussi ce vilain langage que j'ai pris avec les vilains : j'aurai un parler d'or avec mes illustres hôtes : *Cher marquis, cher baron, que dit-on à la cour?* Hum! cette cave m'a enrhumé... Et quel luxe! partout des tentures de haute lice, des écussons armoriés, des devises en mon honneur, des trophées au-dessus de mon chiffre, des couronnes au-dessus de mon portrait! Aïe! ces ronces me déchirent horriblement les pieds... Oui, j'aurai tout cela. Et des vassaux surtout, des paysans, des serfs, des chevanciers... Je les verrai bas et petits devant moi, comme je l'ai été devant les autres. Comme je leur rendrai en insolence tout ce que j'ai reçu d'insolences et d'affronts! comme je les tiendrai le front dans la poussière! Diable! j'ai manqué être écrasé : cet oiseau, en secouant ses ailes, a détaché une pierre sur ma tête... Maudites ruines! »

Il s'adossa, harassé de fatigue, contre l'angle du mur qui soutenait encore la poterne.

— Oh! oui, maudites ruines! quand donc ne les verrai-je plus! Que je suis las,

Assez de discours ! dit le brigadier. Le dauphin de France abdique. (Page 148, col. 2.)

mon Dieu !... Je ne peux me soutenir. Allons, du courage ! encore quelques pas, et je dénoncerai les conjurés. Double joie ! en livrant ces monstres de carbonari, je ferai ma fortune et je me vengerai d'eux !...

— Tu ne les livreras pas, dit Lambert en sortant de l'angle de la poterne, et en renversant Rutel d'un coup de poignard.

L'espion tomba étendu sur les pierres, des flots de sang sortaient de sa blessure. Il regarda son agresseur, et en le reconnaissant il dit dans un dernier cri de colère :

— Encore toi !

— Oui, dit Lambert, moi qui t'ai reconnu pour menteur, pour traître, pour agent de police enfin, lorsque tu as dit revenir du Champ d'asile, parce que j'y étais et que tu n'y étais pas.

— Un proscrit revenu en France... murmura l'espion qui en mourant flairait encore une victime à livrer.

— Ainsi nous étions tous deux cachés dans le pays natal : moi, pour y vivre de l'air de la France, toi, pour exercer plus librement ton infâme métier.

— Misérable!... je suis noble.

— Noble à seize quartiers... Tu nous l'as dit, Rutel.

— Rutel, baron de Forban.

— Et puis tout à l'heure tu parlais seul, et j'étais derrière ce mur, percé de meurtrières... C'était hideux de voir tes habits déchirés, ta pâleur livide, et ces projets dorés de ton ambition. C'était la mort qui rêvait de fortune, d'avenir...

Rutel n'exhalait plus que des râles d'agonie.

— Mais cette fortune achetée par le crime, tu ne la posséderas pas, dit encore Lambert en se penchant vers le mourant. Il n'y aura bientôt plus que ton cadavre sur les ruines de ton château, effacé de la terre. Va, il n'y a rien de vrai dans l'infamie que la mort.

Lambert se releva et s'éloigna à pas pressés.

Le baron de Forban rendait l'âme sur les débris de sa demeure seigneuriale, anéantie par le temps.

Mais le vent passait dans la solitude, et la cloche s'ébranlait lentement; cette voix du passé était restée dans les ruines pour sonner encore le glas du dernier baron de Forban.

La vibration s'étendait au loin dans le silence de la campagne. Madame de Forban, qui venait de ce côté pour chercher les traces de son frère, fut saisie d'un pénible frisson en entendant ce tintement funèbre, qui s'exhalait de lui-même de la cloche abandonnée.

Un moment après, la pieuse et douce femme, en parcourant les longs défilés des décombres, ne trouva plus qu'un corps glacé au milieu des ronces.

VIII

ANATHÈME.

Lambert revenait de son excursion dans les ruines du château de Forban avec la pensée consolante que du moins la société secrète était maintenant délivrée de son plus dangereux ennemi.

Il avait été mis sur les traces de Rutel par un heureux hasard.

Lorsque l'espion, délivré de sa prison par l'aide d'un domestique qui se trouvait seul pour le moment affecté à sa garde, s'était hâté de gagner la campagne, un très-jeune enfant qui jouait sur le rivage s'était mis à suivre par curiosité cet homme à la longue barbe, aux yeux effarés, à la marche rapide.

Paraissant chercher des coquillages, ou poursuivre les lézards dans les rochers, l'enfant avait tournoyé autour de ce personnage sans attirer son attention, et avait fait ainsi avec lui une longue marche sur le bord de la mer.

Ainsi, lorsque Lambert, instruit aussitôt par les carbonari de la fuite de Rutel, courait éperdu du côté de la campagne d'où il avait vu venir deux fois l'agent de police, et où il supposait que devait être son habitation, le petit garçon rencontré sur ses pas, et interrogé par lui, lui avait répondu que l'homme qu'il cherchait venait d'entrer dans les ruines.

Alors il avait été facile à Lambert de rejoindre l'espion, et d'arrêter pour toujours ses funestes desseins.

Il revenait maintenant d'un pas plus calme à la Rochelle, faire part aux conjurés de l'heureux succès de ses recherches.

Mais entrant dans la ville, il y trouva un aspect inaccoutumé.

Les habitants se répandaient en plus grand nombre dans les rues et se formaient en groupes, où régnaient des conversations animées; il y avait dans l'air une rumeur extraordinaire, une préoccupation vive et universelle.

Lambert s'arrêta tout à coup frémissant et le front mouillé de sueur.

Dans les rassemblements, où on semblait parler d'affaires publiques, il venait d'entendre prononcer plusieurs fois le mot de *carbonari*, suivi de ceux de *complot,* d'*arrestation.*

Il ne savait d'où pouvait naître cet éclat

soudain, précisément quand il venait d'atteindre l'ennemi déchaîné par la police contre les carbonari, et avant que celui-ci eût eu le temps de dénoncer les nouveaux insurgés qui se levaient contre la monarchie.

Il ignorait que le plus grand danger n'était pas là.

S'étant remis à parcourir ces rues agitées, bien plus saisi et troublé lui-même, Lambert rencontra Cédric la consternation peinte sur le visage.

— Eh bien! oui, répondit le jeune homme avant que son frère carbonaro eût le temps de l'interroger, la conspiration est découverte, la persécution se lève sur nous!...

— Et Bories! Raoulx! s'écria Lambert.

— Ils sont plus menacés que nous tous. Partis les premiers, ils doivent être déjà aux portes de Saumur, et un ordre d'amener est lancé contre eux! S'ils sont arrêtés près des murs de la prison d'un illustre accusé, et sous un déguisement, leur culpabilité est jugée d'avance, leur arrêt prononcé.

— Mais le malheur est donc tombé sur nous comme la foudre!... D'où vient ce coup?... Qui nous a livrés?

— C'est là ce qu'il y a de plus affreux, dit Cédric; car mon père lui-même, j'ai lieu de le croire, a conduit la jeune fille qui allait nous dénoncer.

— Une jeune fille! ton père!

— Oh! pour lui, ne te hâte pas de

l'accuser... Il a été entraîné... et puis il ne pouvait savoir tout le mal qu'il faisait !

— Que dis-tu ?

— Écoute, voici ce que je sais :

« Hier dans la soirée je sortais de la maison lorsque je vis mon père arrêté avec une jeune fille au milieu de la rue, où il ne passait personne en ce moment... Je ne sais pourquoi je me retirai dans le portail et restai dans l'ombre pour les écouter. La jeune fille, les traits pâles, altérés, semblait en proie aux plus vives angoisses... Elle venait de tendre un papier à mon père, et lui, en y jetant les yeux, répétait :

« — C'est trop fort !... trop fort !... Non contents de soulever, de bouleverser le pays, ils vont assassiner les gens jusque chez eux... Ah ! par exemple, nous verrons ! »

« La jeune fille, dont la voix était trop tremblante pour que je pusse l'entendre, semblait le supplier ardemment, et lui adressait sans doute des questions, car il répondit avec le plus grand empressement :

« — Oui, sans doute, à la police... chez le maire... chez le préfet... chez tout le monde. »

« Puis il s'éloigna avec l'inconnue. »

« Je frémissais, je comprenais bien qu'il s'agissait de nous, de nos desseins..... Mais que pouvais-je faire ?... ne sachant rien, à quoi pouvais-je m'opposer ? »

Depuis un moment, Lambert était en proie à une impression plus violente encore ; les veines de son large front se gonflaient, ses yeux dardaient le feu le plus sombre.

— Et cette jeune fille ? murmura-t-il.

— J'ai entendu mon père la nommer *Gilberte*.

— Oh ! pourquoi me dis-tu son nom ? s'écria Lambert avec égarement. Je le pressentais... mais c'est affreux de l'entendre !

Puis, oubliant Cédric, il se pressait le front, et semblait chercher une clarté, un souvenir dans son esprit troublé par le désespoir.

— Oui, disait-il, dans cette cabane... la nuit de l'orage... elle est restée seule... et ces papiers... Oh ! mon Dieu !

A ces mots, il tira son portefeuille et visita rapidement les papiers qui s'y trouvaient, et qu'il avait remis précédemment à cette place sans s'assurer de leur intégralité. Il en manquait un seul ! Mais c'était la condamnation d'Arthur d'Oberon...

Tout fut expliqué pour Lambert.

Sa colère, sa honte du crime de sa sœur s'exhalèrent dans un cri de sourde rage... Mais ce ne fut qu'un moment... Le colonel Daubray s'était fait une sorte de point d'honneur de traiter le malheur comme un ennemi auquel il ne voulait pas rendre les armes, sous quelque aspect formidable qu'il se présentât. Il releva la tête, et dit à Cédric, qui le regardait d'un air stupéfait :

— Ne m'interroge pas !... il y a une cruelle fatalité à ce que ton père et... cette jeune fille soient nos dénonciateurs !... Mais enfin ce papier, qu'ils ont sans doute remis à l'autorité, ne révélait le nom d'aucun carbonaro et ne donnait nul indice de la conspiration.

— Et c'est là ce qui justifie mon père. Il devait croire, en livrant ce papier, signaler seulement aux chefs de la sûreté publique l'existence d'une société de carbonari à la Rochelle, et mettre la justice en garde contre les attentats auxquels ces hommes, qu'il croyait en ce moment-là armés pour un meurtre, pourraient se livrer...

— Enfin... achève.

— Mais les choses ont été plus loin... Des soupçons qui existaient peut-être déjà sur les militaires de notre place forte, ont suscité des recherches immédiates sur ce point... Ce matin même une descente à la caserne nous a tous perdus...

— On a arrêté des membres de la société secrète ?...

— Et quelques-uns d'entre eux, faibles ou traîtres... ont tout révélé !

— La conjuration même ?

— Et les noms d'un grand nombre de conjurés. Toute l'autorité du lieu est sur pied et a juré d'avoir raison des factieux, de les saisir jusqu'au dernier... Le bruit de cet événement vient de se répandre dans la ville, où tous les habitants s'agitent de curiosité et de crainte à la présence signalée d'une bande de carbonari.

— C'est affreux ! dit Lambert ; mais ne restons pas là à nous plaindre, à écouter les gémissements de nos cœurs... A toute minute on peut venir nous arrêter... mais il n'y faut pas penser, parce que nos amis sont plus compromis, plus exposés que nous... Heureusement ils sont hors d'atteinte pour le premier moment, et nous les rejoindrons peut-être avant la justice... Pommier est encore à la fête de son mariage et Goubin avec lui... Cours les rejoindre...

— Chez les parents de Marthe... des pêcheurs, à une lieue d'ici, sur le rivage ?

— Oui, et qu'ils partent, qu'ils fuient !... Moi, je vole du côté du Saumur, où sont Bories et Raoulx. Nous avons sur toute la route des frères qui pourront m'indiquer leur passage... Si cela n'était pas au-dessus des forces humaines, ils seraient avertis à temps et sauvés.

— Je te remercie, Lambert, dit Cédric en lui serrant la main. Tu me fais courageux et dévoué dans ce moment suprême. C'était la plus grande grâce que je pusse recevoir.

Lambert apprit en deux mots au jeune carbonaro que du moins l'espion Rutel avait expiré avant de voir triompher ses odieuses trahisons.

Puis ils se séparèrent, devant sortir de la ville par des portes différentes, et allèrent de ce même pas au secours de leurs amis.

Depuis quelque temps deux influences funestes planaient sur les carbonari et les menaçaient tour à tour.

Un espion avait pénétré dans leur sein; une jeune fille s'était détachée de l'amour de l'un d'eux pour suivre un entraînement coupable. L'agent de la police la plus habile, la plus formidable qui fut jamais, n'avait rien pu contre eux; il n'était venu là que pour être déjoué, honni, terrassé par leur adresse et leur courage... Et pendant cela, la passion seule de Gilberte avait tout perdu!

Lambert traversait la ville sans rien voir autour de lui, et marchait d'un pas rapide pour calmer l'orage de ses affreuses pensées.

Cependant, à l'extrémité du faubourg, une habitation frappa son cœur plutôt que ses regards. Il s'élevait pour lui de ce lieu un lointain souvenir d'enfance. C'était l'atelier, la maison du charpentier Daubray, de son père!

A côté de là il vit le terrain vague où il était entré un soir avec Raoulx, le pan du mur où il s'était hissé pour apercevoir dans sa chambre, sa sœur, grandie, embellie pendant dix-sept années d'absence, et que, pauvre proscrit, il n'avait pu venir voir à la clarté du jour.

Sa colère contre Gilberte, contre la délatrice des carbonari s'accrut de tout l'amour qu'il avait pour elle. Sa tête était en feu, son sang bouillonnait.

La maison de l'artisan était déserte, tout le monde dans le milieu du jour, étant à l'atelier; la fenêtre seule de Gilberte était ouverte... Lambert franchit le seuil de cette porte autrefois si connue à ses pas, et monta rapidement l'escalier.

Gilberte était assise devant sa fenêtre, d'où on ne voyait que les murailles d'alentour.

Depuis vingt-quatre heures elle avait à peine quitté cette place.

Ce n'était point le regret ni le remords d'avoir dénoncé la société secrète qui l'absorbait; mais elle tremblait toujours pour la vie d'Arthur, et elle attendait, elle écoutait avec fixité, comme si un bruit du dehors eût pu répondre à ses anxiétés.

En apprenant que la mort du vicomte d'Oberon était décrétée, son premier mouvement avait été de courir à lui pour le prévenir du danger. Elle avait osé lui écrire, et porter sa lettre elle-même, en plein jour à l'hôtel d'Oberon. Mais là, elle avait appris que le jeune vicomte était à une partie de chasse avec le capitaine d'Herbier, et qu'on ignorait le moment de son retour.

Cette absence, loin de rassurer Gilberte, avait redoublé ses angoisses; une chasse, par l'isolement des bois, par les accidents auxquels on peut attribuer une mort violente, lui avait semblé le moment propice que devaient choisir les assassins d'Arthur.

Folle de terreur, de désespoir, il ne lui restait plus qu'à recourir à la justice; mais elle ne savait comment l'invoquer. Seule et si jeune encore, ignorante des affaires publiques au point de ne savoir même quelle était l'autorité compétente dans la cause qui l'intéressait, elle avait passé trois jours de tourments inexprimables.

Elle ne se sentait pas assez d'audace

pour se confier à son père, quand il eût fallu prononcer devant lui le nom de son amant; elle ne pouvait non plus livrer des intérêts si chers à l'indifférence ou aux lenteurs que des inconnus eussent mises à les servir; et ces terreurs affreuses augmentaient à chaque minute.

Enfin, le hasard lui ayant fait rencontrer M. Pontarlier, qu'elle connaissait depuis son enfance, elle avait spontanément imploré son appui, et le digne propriétaire s'était fait le chaleureux défenseur de la sûreté publique, qui paraissait menacée dans la personne du vicomte d'Oberon.

Dès le matin, Gilberte savait que sa déposition avait amené des poursuites contre les membres de la société secrète, et elle ne pensait encore qu'à Arthur! La marche de la justice, qui devait protéger les jours de son amant, lui semblait encore trop lente. Elle comptait les instants; elle attendait avec une impatience cruelle la voix lointaine, la rumeur, les coups de feu, qui, dans les idées qu'elle se formait, devaient annoncer dans la ville l'arrestation de la bande affreuse des carbonari.

Lambert entra et referma la porte derrière lui.

Au bruit qui se fit entendre, la jeune fille tourna la tête.

En voyant son hôte inconnu de Saint-Pierre, en se trouvant en présence d'un carbonaro, Gilberte tressaillit et se leva vivement. Elle sentait déjà les reproches, l'anathème qui devaient gronder sur sa tête.

Mais, plus que cela, au premier regard jeté sur cet homme, elle éprouva une émotion particulière; elle sentait le mystère dont elle l'avait vu entouré devenir imposant. Son approche, comme l'électricité de l'orage, la pénétrait par les pores, et semblait lui annoncer un funeste événement.

Plus elle tremblait cependant, plus elle trouvait de force dans son âme, et elle était prête à soutenir tout reproche avec un courage intrépide.

Elle restait debout, immobile, le front baissé et sombre.

Lambert, d'une main avait rejeté son chapeau, de l'autre éloigné ses cheveux. Il découvrait ce visage imposant, sévère, dont la jeune fille sentait l'expression sans le voir.

— L'autre soir, dit-il, en vous mettant à l'abri dans ma cabane, vous avez pris un papier sur ma table!

Gilberte, la tête toujours baissée, les sourcils contractés, répondit par un signe affirmatif.

— Vous avez déposé ce papier... cet ordre, entre les mains de la justice?

— Oui, dit-elle en se froissant les mains d'impatience.

— Vous avez perdu une corporation entière, formée de l'élite des hommes, pour sauver le vicomte d'Oberon?

— Je l'ai fait.

— Pour sauver un seul homme... votre amant!

Gilberte tressaillit à ce secret de son âme, qui venait sur les lèvres de cet étranger... tout son être trembla... Mais à force d'énergie et d'amour, elle domina même la honte, et répondit d'une voix ferme :

— Oui, maintenant la justice veillera sur lui !

— Mais on a fait des arrestations.

— C'est bien.

— Une conspiration a été découverte.

— Je n'en sais rien.

— Les chefs qui l'ont soulevée seront jetés dans les cachots, conduits à la cour d'assises, à l'échafaud peut-être.

— Ils l'ont mérité.

— Malheureuse !

Elle releva la tête en pressant son front de ses mains, et s'écria :

— Ils ont voulu l'assassiner... lui !... Arthur !

En prononçant ces deux mots *lui, Arthur*, il y avait dans sa voix tant d'ardeur idolâtre, elle était si belle avec ses deux mains frêles pressant ses bandeaux de cheveux noirs sur son visage pâle aux traits exaltés, aux regards de feu, que Lambert en fut frappé d'une sorte d'admiration.

Il reconnaissait l'image de la passion ; il retrouvait sa propre nature, ardente, intrépide, dans le sein de cette jeune fille.

Mais il reprit bientôt d'un accent implacable :

— Savez-vous quels sont les hommes que vous allez perdre ? Sans parler de cette jeunesse de la ville et de l'armée, loyale, généreuse, dévouée à son pays jusqu'à la mort, savez-vous que Raoulx lui même sera du nombre des victimes ?

Gilberte frissonna, et chercha un appui pour se soutenir.

— Oui, Raoulx, répéta-t-il en faisant peser ce nom sur la jeune fille, Raoulx qui vous aimait, lui, d'un autre amour que celui auquel vous avez cédé, qui ne voulait pas vous séduire, mais vous épouser.

— Vous le connaissez? dit d'une voix sourde Gilberte.

— Et vous, vous ne l'avez jamais connu ! dit Lambert.. Vous ne saviez pas tout ce qu'il y avait de grand, de noble dans cette âme, et tout ce que l'amour y ajoutait quand il parlait de vous.

— De moi !...

— Cent fois, dans la solitude où nous allions nous retirer tous deux, il a laissé épancher devant moi la tendresse infinie qu'il vous portait... Il se croyait si sûr de l'avenir! C'était déjà de sa femme, de sa femme adorée qu'il parlait !... Il vivait du bonheur de prononcer votre nom, de vous contempler, car il vous voyait toujours, partout devant ses yeux.

Gilberte, frémissante, saisie d'une émotion indicible, fit un pas en arrière, et se

Tu ne les livreras pas, dit Lambert en renversant Rutel d'un coup de poignard. (Page 153, col. 1.)

pressa contre la cheminée pour se soutenir.

—Raoulx! reprit Lambert avec chaleur, Raoulx, cœur d'or, esprit généreux, magnanime!... Dans l'amour qu'il prodiguait, il ne pensait jamais à lui... Il ne songeait pas à recevoir, mais à tout donner. Aimant la France, il voulait la servir par son intelligence, par son sang répandu pour elle s'il le fallait!... Aimant une femme, il ne songeait pas à ce que cette femme pourrait lui donner de bonheur, lui faire de sacrifices, il songeait à lui consacrer toute son âme, à lui dévouer toute son existence, à trouver chaque jour quelque nouveau moyen de lui plaire et de la rendre heureuse.

—Mon Dieu! murmura Gilberte avec angoisse.

— Oui, ajouta Lambert, il pensait que,

Propriété de MM. Michel Lévy frères.

mariée avec lui, vous trouveriez dans son caractère sérieux, réservé, qui ne s'était pas encore révélé à vous, des qualités qui vous seraient chères ; une bonté, une douceur d'âme sans nuage, une élévation de sentiments admirable, une constance d'affection à toute épreuve, et que, voyant la condition honorable qu'il vous aurait faite, l'existence paisible, sereine que vous trouveriez dans son union, vous l'aimeriez, à votre tour, vous seriez fière, heureuse de lui appartenir... Voilà quelle était son ambition, à lui, voilà quels étaient ses rêves de fortune, de grandeur ; voilà tout l'avenir qu'il demandait au ciel.

Gilberte, d'une pâleur mortelle, pressant convulsivement la pierre où elle s'appuyait, fixait dans l'espace ses grands yeux brillants de larmes qui ne pouvaient couler.

Mais Lambert, dont l'accent s'était radouci un instant en parlant de Raoulx, reprit avec violence :

— Et vous, en retour de tout ce qu'il vous donnait d'amour, de tout ce qu'il vous promettait de bonheur, qu'avez-vous fait pour lui ? Vous l'avez dénoncé... Vous allez le faire dégrader, jeter dans un cachot, paraître comme un vil criminel devant les juges, aux regards d'un public avide de souffrances ; vous allez peut-être le faire condamner, le livrer aux bourreaux !

— Oh ! silence, dit Gilberte d'une voix étouffée. Je ne sais ce qui se passe en moi... J'ai peur... je frémis...

— Je le sais, moi, dit Lambert en s'animant de sa propre colère. Je le sais,

malheureuse femme : c'est le remords qui commence en toi, le remords d'avoir vendu Raoulx pour assurer l'existence d'un impur amant... pour sauver cet homme... Oh ! ne parlons pas de lui, car je te tuerais.

Lambert fit un pas pour sortir, puis s'arrêtant :

— Je suis heureux, dit-il encore, de te laisser au moins le remords... Ce remords qui te déchire, il augmentera sans cesse, quand tu verras la captivité de Raoulx se prolonger, son procès s'obscurcir, son supplice se dresser... quand toi seule auras fait cela, et que parmi d'autres carbonari tu verras passer Raoulx pour aller à la mort.

Gilberte laissa entendre un gémissement.

Mais, au milieu de son épouvante, elle sentait toujours l'impression indéfinie que la vue de Lambert lui avait fait éprouver. Elle avait tourné les yeux vers lui... elle était frappée de son expression, de son regard, de son accent terrible.

— Mais vous, dit-elle, vous êtes carbonaro... je vous ai donc perdu aussi ?

— Oui... perdu.

Puis revenant à sa pensée fixe, il répéta :

— Raoulx... qui t'a tant aimée... Raoulx ton fiancé !

— Mais vous ? dit-elle encore.

— Oh ! moi, je ne suis que *ton frère*.

Il jeta ce mot et descendit précipitamment l'escalier.

Gilberte répéta :

— Mon frère?

Puis elle poussa un cri déchirant et tomba évanouie sur le carreau.

IX

LE BATEAU

Pendant ce temps, Cédric cheminait sur le rivage qui se déroule à droite de la Rochelle. Après deux heures de marche, il arriva chez les pêcheurs qui avaient uni depuis deux jours leur fille Marthe au sergent Pommier.

Là, il eut le malheur de ne pouvoir rejoindre ses amis.

Les jeunes mariés, après les jours de noce passés au milieu de la foule, dans les chants, la danse et les jeux, avaient senti le désir de jouir plus paisiblement de leur bonheur. Ils étaient allés faire une longue promenade en mer, emmenant seulement avec eux leur chevalier Goubin et la jeune Églantine.

Ils devaient avoir dirigé leur navigation dans le pertuis Breton, du côté de l'île de Ré.

C'était un malheur de plus. Le bras de mer était dominé ici par les forts avancés de la ville, plus loin par les bastions et les tours de l'île... Il fallait passer de tous côtés sous les regards des sentinelles, et l'ordre d'arrestation porté contre les quatre sergents du 45° avait été publié le matin.

Cédric détacha un canot, et alla parcourir la mer au hasard à la recherche de ses amis.

Il aperçut le bateau qu'on lui avait signalé à un quart d'heure de distance de l'île.

Les jeunes gens s'étaient plu à décorer eux-mêmes la barque dans laquelle ils voulaient passer la journée; ils l'avaient garnie de tapisseries et ornée d'une corbeille de fleurs à la proue.

Les deux sergents carbonari, un moment transportés sur un autre horizon, s'étaient rattachés à la vie naturelle, Pommier par le bonheur, Goubin par le plaisir, et ils avaient presque oublié la caverne druidique et ses formidables serments. Pommier ramait en regardant sa jolie Marthe, tandis que Goubin jouait de la flûte et qu'Églantine l'écoutait... Un soleil tiède et radieux dorait l'étendue et les jeunes gens croyaient que l'astre se lèverait aussi beau pour eux les jours suivants !

Dès qu'il fut à portée, Cédric abandonna son canot et sauta dans leur barque.

Sa précipitation, son air sombre, agité, et le premier mot qu'il prononça, révélèrent leur désastre aux deux carbonari.

— Bories ! Raoulx !... s'écrièrent en même temps les deux sergents.

— Ils ont été accusés et poursuivis les premiers, dit Cédric.

— O mon Dieu! pourquoi les avons-nous quittés! dirent avec désespoir Pommier et Goubin.

— Consolez-vous, répondit Cédric avec un triste sourire, nous les rejoindrons!... La conspiration est découverte! Tous ses membres sont livrés!

— Oh!..... la France! la France! dit Pommier avec angoisse.

— Nous voulions être ses sauveurs, dit Cédric, nous serons ses martyrs.

— Ainsi, tout est perdu?

— Perdu! répéta Cédric d'un accent qui portait un froid mortel autour de lui.

La barque, dont la rame était abandonnée, restait immobile sur l'eau. Il y régna quelques instants un morne silence. Les conjurés mesuraient l'étendue de leur danger, ou plutôt de leur ruine. Marthe, tremblante, glacée, avant de rien connaître des secrets de son mari, entrevoyait l'abîme de malheurs où ils allaient le jeter, et des larmes baignaient son visage.

— O Marthe, dit Pommier avec un cri de douleur, pourquoi t'ai-je liée au sort d'un proscrit!

— Proscrit, dit Cédric, c'est encore la meilleure chance que nous puissions espérer. Mais pour cela il faut fuir.

— Oui, dit Pommier, et courir rejoindre nos amis, pour que le sort qui nous attend soit du moins commun à tous.

— Fuir, quand on porte une arme à son côté! dit Goubin. C'est à mourir de dépit.

— Nous sommes seuls contre tous, répondit Cédric, que ferais-tu de cette arme? Tu vas te hâter de la quitter : cela vaut encore mieux que de la rendre.

— Oh! si je rencontrais l'infâme qui nous a dénoncés, reprit Goubin, je n'aurais besoin que de mon bras pour lui faire rendre l'âme.

— On a signalé la présence d'une société secrète à la Rochelle, et tout fait présumer que des Compagnons de la nuit, arrêtés, ont livré le nom de leurs frères.

— Ah çà! est-ce que les jésuites se sont faits carbonari?

— Pas que je sache.

— Alors ce sont nos carbonari qui se sont faits jésuites.

— Goubin, à quoi penses-tu?

— Que veux-tu... après tout... en jouant, il fallait nous attendre à perdre. La conspiration est un champ de bataille... On ne doit pas plus trembler en y mettant le pied que se plaindre en y succombant.

Cédric pressa ses amis de chercher une retraite.

Ils étaient jetés au milieu des eaux qui baignaient de tous côtés les murs des bastions; de plus le beau temps avait amené en mer une foule de barques où pouvaient se trouver des officiers de la garnison, des membres de l'autorité, des agents de police... Le soleil, qui un instant avant leur semblait si beau, ne brillait plus maintenant que pour les signaler plus vite aux regards des ennemis.

Le plus ardent désir des Compagnons de la nuit était de rejoindre leur chef et Raoulx. Mais, pour cela, il fallait d'abord se tirer de cette mer dangereuse, gagner la demeure des parents de Marthe, où ils pourraient quitter l'uniforme pour des habits de pêcheurs, puis, à l'aide de ce déguisement, se répandre dans la campagne.

Ils avaient repris les rames et naviguaient depuis quelques instants au hasard et dans la plus cruelle perplexité, lorsqu'un pilote, qui descendait sans doute de quelque bâtiment, bien qu'on ne le vît pas à l'horizon, passa à la nage près d'eux.

Cet homme, en glissant contre leur barque, jeta une petite boîte de fer dans les mains de Pommier et disparut entre deux eaux. La boîte contenait un billet où étaient seulement ces mots : *Au Rendez-vous des Amis*, à la Rochelle.

Mais ces mots étaient de l'écriture bien reconnaissable de Bories, et accompagnés de la croix et de l'étoile des Compagnons de la nuit.

Le *Rendez-vous des Amis* était autrefois une taverne de la Rochelle; mais, fermée depuis plus d'un an, la maison était entièrement inhabitée. Elle se trouvait située sur la place Dauphine, à quelques pas de la caserne.

Évidemment le jeune chef des carbonari indiquait à ses compagnons de se rendre en cet endroit.

Bories, par les adhérences que les initiés à la société secrète possédaient même dans les municipalités, avait pu être instruit dans le milieu de la nuit de la première dénonciation portée contre les carbonari ; et, en prévoyant les conséquences, il indiquait à ses amis le lieu où ils devraient le rejoindre secrètement en cas de poursuite.

Mais ce qui devait profondément étonner était que le chef des fugitifs choisît pour point de réunion la ville de la Rochelle et la maison la plus rapprochée de la caserne, qui allait devenir le centre des perquisitions.

Quoi qu'il en fût, les initiés devaient obéissance passive à leur chef; et quand même ils n'eussent pas été liés par le serment, ils se seraient encore rendus sans hésiter au moindre avis de leur ami.

Ils ne songèrent donc plus qu'à pénétrer en secret dans la maison inhabitée que Bories indiquait.

La plus grande difficulté, celle de retrouver les traces de leurs frères d'armes, était vaincue; mais il restait à gagner l'asile hospitalier où ils pourraient quitter l'habit militaire qui les signalait particulièrement, et attendre la nuit pour rentrer à la Rochelle. Le détour de l'île dans lequel ils se trouvaient en ce moment était assez garanti de la vue ; mais, au delà, le bras de mer qu'il fallait traverser était dominé par les regards des sentinelles et les lunettes des bastions...

Et à mesure que l'heure avançait, on voyait les eaux se couvrir d'un plus grand nombre de barques qui sortaient du port.

Les trois carbonari se communiquaient à ce sujet les réflexions les plus désespérantes.

En cet instant, un bateau plein d'herbe fraîche et conduit par un jeune villageois qui venait de faucher une prairie dans l'île, arriva de leur côté.

Marthe, l'ayant aperçu, essuya vivement ses larmes en s'écriant :

—C'est Jacques qui conduit ce bateau... Je le connais... Laissez-moi faire !

Une minute après, l'embarcation était à portée de sa voix.

Marthe appela le jeune paysan, lui fit signe d'approcher, et dès que les deux bateaux se touchèrent :

— Jacques, lui dit-elle, tu vois bien cette jolie barque, toute tapissée, tu vas la prendre et me céder ton bateau... C'est une fantaisie que j'ai... Ne m'en demande pas davantage et ne dis à personne l'échange que nous avons fait.

La jolie fille des plus riches pêcheurs de l'endroit était une autorité pour Jacques. Il se mit à rire comme tout paysan devant une chose qu'il ne comprend pas et obéit ponctuellement à Marthe. Cédant son vieux et grand bateau aux cinq passagers, il sauta dans l'élégant canot et s'éloigna tandis que Marthe lui disait :

— Tu viendras chercher demain ta récolte de foin chez mon père.

Tandis qu'ils étaient encore dans l'anse de l'île ombragée, la jeune femme fit vivement étendre les trois carbonari dans l'herbe et les en recouvrit... Ils étaient encore si jeunes et d'humeur si légère, que, toute inquiétude cessante, ils s'amusèrent de cette opération et s'arrangèrent gaiement de cette couche de luzerne fleurie et parfumée.

— Maintenant, dit Marthe, Églantine à un bout du bateau, moi de l'autre, nous allons hardiment ramer... Qu'on nous regarde passer du haut des remparts tant qu'on voudra, on dira : Voilà deux jolies filles qui reviennent de faucher la prairie, et jamais : « Il y a là des carbonari. »

La fille des pêcheurs n'était pas novice à conduire un bateau, et ses bras ronds et délicats maniaient cependant la rame avec vigueur ; Églantine aussi, si jeune et si frêle, trouvait des forces pour aider sa compagne.

Ce bateau, d'une fraîcheur charmante, avec sa verdure nouvelle et ses deux gracieuses nautonières, offrait une agréable perspective aux passagers qui le croisaient.

La navigation était rapide. La barque glissait au pied d'un fort détaché... puis le fort et le rivage fuyaient au loin.

Chacun des passagers restait immobile à sa place et gardait un scrupuleux silence... si ce n'est que Goubin, qui avait le plus de peine à se faire à sa situation, se tourmentait un peu sous ses verts rideaux, et en passant devant la plate-forme, sous le feu des regards de la sentinelle, tirait de sa flûte quelques sons bas et moqueurs.

Peu à peu, la mer devint plus solitaire et on se relâcha légèrement de la consigne. Pommier et Cédric, placés du côté de Marthe qui commandait le bâtiment, commencèrent à s'entretenir avec elle.

Églantine, depuis l'événement de cette journée, depuis la nouvelle de cette catastrophe qui frappait les sergents de la Rochelle, n'avait pas prononcé une parole. Seulement, mince et frêle comme un enfant, elle pliait sous la tristesse ; sa poitrine était oppressée, son visage à peine nuancé d'incarnat se décolorait encore ; elle tenait ses sourcils contractés sous une empreinte de réflexion autant que de douleur.

Dans un moment où le courant emportait presque de lui-même le bateau, qui n'avait plus besoin que du secours de Marthe pour tenir le gouvernail, Églantine vint s'asseoir sur une escabelle, près de l'endroit où Goubin était caché. Celui-ci avait frayé une ouverture à sa tête, qu'il tendait hors de l'herbe et la soutenait de sa main en s'accoudant sur le fond du bateau.

Et tandis que leurs amis causaient un peu plus loin, Églantine dit à voix basse :

— Monsieur Goubin, j'aurais quelque chose à vous dire.

— Ah ! tant mieux... répondit Charles.

— On dit que vous êtes amoureux de moi.

— Ce n'est pas difficile à penser.

— Bien ; mais ce sont les autres qui le disent et non pas vous... ce qui fait que vous ne m'avez pas demandée en mariage.

— C'est vrai...

— Alors, c'est moi qui vais vous demander.

Le jeune homme resta muet d'admiration à cette naïveté presque sublime dans les circonstances où on se trouvait. Il sourit, et une larme vint à sa paupière.

Églantine, encouragée par cette réponse, poursuivit :

— Voici donc ce que je pense. Si vous êtes sauvé de ce terrible danger qui vous menace, vous resterez libre de choisir votre femme... mais, d'après ce que vous disiez avec ces messieurs tout à l'heure, ce n'est pas probable... Autrement, si vous êtes condamné à rester longtemps en prison...

La voix d'Églantine s'éteignit dans les larmes.

— En prison ou en exil, dit Goubin, sans doute toute la vie.

— Alors, reprit la jeune fille, c'est toute une existence d'ennui et de souffrance. Vous avez beau être du plus heureux caractère, on ne résiste pas à cela. Allez, votre gaieté sera bien triste sous les verrous ! Vous serez peut-être même séparé de vos amis, et alors quelle solitude ! J'ai réfléchi à tout cela, tout en ramant sur ce bateau. J'ai pensé qu'une jeune femme aimante, dévouée, pourrait changer beaucoup à votre sort. Écoutez-moi bien.

Le jeune homme n'avait pas besoin de cette recommandation, toute son âme était attachée aux lèvres d'Églantine.

— Dans une situation ordinaire, reprit-elle, vous vous seriez à peine aperçu d'une affection de plus ; dans le malheur, où elle sera seule, vous la trouverez bien précieuse. C'est comme une lampe qui éclaire à peine dans le jour, et qui la nuit est d'un grand secours. Si vous êtes condamné à une longue captivité, je pourrai vous aller voir en prison tous les jours, peut-être y demeurer avec vous. Si on vous bannit en pays étranger, votre femme toujours à vos côtés, votre demeure habitée, vos repas partagés, vous feront comme un rayon plus doux autour de vous, qui tempérera un peu le froid cruel de l'exil. Vous pourrez à chaque instant du jour épancher vos tristesses dans un cœur qui les sentira bien. Alors il me semble que ce mot, *partager* vos peines ne sera pas une chimère, et que j'en prendrai réellement une partie. C'est pourquoi j'ai pensé à vous demander en mariage.

Le jeune sergent était pénétré d'un attendrissement profond, délicieux, inconnu jusque-là. Il dit d'une voix tremblante d'émotion :

— Et pour moi, Églantine, vous quitteriez vos parents, votre pays ?

— Mes parents, répondit-elle, peuvent se passer de moi, leur existence restera la même. Je ferai bien plus pour la vôtre en m'attachant à vous.

— Alors, c'est parce que je suis malheureux que vous m'aimez ?. demanda Goubin.

Elle s'interrogea tout bas avec franchise et candeur, et répondit :

— Je n'en sais rien, mais je vous aime.

Goubin lui baisa la main, et dans une effusion de cœur indicible, ses larmes coulèrent.

— Oh ! dit-il, je ne peux vous exprimer ce que je sens, et je ne sais comment vous répondre.

— Eh bien ! reprit-elle, dites-moi seulement… simplement, de bon cœur, comme je vous parle moi-même, dites-moi : *Oui.*

Il lui pressa les mains avec transport, et dit en la regardant :

— *Oui !*

On fit tout à coup faire silence sur le bateau.

Un tambour battait la marche ; la compagnie qui allait remonter la garde des forts passait sur le rivage, et elle appartenait au 45ᵉ, où les prévenus de carbonarisme Pommier et Goubin étaient connus de chaque soldat.

Mais, grâce au mode de voyage imaginé par Marthe, le bateau passa sans danger en vue de la compagnie, et on arriva bientôt dans la maison des pêcheurs.

Là, Cédric et les deux sous-officiers trouvèrent un asile sûr, et attendirent patiemment la nuit close, où ils devaient tenter de se rendre au lieu du rendez-vous indiqué par Bories.

A l'entrée du café il vit là deux domestiques qui buvaient en attendant leur maître. (Page 171, col. 2.)

La situation n'était pas encore bien sombre. Pommier se soumettait à toute destinée, renonçait même sans trop d'efforts à sauver la France, pourvu qu'il conservât sa jeune femme et ses amis; il ne croyait pas encore en être séparé. Cédric, après la stupeur causée par un premier échec, reprenait courage, et ne désespérait pas tout à fait d'une cause que, selon lui, Dieu devait protéger. Et pour Goubin, il lui était plus facile que jamais de mettre en usage sa douce philosophie, depuis que les revers lui avaient valu la touchante déclaration d'Églantine.

X

SUR LES TRACES DES PROSCRITS

Lambert, parti sur une autre route pour suivre les traces de Bories et de Raoulx, emportait avec lui le plus lourd fardeau de regrets et de craintes que pussent assumer les carbonari dans ces jours néfastes.

Mais, en passant à Saint-Pierre, il avait pris son épée sous sa longue houppelande qui la cachait; il sentait aussi, à la force de son âme, que sa présence pourrait être encore une égide pour ceux qu'il aimait, et il ne perdait rien de son intrépide courage.

Parti très-tard de la Rochelle, il n'arriva que le lendemain dans la petite ville de Marans, sur la route de Saumur. Il frappa à la première maison du faubourg; un homme se présenta; Lambert fit un signe de la main, qu'il accompagna des mots: *Fede et liberta ;* après quoi il fut immédiatement introduit.

L'habitant de cette maison était un Compagnon de la nuit, et c'était chez lui que Bories et Raoulx avaient dû faire la première halte de leur voyage.

En effet, l'initié donna à Lambert les renseignements qu'il pouvait attendre.

Le chef de la vente centrale et son compagnon, partis à deux heures du matin de la pierre celtique, étaient arrivés dans la matinée du 16 août à Marans. Après quelques instants employés à prendre sur la situation des esprits des informations que le carbonaro du pays avait pu leur transmettre, ils s'étaient aussitôt remis en route.

Mais peu de temps après leur passage une lettre de la correspondance secrète des carbonari était venue apprendre la dénonciation portée à la Rochelle contre la société secrète.

Un messager, envoyé par les initiés de Marans, était parti bride abattue porter cette nouvelle au chef de la vente, dans les environs de Bressuire, où il avait dû s'arrêter pour présider une réunion de carbonari.

On ne pouvait en savoir davantage. Mais sans doute l'estafette avait rejoint Bories. Le chef des carbonari, jugeant, à cette première surprise, des arrestations qui pourraient suivre, avait dû suspendre l'entreprise, et quitter la route tracée pour des parages moins facilement signalés aux poursuites.

Lambert passa la nuit à Marans, et repartit au point du jour.

Sa tâche était devenue plus difficile encore. Dénué de tout indice sur le chemin qu'avait pu prendre Bories, il devait marcher au hasard à sa recherche.

Cependant, comme à droite de la route de Saumur, sur les bords de la Sèvre, le pays était boisé, il y avait quelque probabilité pour que les fugitifs eussent choisi cette espèce de retraite s'ils étaient revenus sur leurs pas, et Lambert, sur cette faible donnée, s'achemina dans cette direction.

Il suivait la route qui longeait la petite rivière. Le matin était triste et silencieux: le cours de l'eau exhalait d'humides vapeurs, et les faibles rayons du soleil ne se répandaient que voilés de brume sur le feuillage déjà jauni. Lambert, quoiqu'il marchât à pas pressés, se sentait saisi d'un froid étrange.

La route était fort déserte. Seulement, peu de temps après être entré dans la campagne, le voyageur vit passer près de lui une très-élégante calèche dans laquelle étaient deux jeunes gens de belle apparence, l'un en uniforme d'officier de la ligne, l'autre en joli costume de chasse. Deux domestiques en livrée suivaient à cheval.

Lorsque l'équipage fut près de lui, Lambert vit en l'un des deux voyageurs une figure qu'il lui sembla reconnaître ; mais la voiture, qui était venue derrière lui, le dépassa si vite, qu'il ne put éclaircir ses doutes par un second coup d'œil.

Pendant le reste du chemin, il ne pensa qu'à choisir sa direction pour arriver le plus tôt possible à des bois qu'il pensait devoir être situés à droite de l'horizon.

Par moments, des nuées d'oiseaux qui tourbillonnaient de ce côté lui faisaient espérer qu'il approchait de son but : plus souvent la vue de deux ou trois gendarmes qui passaient ensemble sur la route lui faisait craindre que d'autres n'y arrivassent avant lui ! Cependant l'espoir comme la crainte portaient dans le vague, puisque rien ne désignait la retraite des carbonari.

A un village assez grand qui se trouva sur sa route, Lambert s'arrêta et chercha un café, moins pour prendre du repos et un léger repas, que pour recueillir les bruits qui pourraient circuler dans le pays. A cet effet, il choisit l'établissement qui lui paraissait le plus fréquenté de l'endroit, méprisant tout danger pour lui-même dans l'immense intérêt qui le conduisait.

A l'entrée du café, il vit la calèche qui l'avait dépassé en route, et les deux domestiques en livrée qui buvaient un verre de vin sans descendre de cheval, en attendant leurs maîtres.

Lambert entra dans la principale salle, où il y avait assez de monde, s'assit à une table du fond, et enfonça son large feutre sur son front.

Après s'être ainsi installé, il reporta les yeux dans l'étendue de la salle. Son premier regard tomba sur Arthur d'Oberon, placé en face de lui.

C'étaient les traits d'Arthur qui l'avaient déjà frappé dans le rapide passage de la calèche.

Il tressaillit à cette vue, de haine, de colère et de crainte, risquant peut-être d'être aperçu par le faible et indigne carbonaro.

Cependant il réfléchit que le vicomte d'Oberon ne pouvait le reconnaître. Dans les réunions de la société secrète où il s'était trouvé, l'ombre de la nuit était à peine éclaircie par la lune donnant sur le bois, ou par la lampe posée dans le souterrain. D'Oberon n'avait guère pu distinguer que Bories, Baradère et les officiers de l'ordre avec lesquels ils'était entretenu ; le reste des Compagnons de la nuit était perdu dans l'obscurité. Lambert lui-même n'eût pas reconnu ce mortel ennemi, si, dans un moment d'affreux souvenir, il ne l'eût vu près de Gilberte, dans le parc de l'hôtel d'Oberon..

Le hasard qui l'amenait en ce moment devant ses yeux était bien cruel. Lambert avait ses malheurs assez présents à la pensée, sans voir encore personnifiés dans Arthur la faute de sa sœur, le déshonneur de sa famille et la ruine de son parti.

Arthur était en costume de chasse, son compagnon en uniforme d'officier.

Leur entretien fit connaître à Lambert que ce dernier était le capitaine d'Herbier, commandant de la compagnie dans laquelle servaient Bories et ses compagnons carbonari.

Si quelque chose eût pu ajouter à l'impression violente et terrifiée qu'éprouvait Lambert, c'eût été de voir le capitaine des jeunes sergents poursuivis amené par le hasard sur leurs traces.

Les deux élégants jeunes gens, ne voyant autour d'eux aux petites tables du café que de bons habitants de la campagne, se trouvaient *parfaitement seuls*, et causaient en conséquence avec un complet abandon.

— Et la chasse! disait vivement Arthur. Le gibier nous attend.

— Bah! dit la capitaine; il attendra bien que nous ayons déjeuné.

— Oui, mais un peu vite... La meute et les piqueurs de mon oncle seront à l'entrée du bois à onze heures.

— Bien! et dès le point du jour vous me tourmentez pour partir?

— Je veux savoir s'il y a du chevreuil dans le pays d'Aunis, et je n'ai plus que cette semaine pour chasser. Il eût mieux valu aller dans les bois de réserve... mais vous étiez envoyé à Marans pour inspecter un détachement d'infanterie.

— Et vous êtes venu passer la revue avec moi, à la condition que j'irais courir les bois avec vous... Mais vous partez donc décidément pour Paris?

— La semaine prochaine.

— Déjà?

— Plus tôt même s'il est possible.

— Plus tôt!... Mais Julia d'Elbe est donc à Paris?

— Depuis huit jours.

— Je conçois votre empressement. Ce mariage est toujours en bonne voie?

— Oui, j'espère beaucoup.

— La dot de miss d'Elbe, ajoutée à la fortune de votre oncle, vous fera un jour une position superbe.

— Il y a encore un autre avantage.

— Vraiment!

— C'est que miss Julia est charmante.

— Il est vrai... on ne peut plus jolie.

— Et ne dussé-je l'épouser que pour elle-même... en vérité, je partirais aussi vite pour Paris.

En ce moment, une estafette vint apporter une lettre au capitaine d'Herbier.

Lambert, le front baissé, pâle de colère, serrait d'une main contractée l'épée posée sur sa poitrine.

Si les réunions nocturnes de la société secrète eussent suivi leur cours, d'Oberon aurait déjà expié son double crime. Dans quelque défilé de la campagne solitaire, le poignard consacré eût fait justice du carbonaro infidèle. Mais d'Oberon vivait pour que Lambert dût encore entendre cet insolent langage par lequel le jeune vicomte semblait si cruellement le braver! pour qu'il vît sa sœur indignement oubliée, lorsque celui qui l'avait séduite ne lui donnait pas même une pensée, et partait pour en épouser une autre, sans tourner seulement la tête pour la regarder.

Ainsi cette passion de jeune fille, source de tant de maux, ne causerait pas même de trouble à leur auteur! Le désastre des autres ne serait pas même un obstacle en son chemin!

Lambert, en entendant parler de chasse, avait bien pensé à profiter de cette circonstance pour suivre Arthur et consommer sa vengeance. Mais ses pas, ses heures, étaient destinés à courir au secours de ses amis! La haine était bien puissante en lui, et il ne cherchait pas à la combattre, parce qu'elle était aussi juste que violente. Mais il fallait que cette justice cédât devant les intérêts de l'affection la plus tendre, et Lambert se résignait à abandonner son ennemi pour servir ses frères.

Tandis qu'il se livrait à ces réflexions, le capitaine d'Herbier avait parcouru le message venant de la Rochelle.

— Voilà bien autre chose! dit-il en riant. Nous allions courir le gibier, et on m'envoie poursuivre les carbonari. Il faut changer de chasse, mon cher Arthur.

D'Oberon pâlit légèrement.

— Que se passe-t-il donc? demanda-t-il.

— Beaucoup de choses, répondit le capitaine. Une vente de la société secrète signalée à la Rochelle, des carbonari arrêtés, des révélations faites par eux.

— Et contre qui, dans quel but? interrompit vivement Arthur.

— Les noms de beaucoup de membres de la société secrète sont désignés.

— De simples dénonciations... dénuées de toute valeur.

— Un complot même, un complot contre l'État est découvert et constaté!... Mais ce qu'il y a de particulier, c'est que les principaux membres de la conspiration sont précisément des sous-officiers de ma compagnie. Ils sont partis ces jours-ci même pour opérer un soulèvement à Saumur. Ainsi, c'est justement sur la route où nous sommes qu'on doit se porter pour rechercher les factieux.

— Encore une fois, dit Arthur avec un peu de frémissement dans la voix, tous ces rapports, dont vous ne connaissez pas encore la source, peuvent n'être que pure calomnie.

— Messieurs de la cour royale, dit le capitaine, décideront de la culpabilité des prévenus; notre devoir à nous est de nous en emparer.

Le vicomte d'Oberon embrassa d'un regard la situation où il se trouvait.

Il savait bien que si son nom avait été prononcé par les délateurs, on ne pouvait cependant produire d'autre preuve de sa présence dans la société secrète, que cette dénonciation verbale; que, dans ce cas, l'influence de sa famille, formée de royalistes purs, suffirait pour le soustraire aux poursuites. Mais il lui était infiniment pénible de figurer dans ces débats, d'être mêlé à ce scandale politique, avec quelque peu de gravité que ce fût.

Arthur, qui était descendu pas à pas dans le sanctuaire du carbonarisme, par l'ennui que lui inspiraient les formes surannées de la société légitimiste, par la supériorité et les charmes que semblaient lui prêter les allures du libéralisme, par le besoin d'émotions neuves et vives, en était sorti aussi par degrés, à l'aspect peu sympathique des rudes Compagnons de la nuit, à l'appréciation plus éclairée de la succession de son oncle, surtout à la perspective d'un mariage avec la belle insulaire.

En ce moment, au premier revers de fortune qui frappait les carbonari, et pouvait cruellement l'atteindre, il s'élançait hors de la société maudite pour n'y plus rentrer.

Son plus ardent désir était donc de dissimuler les craintes qui pourraient le trahir.

A la nouvelle que venait de transmettre le capitaine d'Herbier, Lambert avait fris sonné, sous cette vague froide, terrible, du danger qui entourait les carbonari et montait à chaque minute davantage.

Les bons cultivateurs et bourgeois qui occupaient le café restaient le verre en l'air, l'haleine suspendue, montrant par le pétillement de leur physionomie un intérêt extrême à la conversation du vicomte et du capitaine, intérêt dont leurs seigneuries cependant ne daignaient pas s'apercevoir.

— Eh bien! reprit Arthur, continuons notre partie de chasse, et disons comme l'empereur romain : « A demain les affaires. »

— Votre empereur s'en trouva très-mal, répondit le capitaine. D'ailleurs le commandement est formel : je dois faire partir immédiatement les troupes qui cantonnent à Marans, et les répandre dans le rayon où se trouvent en ce moment les chefs des factieux.

— Et si l'ordre fût arrivé un quart d'heure plus tard?

— Évidemment il ne nous trouvait plus.

— Et nous aurions passé notre journée dans le bois. Eh bien! supposons qu'il en a été ainsi, et continuons notre route. Justement le brouillard se lève, et la meute nous attend à deux lieues d'ici.

— Et ce soldat? dit le capitaine indiquant le messager.

— Bah! une bouteille de vin que nous dirons au garçon de lui apporter va lui faire oublier l'heure précise de son arrivée.

— Alors, mon cher Arthur, il faut toujours vous céder. Mais, pour ne pas perdre de temps, je vais faire vênir les troupes sur le bord de la Sèvre. L'estafette, sitôt sa bouteille vidée, ira porter l'ordre de départ à Marans ; et moi, dès ce soir, je pourrai régler la marche de nos soldats et me mettre à leur tête.

— Soit.

— Ainsi c'est moi qui vous dirai maintenant : Dépêchons-nous, car je n'ai pas beaucoup de temps à vous donner. Prendrez-vous du chocolat?

— Non ; le mérite du chocolat réside tout entier dans le talent qui l'apprête... Je n'en prends que chez Tortoni. Mais, capitaine, vous en voulez donc bien aux carbonari?

— Comme à tout ennemi du royaume.

— C'est qu'il me semble que la maréchaussée étant à léur poursuite, vous pourriez vous dispenser, en allant battre les champs avec vos soldats, de partager le rôle des gendarmes.

D'Herbier se rappelait peut-être qu'il avait pris celui d'agent provocateur dans la trop mémorable affaire de Colmar, et craignait que les autres ne se le rappelassent aussi. Une rapide rougeur colora son visage.

— Empêcher la guerre civile, dit-il vivement, est la plus utile campagne.

— Mais où il n'y a peut-être pas grand honneur à acquérir.

— Le premier honneur pour un militaire est dans le devoir rempli ; je m'honore en allant où ce devoir m'appelle. Voyons, faut-il demander du thé?

— Oui ; le thé est un produit précieux par lui-même, un arome généreux qui ne demande rien à l'art pour se répandre.

— Mon cher, vous êtes très-profond. Eh bien donc, du thé, un verre de rhum, et partons!

— Ce que je disais sur le service, reprit Arthur, était une simple réflexion, mon cher d'Herbier. Je sais bien que, dans ces temps de divisions politiques si tranchées, il faut s'attacher fermement à un parti.

— Ce qui est facile quand on reconnaît pleinement les droits de l'un d'eux.

— Je sais aussi qu'à votre âge il faut avant tout de l'avancement, une carrière, et qu'on ne la trouve que du côté du pouvoir établi.

— Certes, dit le capitaine en prenant la liqueur qui terminait le déjeuner, il est bien permis de vouloir vivre, et l'avancement, c'est la fortune ; la fortune, c'est le plaisir ; le plaisir, c'est la vie.

— Bien, répondit Arthur. Là-dessus nous partons pour la chasse.

— En voiture! dirent les deux jeunes gens en se levant.

Lambert sortit en même temps qu'eux.

Il laissa son regard fixé sur Arthur d'O-
beron. Quand, à la porte du café, le grand
jour donna sur la figure du jeune vicomte,
Lambert fut ébloui de sa beauté, comme
il l'eût été d'un rayonnement de lumière
infernale. C'était ce charme maudit qui
avait fasciné la femme fragile! c'était
parce que cette tête était si belle, que pour
la sauver tant d'hommes allaient souffrir...
souffrir jusqu'à la mort!

Et le carbonaro épouvanté, ne sachant
où porter ses pas, suivit machinalement
les traces de la voiture.

Les jeunes gens restèrent quelque temps
absorbés dans leurs pensées, tandis que
la calèche roulait sur la terre unie de la
route, car la nouvelle des troubles politiques qui se préparaient leur apportait à
tous deux des inquiétudes diverses sous
leur apparente légèreté.

— Arthur, dit enfin le capitaine en
souriant, je n'ai pas voulu vous dire ma
pensée devant les bourgeois de campagne
qui nous écoutaient. Mais savez-vous que
je vous accusais tout bas de favoriser un
peu l'opposition à main armée?

— En vérité! dit Arthur avec une audace parfaite.

— Oui; avec votre chasse vous parais-
siez seulement chercher à me retenir,
quand il s'agit d'aller prêter main-forte
contre les révoltés.

— C'est ainsi que vous nommez les carbonari?

— Ou, si vous aimez mieux, les brigands
politiques.

Arthur, trop faible pour soutenir hautement ses compagnons, ne pouvait toutefois les abandonner entièrement, surtout
lorsque, seul avec un ami, il n'y avait
plus pour lui danger de se compromettre.

— Ah! d'Herbier, dit-il, prenez garde
de trancher les questions politiques en
royaliste armé d'un grade et d'une épée!

— Bien... d'accusateur je deviens accusé.

— Sans doute; à la place de l'esprit de
parti qui pourfend les problèmes sociaux,
je voudrais voir l'opinion qui les juge.

— Certes, c'est bien aussi ce que je
prétends.

— Alors, en êtes-vous bien sûr de votre
opinion?

— Singulière demande! Je tiens à la
monarchie, sainte et éternelle comme la
religion.

— C'est ainsi que vous deviez répondre. Mais avez-vous constaté ce principe
dans votre esprit? Avez-vous mis en regard le principe libéral? Votre réponse
de légitimiste pur sort-elle de vous-même,
ou est-elle un écho de ce qui vous entoure?

— C'est un doute presque injurieux.

— Écoutez, nous sommes jeunes, riches,
bien nés; nous avons dû prendre instinc-
tivement des sympathies pour la royauté
en grandissant dans des maisons qui ne
pouvaient se dorer que du reflet de la cou-

Raoulx bondit de fureur, arracha la cravache et la brisa en deux. (Page 181, col. 1.)

ronne. Une fois qu'on a mis le pied dans une sphère politique, on s'exalte devant ses vérités, ses grandeurs, qu'on croit sans rivales ailleurs ; on ne sent pas que cette conviction factice vient des impressions de jeunesse qui ont grandi, au lieu d'être le fruit de la méditation et du jugement ; enfin, que notre profession de foi vient du dehors, au lieu de sortir de notre âme.

— Si j'ai eu le bonheur de recevoir une croyance toute faite, pourquoi ne serait-elle pas devenue la mienne ?

— En l'admettant, je dirais encore : Êtes-vous bien sûr que l'ambition naturelle à votre âge, et à laquelle je ferai d'ailleurs toutes les concessions possibles, que l'espoir des titres, des faveurs auxquels vous pouvez prétendre, ne vous fassent pas voir la justice et le droit éternel du côté d'où ces faveurs peuvent tom-

Propriété de MM. Michel Lévy frères.

ber sur vous? Êtes-vous sûr que l'amour de vous-même n'aide pas en vous à l'amour de la royauté?

— Je ne m'en suis pas défendu. Mais qu'importe que cette foi serve mes désirs personnels, si elle est la meilleure.

— Défiez-vous-en, quand elle vous est la plus utile.

— Un cours philosophique!... Vraiment, mon cher, nous n'en avons pas le temps. Je vois déjà pointer les arbres du bois au pied de ce coteau.

— Non; mais demandez-vous seulement s'il n'en est pas ainsi.

— Comment voulez-vous que je réponde?

— Tenez, il est un moyen bien simple : supposez-vous au moment de la mort...

— Agréable prestige!

— Oui, supposez qu'expirant dans quelques minutes vous n'ayez plus de grade de colonel à attendre, plus de cordon d'honneur à demander au roi, plus une heure pour jouir des riches bénéfices dont il pourrait payer votre dévouement; jureriez-vous que le régime monarchique est mieux dans les desseins de Dieu que les autres gouvernements dont on cherche à relever le drapeau? jureriez-vous que le dernier degré de perfection est de servir aveuglément son roi, en sacrifiant tout à cette tâche?

— Mon cher ami, dit d'Herbier en riant,

je n'ai guère envie de me prêter à cette illusion de ma mort, à laquelle vous m'invitez si gracieusement.

Il ajouta avec plus d'humeur et d'impatience :

— Mais ce que je puis dire, c'est que, tant que je vivrai, je me consacrerai avec la même résolution inexorable à faire respecter l'ordre et la paix de la nation, et les droits imprescriptibles de mon prince.

— Je n'ai plus le moyen de discuter, dit Arthur gaiement, nous voici à l'entrée du bois... et les piqueurs de mon oncle ont été exacts à la consigne.

— Vous voyez cependant quelle infraction au devoir je fais pour vous.

— Je vous remercie et vous laisserai libre ce soir... à la condition pourtant qu'avant de partir vous viendrez chez le garde-chasse prendre du punch que mon domestique prépare admirablement bien.

Les deux jeunes gens descendirent de calèche, et bientôt après les profonds ombrages du bois de la Sèvre s'animèrent des sons légers et sonores de la chasse.

XI

AMIS ET ENNEMIS

Bories et Raoulx étaient depuis la veille dans un pavillon isolé, à la campagne, où ils avaient pris asile sans se faire connaître.

Avertis subitement du revers qui détruisait leur plan de conspiration, et d'un événement bien plus accablant encore, qui devait sans doute amener la ruine de leur parti, ils avaient aussitôt quitté la grande route et les lieux habités.

Mais avant d'opérer cette retraite, Bories avait pu pourvoir encore à l'intérêt le plus cher. Le frère carbonaro qui avait été dépêché vers lui était un pilote du port de la Rochelle, qui, en retournant dans ces parages, s'était chargé de porter l'avis du chef des carbonari à ses amis Pommier et Goubin, restés sur le bord de la mer.

Après une journée de marche errante, Bories et Raoulx s'étaient arrêtés dans cette habitation située au bord d'un bois, dont la solitude semblait leur promettre quelques moments de sécurité.

L'étroit bâtiment, aux murs noircis et rongés de lierre, n'avait que deux pièces au premier, auxquelles on arrivait par un petit escalier extérieur: l'habitant de la maison les avait cédées pour un jour aux deux voyageurs et s'était retiré dans le rez-de-chaussée.

Assis devant une table, près d'une fenêtre étroite et percée dans un mur épais, qui ne laissait voir que dans le lointain la pâle et vague perspective des champs couverts de brume, les deux frères carbonari restaient plongés dans une méditation silencieuse.

Tous deux portaient des habits de paysans, des mouchoirs noués au cou; près d'eux étaient jetés à terre leurs bâtons de voyage, auxquels pendait encore la valise renfermant leurs uniformes et leurs armes.

Bories restait immobile, la tête appuyée dans sa main et le regard fixé dans l'étendue. L'étroit espace ouvert devant lui était encore coupé par un tronc maigre et tortueux d'alisier qui montait contre la fenêtre; la vue resserrée était encore bornée par des vapeurs grisâtres...

Mais dans ce peu de terrain, dans ces brins d'herbe, dans ces fuyants voilés, Bories voyait la France; la France dominée par un roi des temps passés, par le fer des étrangers; la France pauvre sur un sol riche, privée de religion par la tyrannie qu'exerçait l'Église; la France gouvernée par des lois antipathiques qui, au lieu de soutien, ne lui donnaient que des chaines; la France enfin telle que ces temps funestes l'avaient faite, et que le chef des conjurés n'espérait plus sauver!

Et de longues larmes coulaient de ses yeux en sillonnant lentement son visage.

Raoulx le regardait. Il y avait dans ce regard une affection si attentive, si profonde, qu'on eût dit que Raoulx n'était pas dénoncé, fugitif lui-même, et qu'il n'avait à souffrir que dans Bories.

C'est que le grand caractère du jeune chef des carbonari attirait tout à lui. Le patriotisme désolé était en lui si profond, si puissant, que toute autre douleur venait se fondre dans cette douleur immense.

Sur la table, devant eux, étaient posés du pain, une cruche de vin, auxquels les voyageurs n'avaient pas touché, et une montre qui marquait ces heures mélancoliques.

Bories laissait tomber son regard sur cette montre.

— Six heures du soir, dit-il. Il y a maintenant quarante-huit heures que ces nouvelles sont arrivées!

— Oui, dit Raoulx. Les deux messagers sont venus nous joindre en même temps.

— Que le temps a été long! continua Bories. Il me semble que c'est dans des jours reculés que je partais si confiant, si heureux, pour porter le signal d'une guerre libératrice, d'une résurrection suprême... Et il y a à peine trois jours!...

— Nous étions là-bas, sur le sommet de cette colline qu'on aperçoit d'ici, quand nous avons vu venir le messager de Marans... La société secrète était dénoncée, des arrestations devaient être faites le lendemain...

— Oh! ce n'était rien encore, dit Bories. Sous le coup des dénonciations, sous la carabine des gendarmes parcourant ces campagnes, on pouvait aller toujours en avant... espérer encore... Mais le messager de Saumur est arrivé en même temps...

— Messager de mort!

— Le général Berton... en douze heures jugé, condamné, conduit à l'échafaud... Tout était perdu avec lui... Ah! c'est alors qu'il n'y avait plus qu'à tomber à genoux sur la route abandonnée, en contemplant dans le ciel cette grande victime de plus!

— Tout était venu en un instant renverser l'avenir.

— Dieu puissant!... mais toutes les tentatives qu'on fera pour la délivrance seront donc vaines! dit Bories avec la pâleur du désespoir. Il faudra donc toujours voir de sublimes efforts perdus, des dévouements, des sacrifices sans bornes n'arriver qu'à la mort!

— Nous savions qu'il pouvait en être ainsi; nous étions armés de courage contre tous les revers.

— Ah! vois-tu, Raoulx, ce qu'il y a de plus affreux, ce n'est pas d'échouer aux premiers pas de l'entreprise, ce n'est pas de voir toutes nos espérances brisées; c'est de penser que d'autres après nous ne réussiront pas mieux; que le sort semble condamner notre pays à rester dans un abîme de souffrance... Et qui sait même, notre malheur découragera peut-être ceux qui seraient tentés de nous succéder!... Le soulèvement des Compagnons de la nuit sera peut-être le dernier!

— Paix! ami, dit Raoulx, ne t'arrête pas à ces cruelles pensées. Nous avions donné toute notre existence à la sainte cause, nous ne pouvions rien de plus.

— Nous avons encore un devoir sacré à remplir! dit Bories. Au milieu de quelques obstacles que ce soit, il faut y parvenir.

— Puisse le ciel nous en laisser le temps! dit Raoulx.

— Oui, dit Bories d'un accent de résolution suprême, il faut que je retourne encore un seul jour, un seul instant à la Rochelle... Ensuite que le sort dispose de nous.

Ils retombèrent dans une profonde rêverie.

— O France, adieu! disait Bories.

— O France, ô Gilberte, adieu! disait Raoulx d'une voix plus basse.

. . . .

Le pavillon dans lequel ils se sont retirés est celui du garde-chasse du bois de la Sèvre.

Et maintenant le jour s'avance... le son du cor a cessé de retentir sous la voûte des arbres.

Le garde-chasse est sorti laissant ses hôtes à la maison, sans penser qu'ils eussent des motifs de cacher leur présence. Et les chasseurs vinrent faire une halte dans le pavillon avant de sortir du bois.

Ces pas qui se font entendre sur l'escalier découvert sont ceux du capitaine d'Herbier et du vicomte d'Oberon. Raoulx et Bories, abîmés dans leur tristesse, les remarquent à peine et ne détournent pas la tête.

Le capitaine d'Herbier et Arthur d'Oberon entrent dans la chambre où sont les conspirateurs poursuivis.

Au même instant, l'officier du 45ᵉ reconnaît, sous les habits de paysans qu'ils ont empruntés, les deux sergents de son corps, révoltés contre l'État.

Il s'arrête, le front sombre, les sourcils contractés... peut-être de colère, peut-être de honte, à la pensée de ce que ces hommes qu'il doit arrêter peuvent reprocher à sa vie... peut-être de regret d'accomplir encore une fois un odieux ministère.

D'Oberon est frappé d'une froide stupeur devant ses compagnons carbonari, qui peuvent le perdre en le saluant du nom de frère.

Bories et Raoulx se trouvent en face de l'autorité qui doit leur être la plus implacable, en face de d'Herbier, l'officier royaliste, en face de leur capitaine.

A ces impressions violentes, une exclamation sourde, venue de tous côtés à la fois, s'est répandue dans l'air; mais les personnages réunis dans le pavillon, le maintien également ferme, résolu et sévère, gardent encore le silence.

Cependant, au cri de surprise, quelque faible qu'il fût, qui s'est fait entendre, Lambert, qui a toujours suivi de loin ceux dont la présence menaçait ses frères d'armes, et qui était alors sous la fenêtre, dans une touffe d'arbres, monte précipitamment, entre par la chambre du fond, dont il a franchi la croisée.

Il fait un mouvement pour se jeter dans les bras de ses frères... mais à la vue de la situation affreuse où il les trouve, son courage de fer faiblit; il s'appuie pâle, accablé, contre la muraille.

—Lambert! s'écrie Raoulx avec tendresse.

— Vous aussi!... livré!... dit Bories d'un accent de profonde douleur.

Ces mots, rapidement jetés, sont interrompus par l'interrogatoire qui commence.

Le capitaine, ne pensant pas devoir s'occuper de la présence de cet homme du peuple ou de ce carbonaro obscur qui vient d'entrer, s'adresse aux deux sous-officiers :

— De graves présomptions s'élèvent contre vous, messieurs, dit-il. L'habit étranger sous lequel je vous vois, la route où je vous rencontre, ne montrent que trop qu'elles sont fondées. Mon devoir est de vous arrêter.

— Je le sais, monsieur, dit Bories.

— Rendez vos armes... où sont-elles?

— Là, dit Bories en montrant la valise.

— Vous les aviez quittées!... reprit le capitaine avec un dédaigneux sourire.

— Arrêtez-nous, monsieur, dit froidement Bories; mais ne nous insultez pas.

— Si je vous insulte en signalant une de vos actions, c'est à vous qu'en est la faute... Vous, soldats! vous avez dépouillé et caché vos armes !

— Oh! c'était pour les reprendre, dit Bories avec orgueil, et les rendre à jamais victorieuses.

— Victorieuses dans la rébellion ! victorieuses sur le champ de bataille où l'on eût renversé le souverain élu de Dieu, pour porter au trône la hideuse anarchie !

— N'ouvrez pas la bouche sur de semblables sujets, monsieur, dit Bories en pâlissant d'entendre outrager sa foi; vous ne les comprenez pas.

— Je juge, dit le capitaine en dominant par le ton de l'autorité la voix concentrée de Bories ; je juge et je prononce que toute arme levée contre le prince légitime est celle du régicide.

— Régicide, soit, dit le jeune républicain.

— Et quand il s'agit d'un militaire qui a juré fidélité à son roi, dit le capitaine avec violence, j'ajoute à ce nom celui de traître.

Bories frissonna d'indignation.

— Ah ! dit-il en portant son regard jusque dans le sein de d'Herbier, vous parlez de trahison! vous, monsieur!

— Moi.

— Souvenez-vous donc de Colmar !

D'Herbier tressaillit ; il s'avança d'un pas en contractant ses lèvres.

Comme il venait de descendre de cheval, il tenait encore sa cravache à la main. Il la leva sur Bories.

Lambert, qui avait suivi ce mouvement, se jeta devant le jeune homme, et le couvrit de sa haute taille.

Le capitaine fixa avec une méprisante colère ce paysan qui venait se mettre sur son chemin, et du pommeau de sa cravache fit sauter le chapeau de Lambert.

Raoulx bondit de fureur, arracha la cravache, la brisa en deux et en jeta loin de lui les morceaux.

Puis, oubliant tout, et le grade de l'agresseur et la situation dans laquelle il se trouvait, il s'écria :

—Un tel outrage!... à lui! à Lambert!... Oh! vous m'en rendrez raison!

— Raison! à vous! dit le capitaine à son sergent. Est-ce l'excès de l'insolence ou la folie qui parle?

Le vicomte d'Oberon, étourdi de la position équivoque et dangereuse dans laquelle il se trouvait subitement jeté, était demeuré jusque-là muet et immobile à l'entrée de la chambre; mais en ce moment, à la provocation audacieuse qu'un inférieur venait de faire à son ami, la colère l'emporta, et il dit avec violence :

—Parce que vous êtes trois contre deux gentilshommes, prétendez-vous leur faire la loi?

Lambert, qui s'était retiré à l'extrémité de la pièce, et se trouvait près d'Arthur, lui dit à voix basse :

— Il n'y aurait qu'un mot à dire pour que nous fussions ici quatre carbonari contre un seul agent du pouvoir... Mais ne craignez rien : vous déshonorez trop le nom de carbonaro pour qu'on vous dénonce comme un frère.

Arthur pâlit; il avait compté que Bories et Raoulx, avec leur caractère chevaleresque, ne trahiraient pas son initiation, et il ne se croyait pas connu de cet homme.

Il dit d'une voix sourde et brève :

— Si j'ai été parmi les carbonari, vous ne pouvez dire m'avoir vu au rang des conjurés.

— Non, la conjuration du patriotisme contre la tyrannie vous convenait peu; vous conspiriez... contre la vertu d'une jeune fille.

Arthur, sans savoir comment, vit que Gilberte était présente entre lui et cet homme. Il tressaillit d'étonnement, de honte, d'impatience, et détourna la tête.

En même temps, le capitaine, répondant aux premières paroles de d'Oberon, disait d'une voix éclatante :

— Quand je serais seul ici, je pense que le respect de l'épaulette suffirait à me défendre... Mais s'il fallait employer la force contre les révoltés, elle ne me manquerait pas.

Et tendant la main vers une fenêtre ouverte au fond de la chambre, il ajouta :

— Regardez!

Sur la route, au bord de la rivière, se voyait une ligne épaisse de baïonnettes. Les troupes que l'estafette était allée expédier de Marans, venaient d'arriver, et attendaient, rangées sur la route, les commandements du capitaine d'Herbier.

— Et je n'aurais qu'à frapper du pied, dit encore le capitaine, pour que mes gens qui sont ici dessous, appelassent à l'instant ces soldats à cerner le pavillon.

Bories, à la pensée de cette arrestation si prompte et inévitable, était dévoré de désespoir. Insoucieux de lui-même, il n'avait demandé au ciel, depuis son désastre, qu'un jour encore, un jour de liberté, pour un dernier et suprême service qu'il devait rendre à la société secrète, et ce jour allait lui être refusé.

Mais Raoulx, dans le fanatisme de sa tendresse, de son respect pour Lambert, que lui seul connaissait réellement, ne songeait qu'à le venger.

Il joignit les mains, et avec un regard, un accent d'exaltation que rien ne peut rendre :

— Monsieur, dit-il au capitaine, arrêtez-nous, vous en avez le droit, la volonté ; mais, au nom du ciel, s'il reste une étincelle d'honneur dans votre âme, donnez-moi satisfaction de l'outrage fait à Lambert !... Je le vénère, je l'aime plus que ma vie... vous l'avez insulté, battez-vous avec moi.

— Oui, ami, tu as raison ! dit Lambert. Ce serait à moi, sans doute, de répondre à l'outrage, mais je t'en remets le soin.

Une pensée venait de naître dans l'esprit de Lambert, pour le faire parler ainsi. Il ajouta en regardant d'Oberon :

— Monsieur et moi, nous vous servirons de seconds, et d'ordinaire les seconds tirent l'épée.

Il portait en même temps un regard significatif sur Arthur. Celui-ci comprit qu'il s'agissait de payer le déshonneur de Gil-

berte, sans savoir à quel titre Lambert l'exigeait.

— C'en est trop ! dit le capitaine ; que ces insolentes prétentions finissent.

— Vous devez vous battre, dit Raoulx avec feu. vous devez vous battre lorsque je vous provoque ainsi..... ou sinon je dirai...

— Je dirai, moi, pour la seconde fois, interrompit d'Herbier, que vous êtes fou !

— Vous refusez ! s'écria Raoulx.

— Moi, me battre avec un soldat ! dit d'un ton de hauteur le capitaine.

— Et vous, monsieur ? demanda Lambert à Arthur.

— Moi, me battre avec un paysan ! dit dédaigneusement le vicomte d'Oberon.

— Avec le colonel Daubray ! s'écria Lambert en jetant sa longue enveloppe et montrant son épée.

Il tendit la poignée de l'arme vers le capitaine.

— Voyez, monsieur, dit-il ; c'est une épée d'honneur.

Sur la plaque d'acier, entourée de riches ciselures, on lisait en effet le nom du colonel Lambert Daubray, suivi de ces mots : « *Donnée par l'empereur.* »

Le titre de colonel, prononcé devant des militaires, fit passer une rapide im-

Raoulx s'agenouilla vers le mourant, étendit les mains sur lui. (Page 190, col. 1.)

pression de respect dans les assistants. Il y eut un moment de silence.

Puis Lambert reprit.

— Tiens, Raoulx, je te prête cette épée pour me venger. Elle te donne assez de grade et de noblesse pour que monsieur ne dédaigne pas de se mesurer avec toi.

D'Herbier avait déjà repris le ton de supériorité.

— Colonel Daubray, dit-il, vous êtes proscrit.

— Deux fois, monsieur : comme officier de l'Empire, et aujourd'hui comme carbonaro.

Le capitaine fronça le sourcil à cette dénonciation que Lambert portait contre lui-même ; mais il reprit froidement :

— Malgré l'arrêt qui vous frappe, je devrais peut-être consentir à vous rendre raison d'une insulte, dans la personne de votre ami, que vous déléguez à votre place; et le vicomte d'Oberon ne pourrait non plus refuser le duel non moins étrange que vous lui offrez, sans doute sans le connaître.

— Je me hâterais de l'accepter, dit vivement Arthur.

— Mais, continua le capitaine, dans les circonstances présentes, lorsque je dois, par ordre supérieur, vous arrêter ici, je le répète encore, ce jeune homme est insensé de demander un combat entre nous, puisqu'en le tuant ou en mourant de sa main il me serait également impossible de remplir mon devoir.

— Votre devoir! monsieur, dit impétueusement Raoulx; mais ici c'est un vain mot, qui tient à ce que nous sommes vaincus, et changerait demain si nous étions vainqueurs... Oh! le devoir sacré, inscrit au cœur de tout soldat, avant et après cette monarchie d'un jour, c'est de n'être pas avare de son sang, de ne fuir devant aucun danger, d'éviter tout soupçon, je ne dirai pas de faiblesse, de lâcheté, mais même de froideur à répondre à l'appel du combat.

Le capitaine se taisait; Raoulx continua :

— Oui, si vous êtes vraiment militaire, si cet habit que vous portez vous a mis au sein sa force et sa fierté, vous devez sentir ce que je vous dis aux frémissements d'impatience et d'ardeur qui courent dans vos veines!... Descendez dans le bois... venez vous battre... Soyez

pour nous un loyal adversaire, vous redeviendrez ensuite un agent du pouvoir... dans un moment vous serez tout au service, donnez une minute à l'honneur!

— Mais par ce seul instant je trahirais l'ordre, la société.

— Eh non! monsieur. Si vous me tuez, qu'importe un carbonaro de moins, il vous restera bien assez de victimes. Si je vous tue, vous savez bien aussi que, sans vous, le monde est plein de gens pour nous arrêter; que sans vous, agents de police, gendarmes, juges et bourreaux, nous feront tomber dans leurs mains... Que vous importe alors!... Voulez-vous me laisser croire que c'est pour vous que vous tremblez?...

— Monsieur!

— Oh! dit Raoulx en montrant la demeure où il se trouvait, ces murs sont bien obscurs... perdus au fond des bois... mais ces murs auront entendu que vous avez refusé de vous battre!... Ce souvenir restera ici, et sera toujours une honte dans votre vie!... Oh! si j'étais à votre place, je ne voudrais pas que cette masure, que ce brin de lierre sauvage pussent savoir que j'ai refusé un combat... Et vous, monsieur, cette pensée ne vous fait-elle pas souffrir? Répondez... mais au nom du ciel, capitaine, répondez donc!...

D'Herbier frémissait, il sentait son front se couvrir de rougeur, son sang bouillonner; et quand Raoulx répéta :

— Au nom de l'honneur, battez-vous!

Le capitaine s'écria :

— Eh bien, oui!... oui, venez!

— Et vous, monsieur? demanda Lambert à d'Oberon.

— Oh! moi, répondit Arthur, j'accepte de tout mon cœur.

Il ajouta d'une voix basse et railleuse :

— D'ailleurs, je vous dois de la reconnaissance pour ne m'avoir pas dénoncé *comme un de vos frères*. A ce service, je réponds par un combat : nous sommes quittes.

Lambert triomphait. Il se voyait au moment de se battre avec d'Oberon. Si, pour assouvir une haine violente, il avait fait condamner son ennemi au poignard de la société secrète, la vengeance que lui offrait le hasard en ce moment allait mieux à sa nature, et il en aspirait d'avance la cruelle joie.

Bories, sombre, immobile, avait à peine entendu ce qui s'était passé. Un dernier et suprême intérêt, qu'il eût voulu servir aux dépens de tout le reste, le retenait dans une inquiétude dévorante.

D'Herbier et Raoulx étaient armés. Le capitaine, qui avait des épées dans le caisson de sa voiture, pouvait en prêter au vicomte d'Oberon et au colonel Daubray.

D'Oberon et le capitaine descendirent pour choisir ces armes.

Ces deux jeunes gens de familles nobles, élevés dans les principes et même les pré-

jugés du point d'honneur, n'avaient pu résister aux provocations qui leur étaient faites ; et, dans cet instant où un duel se présentait à eux, animés de la fièvre des armes, ils avaient presque oublié tout le reste.

Dès qu'on les vit sur le premier degré de l'escalier :

— Fuis! dit Raoulx à Bories, en ouvrant précipitamment la porte de la seconde chambre. De ce côté une fenêtre donne sur le bois.

A ces mots, Bories fut comme éveillé d'un rêve.

— Fuir seul! s'écria-t-il, fuir en vous abandonnant!

— Il le faut... dit Raoulx.

— Votre liberté est plus précieuse que la nôtre, ajouta Lambert.

— Mais vous allez vous battre, reprit Bories, je l'ai entendu. Vous allez exposer votre vie, et moi! je ne serai pas même là, près de vous!

— Ah! ne perds pas une seconde! s'écria Raoulx. Vois... vois cette fenêtre!

— Oui, dit Lambert, je l'ai escaladée en venant... Heureusement les troupes sont sur la route de ce côté ; et la fenêtre donne de l'autre sur la campagne.

— Chercher ma sûreté quand vous allez vous battre et rester prisonniers, dit Bories au désespoir; mais c'est une lâcheté!

— Et quand il serait vrai, dit Raoulx avec force, ne devons-nous pas sacrifier à la sainte cause nos propres sentiments, nos désirs les plus chers, et jusqu'à notre honneur?

— Oh!... c'est vrai, dit Bories accablé.

— Il faut que tu rentres une nuit à la Rochelle, tu sais bien qu'il le faut!

Bories ne répondit rien, et s'approcha de la fenêtre.

— Courage, ami, s'écria Raoulx, aie la force de fuir!...

Mais, prêt à franchir ce pas terrible pour lui, Bories détourna la tête, leva les yeux au ciel.

— O mon Dieu! dit-il, quel que soit mon sort, que je doive languir dans une longue prison, que je doive mourir sur l'échafaud, mon Dieu, comptez-moi ce moment pour le plus grand sacrifice!

Il s'élança par la fenêtre, et, une seconde après, disparut dans le bois.

Le capitaine et d'Oberon reparurent aussitôt.

Raoulx et Lambert se précipitèrent à leur rencontre, et ils descendirent ensemble sur le terrain, sans que, dans la promptitude de ce mouvement, le capitaine pût s'apercevoir qu'il manquait dans le pavillon l'un des prévenus, le chef des carbonari.

Ils choisirent dans le bois une place assez large pour le double duel qui allait avoir lieu, duel qui semblait tenir aux mœurs d'un autre âge. Ils mesurèrent le terrain, jetèrent leurs habits, et se saluèrent de l'épée.

Le ciel était voilé; le bois était calme, sans un souffle de vent; des flots de vapeur descendaient dans l'intervalle des branches; les arbres de l'étendue, enveloppés de brume, avaient une solitude plus silencieuse et plus profonde.

Arthur d'Oberon tirait parfaitement de l'épée; les trois autres combattants étaient militaires; une escrime habile, savante, se montrait de tous côtés. Mais à mesure que les regards se rencontraient, que les armes se croisaient, l'ardeur des passions ennemies passait dans la main, et les coups devenaient plus pressés; le frémissement de l'âme se faisait sentir dans l'épée.

Pendant quelques minutes, les combattants restèrent dans la même enceinte. Mais ensuite, entraînés par le mouvement de la lutte, le colonel Daubray et d'Oberon tournèrent l'angle du taillis et furent hors de vue. Le capitaine et Raoulx demeurèrent seuls dans la clairière.

Le combat continua longtemps ainsi.

On ne voyait que de légers rayons d'épée errer dans une pâle atmosphère; puis, par instants, des gouttes de sang qui tombaient sur la terre; on n'entendait que ces mots prononcés par les adversaires :

— Touché!

— Ce n'est rien.

— En garde!

Une fois cependant l'épée de Raoulx, glissant sur la poitrine de d'Herbier, alla s'enfoncer dans son bras gauche. Depuis ce moment, les coups du capitaine se ralentirent.

Ce n'était pourtant pas la souffrance qui se faisait sentir en lui, mais comme une préoccupation de l'esprit. Tandis que son bras éprouvé fournissait de lui-même le mouvement des armes, sa pensée semblait être ailleurs, et il regardait son adversaire avec une expression étrange.

Raoulx était radieux. Il tenait à la pointe de son épée un de ces officiers royalistes contre lesquels tout ce qu'il y avait de vivant en lui s'était toujours soulevé dans une opposition ardente. Il n'était ému cependant d'aucune haine personnelle ; mais ce moment lui offrait une faible image de l'entreprise qu'il avait rêvée : c'était la France monarchique qu'il combattait avec l'arme du brave patriote... Son beau visage s'éclairait de toutes les lueurs de l'âme ; un sourire errait sur ses lèvres ; il murmurait la devise des carbonari, leur mot d'amour et leur prière : *Fede et liberta !*

D'Herbier tenait toujours ses regards attachés sur lui.

Mais tout à coup il s'arrêta, porta la main à sa poitrine, et tomba sur la terre.

Une profonde blessure lui traversait le sein ; le sang coulait à flots. Ce coup mortel lui arracha un long gémissement, le premier de la souffrance et le dernier de sa vie.

Il leva sa paupière, et dit lentement :

— Vous m'avez vaincu, Raoulx... le ciel est juste.

Raoulx, étonné de ces mots, se pencha sur lui.

— Oui, dit d'Herbier expirant, les hommes comme vous qui consacrent leur vie entière à une croyance, et donnent encore cette vie pour elle, les hommes comme vous sont grands... Moi... en ne cherchant que mes égoïstes intérêts dans le service de la royauté, j'ai été bien misérable... Tous les sacrifices que vous faites, guidé par la foi, sont sublimes ; tout ce que j'ai sacrifié d'honneur, de conscience, guidé par la seule ambition, était infâme... Depuis un moment, en vous regardant, Raoulx, j'ai compris cela... Mon sang coulait déjà et j'oubliais presque de me défendre... Je songeais à cette différence entre nous : je souffrais de descendre peut-être dans le tombeau avec cette honte plus pesante, plus froide que la mort !

— Oh ! par cette pensée, dit Raoulx, vous rachetez vos fautes.

— Une parole d'espérance !...

— Celui qui revient ainsi sur un passé coupable, n'était pas perverti, mais seulement égaré... et la mort le fait innocent.

— Eh bien !... les hommes à qui vous êtes lié, ceux qui se sont associés pour mettre la force de leurs âmes unies au service de doctrines libérales, doivent être généreux... C'est à eux aussi qu'appartient la victime de Colmar... que j'ai livrée !... Mais, s'ils pouvaient me voir dans ce moment... dans ce moment où je meurs... dites, me pardonneraient-ils?

— Oui.

— Vous le croyez?

— Sur Dieu et sur l'honneur, je le crois.

— Alors... écoutez, Raoulx... pardonnez-moi en leur nom... Autrefois, les chevaliers chrétiens donnaient le baptême à l'ennemi qu'ils avaient terrassé pour que son âme fût sauvée... donnez-moi le baptême de l'honneur pour que mon tombeau soit paisible, pour que ma mémoire soit sauvée de l'infamie.

Raoulx s'agenouilla vers le mourant, étendit les mains sur lui, et dit d'une voix sainte :

— Au nom de tous les hommes libres, au nom de ceux que le feu sacré inspire et fait marcher en avant des âges, au nom de l'humanité, de la fraternité qui régneront un jour, au nom du monde de l'avenir, au nom du Dieu vivant, je verse sur vous le pardon qui lave toutes les souillures.

D'Herbier souleva la tête, une ineffable sérénité se répandit sur son visage. Il serra la main de Raoulx, puis il retomba sur la terre, et expira.

Une minute s'était à peine écoulée, lorsque le bois, d'un silence si profond, se remplit subitement de bruits divers et tumultueux. On distinguait des pas de chevaux, des voix de soldats, car elles se mêlaient au bruissement des sabres.

Lambert jeta un cri sourd de désespoir.

Le combat qu'il soutenait contre d'Oberon n'avait encore eu aucune issue. Lambert avait le bras aussi fort qu'habile à tenir une épée; mais l'agitation, les éblouissements de la haine, de la colère, avaient en partie paralysé ses avantages; Arthur d'Oberon n'était pas encore tombé..... et il fallait suspendre le combat!

Lambert avait été flatté d'un fol espoir; les êtres inutiles et vains, les hommes comme Arthur d'Oberon ne meurent pas!

Il était évident que les gendarmes cernaient le pavillon. On entendait le mouvement de la force armée; puis les voix du garde-chasse et des domestiques, qui étaient demeurés dans le rez-de-chaussée de la maison, occupés à préparer du punch.

Il ne restait que la fuite.

Le vicomte d'Oberon, qui avait déjà remis son habit, reprit son air de distinction, de froide insouciance, parut dans la cour, remonta dans la calèche, abrité de tout soupçon sous sa cuirasse d'aristocratie. D'un geste de son gant, il fit éloigner les gendarmes du passage de sa voiture et partit.

Raoulx et Lambert, à l'apparition de la maréchaussée, avaient rapidement gagné les profondeurs du bois.

On ne trouva dans l'intérieur des arbres que le corps du capitaine d'Herbier. Il fut apporté dans le petit bâtiment rustique. Le jeune officier, laissant sur le seuil de son tombeau son avancement, sa fortune, sa croix si tristement gagnés, alla reposer dans l'humble cimetière du plus prochain village.

XII

DÉVOUEMENT

Le Rendez-vous des Amis, situé sur la place Dauphine, à la Rochelle, et près d'une des portes de la ville, était, comme nous l'avons dit, une ancienne auberge démeublée et fermée par suite de faillite. Sa porte et ses volets, cimentés par la poussière, montraient son état d'abandon : c'était une habitation morte et oubliée ; et les agents de police, pas plus que nul autre, ne pouvaient songer à tourner les yeux de ce côté.

Cependant un homme qui portait sur lui les clefs de cette maison, restait depuis quelques jours à rôder dans les environs, ayant soin de dissimuler sa persistance à demeurer à cette place.

Dans la nuit du 19 août, Pommier et Goubin qui, sur l'avis de Bories, quittaient leur retraite du rivage, et rentraient secrètement à la Rochelle sous des habits de pêcheurs, furent accostés par cet homme, carbonaro dévoué au service des affidés de l'ordre, et introduits par une ruelle déserte dans la maison qui devait continuer à paraître inhabitée.

Dans la nuit suivante, Bories y pénétra par le même moyen, et Raoulx quelques heures après lui.

Les quatre jeunes sergents se trouvèrent réunis... réunis dans l'ombre, car toute lumière qui eût pu laisser passer un jet de clarté à travers les contrevents était interdite, mais pouvant se presser la main, entendre leurs voix.

Et ils s'aimaient si profondément que ce fut encore un moment de bonheur.

Bories et Raoulx, revenant tous deux déguisés, et séparément, des environs de Bressuire, avaient pu traverser les portes de la ville sans être reconnus.

Lambert qui avait fui par le bois en même temps que Raoulx, était revenu dans sa cabane du village de Saint-Pierre, ensevelir la rage, le désespoir d'une vengeance perdue, sans songer à sa propre sûreté ; comme le lion blessé retourne dans son antre, où les chasseurs viendront sans doute bientôt le poursuivre.

Les jeunes militaires étaient seuls dans la maison abandonnée.

— Savez-vous, dit Goubin, que ce nom de *Compagnons de la nuit*, que nous portons, semble nous condamner maintenant à ne vivre que dans les ténèbres : nous n'avons pu voyager que dans l'ombre ; et dans cette maison, soi-disant inhabitée, nous sommes encore en pleine nuit.

— Malheureusement, remarqua Raoulx, ce n'est pas, comme nous le disions autrefois, la nuit qui fait germer toute chose dans le monde, et prépare un beau jour.

— Mais bien plutôt, dit Pommier, celle de la prison, qui détruit tout et ne se dissipe jamais.

— Bah! reprit Goubin, ce sera toujours la nuit qui nous verra bons *Compagnons!*

— Oh! dit Bories, puissions-nous seulement en avoir encore une de liberté!

A ces mots, il monta sur une table qui restait encore dans la salle de l'auberge, et de là arrivant à un losange ouvert dans le volet, il regarda la muraille de la caserne qui se trouvait en face, particulièrement une petite porte du bas et une fenêtre du troisième étage, qui était celle de la chambre qu'il occupait au quartier.

C'est que cette petite chambre renfermait ce qu'il avait alors de plus précieux au monde.

Bories, partant pour ouvrir la marche de l'insurrection, devant rencontrer à ses premiers pas les plus nombreux dangers, avait laissé dans le secret de son armoire de chêne des papiers de la société secrète, et surtout un tableau des ventes centrales et départementales, avec la liste des chefs carbonari, qui, en tombant entre les mains du pouvoir, lui livrerait la corporation entière.

Il fallait à tout prix reprendre et détruire ces papiers. C'était pour cela seul que Raoulx l'avait pressé de fuir du pavillon du garde-chasse, et qu'il avait pu y consentir. Il fit part de cette difficulté de situation à Pommier et à Goubin, qui ressentirent ses terreurs aussi vivement que lui-même.

Il était affreux de penser que le secret de la société, à laquelle ils étaient si dévoués, serait trahi par leur faute!

La liste des principaux carbonari livrait les têtes les plus précieuses de la France!

Là étaient aussi des lettres de Lafayette qui enseignaient aux jeunes adeptes le dévouement le plus entier pour la liberté la plus pure; des lettres de Dupont (de l'Eure)[1], révélant cette bonté, cette générosité naturelle, qui, dans l'homme d'État, devient la vertu intègre, le sentiment d'humanité, la protection universelle; puis des fragments de Benjamin Constant, dont l'éloquence animée apportait dans les spéculations philosophiques et libérales la hardiesse, la chaleur d'âme qui les rend populaires...

Tous ces hommes, qui avaient doué les jeunes carbonari de pensées plus hautes, de sentiments plus larges, qui avaient achevé en eux la création, leur inspiraient la vénération, l'amour qu'ils auraient en pour un père, et ils sentaient en eux la honte, le désespoir du parricide à la pensée de les livrer.

Bories espérait, le lendemain, à l'heure de l'appel, lorsque toute la garnison serait sur la place d'Armes, pénétrer secrètement dans sa chambre, avec l'aide d'un vieux soldat, le meilleur cœur et l'esprit le plus simple du régiment, qui lui ouvrirait une petite porte basse pour dérober son passage

---

1. Le temps n'a rien changé au caractère de M. Dupont (de l'Eure); vingt-six ans après l'époque où il présidait la société secrète, on retrouve en lui toute sa noble générosité. Voici ce qu'on lit dans les journaux de 1848 :

« *Un vrai républicain.* M. Dupont (de l'Eure), membre du Gouvernement provisoire, n'a pas voulu profiter du traitement qui lui a été alloué pour les hautes fonctions qu'il a remplies pendant trois mois. Une fondation de lits dans un hospice, une distribution aux malheureux et une allocation à des bureaux de bienfaisance, tel est l'emploi que le digne citoyen a voulu faire de son traitement. »

Bories, sous l'égide formidable qui le couvre, approche les papiers de la lumière dont il s'est emparé.
(Page 198, col. 2.)

à la sentinelle, et arriver ainsi jusqu'au trésor déposé dans son armoire.

Il communiqua son plan à ses amis, et dit à Goubin et à Pommier qu'ayant eu l'idée de venir s'abriter dans cette maison pour l'accomplir, il les avait engagés à se réunir à lui à la Rochelle, et dans une habitation située en face de la caserne. Étrange lieu de rendez-vous, que toutefois ils avaient accepté aveuglément.

Les jeunes carbonari, après les peines et les émotions de ces dernières journées, s'endormirent sur les bancs de l'ancienne auberge, et déposèrent un peu de leur fatigue sur cette rude couche...

Le plus jeune d'entre eux souriait même dans son sommeil; la pensée d'être aimé, l'image d'Églantine, s'unissaient alors à la douce insouciance de Goubin, pour la faire triompher de tous les maux.

Au point du jour Cédric entra, apportant sa carnassière pleine de provisions.

Rentré à la Rochelle avec Pommier et Goubin, il connaissait leur retraite.

Les ordres d'arrestation ayant été lancés sur les dénonciations vagues et d'après les noms que les délateurs avaient retrouvés dans leur mémoire, Cédric Pontarlier n'avait encore été l'objet d'aucune poursuite.

Ainsi il était déjà venu la veille apporter le pain du jour à ses amis et partager leur solitude.

Ce matin-là, il avait de plus une lettre à remettre à Bories, une lettre de la vente suprême, trouvée dans le tronc du saule de Saint-Pierre, que le chef des Compagnons de la nuit l'avait chargé de visiter en son absence.

Bories la prit avec une émotion palpitante, et courut se placer, pour la lire, sous le rayon de jour qui tombait de l'ouverture pratiquée dans le volet.

Il fut longtemps à lire cette missive, qui contenait de nombreuses instructions; mais, à mesure qu'il avançait, on le voyait trembler et pâlir... A la fin, le papier tomba de sa main, et il pencha sa tête accablée sur sa poitrine en laissant échapper un soupir déchirant.

Ses amis s'élancèrent auprès de lui, et un seul mot leur révéla la plus terrible réalité.

Cette insurrection qui les perdait, et tant d'autres nobles jeunes hommes avec eux, n'était pas de l'ordre des grands maîtres de la société; elle avait été suggérée par un infernal stratagème.

Après la réunion du souterrain, dans laquelle on avait prêté le serment de la conjuration, un des initiés était allé à Paris en rendre compte au comité central. Mais là, les libéraux qui avaient fondé et gouvernaient la société secrète, s'étaient hâtés de renier l'ordre d'une prise d'armes. Cet acte ne pouvait être qu'un faux, revêtu des insignes du carbonarisme.

Pour eux, ils protestaient toujours énergiquement contre la funeste tendance de livrer les intérêts suprêmes de l'humanité au hasard des armes, de chercher dans le berceau de la guerre civile le principe de paix, d'harmonie, de liberté qui doit régir le monde. Ils enjoignaient aux chefs des Compagnons de la nuit de renoncer à toute hostilité s'il en était temps encore, d'enfermer leur mission dans les voies apostoliques, et de ne répandre le nouvel évangile que par la puissance de la parole.

C'étaient là les sentiments de Bories et de ses frères d'armes. Ils n'avaient cédé qu'avec regret à un ordre supérieur; et c'était quand cet ordre les avait perdus, qu'ils le reconnaissaient pour un odieux mensonge. Cette pensée était affreuse.

En rappelant leurs souvenirs, ils virent que la réception de ce message, trouvé par Bories dans le tronc d'arbre après une réunion au bois de Saint-Pierre, coïncidait avec l'arrivée de Rutel dans cette même réunion.

Ils ne purent douter que l'agent de police,

ayant en sa possession des feuilles timbrées
du sceau de la vente suprême, par des
saisies précédemment faites chez des carbonari arrêtés, ne fût l'auteur de ce faux,
et l'agent provocateur d'une conspiration
qui ne les avait conduits qu'à l'abîme.

Tout enfermés qu'ils étaient, ils juraient
déjà vengeance contre lui en mettant la
main sur leurs poignards.

— Oh! l'infâme! s'écria Raoulx, où
est-il?

— Je le sais bien, moi, dit Cédric, mais
vous n'irez pas l'y chercher.

— Nous l'avions laissé dans la cave de
la *Voile-Blanche.*

— Il en est sorti.

— Le misérable !...

— Mais un coup de poignard de Lambert
l'a fait rentrer dans une prison qu'il ne
quittera jamais.

— Dans le fond de l'enfer... A la bonne
heure... justice est faite!

Les quatre frères d'armes restèrent quelque temps abattus sous le coup qui venait
de les frapper.

Cependant Cédric mettait la table dans
l'obscurité et servait le déjeuner de ses
amis, tout en rappelant pour son honneur
que, dans cette funeste soirée du 10 juillet,
au bois de Saint-Pierre, il avait senti le
malheur planer dans l'air, tandis que ses
compagnons, ici présents, raillaient sa
prédiction.

Après le repas, ce fut Cédric aussi qui
se chargea d'aller à la caserne découvrir
le vieux soldat Robin, et l'introduisit peu
d'instants après dans la maison d'asile.

Le bon grand Moustache pleura de joie
de retrouver ses sergents. Il promit d'ouvrir toutes les portes qu'on voudrait, ne
cherchant pas à comprendre s'il servait en
cela le roi ou les sombres charbonniers,
terreur de la Rochelle, mais trouvant dans
son cœur les promesses les plus rassurantes,
les paroles les plus affectueuses pour ses
chefs proscrits.

Ainsi, il fut convenu que, le soir même,
Bories se tiendrait attentivement à la fenêtre; que Robin, se rendant le dernier
à l'appel avant de quitter la caserne d'où
tout le monde serait sorti, entr'ouvrirait
d'une manière presque imperceptible la
porte latérale qu'un avancement de muraille dérobait à la sentinelle; et qu'alors
Bories profiterait de cet instant de liberté
pour escalader les degrés de sa chambre
et en redescendre aussi rapidement.

La journée se passa à régler la marche
que les fugitifs suivraient, en sortant de
la Rochelle, pour mettre leur liberté à
l'abri pendant les premiers temps de
dangers; et tout faisait espérer qu'ils
pourraient s'y soustraire.

Les quatre Compagnons de la nuit étaient
si jeunes que, dans le fond de l'âme, ils
pouvaient espérer encore, songer à la
France et à leurs amours! Il y avait en
eux tant d'existence, que la force seule de
la nature leur faisait compter sur un long
avenir. Ils se sentaient si purs, si dignes
d'être aimés, qu'on se livrant à leur instinct,

ils devaient attendre les sympathies du monde plutôt que ses rigueurs.

Vers le soir, les quatre sergents restèrent seuls dans la maison abandonnée.

La ligne de lumière que le losange du contrevent avait promenée sur le carreau noir, se retira peu à peu... Depuis ce moment, les jeunes gens demeurèrent immobiles, dans une émotion qui suspendait le souffle et la pensée.

Huit heures sonnèrent.

Ils montèrent rapidement au dernier étage de la maison, d'où, penchés à une lucarne, ils pouvaient distinguer le mouvement de la caserne.

La nuit était déjà tombée; mais un réverbère placé non loin de la porte latérale l'éclairait parfaitement. La ruelle déserte qui passait derrière la maison allait aboutir à ce point, et Bories pourrait s'y rendre en une minute.

L'horloge sonna la demie... le tambour battit... les troupes défilèrent, se rendant sur la place d'Armes.

A ce son du tambour, mille mouvements tumultueux s'élevèrent dans l'âme des jeunes militaires.

Ce son plein qui répond dans la poitrine, ces roulements modulés, avaient une puissance extrême sur eux. C'était la voix qu'ils connaissaient le mieux, c'était le chant du foyer qui avait bercé leur jeunesse, c'était la musique aux sons de laquelle ils avaient si longtemps rêvé!... Il leur semblait que

ce son les attirait par un pouvoir irrésistible, que leurs pas allaient d'eux-mêmes se mettre à le suivre.

Le bruit s'éloigna peu à peu... puis la caserne devint tout à coup silencieuse... C'était le moment décisif.

Le cœur des jeunes sergents battait avec violence; ils regardaient, ils écoutaient en retenant leur haleine.

Dans un instant sans doute Bories tiendrait en sa puissance ces papiers accusateurs! il priait Dieu que son espoir ne fût pas trompé, qu'il pût sauver ces hommes si précieux à la France, au monde, à l'avenir... Dans son fanatisme ardent, il eût donné sa vie pour avoir passé déjà cette minute qui le séparait encore du succès... Il eût voulu voir ces papiers anéantis, puis mourir après!

Ils attendaient tous quatre, palpitants... leur corps entier frémissait comme un arbuste sous le vent.

Bories, l'œil ardemment fixé sur la porte, était prêt à saisir son premier mouvement... Il pensait aux promesses du vieux soldat, et comptait les secondes aux battements de impétueux de son cœur...

Enfin cette planche sombre oscilla faiblement.

Bories allait s'élancer... Ses amis le retinrent violemment par le bras.

A la grande entrée de la caserne, on voyait un groupe d'hommes vêtus de noir, la ceinture blanche aux reins... Ils entrèrent, précédés d'une lumière qui venait de paraître pour les conduire.

Bories demeura à sa place, fixe, glacé !... Il ne voulait pas comprendre encore ce que ces hommes venaient faire à la caserne... Mais enfin il fallut bien se l'avouer... C'était une visite domiciliaire... il était devancé !

La file des chambres occupées par les sous-officiers donnait de ce côté ; les fenêtres rangées sur trois étages s'ouvraient sur cette façade.

Les sergents, du haut de leur lucarne, virent la lumière qui accompagnait le procureur du roi et les agents de police éclairer les vitres d'une de ces croisées, puis disparaître un instant, et venir briller à la fenêtre suivante... La lumière fatale suivit ainsi le premier étage, on se montrant à des intervalles inégaux comme un feu follet dans les ombres.

Évidemment, les gens de l'autorité s'arrêtaient dans chaque chambre, faisaient des recherches minutieuses chez tous les sous-officiers de ce régiment, convaincus d'être entachés de carbonarisme... Leur visite avait précédé de quelques minutes l'instant où Bories aurait pu leur arracher des papiers d'où dépendait le sort de la société secrète !... soustraire la liste fatale, sauver ce qu'il y avait de plus cher au monde !

Cette pensée était affreuse !

Les quatre sergents restaient en proie à un désespoir froid, concentré, dont rien ne peut rendre les tourments... Il se prolon-

gea à l'infini ; chaque minute était un siècle de souffrance ; et la police, lente, attentive, mettait longtemps à inspecter chaque chambre.

La lumière avait parcouru deux étages, et depuis un moment elle ne reparaissait plus.

Un espoir bien faible, mais bien précieux parce qu'il était le dernier, vint luire encore... La chambre de Bories était au troisième... il était tard .. peut-être la police remettrait-elle au lendemain la suite de ses recherches.

Il se passa un moment d'attente d'une émotion impossible à rendre.

Mais la lumière se montra au troisième étage, et continua ses apparitions inégales, qui portaient l'effroi, la mort dans l'âme.

Bories comptait les fenêtres où brillait cette lueur funeste... Celle de sa chambre s'éclaira.

En cet instant, Raoulx, désespéré, pressait la main de Bories. Il la sentait froide, humide, comme dans la mort... Mais tout à coup cette main devint brûlante. Bories tressaillit... tout son être vibra sous une pensée qui venait de frapper son esprit.

Il bondit en arrière, en s'écriant :

— Mais nous pouvons encore les sauver !

Par un intuition rapide, par cette communication magnétique existant entre les êtres qui s'aiment, au moment d'un extrême danger, ses amis comprirent toute sa pensée, et dirent ensemble d'une seule voix :

— Oui... nous le pouvons!

— Mais *nous sommes perdus!* reprit Bories.

Ils répondirent en s'écriant :

— Viens, ami!

Avec la rapidité de l'éclair, ils descendirent des combles de l'auberge, franchirent la porte que le vieux soldat avait ouverte, s'élancèrent au troisième étage de la caserne, et fondirent dans la chambre de Bories.

Le procureur du roi, les agents de police étaient là... Ils avaient déjà visité toute l'étroite chambre du sergent; mais, comme Bories l'avait espéré, le secret de l'armoire de chêne, dont ils venaient de s'apercevoir, les arrêtait encore.

Bories s'élance vers cette armoire.

En même temps, ses trois compagnons le couvrent de leurs corps, se tenant en face des gens du pouvoir, le bras tendu et le poignard nu à la main.

A cette apparition, le procureur du roi, les agents de police, étourdis de surprise, désarmés, soumis à cette sorte de domination qu'exercent toujours les hommes décidés à tout, restent stupéfaits, immobiles... Ils savent bien qu'avec les forces de la place d'Armes les agresseurs seront arrêtés ; mais avant qu'on ait le temps d'appeler les baïonnettes, le premier qui avancera sera mort...

Pendant ces réflexions, si rapides qu'elles soient, Bories a eu le temps d'agir... Ce n'est qu'une minute, mais cette minute suffit.

Bories, sous l'égide formidable qui le couvre, approche les papiers de la lumière dont il s'est emparé... La *liste* fatale, les lettres sont réduites en cendres... Les chefs carbonari sont sauvés!

Alors ses trois amis laissent tomber leurs poignards, en disant qu'ils se rendent.

Les quatre sergents de la Rochelle sont livrés.

XIII

LE PALAIS DE JUSTICE

Dans un jour d'automne tiède et limpide, les environs du Palais de Justice, à Paris, étaient envahis par une foule extraordinaire.

Le célèbre procès du complot de la Rochelle touchait à sa fin, et l'on attendait le moment de pénétrer dans la salle d'audience, où allaient enfin se clore ces longs débats, poursuivis au milieu de l'intérêt public le plus ardent.

La présence des accusés à la Conciergerie attirait aussi des rassemblements nombreux et agités autour des murs qu'ils habitaient.

Un jeune homme, ou plutôt un enfant du peuple, parcourait lentement le quai aux Fleurs, sans rien voir autour de lui, n'attirant le regard de personne.

Cependant sa physionomie avait quelque chose d'étrange. Vêtu d'une blouse et tête nue, il marchait d'un pas incertain, égaré, son visage était empreint d'une pâleur profonde, et tellement effilé par la maigreur, que ses cheveux noirs, divisés sur le front, et tombant en touffes épaisses, le cachaient à demi. Au milieu de l'altération, de l'immobilité de ses traits, qui semblaient révéler les approches de la mort, ses grands yeux noirs, pleins de feu, restaient seuls mobiles, étincelants, pour peindre la souffrance de l'âme.

Cet enfant du peuple était Gilberte, qui avait pris des vêtements d'homme pour fuir de la Rochelle, voyager seule, venir à Paris, où elle pourrait suivre jour par jour la marche funeste du procès.

Toujours errante autour du Palais de Justice, interrogeant tous les mouvements, tous les bruits, recueillant tous les indices qui en sortaient, elle avait vu s'assombrir la cause des accusés, et découvrait maintenant quel résultat terrible le crime de sa dénonciation pouvait entraîner.

Gilberte, en sortant de l'évanouissement dans lequel l'avaient jetée les révélations de Lambert, s'était éveillée à une autre existence.

Sa passion pour Arthur s'était évanouie comme se dissipe le délire de la fièvre. Elle ne voyait plus que la réalité, c'est-à-dire, la grandeur du caractère de Raoulx, ses droits à l'admiration, à l'amour ; la trahison indigne dont elle avait usé envers lui. Enfin, elle était guérie, mais demeurée faible, brisée, triste jusqu'à la mort, comme lorsque la force factice de la fièvre s'éteint, en laissant la sensation lucide des ravages qu'elle a causés!

Elle était depuis cinq jours à Paris, seule, errante, sans avoir la moindre idée des usages d'une grande ville, et hors d'état de s'en préoccuper.

Elle achevait quelques aliments quand la faim se faisait sentir, et en retour, tendait de l'argent, qu'elle était incapable de compter, laissant à ceux qu'elle approchait la pensée qu'elle était frappée d'aliénation mentale. Sur la berge de la rivière, au-dessous du quai de l'Horloge, étaient alors de petites baraques de charbonniers, fermées en été, et couvertes, en cette saison, de vigne vierge et de clématite. C'était au pied d'une de ces cahutes que Gilberte se retirait machinalement vers le soir.

Son corps frêle et vêtu de toile brune se confondait avec les débris de bateaux dont le terrain était couvert ; la plante aux mille tiges pendantes et garnies de fleurs l'enveloppait à demi, et nul des gardiens préposés à la sûreté de la ville ne l'avait aperçue sur la terre où elle allait dormir quelques heures.

Ce jour de septembre était celui de la dernière audience.

La population avide de connaître l'arrêt dont une vague rumeur faisait pressentir la terrible sévérité, arrivait à flots pressés qui remplissaient la cour du Palais et disparaissaient sous la voûte.

Gilberte regardait d'un œil de désespoir et d'envie ceux qui se dirigeaient vers la salle d'audience. Jusque-là, elle n'avait pas osé y pénétrer, car il lui semblait que sa présence dans cette enceinte serait une insulte au malheur.

Comme elle était à l'entrée du quai à regarder passer ces groupes nombreux, elle vit descendre d'un riche coupé, portant des armoiries de comte, un vieillard et une élégante jeune fille.

Ils regardèrent d'abord le Palais de Justice comme pour se diriger de ce côté; mais le vieillard ayant tiré sa montre, et jugeant sans doute qu'il lui restait quelques minutes à perdre, conduisit la jeune personne dans l'allée du marché aux fleurs.

Gilberte avait reconnu le comte d'Oberon et miss Julia d'Elbe.

Leur vue lui rappelait les plus affreux souvenirs. Par une sorte d'avidité à se repaître d'amertume, de souffrance, elle alla s'asseoir sur le bord de la fontaine pour les regarder passer.

Ils montèrent lentement la longueur du quai, et elle les suivit des yeux; ils redescendirent, et son regard les accompagna encore...

Des larmes brûlantes mouillaient ses paupières...

Ce qu'elle enviait maintenant à cette jeune fille du grand monde, destinée à être toujours l'objet de sa jalousie, ce n'était plus l'éclat de sa beauté, de sa parure, de sa fortune, ce n'était pas même

l'amour d'Arthur! c'était le calme de sa conscience, la sérénité impassible avec laquelle elle pouvait s'occuper des plantes exotiques étalées devant elle, et demander leur nom... c'était l'azur limpide qui brillait dans les yeux de miss Julia, tandis qu'elle sentait, elle, son âme bourrelée de remords, de troubles dévorants.

Le comte regarda encore une fois sa montre; miss Julia acheta un bouquet, et ils s'acheminèrent tous deux vers le Palais de Justice.

Gilberte n'était pas seule à demeurer constamment près des lieux habités par les accusés.

Lambert était près de là, assis sur le parapet du quai de l'Horloge, devant la porte de la Conciergerie.

Il était venu à Paris sur les traces de ses amis, transférés de la tour de la Rochelle dans les prisons de la cour d'assises. Ayant ainsi quitté son habitation de Saint-Pierre au moment où les agents du pouvoir s'y étaient rendus pour l'arrêter, il s'était soustrait involontairement à son sort.

Immobile, les bras croisés, son attitude était l'expression de sa mortelle douleur: elle peignait l'homme fort et intelligent dans l'impuissance d'agir seul contre la société, quelque folle ou cruelle qu'elle se montre.

Ces journées allaient être marquées d'un crime de plus pour la France, et Lambert ne pouvait rien faire pour l'empêcher ou le venger! C'était là ce qui le dévorait de désespoir.

Gilberte était assise sur la saillie d'une pierre, cachée à demi par l'arête d'une muraille. (Page 205, col. 2.)

Arthur d'Oberon, en revenant d'accompagner son oncle et sa fiancée jusqu'à l'entrée du Palais de Justice, sans avoir pourtant la hardiesse d'y pénétrer, avait passé sur le quai de l'Horloge devant Lambert. Mais celui-ci l'avait regardé sans émotion ni battements de cœur. Ce n'était plus un homme qu'il détestait; sa haine avait grandi : il en voulait à cette société inerte devant le mal, à ce grand monde immuable dans son égoïsme, à ce peuple qui s'é-

veille un moment pour faire sentir sa force, et se rendort ensuite pour des siècles, sans que rien puisse le faire sortir de sa torpeur.

Dans ce quartier populeux, où il passait des jours assis sur la borne, Lambert voyait des masses de population, ouvriers, femmes, enfants, faire des choses impossibles pour vivre, ou traîner une atroce misère. Il pensait que les guerres de l'Empire avaient épuisé ce peuple de sang et d'argent, que c'était en dépouillant encore ce peuple déjà si misérable, qu'on avait trouvé quinze cents millions pour les donner aux puissances étrangères, pour les faire passer dans les coffres des princes, puis un milliard pour le remettre aux mains des riches mendiants de l'émigration.

La ville de pierre avait eu ses hontes, ses souffrances, comme la ville animée : ses places avaient été le bivouac des troupes ennemies ; son fleuve avait servi d'abreuvoir aux chevaux des Cosaques ; le Luxembourg était devenu un lieu de supplice où était tombé le plus grand capitaine de l'Empire ; l'Institut avait vu des proscriptions dans son sanctuaire, abrité jusque-là des fureurs politiques ; on avait accordé des jours de pillage pour le Louvre ; les Tuileries, où les souverains s'étaient succédé rapidement, avaient fourmillé de proclamations princières, de serments de fidélité, et s'étaient transformées en une vaste fabrique de fausse monnaie politique.

— Et tout cela, se disait l'ardent républicain, tout cela, honte et misère, toujours par la faute des princes ! Tous les ravages dont Paris garde mémoire ont été causés par la lutte de leurs ambitions ennemies... Et après ceux-ci, qu'on chassera un jour, il en viendra d'autres, puis d'autres encore... La France, qui leur doit tous ses maux, en voudra toujours... Toutes les autres superstitions ont passé, celle-là ne passera jamais ; l'enfer l'a juré.

Lambert était calme en disant cela, mais un morne désespoir le consumait.

Cependant tout à coup il cessa de pen-

ser ; il n'y eut plus en lui que l'ineffable existence du cœur... L'horloge venait de sonner ; Lambert tenait les yeux fixés sur une des inégales ouvertures qui en cette partie percent le mur antique du palais... Une ombre passa derrière les barreaux... c'était Raoulx... Lambert échangea un regard avec lui, regard où s'épanchait toute son âme... et tout fut fini !

Chaque jour Raoulx traversait cette partie de l'édifice lorsqu'on le conduisait à la salle d'audience, et Lambert vivait du bonheur de l'apercevoir dans ce rapide instant. Il avait pu lui adresser un billet de deux mots, dans lequel il disait qu'il ne se livrait pas, de peur de donner aux bourreaux royalistes la joie d'une victime de plus ; mais que si Raoulx succombait, il jurait de ne pas lui survivre... Et ce regard de chaque jour ratifiait pour les deux amis le serment de se rejoindre sur la terre ou là-haut [1].

Les prisonniers avaient encore un autre voisinage.

A la fenêtre d'une des vieilles maisons de la Cité, fenêtre qui, à travers des inégalités de bâtisse, des pointes de toit, des angles de mur, laissait apercevoir à demi la meurtrière d'une cellule de la Conciergerie, était un pinson en cage qui chantait à pleine voix.

Derrière cette cage était Églantine ; et la cellule dont on entrevoyait les barreaux était celle de Charles Goubin.

1. Raoulx eut aussi pour ami intime M. Latil, un de nos peintres d'histoire, non moins connu pour son estimable caractère que pour son talent supérieur.
(*Note de l'auteur.*)

Marthe, la jeune femme de Pommier, forcée de soigner sa mère malade, et ne connaissant que le devoir, bien plus puissant dans son âme paisible et réservée que les élans de l'amour, était restée dans la maison de ses parents. Églantine, plus naïvement aimante, ne raisonnant rien dans ses affections, était parvenue à rejoindre à Paris le prisonnier qui, selon leur traité, devait l'épouser si ses malheurs se prolongeaient.

Églantine voyait tous les jours Charles Goubin au parloir, et lui demandait de fixer le moment de leur mariage ; à quoi l'accusé, qui sentait à chaque audience sa situation devenir plus effrayante, répondait toujours : *Demain!*

Le reste du temps, la fenêtre d'Églantine et celle de Goubin étant trop peu directement voisines pour qu'ils pussent se voir, trop éloignées pour qu'ils pussent s'entendre, Églantine avait emprunté, pour communiquer avec son cher prisonnier, la voix du pinson, qui fendait les airs.

Cet oiseau, le premier qui chante au printemps, et dont la voix éclatante, perlée, a un frémissement particulier pour exprimer ses amours, se faisait entendre à la place d'Églantine, jeune fille printanière aussi, qui était encore si frêle, si enfant, et déjà si forte pour aimer !... Puis le pinson, aveuglé par l'oiseleur, et qui chantait dans l'ombre, était bien l'interprète qu'il fallait à ces pauvres enfants, qui s'aimaient dans le malheur !

Goubin, en entendant à toute heure cette musique aérienne qui se faisait pour lui, n'était plus seul dans sa prison.

L'heure de la dernière séance de la cour était venue, et on entendait déjà la rumeur de la foule qui remplissait la salle.

Un jeune homme, muni d'un billet, traversait rapidement la cour de la Sainte-Chapelle pour aller gagner sa place.

C'était Cédric, arrivé à Paris en même temps que les prisonniers, Cédric, un des plus tendres amis des sergents de la Rochelle, un des plus fervents carbonari, et que tous les sentiments d'un cœur aimant et patriotique portaient à partager le sort des conjurés.

Un homme d'un âge mûr, et qui, après avoir causé quelques minutes avec l'un des membres du parquet, s'était mis à suivre Cédric, l'arrêta vivement au moment où il entrait sous la voûte. Cédric, en se retournant, se trouva en face de son père.

Celui-ci entraîna le jeune homme à l'écart, dans la cour de la Sainte-Chapelle.

Le premier mouvement de Cédric fut tout d'impatience. M. Pontarlier avait été une des causes indirectes de la perte des Compagnons de la nuit. Puis le jeune homme pensait qu'il venait à Paris pour s'opposer à ses desseins... Mais à l'instant où il leva les yeux sur lui, il vit les traits de son père profondément altérés, creusés par une douleur plus violente encore que les craintes qu'il concevait en ce moment ne pouvaient la faire naître, et la parole de reproche qu'il allait prononcer expira sur ses lèvres.

Après quelques mots d'explication vivement échangés, Cédric dit à M. Pontarlier que sa résolution irrévocable était celle-ci :

Si les accusés de la Rochelle étaient acquittés, il retournerait chez son père, et lui jurait de ne plus tremper dans aucun complot politique ; mais si, par le jugement qui allait se rendre dans quelques heures, ses amis étaient condamnés, à cette séance même il montrait sa carte de carbonaro, il répétait en face du tribunal le serment des conjurés, et il demandait à mourir avec eux.

M. Pontarlier, qui venait de s'entretenir avec l'un des membres de la cour, frémit à la pensée de cette épreuve.

Il dit à son fils d'une voix tremblante et navrée :

— Eh bien, va te livrer... Mais avant, écoute-moi... Tu vois cette bague, ajouta-t-il les yeux pleins de larmes, et en tirant un anneau de son doigt ; c'est le dernier souvenir d'une mourante...

— D'une mourante ! répéta Cédric en pâlissant.

— Qui maintenant n'est plus.

— Au nom du ciel ! de qui vient cette bague ?

— De ta sœur.

— Édith !... Mon Dieu !... s'écria Cédric, tremblant de tout son être, et ayant peine à se soutenir.

— La maison est vide, dit son père ; ne veux-tu pas y rentrer ?

— Édith !... ma sœur !... répétait le jeune homme baigné de larmes.

— Avant de mourir, reprit M. Pontarlier d'un accent entrecoupé, la malheureuse enfant m'a tout avoué... Un amour insensé... et que le fanatisme royaliste avait servi à faire naître, a brisé son existence... Et elle me disait pour consolation suprême : « Il te reste mon frère... plus sage que moi, il ne donnera pas sa vie à dévorer à une chimère ! » Hélas ! non, tu n'es pas plus sage qu'elle !... Tous deux vous avez eu la tête égarée, perdue par ces affreuses passions politiques que le ciel confonde !... Et... malheureux père, il faut que j'en sois victime !...

Cédric avait jeté sa tête dans ses mains en frémissant.

— Voilà ma fortune sans héritier ! disait encore le propriétaire, non moins obstiné lui-même dans sa passion dominante... A qui la laisserai-je ?... Oh ! malheur des temps ! voilà comme les familles se brisent, comme la société se perd !

Le jeune homme gardait encore le silence.

— Et puis, je mourrai seul ! ajouta le digne homme avec des sanglots qui brisaient sa poitrine.

Cédric se jeta dans les bras de son père, et se laissa conduire à une voiture qui attendait près de là !

XIV

L'INTÉRIEUR DU PALAIS DE JUSTICE

Pendant ce temps l'audience s'était ouverte.

On voyait dans la ligue formidable des magistrats, armés pour ce procès de toutes les foudres judiciaires, le célèbre Bellart, l'avocat général Marchangy, les hommes les plus connus par leur fanatisme rétrograde, le vieux monde se drapant fièrement dans le pouvoir qu'il venait de ressaisir.

Au pied du tribunal étaient rangés les accusés Baradère, Hénon, Castille, Rozé, Massias, Lefèvre, Goupillon et d'autres carbonari moins connus.

Puis, au premier rang, Bories, Raoulx, Pommier, Goubin.

Des hommes du grand monde et des guirlandes de dames, parmi lesquelles se faisait distinguer miss Julia d'Elbe, occupaient au fond de l'enceinte les places réservées.

Le peuple remplissait la salle, obstruait les passages, les enfoncements des portes, des fenêtres. Il y avait dans ses rangs une émotion recueillie, palpitante ; les accusés sortaient de son sein, c'étaient des enfants d'ouvriers, d'humbles soldats ; c'étaient, selon l'expression de l'avocat général, des *êtres sans aïeux* : le peuple avait pour eux des entrailles fraternelles.

Pour le fond de l'enceinte, cette audience n'était qu'un spectacle ; pour la salle, c'était une question de vie ou de mort.

Lambert était dans la foule, sombre, immobile comme une statue qui serait restée debout sur son socle renversé.

Gilberte, entraînée par une force invincible, avait dompté ses remords, et pour la première fois s'était engagée dans cette enceinte du Palais. Assise sur la saillie d'une pierre, cachée à demi par l'arête d'une muraille, elle levait lentement sa paupière gonflée de larmes et promenait son pâle regard sur l'assemblée.

Dans les rangs des magistrats elle reconnut aussitôt M. Marchangy, qu'elle avait vu à la soirée de l'hôtel d'Oberon. Elle frissonna à sa vue. Tout ce qui tenait au souvenir de cette soirée, où elle avait trahi, perdu Raoulx, devait être d'une influence mortelle.

Ce pressentiment de la malheureuse Gilberte ne la trompait pas.

Le procès des sergents de la Rochelle avait acquis son extrême importance de ce que les magistrats royalistes s'étaient flattés d'y impliquer Lafayette, Benjamin Constant, Kératry, Laffite, d'Argenson ; d'y trouver matière à sévir contre ces libéraux qui troublaient leur sommeil. Cependant, grâce à l'héroïque dévouement de Bories et de ses compagnons, leur espoir devait être déçu.

Mais, plus encore que des jeunes accusés et des hauts personnages qu'on croyait voir derrière eux, ces débats prenaient leur intérêt de cette mystérieuse société du carbonarisme qu'on pensait y voir dévoilée.

Le procureur général avait annoncé que ce procès remonterait à l'ensemble des complots qui désolaient la France. On y suivrait, avait-il dit, les traces des affiliations ténébreuses qui minaient sourdement l'État; on y verrait les sectes révolutionnaires arrachées à leur ombre, et traînées avec leurs attributs, leurs signes, leurs devises et leurs couleurs, à la barre de la France ou plutôt de l'Europe entière.

Le carbonarisme était le nom que le progrès, en marchant d'âge en âge, avait emprunté à cette époque; ainsi le carbonarisme devait en être la terreur.

Lorsque, après la défense présentée par MM. Mérilhou, Chaix-d'Est-Ange et les autres avocats des parties, M. Marchangy fit entendre ses terribles conclusions, il attribua à cette puissance occulte tous les malheurs qui venaient de fondre sur le monde civilisé.

Les soulèvements de l'Italie, surtout celui de Naples... de Naples si heureuse de la mansuétude de ses Bourbons! venaient des souterrains du carbonarisme. Si la Grèce, dans une *épouvantable frénésie*, brisait *ses douces chaînes* par une indépendance impie, le carbonarisme l'avait inspirée. C'était lui qui *distillait le poison de la démocratie* dont commençait à être infestée l'Allemagne, jusque-là exemple de *soumission sublime* à ses principes. L'Espagne même, l'Espagne allait bientôt perdre son *fanatisme héroïque*, son culte pour les traditions premières, dans le torrent de ces inspirations infernales de liberté, d'égalité.

Oh! honte éternelle, ces peuples cherchaient *la lumière* au lieu de se placer *à l'ombre des pouvoirs légitimes;* ils échangeaient les *simples vertus* pour les *connaissances de l'intelligence*, *l'instinct* pour le *raisonnement...* n'allaient-ils pas tous à grands pas au rendez-vous de l'abîme?

L'avocat général reportait ensuite ses regards vers la France pour y contempler douloureusement les trames de ces promoteurs du désordre, de ces envoyés de la révolte.

Il se félicitait que la Providence veillât de toute sa puissance divine sur notre beau pays; car si, par une adversité que *le ciel ne permettrait sûrement pas*, mais à laquelle on ne pouvait penser sans frémir, l'esprit révolutionnaire triomphait, si la monarchie légitime des Bourbons venait à disparaître, tout l'ordre social succomberait, *l'autel serait renversé*, la famille n'existerait plus, la propriété perdrait ses droits antiques, et sous la lave dévorante du *plus épouvantable brigandage*, la France ne serait bientôt plus qu'*un monceau de ruines*.

O mânes de Marchangy, où êtes-vous, pour que deux révolutions aillent vous dire que vous aviez menti!

Des frémissements de joie couraient dans la partie élevée de la salle où siégeaient nobles et prêtres, et dont les rangs formaient un vaste écho aux paroles de l'orateur.

Dans la salle, on tremblait sans doute à la pensée de tant de *maux* puisés dans ce carbonarisme impie, à la pensée de l'homme reniant son *instinct*, reniant son rang d'animal sublime pour devenir un être pensant.

Mais ces craintes ne pouvaient diminuer la tendre sympathie qui se portait si naturellement vers les accusés.

On regardait ces quatre jeunes sous-officiers, qui avaient tant de pureté empreinte sur le front, tant de foi, d'enthousiasme dans le regard, dont tout l'aspect semblait attester une vie sans tache; on ne pouvait les croire coupables, et, coupables ou non, on les pleurait!

M° Mérilhou, l'éloquent défenseur de Bories, reprit la parole.

Les accusés eux-mêmes répondirent aux questions du président avec une fermeté, une noblesse, un accent de sincérité qui ne se démentit pas une minute.

Alors, en dépit de tout l'amas de sophismes, de mensonges, qui avait été accumulé pour les perdre, la vérité se fit jour; l'assistance tout entière comme une seule âme s'élança vers eux.

Gilberte voyait ces ardents témoignages d'un amour universel; elle entendait ces murmures élevés de tous les seins comme une prière involontaire pour les accusés; et c'étaient autant de reproches poignants pour elle qui les avait dénoncés. Seule, dans cette enceinte, elle ne pouvait laisser exhaler ses plaintes; seule elle n'avait pas le droit de prier le ciel pour le malheur.

Elle s'était affaissée sur elle-même, blottie à l'angle de la pierre, le visage baissé et couvert de ses longs cheveux, elle les pressait sur sa bouche pour étouffer ses sanglots.

Enfin l'arrêt depuis si longtemps attendu allait être prononcé.

Une frisson électrique courait par toute la salle; des larmes brillantes à toutes les paupières imploraient les juges et Dieu.

Le président demanda successivement à chacun des accusés s'il n'avait rien à ajouter à sa défense. Leurs réponses faisaient vibrer toutes les âmes; on espérait qu'ils allaient prononcer un mot de justification suprême; et par le seul accent des mots qui sortiraient de leur bouche, on les croyait justifiés; on attendait leur salut.

Quand vint le tour de Bories il se leva, et se tournant vers les jurés :

—Messieurs les jurés, dit-il, vous avez entendu la lecture de l'acte d'accusation; vous avez été témoins des débats, et vous savez s'ils ont rien produit qui justifie la sévérité du ministère public à mon égard. Vous avez été sans doute étonnés d'entendre M. l'avocat général prononcer ces paroles : « Toutes les puissances oratoires ne sauraient arracher Bories à la vindicte publique. » M. l'avocat général s'est appliqué à me présenter comme chef du complot... Oui, messieurs, je le suis! J'accepte, je réclame ce titre. Heureux si ma tête, en roulant sur l'échafaud, peut sauver celle de mes camarades!

A l'expression de fierté, d'honneur, qui régnait dans les réponses des prévenus, à cette beauté pâle et sublime de l'accusé innocent qui brillait sur leurs fronts, à l'expression de l'amitié si pure, si enthousiaste qui les unissait et répandait un charme de poésie indicible sur leur courage civique, l'émotion brisa la contrainte qu'imposait jusque-là la majesté du lieu; un cri d'admiration sortit de toutes les bouches; dans un élan unanime chacun s'avança davantage contre la barre, comme si on eût voulu se presser contre le banc des accusés et les envelopper d'une tendre pitié.

De jeunes femmes du monde se laissèrent entraîner par le même sentiment que la foule; quelques-unes firent entendre des applaudissements frémissants aux dernières paroles des accusés... Miss Julia leur jeta son bouquet.

Les jeunes sous-officiers, préparés à toutes les rigueurs du tribunal, cuirassés de courage contre toutes les cruautés d'un pouvoir tyrannique, n'étaient pas armés contre l'attendrissement qu'ils faisaient naître. Leur âme se fondait sous la douce puissance de cette sympathie frémissante qui venait de les envelopper. Leurs têtes s'inclinèrent une minute, ; leurs seins se gonflèrent; ils attachaient les yeux sur ce bouquet tombé à leurs pieds. Ils n'osaient le relever, mais sous leurs paupières baissées il semblait voir leur regard humide.

Ces fleurs, que miss Julia avait quelque temps froissées dans ses doigts, s'étaient effeuillées en tombant sur le parquet; Gilberte croyait en sentir venir jusqu'à elle l'émanation dévorante. Miss Julia, cette femme en qui le sort avait toujours placé devant les yeux de Gilberte le bonheur qu'elle ne pouvait goûter, miss Julia en ce moment donnait un dernier instant de douceur aux accusés, objet de l'entraînement de tous. La jalousie brûlait le sein de Gilberte. Jamais les tortures de l'envie ne s'étaient fait sentir en elle comme en cet instant; elle eût donné mille fois sa vie pour qu'à cette heure suprême ce fût elle qui eût apporté une ombre de consolation à Raoulx.

A six heures et demie, les jurés se retirent dans la chambre des délibérations; quelques instants après, M. le chef des jurés revient donner lecture de leur décision.

L'avocat général requiert l'application de la peine à l'égard des prévenus reconnus coupables.

La cour se retire pour délibérer.

Dès cet instant, tout s'obscurcit dans l'enceinte. Les mouvements d'enthousiasme, qui avaient encore quelque chose d'heureux, s'éteignent dans une terreur accablante. On n'entend plus aucun murmure, même de crainte ou de pitié, on n'entend plus s'exhaler aucun souffle; il n'y a partout que des frissons silencieux et glacés. La foule diminue peu à peu, et comme éloignée par une impression d'épouvante... le jour se retire de l'étendue de la salle, et le dernier rayon du soleil semble emporter la dernière lueur d'espérance.

Quelques flambeaux épars viennent éclairer les ténèbres.

C'est réellement une veillée funèbre qui commence et se prolonge avec une lenteur infinie. La lumière jaune et vacillante éclaire dans une ligne immobile les figures des accusés; autour d'eux les limites de la salle disparaissent, la voûte s'efface dans les ombres; et l'on dirait que c'est un ciel sombre et d'une obscurité menaçante qui plane sur leurs têtes.

Enfin la cour rentre en séance au milieu de la nuit et prononce son arrêt.

Un certain nombre d'accusés sont ac-

Adieu, mes amis; adieu, vous tous. Nous sommes innocents; la France nous jugera. (Page 210, col. 1).

quittés, et ces paroles n'éclaircissent pas la lugubre impression répandue dans l'enceinte.

Le tribunal des hommes continue à faire entendre sa voix.

Bories, Raoulx, Pommier, Goubin, sont condamnés à mort.

Bories se lève.

— Monsieur le président, dit-il, l'impartialité que vous avez mise dans votre résumé nous autorise à vous prier de nouveau de donner des ordres pour que nous ne soyons point séparés.

Le président accorde cette grâce.

— Nous demandons aussi, reprend Bories, qu'on ne nous charge pas de fers.

Les gendarmes se disposent à faire sortir les condamnés. Les avocats se jettent dans les bras de leurs infortunés clients et les couvrent de larmes et d'embrassements.

Cet élan se répand dans toute la salle, où les mêmes larmes de pitié, de désespoir, sont versées.

Alors Bories étend sa main vers ce peuple qui le pleure, et d'une voix sainte, puissante, il s'écrie :

— Adieu, mes amis ; adieu, vous tous. Nous sommes innocents; la France nous jugera !

Les condamnés sont emmenés, et on entend encore vibrer, sous les profondeurs des voûtes, ces derniers mots de la vie :

— Adieu! adieu!

XV

LA PRISON.

Le jour se lève bientôt après sur cette grande ville, ses premières clartés trouvent les quatre condamnés enfermés à Bicêtre et réunis dans le même cabanon, d'après la permission qu'ils en ont reçue.

Jamais une amitié plus intime, plus profonde, ne se peignit dans leurs regards, dans leur pose mélancolique sans être abattue, et où ils semblent s'appuyer l'un sur l'autre. Il faut avoir été unis par tous les liens du passé, avoir vécu de la même existence, et être près de mourir ensemble pour savoir ce que c'est d'aimer.

Goubin a eu un courage toujours calme, souriant; Pommier regarde un coin du ciel et rêve en silence ; Raoulx trouverait en lui seul assez de force pour braver les terreurs de la mort, mais il pense à Lambert *qui le suivra*, à Gilberte, dont le silence atteste l'oubli, et ces images aident à son détachement de la terre.

Cependant les trois jeunes gens se tiennent un peu dans l'ombre du cabanon. Ils ont déjà toutes les impressions de la mort : le silence , l'obscurité de cette voûte qui ressemble à un tombeau , le bruit lointain de la ville, le mouvement du monde qui existe pour les autres, et auquel ils ne doivent plus se mêler, le ton radouci des gardiens de la prison, qui les avertit sans cesse de leur sort par les ménagements réservés aux condamnés à la peine capitale, par la pitié donnée à ceux qui meurent dans leur vingtième année.

Peut-être quelque regret de la vie se mêle-t-il à leur immuable fermeté, peut-être cherchent-ils l'obscurité pour qu'on ne voie pas le pâle nuage qui voile par instants leurs traits.

Bories seul est sous le rayon de la fenêtre; il peut affronter le grand jour.

Son beau visage, aux traits réguliers et de lignes antiques, est empreint de la force d'âme qui s'alliait autrefois à ce type consacré. Son vœu est accompli, il va mourir pour la France; il lui semble en ce moment prendre possession de sa destinée. La sympathie dont le peuple l'a entouré pendant tout le cours du procès, lui prouve qu'il va laisser un grand exemple, que son martyre fécondera la foi patriotique, en avancera le succès de quelques années ! C'est tout ce qu'il veut, le triomphe de la sainte cause! Peu lui importe ce jeune sergent qui s'est appelé Bories sur la terre ! Que sa cause de la liberté marche, et que les hommes renversés sur sa route ne soient comptés pour rien !

On apporte le repas des prisonniers.

Cette approche de la mort que la Providence dérobe par pitié aux humains se fait sentir tout entière aux victimes des hommes; mais la plus cruelle épreuve pour le condamné est celle qui rappelle la vie matérielle, car celle-là va finir, tandis qu'on peut encore croire en celle de l'âme.

Goubin, peut-être pour empêcher ses compagnons de s'arrêter à de semblables pensées, se hâte de servir le déjeuner. Et comme en ce moment il rappelait les souvenirs de la dernière séance, le plus jeune des sergents continua :

— Savez-vous, mes amis, qu'on nous a fait monter bien rapidement en grade !

— Comment cela? demandent ses compagnons.

— Oui, dit Goubin; jusqu'ici la Restauration n'avait condamné à mort pour rébellion que des généraux ou des officiers supérieurs, et nous, simples sergents, on nous met au même rang... Cette condamnation nous donne l'épaulette.

— Ce n'est pas ainsi que nous pensions la gagner, dit Pommier, rappelant les projets d'avenir qu'ils formaient quelques mois auparavant. Mais n'importe; que ce grade donné par l'échafaud soit le bienvenu !

— Eh ! mon Dieu, dit Raoulx d'une voix profonde, si nous l'eussions acquis à la longue sur les champs de bataille, qui sait par quelles cruelles compensations la vie d'ailleurs nous l'eût fait payer, par quelles souffrances... peut-être pires que celles qui nous attendent...

— Tout à l'heure, dit Pommier, je regardais ce ciel si bleu qui luit aujourd'hui.

— C'est vrai, interrompit Goubin, on ne voit que le ciel d'ici : c'est une attention de la Providence.

— Et je pensais, continua Pommier, que si ce qu'on m'a dit dans mon enfance est vrai, si nous sommes en effet réunis là-haut aux êtres que nous aimons, et que je doive toujours rester près de vous trois, je me trouve heureux de mourir.

Ses amis se hâtèrent de porter le verre à leur bouche; et le tremblement de leur main attestait l'émotion que ce mouvement cherchait à cacher.

— Et toi, Bories, demanda Goubin, à quoi pensais-tu?

— Je pensais, mes amis, dit le jeune chef des Compagnons de la nuit, que vous m'avez trop aimé.

— Toi, disent ses camarades, était-ce possible ?

— Oui, répond Bories; j'étais au-dessus de tout dans votre cœur... Je l'ai vu souvent... Et moi, dans mon patriotisme exalté, je courais souvent après un idéal qui me faisait oublier les plus belles, les plus nobles réalités.

— Pouvions-nous t'aimer moins, parce que tu en étais plus digne? dit Pommier.

— Je le savais, dit Raoulx, j'avais vu en toi cette passion pour ton pays, que tu cachais avec la pudeur d'âme qui accompagne toute passion profonde. Et en ce moment encore je lis dans ton cœur; je vois que plus qu'aucun martyr de ces temps tu es fier, tu es heureux de mourir pour ta foi.

— Ah! c'est vrai, dit Bories avec un accent de simplicité héroïque.

— Eh bien! dit Goubin en souriant, je parle pour nous trois, et je viens prétendre que nous ne te le cédons en rien. Il y a la même force d'âme à dédaigner la vie, ou à la regretter franchemnt et à la perdre sans se plaindre.

En ce moment les prisonniers se turent, écoutant une rumeur de voix qui se faisait entendre au dehors.

Des groupes de peuple s'étaient formés autour des murs de Bicêtre : on y parlait avec agitation. L'éloignement, la hauteur de la lucarne, l'épaisseur des murs, dérobaient la voix ; mais quelques mots qu'on faisait peut-être résonner plus haut à dessein arrivaient jusqu'aux condamnés.

Ils entendaient :

— Non! non! ils ne périront pas! Ils sont innocents... Ce serait horrible... Le peuple renverserait plutôt l'échafaud!...

A peine ces voix eurent-elles cessé, qu'un gardien vint apporter une bouteille de plus sur la table, glissa en même temps un billet entre les mains de Bories, et se retira aussitôt.

Les prisonniers se regardèrent saisis de surprise. Deux d'entre eux se levèrent vivement, pour se tenir entre Bories et le guichet ouvert sur le corridor, où veillait une sentinelle.

— Par quelle puissance a-t-on pu ga-gner ce gardien, au point qu'il nous remette lui-même un billet? dit Bories avec stupeur.

— Lis vite! diront ses compagnons.

Le billet était ainsi conçu :

AUX SERGENTS DE LA ROCHELLE.

« On doit demander votre grâce au roi; mais n'attendez rien de lui. Ne comptez pas non plus sur la justice du peuple, elle faiblira devant le sabre des dragons. Celui qui vous a parlé une fois sur le bord de la mer, une fois à l'entrée du souterrain druidique, peut seul vous sauver. Au moment où le gardien qui vous a remis ce billet reparaîtra devant vous, que Bories prononce *Oui;* et dans la nuit prochaine ce même homme ouvrira votre cachot et vous conduira jusqu'au détour des murs de la prison, où vous attendra une voiture. Cent mille francs ont gagné le gardien à votre cause; et votre courageux patriotisme vous a gagné depuis longtemps celui qui s'est dit à la Rochelle votre ami, qui se dit ici votre libérateur. »

Après ces lignes, que Bories avait lues à haute voix, les prisonniers restèrent quelques minutes en silence. Ils redoutaient mutuellement de se communiquer ce qui se passait en eux.

Ils n'avaient pas encore eu la force de prononcer une parole, lorsque le gardien reparut, s'approchant comme pour enlever la table de leur repas.

C'était l'instant où Bories, qui n'avait pu encore consulter ses compagnons, allait disposer seul de leur sort.

Pommier, Raoulx et Goubin, attendaient fixes et palpitants.

Le gardien, qui était instruit de tout, sans rompre le silence, resta une seconde immobile devant Bories, en levant vers lui un regard significatif.

Bories se tut; le gardien s'éloigna.

Le *Oui* qui aurait pu sauver la vie des quatre condamnés n'avait pas été prononcé.

— Fuir comme des criminels! et des criminels sans courage, non jamais! dit Bories en froissant le billet et en le jetant dans un coin du cachot!

— Oh! tu as bien fait, ami! s'écrièrent ses trois compagnons à la fois.

Puis ils ajoutèrent tour à tour:

— C'était là aussi ma résolution... Mais toi seul, Bories, pouvais avoir la force de la déclarer.

Ensuite les prisonniers s'étonnèrent longtemps en songeant au mystérieux étranger qui leur avait donné des témoignages d'un intérêt bien sincère à la Rochelle, et qui pouvait payer cent mille francs la seule assistance d'un gardien de la prison, tandis qu'ils ne se connaissaient guère pour amis que de simples soldats, enfants du peuple comme eux.

Mais leur puissant protecteur ne voulait pas être connu d'eux, et nul indice recueilli dans leur pensée ne put leur faire découvrir son rang ni son nom.

Ils étaient encore occupés de cet événement lorsque Églantine vint, à son heure accoutumée, visiter le prisonnier Goubin. On l'introduisit pour quelques minutes dans la cellule des condamnés, mais elle resta près de l'entrée où veillaient un porte-clefs et la sentinelle.

Goubin avait exigé qu'Églantine ne vînt jamais aux audiences. La jeune fille, étrangère à Paris, ne voyant personne, et demeurant chez des gens qu'elle n'osait interroger, ignorait la clôture du procès, et plus encore l'arrêt qui avait été rendu. Elle venait avec son habituel sourire de mélancolique espérance.

Les prisonniers, demeurés à leur place tandis que Goubin seul s'approchait d'elle, la contemplaient avec une expression indicible d'admiration et de reconnaissance.

Bories, dans la France telle qu'il la rêvait, avait aimé l'idéal de la société, de l'humanité affranchie. Raoulx, dans sa tendresse exaltée pour Gilberte, avait donné toute sa vie à la passion exclusive, dévorante, à l'adoration d'un seul être. Pommier avait cherché près de Marthe le bonheur dans la vie intime, dans les biens les plus réels et les plus simples de ce monde.

Tout s'était évanoui pour eux! L'idéal, la passion, les avaient trompés; le bonheur de la vie positive n'avait duré qu'un jour: il ne leur était resté fidèle que cette jeune fille, cette enfant, à laquelle Goubin autrefois avait à peine pensé.

En ce moment où elle apparaissait dans la prison des condamnés, elle représentait pour eux ce qui reste de bon, de tendre dans l'humanité; l'intérêt qu'inspiraient au dehors leur jeunesse, leur malheur, la pitié qui s'attache éternellement aux victimes politiques, la prière qui vient s'agenouiller sur leur tombeau.

Assise près de Goubin sur des bottes de paille jetées à l'entrée du cachot, Églantine répétait au prisonnier qu'elle voulait épouser pour partager son sort :

— Eh bien ! me direz-vous toujours *Demain ?*

Goubin frissonna. Il vit que la jeune fille ignorait tout, et répondit d'une voix tremblante :

— Oui... bientôt nous serons unis d'un lien que rien ne pourra rompre.

— Sans doute, dit Églantine ; le mariage.

— Oh ! le mariage le plus sacré.

— Oui, puisqu'il sera formé dans le malheur.

— Dans deux jours !... murmura le condamné.

— Oh ! pas si tôt, reprit Églantine en souriant. Il faut obtenir une permission et faire venir nos papiers. Mais c'est dans deux jours que vous fixerez le moment de notre mariage. Vous le savez, ajouta-t-elle de sa voix pure et candide, il y a bien longtemps que je vous ai fait ma demande.

Le prisonnier la regarda avec extase.

— Douce sainte d'amour, dit-il, je voudrais me mettre à vos pieds et vous adorer !

— Non, aimez-moi ; c'est tout ce que je veux.

Elle mit la main sur son cœur.

— Encore, je sens que si je le désire tant, ajouta-t-elle, ce n'est pas pour moi ; c'est parce que plus vous m'aimerez, plus ma présence pourra apporter de consolation dans votre captivité... Vous savez, le chant du pinson qui venait jusqu'à vous soulageait vos ennuis.

— En fermant les yeux, je croyais être dans les champs du ciel avec lui.

— Eh bien, alors, ce sera mon cœur et ma voix qui chanteront pour effacer votre tristesse. Oh ! que je voudrais qu'il en fût ainsi ! Je vais faire ma robe de noce pour être plus tôt prête.

— Une robe noire, dit machinalement Goubin.

— Noire !... quelle idée ! Je n'aurais pris une robe noire que pour entrer dans un couvent, si je n'avais plus espéré d'être unie à vous, de partager votre captivité.

— C'est là ce que vous auriez fait, Églantine ?

— Assurément.

— Et vous auriez prié pour moi ?

— Toute la vie !... Mais ne parlons pas de cela. Saurez-vous bientôt le temps de détention que vous aurez à subir, la prison que vous habiterez ?

— Oui, dit Goubin d'une voix brisée, et commençant à perdre la force de soutenir cette épreuve ?

— Vous le savez ? dit Églantine. Oh ! alors, dites-moi où est ce lieu de détention.

— Sans doute non loin de nous, murmura-t-il, et tout prêt à s'ouvrir sous nos pas.

— Est-il moins triste, moins sombre que cette prison?

— Tout ce que je puis vous dire, Églantine, c'est qu'on n'y souffre plus.

Le jeune sergent avait pâli en prononçant ces mots, et Églantine s'était levée pour prendre sa main et l'interroger encore. Mais en cet instant le porte-clefs, d'un ton qui ne permettait pas d'observation, dit à la jeune fille que le quart d'heure pendant lequel elle pouvait entretenir le prisonnier était passé.

Églantine sortit. Les regards des condamnés la suivirent dans le sombre couloir. Cette blonde et douce figure emportait avec elle la dernière gracieuse vision qu'ils dussent avoir de ce monde.

Goubin revint près de ses amis en les regardant d'un air de douceur et de regret, qui semblait leur demander pardon d'être plus heureux qu'eux.

Les jeunes sergents reprirent insensiblement la pose recueillie et le silence rempli de grandes et saintes méditations où les avait trouvés le point du jour.

Mais les condamnés n'étaient pas les plus à plaindre dans ces jours de deuil.

Près des murs du Palais de Justice, à l'ombre de la Sainte-Chapelle, Gilberte restait depuis la veille immobile et glacée, comme si elle eût été enchaînée au pied de ce funèbre édifice où l'arrêt de mort avait été rendu.

Gilberte était dans un état extraordinaire, il y avait sur son visage une insensibilité de marbre, et cependant un profond désespoir y était empreint; on eût dit qu'elle avait cessé de vivre, et qu'ayant expiré dans des peines cruelles, ses traits en conservaient l'expression dans la mort.

Collée à la muraille, les yeux troubles et fixés devant elle, tout son être restait dans une complète immobilité.

Un homme entra dans cette cour voisine du Palais, et aussi déserte dans ce moment qu'elle avait été, dans les jours du procès, passagère et agitée.

C'était Lambert, qui, la veille, errant ainsi que Gilberte autour de la Conciergerie, avait rencontré et reconnu sa sœur sous les vêtements d'homme qu'elle avait empruntés pour son voyage secret à Paris. Le regret extrême qu'attestait la présence de la jeune fille dans ce lieu avait été compris de Lambert; mais pour cette vertu austère les remords de Gilberte, quelque profonds qu'ils fussent, ne pouvaient encore racheter ses fautes.

Cependant en ce moment l'aspect de la jeune fille le frappa, et il s'approcha d'elle.

Gilberte tourna les yeux de son côté. Les traits de l'hôte qui l'avait reçue dans la cabane de Saint-Pierre, de celui qui s'était ensuite révélé à elle comme son frère, étaient trop bien gravés dans sa mémoire pour que, même en ce moment, elle pût le méconnaître.

Elle le considéra une minute, et réfléchit que son frère du moins n'était pas enveloppé dans l'arrêt de mort qu'elle

avait attiré sur la tête d'autres carbonari.
Cette observation, qui constatait un funeste résultat de moins, la laissait pourtant dans l'abîme de douleur où elle était
plongée.

Son regard terne, froid, se reporta vers
la prison, et elle reprit son immobilité de
marbre, dans laquelle cependant ses lèvres frémissaient par instants, s'entr'ouvraient et murmuraient :

— Condamnée... condamnée !.

Lambert sentit un frisson courir dans
ses veines, à ce mot plusieurs fois répété
d'une voix creuse, inanimée. Mais, inflexible encore, il prononça :

— Oui, Raoulx et ses.compagnons sont
condamnés à mort... je l'avais prédit.

Gilberte secoua la tête et répondit :

— Je ne parle pas d'eux, mais de moi.

Lambert tressaillit et demanda :

— Toi, Gilberte, à quoi peux-tu donc
être condamnée?

Les traits de la jeune fille s'animèrent
d'une exaltation ardente et sombre. Elle
frappa de la main la muraille du temple
antique vers lequel elle était arrêtée et
dit :

— Si le Dieu de colère qui régnait là
autrefois avait prononcé lui-même l'arrêt,
il ne l'aurait pas rendu plus terrible.

Puis elle s'éloigna d'un pas lent, ma-
chinal.

Lambert pensa que l'esprit de la malheureuse enfant était égaré, et la suivit.

Elle traversa le quai de ce même mouvement instinctif, descendit sur la berge
de la rivière, et alla s'asseoir au milieu
des touffes de verdure et des encombre-
ments de planches noircies qui lui servaient d'asile depuis son séjour à Paris.

Lambert se plaça près d'elle sans qu'elle
parût le remarquer. Elle se tenait accoudée
sur un de ses genoux et la tête penchée
sur sa main, que cachaient ses épais cheveux noirs. Sa figure caractérisée, et qui
semblait faite pour peindre les passions
extrêmes, était d'une beauté sublime dans
la grandeur du désespoir.

Son frère la regardait avec une pitié frémissante.

Il pensait que pendant dix-sept années, séparé de sa sœur, et lorsque sans
la connaître il nourrissait pour elle un
amour idéal, son rêve le plus cher était
de se peindre le moment où il la reverrait
et où il pourrait la presser dans ses bras.
Cependant, depuis qu'il l'avait retrouvée,
c'était la cinquième fois qu'il la voyait,
et il avait dû la repousser pour ses fautes ; il ne lui avait pas été permis de
l'embrasser! A cette pensée, l'âme de
Lambert, si pure et si tendre qu'elle
avait mis dans cet amour fraternel ses
plus vives exaltations, l'âme de Lambert
se brisait de douleur.

Mais Gilberte en ce moment regardait
l'eau qui coulait à ses pieds. Cette vue venait de reporter sa pensée vers le bassin
du parc de l'hôtel d'Oberon, dans lequel
quelques instants avant sa faute, une voix
secrète lui disait de se précipiter.

— Oui, dit-elle tout haut, c'était en ce
moment qu'il eût fallu mourir.

Les regards des condamnés la suivirent dans le sombre couloir. (Page 213, col. 1.)

— En quel moment, Gilberte? demanda son frère.

— Dans la soirée du 1ᵉʳ août... avant cette nuit de délices perfides que j'ai passée dans la chambre d'Arthur.

— *La soirée du premier août!* répéta Lambert qui avait reçu une commotion violente à ce mot. Ainsi, en même temps, dans cette même nuit de désespoir, il séduisait ma sœur, et par son absence de l'assemblée il encourait cette condamnation qui nous a tous perdus à sa place!

— Oui, dit Gilberte qui ne s'expliquait pourtant pas entièrement les paroles de son frère, il y a de bien horribles fatalités! Cette nuit a amené la journée qui va se passer là-bas, ajouta-t-elle en étendant la main à droite, là-bas sur la place de Grève...

Lambert frissonna et pressa son front de sa main.

— La journée, répéta Gilberte, où je dois subir ce supplice.

— Tu parles de toi, dit Lambert brusquement; voyons, que veux-tu dire?

Elle ne l'entendit plus; le front baissé, elle répéta d'une voix sourde, comme sous les murs de la Sainte-Chapelle :

— Condamnée !

— Tu te crois aussi condamnée à mort?

— A mort !... Oh! ce ne serait rien ! La mort, mon Dieu, c'est un moment de courage... puis une âme pure qui s'élève au ciel.

Elle souriait en prononçant ces mots, et sa figure ranimée avait pris tout à coup l'expression radieuse de la douce image qui passait devant ses yeux. Mais ce ne fut qu'un éclair, sa tête retomba si pâle, si sombre, que Lambert en eut le cœur déchiré de pitié.

— Pauvre enfant! dit-il croyant flatter sa triste chimère, un arrêt terrible te frappe; ne peux-tu demander grâce?

— Non.

— Qui l'a prononcé?

— Moi-même.

— Que dis-tu?

— Qu'il faudra subir ce supplice.

— A quoi enfin es-tu donc destinée?

— A les voir mourir.

Lambert jeta un cri étouffé à cette résolution terrible, suprême, de sa sœur.

Son inflexible rigidité se brisa enfin; un frémissement de tendresse courut dans tout son être; il fut près de serrer Gilberte sur son cœur.

Mais en ce moment le tambour résonna sur le quai au-dessus de sa tête. C'était la garde qu'on relevait à la porte de la prison.

Ce roulement, ce bruit d'armes, retentissaient dans son cerveau, lui serraient le front d'un cercle de fer, étendaient devant ses yeux un crêpe funèbre. C'était la captivité de Raoulx, ses fers, son supplice, qui revenaient se montrer à lui; la pensée de Raoulx fondit dans son sein, plus puissante que jamais.

Livré en lui-même à un combat terrible, sans nom, il se leva, se jeta en arrière, et gravit en courant les degrés qui l'éloignaient de la berge.

Gilberte demeura à sa place, les regards et la pensée tournés du côté de la place de Grève.

XVI

LES MARTYRS DE LA LIBERTÉ.

Dans la nuit du 21 septembre, les condamnés avaient été transférés de Bicêtre à la Conciergerie.

Dès le point du jour, il sortait de cette prison une députation formée de carbonari, de membres de l'opposition, qui, après avoir visité les détenus, se rendaient aux Tuileries pour adresser au roi une demande en grâce.

En même temps il sortait aussi de cette

maison d'arrêt divers employés qui allaient au ministère demander des détachements de troupes; puis, dans la rue des Marais-du-Temple, avertir l'exécuteur des hautes-œuvres, et enfin au cimetière Montparnasse, faire creuser quatre fosses rapprochées dans le terrain à cette époque encore peu occupé et couvert de taillis sauvages.

Les députés du parti libéral, malgré l'imminence du moment, étaient encore pleins d'espérance.

Ils pensaient que la cour royale avait voulu intimider les factions par un arrêt d'une rigueur étrange; mais, qu'après avoir triomphé par la condamnation émanée du jury, elle comptait sur la clémence royale pour en atténuer les suites.

L'esprit des émissaires était exalté par le but de leur démarche; leurs cœurs battaient vivement; ils sentaient venir sur leurs lèvres des paroles éloquentes qui devaient aller à l'âme du souverain... En effet, un seul condamné eût été peut-être plus difficile à sauver; mais lorsqu'il s'agissait de quatre jeunes hommes, coupables seulement d'un délit politique à peine prouvé, le rigorisme touchait à la cruauté. Et, faibles, obscurs de noms et de naissance, qu'étaient ces quatre jeunes soldats, comment le roi voudrait-il paraître supposer que leur mort était nécessaire au salut de la couronne?

En approchant du château, les délégués aperçurent une forme blanche à l'une des fenêtres du pavillon de Flore.

C'était la duchesse d'Angoulême. Madame avait conservé du temps de sa captivité à la tour du Temple sa pâleur, son air morne, isolé, et l'habitude de se lever seule, de s'habiller sans le secours d'aucune de ses femmes; son premier soin chaque matin, en toute saison, était de se mettre à la fenêtre.

Là elle ne voyait point le réveil du jardin, l'épanouissement des royales plantes dans un air épuré de tempêtes politiques, l'arrivée des dames, des chevaliers d'honneur qui se rendaient au château pour y former sa cour. Au delà des ombrages, elle regardait la place Louis XV, et son âme s'abreuvait pour tout le jour d'amers souvenirs.

Les députés, en reconnaissant *Madame*, en voyant son regard si profondément triste, et la pâleur que cette place de mort semblait de loin réfléchir sur ses traits, sentirent leur espoir s'affaiblir.

— Ces princes-là ont trop de mémoire, dirent-ils. Les souvenirs leur serviront toujours de code.

Un instant après, les députés étaient introduits près de Louis XVIII.

Sa Majesté les reçut, mais nulle expression de bonté ne les accueillit. Ils sentirent tout d'abord que leur prière ne pénétrait pas dans le sein du prince, mais se brisait sur une cuirasse de préjugés et de préventions cruelles. Le résultat infructueux de leur mission les glaçait d'avance, et le discours qu'ils avaient commencé dans l'élan chaleureux de l'espérance, ils le finirent avec la mort dans l'âme.

Louis XVIII n'était ni vindicatif ni cruel. Moins royaliste que ses courtisans, il avait plus de lumières et d'humanité. Mais à cette même place, dans ce cabinet où il recevait les députés, entre sa table de travail et le large foyer où tâchaient de se réchauffer ses membres déjà plongés dans la mort, on lui avait parlé du complot de la Rochelle avec autant de dédain que de blâme.

Il s'agissait, d'après les propos d'usage, d'intrigants de bas étage, de gens de rien, qui cherchaient fortune dans le bouleversement public. Car ce lieu commun politique est de tous les temps; près de tout pouvoir établi, ceux qui demandent le moindre changement sont toujours comparés aux sauvages habitants des côtes qui appellent la tempête et le naufrage du navire pour courir à l'épave.

Aussi, on avait attaché à la cour si peu d'importance au procès des sergents de la Rochelle, que, sans intention hostile ni bravade cruelle, il y avait réception et fête chez *Madame* ce jour même, qui était celui de leur supplice.

Ainsi, le cœur de Louis XVIII ne disait rien, l'ironie qui lui était naturelle se fit jour, et il eut l'inspiration, funeste pour sa mémoire, de faire de l'esprit en ce moment.

— A quelle heure, demanda-t-il, les condamnés doivent-ils être exécutés?

— Sire, à cinq heures, répondirent les émissaires.

— Eh bien, dit le roi, à six je leur ferai grâce.

Les députés frémirent et s'éloignèrent précipitamment.

. . . .

A quatre heures et demie, le cortége funèbre commença à défiler de la Conciergerie.

Jamais, à aucune exécution, la foule n'avait été si empressée et si nombreuse : mais ce n'était pas en elle la curiosité insultante pour un spectacle où il n'y a rien que la mort à contempler. Le peuple, ému d'une profonde sympathie pour les condamnés, était attiré autour de leur échafaud par ce besoin de sensations douloureuses qui est dans la nature humaine ; et peut-être venait-il aussi, sans s'en rendre compte à lui-même, retremper ses instincts d'émancipation dans la vue des martyrs de la liberté.

Un grand déploiement de force armée s'étendait sur le passage du cortége et occupait les postes d'alentour. Ce large réseau de sabres, de baïonnettes, présentait sur une plus grande échelle les fers dont on chargeait les révoltés pour les soustraire à toute délivrance ; la garde puissante de la loi les accompagnait jusqu'au dernier moment, et les cloches des églises voisines sonnaient déjà sur leurs têtes les prières des morts.

La population, qui descendait de toutes les rues et s'approchait toujours davantage du convoi, éprouvait une douleur mêlée de surprise; on ne pouvait croire que ces quatre jeunes hommes, dans toute la force et tout le charme de leur âge, dussent avoir cessé de vivre dans peu d'instants. Ce peuple si rude, et si bon quand la vue du malheur émeut ses entrailles, pleurait sur eux ; les plaintes qui sortaient de toutes les bouches et se réunissaient en un seul et immense murmure pour monter vers le ciel, étaient un hymne à la gloire des victimes.

Mais la plus à plaindre de ces victimes n'était pas sur le char mortuaire. Gilberte, placée dans le rang le plus rapproché du cortége, marchait les yeux baissés, dans la crainte qu'un regard jeté sur les condamnés ne lui ôtât la force d'aller plus loin. Elle paraissait ne pas avoir un souffle d'existence, et cependant elle se soutenait au milieu de la foule, et avançait de ce pas lent du convoi qui prolongeait davantage son supplice.

Au tournant du pont Notre-Dame, une file de brillants équipages, qui, sortant de la cathédrale, se rendaient aux Tuileries, croisa dans sa direction le cortége des condamnés.

Dans l'encombrement qui eut lieu, quelques voitures et des cavaliers se trouvèrent jetés et confondus dans l'escorte militaire, par la pression des masses qui les enveloppaient.

On venait de célébrer à Notre-Dame le mariage d'Arthur d'Oberon et de miss Julia d'Elbe. Le comte d'Oberon, oncle d'Arthur, étant alors chevalier d'honneur de *Madame*, une partie des plus hauts personnage de la cour avaient assisté à la cérémonie; et les mariés avec leurs nobles assistants se rendaient à la fête qui commençait à cette heure même chez la duchesse d'Angoulême.

Dans l'instant rapide où les deux cortéges se heurtèrent, Lambert, étant mêlé à la foule, contempla Arthur d'Oberon dans son triomphe, les condamnés sur leur char mortuaire, et jeta au ciel un regard presque divin d'indignation et de sainte colère.

Gilberte, déjà loin de ce monde, regarda Arthur et miss Julia dans leur auréole nuptiale, et un sourire empreint de cette indifférence suprême de la mort erra sur son visage.

Mais dans ce rapprochement étrange, l'attention même des condamnés fut une minute attirée sur un des personnages de la cour. Un cavalier monté sur un cheval gris clair leur rappela, par un des liens les plus frêles du souvenir, l'ombre apparue au bord de la mer et le cavalier de la pierre celtique, par conséquent celui qui s'était offert pour être leur libérateur... Mais autrefois ils l'avaient vu dans l'ombre de la nuit; maintenant ils le voyaient à travers le crêpe funèbre des derniers moments... ce n'était toujours qu'une vague et incertaine image.

Un regard... une rapide pensée... et tout fut fini entre les condamnés et leur protecteur.

Cependant, à ce même instant, un officier qui escortait le haut personnage, se pencha vers lui, et dit en montrant de la main les condamnés :

— Mon prince, ils travaillaient pour vous !

— Je regrette leur mort, dit le cavalier; mais elle me servira mieux que leur succès... Cette large tombe va s'élever entre l'amour du peuple et les Bourbons...

— De la branche aînée... qui fera place à la vôtre.

Puis le duc d'Orléans et son confident s'éloignèrent.

Ces divers mouvements s'étaient passés

en une minute. Déjà la file des voitures de la cour avait gagné le large, et, d'un autre côté, le convoi funèbre frayait sa route au milieu des larges haies de foule mouvante et de baïonnettes.

Il marchait d'un pas lent comme les coups de la cloche qui, à intervalles égaux, tintait le glas de mort... mais il avançait cependant ; le pont était franchi, le quai Pelletier s'ouvrait, on apercevait la place de Grève.

Les quatre sergents étaient assis sur un chariot découvert, dans leur capote grise, les mains liées et les cheveux coupés sur le cou. Ce costume du supplice, qui laissait leur cou nu, les faisait paraître plus jeunes encore, et, en détachant mieux leur figure, la rendait plus remarquable dans le moment où elle se revêtait de toute sa pâle et solennelle beauté.

Jamais on ne vit tant de courage, tant de foi sur des fronts si paisibles. On pouvait juger que les condamnés croyaient fermement à leur innocence, à leur vertu, en allant à la mort ; qu'à chaque pas l'homme s'effaçait davantage en eux pour faire place au martyr.

La foule comprenait cette situation de leur âme, et répondait par ses élans d'enthousiasme et des larmes.

Si, comme on l'a dit, la pensée de renverser l'échafaud et de sauver les sergents de la Rochelle avait grondé quelque temps dans le sein du peuple, ce peuple maintenant semblait avoir pris quelque chose du courage des condamnés ; il voulait, comme eux, se reposer sur la justice de l'avenir, plus sûre, plus grande que la force du bras,

et qui, au lieu de la vie fugitive, sauve l'honneur immortel.

Ainsi, du haut du pilori où la loi les avait attachés, ces jeunes héros commandaient réellement aux masses de population ; leur marche au supplice était un triomphe.

Le char mortuaire, d'un mouvement presque insensible, sillonnait ces flots de peuple qui coulaient à ses pieds et avançaient du même pas que lui. Un moment, des acclamations concentrées et brisées de larmes attirèrent les regards des condamnés sur la foule.

Pommier et Goubin virent l'humanité profonde de ce peuple qui les entourait, l'amour immense et désolé qui s'élevait vers eux, et leur âme dut en être consolée.

Raoulx n'aperçut qu'un seul être. Son regard venait de tomber sur Gilberte... Il ne connaissait pas le crime de la jeune fille, et tout attestait sa douleur : sa présence à Paris, l'altération profonde, ou plutôt l'empreinte de la mort déjà répandue sur ses traits... Raoulx se vit aimé... Devant cette image de la tendresse et du désespoir de Gilberte, tout son passé s'embellit de l'auréole de l'amour... Il emporta de ce seul regard un bonheur qui devait le suivre dans l'éternité.

Bories ne voyait rien de ce qui l'entourait, ou plutôt le voyait sous un jour idéal. Devant lui venait de s'ouvrir la place de Grève. Au-dessus de l'étendue de la foule apparaissaient les murs imposants de l'Hôtel de Ville, au centre duquel l'horloge se détachait.

Il regardait cette horloge. Dans les pensées d'avenir qui exaltaient son âme, il lui semblait que le cadran, au lieu des heures du jour, marquait les années du siècle, et que l'aiguille indiquait celle de ces années qui devait amener le salut de la France. Le drapeau tricolore flottait au-dessus de l'édifice ; signe visible de délivrance, les trois couleurs rayonnaient sur mille points de l'horizon ; et au-dessus d'une atmosphère vaporeuse comme celle d'un jour qui se lève, le drapeau tricolore des nues, le superbe arc-en-ciel, resplendissait encore !... Cette foule qui était réunie venait saluer la liberté du pays... Il y avait dans l'étendue un aspect saisissant, où se mêlaient la joie d'une fête et la majesté recueillie d'une cérémonie sainte... De tous les points de l'espace, des voix innombrables, des acclamations enthousiastes, se réunissaient dans un seul chœur sublime où vibrait le nom de *République!*

Bories, avant de mourir, sentait passer dans son sein un souffle de cet air vivifiant de liberté qui descendait du ciel, et il avança radieux vers le supplice.

Les quatre condamnés arrivèrent sur la place de Grève.

Gilberte, selon le vœu cruel qu'elle avait prononcé, s'était agenouillée au premier rang de la foule. Repliée sur elle-même, mais relevant son visage d'une blancheur de marbre sous la sueur froide qui le couvrait, elle tenait ses yeux fixés sur l'échafaud. Le coup mortel allait la pénétrer d'une mort plus affreuse que celui qui en était atteint ; elle croyait déjà voir dans l'espace une vapeur sanglante, et sentir la terre trembler sous elle ; mais, forte de son désespoir, sublime de courage, de remords, elle subirait l'expiation terrible... Jusqu'au dernier moment, l'œil attaché de ce côté, elle regarderait mourir ceux qu'elle avait perdus.

Lambert, moins courageux en ce moment d'horreur que la faible femme, après l'avoir vue prosternée sur ce pavé qui allait se rougir de sang, s'était retiré sous la voûte de l'Hôtel de Ville. Il tenait un pistolet caché sur sa poitrine, et, dès que ses amis auraient quitté ce monde, il irait les rejoindre.

Cependant l'œuvre de destruction se prépare. Le mouvement, le bruit de fers redoublent autour de l'estrade, devant laquelle sont placés des cercueils.

Les apprêts du supplice sont enveloppés d'un long et funèbre roulement de tambour, mêlé du glas lugubre de la cloche, dont chaque coup répète : *Mourir!* et qui tombent plus pressés sur la tête des condamnés.

Soyez satisfaits, vous tous leurs juges qui avez voulu les supplicier. Leurs fronts sont déjà mouillés de sueur froide, leurs lèvres blanches tressaillent, un froid inconnu parcourt tout leur être ; ils se sentent déjà en proie à la mort, et la vue de ces cercueils leur montre leurs funérailles !

Autour de la vaste place, dans un rayon immense, les maisons sont tellement peuplées de monde aux fenêtres, sur les toitures, que toute la ville semble se tourner de ce côté et se dresser pour voir l'exécution s'accomplir.

Une ville... la première du monde... s'arme tout entière pour massacrer quatre jeunes hommes innocents ; les uns condamnent, les autres ne défendent pas ! Dans ces murs habités par l'égoïsme, la corruption, le mensonge ; dans cette société d'orgueil et de misère, où roulent largement, où débordent de toutes parts tant de vices audacieux, tant de vols, de meurtres, crimes à peine cachés, on met à mort quatre jeunes hommes, coupables d'avoir rêvé la vertu, la grandeur, d'avoir voulu l'affranchissement du monde.

Enfin les condamnés apparaissent sur l'estrade funèbre.

La foule frissonne et laisse entendre un gémissement sourd ; cet océan de population reçoit dans ses entrailles l'impression terrible de la hache qui se lève sur des martyrs.

Ce cri : *Vive la liberté!* jeté par les condamnés s'élance de l'échafaud et va planer puissant, enflammé, sur le front du peuple entier.

Puis, les frères d'armes, les amis fidèles, les sublimes patriotes expirent; leurs âmes si nobles, si pures montent ensemble vers le ciel.

Un instant s'est passé, et il n'y a plus des sergents de la Rochelle que des débris sanglants sur la terre, un souvenir bien cher dans les âmes patriotiques, un grand exemple dans l'histoire.

CONCLUSION

Quand le dernier coup du glaive judiciaire fut tombé, une jeune fille, trouvant dans une surexcitation indicible la force d'une flèche qui fend l'espace, traversa la foule, et s'élança dans les rues sombres qui suivent l'Hôtel de Ville.

Lambert avait déjà mis la main sur l'arme qui allait le délivrer de la vie... Il vit passer sa sœur devant lui... Saisi au cœur et entraîné par un pouvoir irrésistible, il courut sur sa trace.

Elle avait déjà disparu; mais Lambert éperdu, égaré, marchait toujours dans la direction où elle s'était engagée.

Pendant longtemps il ne vit plus devant lui que la population indifférente et l'obscur dédale des rues... Mais la marche, ni le temps, ni l'espace ne comptaient plus pour lui, ses pas cédaient au transport de la fièvre; son cerveau, étreint de cercles de feu, ne conservait plus qu'une pensée lucide, celle de rejoindre sa sœur.

Lambert se baissa, prit ce corps froid dans ses bras et contempla sa sœur. (Page 226, col. 1.)

Il avait traversé ainsi l'étendue de la ville, la longueur des faubourgs, et se trouvait sur le bord désert de la Seine.

Là Gilberte lui apparut encore une fois, à quelque distance devant lui.

Mais alors la nuit était venue ; un vent sombre, violent, grondait dans l'espace ; la jeune fille, dans sa course précipitée, semblait subir l'influence de ce souffle impétueux, et elle disparut bientôt dans l'ombre.

Lambert se précipita encore du côté où il l'avait aperçue, et resta errant sur ce bord.

La puissance, l'énergie extraordinaire de son âme, portée alors vers la souffrance, lui faisait subir des tourments indicibles ; en même temps, il tressaillait sous les at-

Propriété de MM. MICHEL LÉVY frères.

teintes d'une terreur inexplicable ; mais, la tête perdue, il ne savait plus ce qui le torturait ainsi ; il mettait toutes ses forces à darder son regard sur cette grève, où il n'y avait rien à découvrir que la nuit et le silence.

De faibles lueurs venaient encore du côté du soir. Les nuées épaisses qui roulaient dans l'air assombrissaient l'espace ou y laissaient tomber de mornes clartés.

Demeurant toujours sur ce bord, Lambert, que nul son, nul indice ne pouvait guider, n'apercevait même les lieux où il errait que dans les rares éclaircies du ciel. Alors la terre ne lui montrait nulle forme humaine ; la rivière était d'une nuance plus transparente, les ondes élevées et tourmentées par les coups de vents blanchissaient au sommet et semblaient de loin des fantômes courant sur l'abîme.

Au bout de quelque temps, Lambert, le regard toujours fixé de ce côté, distingua un mouvement plus sensible dans les eaux. Il descendit jusqu'au gravier que la lame venait baigner. L'agitation du courant redoublait ; des vagues bouillonnantes, battues par le vent, roulées par les aspérités du bord, approchaient toujours davantage de la grève, et jetèrent un corps sur le sable.

Lambert se baissa, prit ce corps froid dans ses bras, et, aux pâles lueurs de la nuit il contempla sa sœur.

Alors une pensée le saisit... Une joie bizarre fit passer un sourire sur ses traits décomposés et battre son cœur ! Il se dit que sa sœur était morte après avoir expié son crime, et qu'il pouvait enfin l'embrasser, la serrer sur son sein... Ce bonheur

attendu dix-sept années, il lui était accordé à cette heure de mort.

Il pressa la jeune fille sur son cœur, et couvrit son front glacé de baisers.

Dans ce moment, les nuages éclaircis laissaient luire sur la tête de Lambert une pâle étoile.

C'était sans doute l'astre funeste qui avait présidé à toute sa vie. Illustre par ses travaux militaires, il n'avait recueilli que l'exil et l'obscurité ; cœur aimant, il n'avait pu rejoindre sa famille ; ennemi implacable, il n'avait pu se venger ; ardent carbonaro, il venait d'assister au supplice de ses frères.

Cette étoile fatale versa en ce moment sur lui sa dernière influence. Dans ces embrassements tendres et désespérés que Lambert venait de prodiguer à sa sœur, sa raison s'était perdue pour toujours.

Le serment qu'il avait fait à Raoulx ne put être accompli ; son dernier vœu, son dernier espoir furent vains ; un pistolet chargé dans sa ceinture, il ne put se donner la mort. Il était fou et destiné à rester fou dans cette vie.

. . . .

Dans cette soirée s'accomplirent aussi les funérailles des sergents de la Rochelle. Leurs corps furent déposés ensemble sous un saule du cimetière Montparnasse.

Ils entrèrent seuls dans ce champ mortuaire, où n'étaient alors ni tombes marquées d'un grand nom, ni monuments somptueux, mais quelques croix et des touffes d'arbres semées au hasard sur une terre inculte.

La sépulture des suppliciés fut dérobée et solitaire ; nul ami ne put les accompagner jusqu'au seuil de la fosse; le silence de l'abandon, du néant, régna en ce moment autour d'eux; seulement le soleil d'automne, qui baissait, leur versait les lueurs pâles et mélancoliques des cierges funèbres; les arbustes, pliant sous le vent, rendaient un murmure plaintif, et leurs branches abaissées vers la terre versaient sur la tombe qui se fermait toutes les dernières fleurs de l'année.

On posa en cet endroit une seule pierre avec ces mots : 21 *septembre* 1822, *cinq heures du soir*.

Puis des mains amies vinrent suspendre au rameau de l'arbre qui couvrait cette dalle un drapeau tricolore entouré d'un crêpe [1].

Il est des tombes que ni le temps ni la marche des événements n'effacent jamais; ce coin de terre où reposent les sergents de la Rochelle a toujours été l'objet d'un pieux souvenir.

Les jeunes membres du carbonarisme étaient faibles et obscurs; par eux-mêmes ils n'ont rien accompli. Mais de même que ces brins de mousse qui s'attachent aux croix de cette enceinte funèbre en pren-

1. Dans l'année 1846, la pierre qui recouvrait les restes sacrés des quatre sergents fut enlevée. L'un des amis des victimes, ne voulant pas que cette place pût être oubliée, obtint avec beaucoup de peine l'autorisation d'y faire élever une colonne entourée d'une grille de fer.

Cet ami était un des compagnons d'infortune des quatre sergents, Auguste Goupillon, sergent au 45e, arrêté et mis en jugement dans la célèbre affaire de la Rochelle. Sa vie a été sauvée; mais il a payé presque seul les frais du procès (9 700 fr.).

nent la nature vénérée, de simples soldats ont revêtu leur nom d'un caractère sacré en s'attachant au culte du plus pur patriotisme.

Il y a quelques années, un grand artiste [1] vint sur cette tombe, et sous l'impression de la douce et solennelle mémoire qui s'en élevait il consacra les traits des quatre martyrs de la liberté dans une médaille d'une beauté antique, qui les conservera à la postérité.

Souvent aussi ceux que les opinions d'une politique élevée unissaient aux libéraux de l'époque dernière se reposèrent à cette place, pensant à la funeste destinée des hommes dont les vertus, les lumières, les sentiments généreux devancent l'humanité. De nouveaux changements de règnes en France faisaient voir trop souvent que le courage civique, le dévouement à la vérité, ne sont jamais heureux au milieu des révolutions toujours décevantes et fragiles; et, sur la tombe des martyrs de 1821, on pouvait songer chaque jour à d'autres patriotes, purs et dévoués comme eux, comme eux méconnus et proscrits.

Enfin celle qui écrit ces lignes, étrangère au monde politique, cherchant seulement dans le passé l'ombre poétique de ce qui est grand et malheureux sur la terre, est venue ici recueillir les souvenirs que rassemble cette simple pierre, pour retracer l'histoire des quatre sergents de la Rochelle.

1. David (d'Angers).

PROCÈS HISTORIQUE

LA VÉRITÉ SUR LES QUATRE SERGENTS DE LA ROCHELLE

ET LES SOCIÉTÉS SECRÈTES

D'APRÈS LES DOCUMENTS AUTHENTIQUES

INTRODUCTION

Aujourd'hui que les événements, sous le souffle puissant de la liberté, ont ramené, d'une façon qui nous paraît définitive, la France à la République, il ne nous paraît pas inopportun, après avoir donné le roman des *Quatre Sergents de la Rochelle* par Clémence Robert, que nos lecteurs ont accueilli avec toute la sympathie qu'il mérite, de faire suivre l'historique du procès, qui en est le complément indispensable.

Si ce sujet a été plusieurs fois traité avant nous, il ne l'a pas été de la manière dont nous nous proposons de le faire.

L'histoire des événements contemporains a toujours un caractère de parti, de passion politique qui en atténue la conscience.

Le roman bâti sur un fait historique en dénature la véracité.

Ce n'est que quarante ou cinquante ans après le fait que l'écrivain peut l'apprécier et le raconter sérieusement.

Aussi nous sommes-nous proposé, en refaisant ce récit, d'offrir au public la note vraie des faits en eux-mêmes, des causes qui les ont produits, et pour arriver à ce résultat nous n'avons rien négligé.

Tous les documents officiels de l'époque, nous les avons consultés; nous avons pris connaissance de tout ce qui avait de près ou de loin un rapport quelconque avec notre sujet.

Et pour ne pas manquer à la tâche que nous nous sommes imposée, nous avons dans un court avant-propos fait le récit sommaire des faits qui ont précédé et amené le procès que nous donnons dans tous ses détails, afin que nos lecteurs puissent apprécier plus sainement et plus équitablement cette affaire, qui est et restera parmi les causes célèbres.

Cette introduction à notre œuvre n'a d'autre but que de prévenir nos lecteurs que ce n'est pas un roman que nous leur présentons, mais bien un récit authentique et vrai, établi sur des documents officiels de l'époque et le résultat de nombreuses recherches.

Et si dans le cours de cette publication nous nous permettons quelquefois de don-

A.

ner notre appréciation personnelle, elle sera toujours dégagée de tout sentiment de passion politique.

Nous raconterons sans rien ajouter ni retrancher à la vérité.

Et si notre œuvre n'a d'autre mérite, nous voulons qu'on ne puisse au moins lui refuser celui d'avoir été fouillée avec soin et consciencieusement faite.

Lors de la deuxième Restauration des Bourbons sur le trône de France, après l'immense chute de l'Empire, le peuple français avait le plus grand besoin de repos; il le désirait, fatigué qu'il était des guerres sans fin qui l'avaient décimé. Après avoir épuisé toutes ses forces dans des luttes sans cesse renaissantes, la paix et le calme étaient nécessaires pour que les affaires reprissent leur cours.

Il aurait fallu à la France un gouvernement sympathique, stable et fort, pour se réparer de ses récents désastres.

C'est ce qu'elle ne trouva malheureusement pas dans le roi Louis XVIII. D'abord les Français ne pouvaient oublier qu'il n'avait repris le trône qu'avec l'aide des baïonnettes étrangères, et c'était contre ce souverain un motif bien puissant de rancunes qui ne pouvaient manquer de s'exercer dans un avenir prochain.

Aussi, de 1821 à 1822, les esprits étaient inquiets : on sentait quelque chose d'anormal dans la situation. La France éprouvait des tressaillements intérieurs qui n'attendaient que l'occasion pour se traduire en convulsions extérieures.

Le gouvernement le savait, mais il avait beau multiplier ses agents dans la prévision de catastrophes imminentes, le trône ébranlé chancelait de nouveau sur sa base.

Cependant la Restauration venait de voir finir misérablement sur un rocher fatal, par delà les mers tropicales, le plus grand capitaine et le plus grand législateur des temps modernes. Napoléon Ier, cette terrible épée de Damoclès, toujours menaçante, quoique enchaînée par la trahison, effrayait sans cesse, malgré ses geôliers et l'Océan qui la tenaient à distance, ceux qui pour la briser n'avaient pas craint d'appeler l'étranger et de souiller ainsi le sol de la patrie.

Napoléon venait de mourir le 5 mai 1821.

Ce fait immense, qui produisait une satisfaction si grande au roi et à ses partisans, produisait une impression bien différente sur le peuple qui, voyant ce qu'il avait, comparait avec ce qu'il avait perdu.

Si les ennemis triomphants de l'Empire se sentaient plus à l'aise depuis qu'ils savaient n'avoir plus rien à craindre du retour de celui qui, vivant et libre, les eût renversés de son souffle puissant, d'où pouvait donc venir l'inquiétude constante qui se manifestait dans tous leurs actes?

Ceux qui avaient encore dans le cœur l'amour de la patrie comparaient la faiblesse, l'incertitude du gouvernement royaliste avec la forte organisation civile et militaire de l'Empire ; ils ne pouvaient que déplorer le changement.

Donc il y avait des mécontents, et entre autres un grand nombre d'officiers de l'Empire que la Restauration avait mis en réforme.

De là venaient toutes ces agitations sourdes qui ébranlaient le pays, qui faisaient craindre un cataclysme social.

On cherchait à renverser un gouvernement que l'on croyait impuissant à se maintenir, parce qu'il n'avait pas l'appui moral de la nation.

De son côté, la royauté, effrayée des dangers qu'elle savait courir, ne pouvant mettre la main sur de vrais coupables, sévissait avec rage, et avec toute la passion et le délire qu'engendre la peur, sur de simples mécontents.

Des sociétés secrètes s'organisaient partout; on le savait, mais aucun indice encore n'avait pu donner le lien qui les unissait.

Comment fonctionnaient-elles? à quelle direction obéissaient-elles?

Voilà ce que le gouvernement se demandait, voilà ce à quoi il ne pouvait répondre.

Le danger était imminent; la surveillance était active, mais jusque-là impuissante.

Les conjurés étaient menaçants; on craignait pour la personne même du roi, qui pouvait être atteint.

Enfin, en 1822, dès les premiers jours de l'année, des conjurations éclatèrent de toutes parts et presque simultanément.

Partout on conspirait.

A Belfort, des conspirateurs étaient sous les verrous.

A côté d'eux, on conspirait à Colmar pour les délivrer.

Le lieutenant-colonel Caron, déjà compromis dans le complot du 19 août 1820, et un ancien militaire nommé Roger, qui dirigeait depuis quelques années le manége de Colmar, avaient cherché à séduire les sous-officiers du 46ᵉ régiment de ligne, des chasseurs de l'Allier et des chasseurs de la Charente.

Caron, d'abord décidé à employer les affiliés qu'il pourrait réunir à la délivrance des prisonniers de Belfort, fut obligé de remettre son projet par suite de circonstances inattendues.

Il avait cru aux promesses qui lui avaient été faites par les sous-officiers de ces divers corps.

Le 2 juillet, un escadron de chasseurs de l'Allier, dans lequel se trouvaient deux officiers vêtus du simple uniforme de chasseurs, sortit de Colmar à 5 heures du soir, sous la conduite du maréchal des logis chef Thiern.

A la même heure, un escadron de chasseurs à cheval de la Charente, au milieu desquels le capitaine de Nicol et quatre autres officiers marchaient comme simples chasseurs, sortait de Neuf-Brisach sous la conduite du maréchal des logis Gérard.

En montant à cheval, les deux escadrons avaient été avertis qu'ils auraient à agir pour le service du roi, et qu'ils eussent à se conformer en tous points aux ordres de leurs sous-officiers.

A la hauteur de Hastatt, Caron revêtit son casque, son uniforme et son sabre pour se mettre à la tête de l'escadron de l'Allier, dont il prit le commandement.

Le détachement traversa Hastatt et Roussach aux cris de : *Vive l'empereur!* de là il se dirigea sur Mayenheim où il rencontra les chasseurs de la Charente venant de Brisach.

« Soldats, leur dit-il, vous avez juré à vos sous-officiers de les suivre partout.

« Des soldats français ne sauraient manquer à leurs serments; je viens vous commander au nom de l'empereur; suivez-moi! »

On se dirigea sur Ensisheim dont Caron voulait forcer l'entrée; il en fut empêché par Thiern et Gérard.

On se porta ensuite sur Battenheim, mais l'opposition qu'il venait de rencontrer chez ces deux sous-officiers lui ayant inspiré des inquiétudes, il en fit part à Roger. Ils allaient essayer de fuir, lorsque les escadrons entrèrent à Battenheim, où on devait faire une halte pour laisser reposer les chevaux.

Caron, suivi de Gérard, de Thiern et de quelques autres sous-officiers et soldats, pénétra dans une auberge où furent servis quelques rafraîchissements.

A peine Caron avait-il porté son verre à ses lèvres qu'il se sentit saisir par derrière et vit en même temps saisir comme lui son complice Roger, et aussitôt le capitaine de Nicol, se faisant connaître, lui annonça qu'il était prisonnier; Caron et Roger furent garrottés solidement et reconduits à Colmar où ils rentrèrent le 3 juillet, à onze heures du matin.

Parti au cri de : *Vive l'empereur !* le détachement rentra aux cris de : *Vive le roi!*

Caron et Roger, se voyant pris et victimes d'une crédulité exagérée, ne se firent aucune illusion sur leur sort. Aussi leur contenance fut-elle ce qu'elle devait être, calme et digne. Ils avaient d'avance fait le sacrifice de leur vie.

Caron, tout officier réformé sans traitement qu'il était, n'en passa pas moins devant un conseil de guerre qui à l'unanimité le condamna à mort.

Il se pourvut bien inutilement en cassation, car le jour même indiqué pour le jugement de son pourvoi, les juges sur leurs sièges, son avocat à son banc, le condamné ne paraissant pas, on apprit qu'il avait été passé par les armes.

Avant l'affaire de Caron, que nous venons de raconter, avait eu lieu une autre conspiration dans l'Ouest.

Le général Berton, ancien officier de l'Empire mis en réforme, part de Paris le 3 ou le 4 janvier comme député de la Vente suprême, arrive à Saint-Malo, y voit un de ses anciens amis, le colonel Rapatel, et passe dans plusieurs autres villes de la Bretagne et de l'Ouest.

Il avait pour second le colonel Alix, homme du monde qui, comme Berton, était député de la Haute-Vente.

Berton se trouva mêlé aussi, directement ou indirectement, à l'affaire de la Rochelle.

Le coup de main qu'il tenta sur la ville de Thouars n'eut qu'un demi-succès, quoiqu'on l'ait accusé d'y avoir proclamé un gouvernement provisoire et d'avoir pris là le titre de commandant national de l'Ouest. Il est vrai qu'il donna à Thouars des ordres à la gendarmerie, mais il est vrai également que la gendarmerie n'en tint nul compte.

Il tenta un mouvement sur Saumur et se mit en relations avec Woëlfeld, maréchal des logis de carabiniers.

Il lui confia des projets que celui-ci parut accueillir, et c'est alors qu'il fut trahi par lui.

A un rendez-vous fixé par Berton et accepté par Woëlfeld sur les bords de la Loire, à une ferme appelée l'Alleu, on devait attendre là des amis de Berton. Au moment où ceux-ci arrivaient, les carabiniers débouchaient d'un autre côté. Berton stupéfait veut fuir, mais Woëlfeld le couchant en joue le menace de le tuer s'il fait un seul pas.

C'est donc au moment où Berton croyait toucher au but qu'il rêvait, qu'il voit tous ses amis prendre la fuite devant le détachement des carabiniers, mais en

Le général Berton sur la place de Thouars (1822). (Page 4.)

laissant l'un d'eux sur la place, M. Mei-gnon, tué d'un coup de feu.

Berton arrêté avec Baudrillet et Dela-lande furent conduits à Saumur.

L'affaire fut instruite comme le sont toutes les affaires politiques sous les gou-vernements monarchiques.

De grands noms furent mis au jour dans ce procès : Lafayette, Laffite, Benjamin Constant, Foy, Voyer d'Argenson, Ma-nuel, Bourreau de Beauséjour, jusqu'à Monsieur, frère du roi; mais il était im-possible sur de simples soupçons, avec les seules preuves morales, de poursuivre ces personnages. Les preuves matérielles manquant, on se contenta du menu fretin que l'on avait attiré dans le piége.

Il y eut dans ce procès Berton, devant

la cour d'assises de Poitiers, des incidents de toute nature.

Berton fut privé d'un défenseur, par suite de l'interprétation que l'on donna à l'article 295 du Code d'instruction criminelle en lui substituant un décret du 14 décembre 1810. Me Minard, l'avocat choisi par Berton, étant du barreau de Rochefort, ne fut pas admis à plaider devant la cour de Poitiers, quoique ayant prêté serment devant cette même cour.

L'avocat nommé d'office, Me Drault, ayant été refusé par Berton, ne voulut point prendre la parole pour son client, malgré les injonctions qui lui furent faites par le procureur général et par le président de la cour.

Berton se défendit donc lui-même avec le plus grand calme, mais ne manqua pas cependant de reprocher au ministère public toutes les vexations dont il avait été l'objet pendant sa détention, tous les termes injurieux dont il s'était servi vis-à-vis de lui dans son réquisitoire.

Nous citerons quelques passages de la défense.

A propos de la déposition du colonel Rapatel, prétendant que Berton a voulu lui faire abandonner son drapeau pour marcher avec lui, Berton demande au colonel Rapatel :

— Pourquoi donc alors, colonel, ne m'avez-vous pas dénoncé lorsque je vous fis pareille proposition ?

— Parce qu'alors on ne m'aurait pas cru.

— Eh bien ! reprend Berton, messieurs les jurés, pourquoi donc le croiriez-vous maintenant ? Et d'abord, qu'est M. Rapatel ?

« Je l'ai connu officier du palais, à la cour de Joseph Bonaparte ; en Espagne, — officier dans l'armée de la première Restauration ; — aux Tuileries pendant les Cent Jours où je l'ai vu moi-même parlant à Bonaparte. — Après les Cent Jours, il obtient vite le commandement de l'Ariége.

« MM. les jurés verront, par cette facilité qu'a eue le colonel de servir tour à tour tous les régimes, le degré de confiance qu'ils doivent accorder à sa déposition. »

Autre passage :

« Puisque M. le procureur général prétend que j'ai agi comme chevalier de la Liberté, on doit alors en conclure que je ne pouvais avoir d'intentions malveillantes ni contre le roi ni contre la Charte, puisque les statuts même de cette société portent le maintien de la Charte et la défense du roi.

« Je tiens à vous signaler, messieurs, que M. Mangin, le procureur général, a refusé de faire ouvrir la porte de ma prison à mes fils venus de Paris pour me voir avec une autorisation de M. le ministre de la guerre. Je ne crois pas que Fouquier-Tinville, d'exécrable mémoire, en eût fait autant. Il a fallu que mes fils, pour me voir, et non sans témoins, retournassent à Paris et revinssent avec une autorisation du ministre de la justice.

« Nulle vexation ne m'a été épargnée.

« M. le procureur général parle d'indulgence et il demande beaucoup de sang : je fais volontiers le sacrifice de ma vie en échange de la liberté de mes coaccusés.

« Je n'ai jamais fait couler une goutte de sang français ; celui qui me reste est prêt.

« J'ai souvent exposé ma vie. Si je dois la perdre pour mes concitoyens, ma devise sera en mourant, comme elle l'a été pendant toute ma vie : *Dulce et decorum est pro patria mori.*

« En choisissant un jury comme celui qui doit nous juger, exclusivement composé d'anciens nobles et d'émigrés, l'autorité locale a fait voir une grande méchanceté en faisant juger des plébéiens par des nobles pour obtenir plus de condamnations ; une grande maladresse, en ce qu'elle a déclaré par son choix qu'elle supposait qu'il n'y avait en France que les classes élevées qui voulussent soutenir le trône, qu'on n'a pas attaqué ; elle a montré aussi bien peu de patriotisme, parce qu'elle a jeté dans la nation des germes de dissension et de vengeance. »

Les accusés Berton, Caffé, Saugé, Fradin, Sénéchault et Jaglin furent condamnés à mort.

Les autres à trois ans et un an.

Après la lecture de la condamnation, le procureur général prit la parole :

« Une peine afflictive et infamante ayant été prononcée contre Berton et Caffé, tous deux membres de la Légion d'honneur, et le premier chevalier de Saint-Louis, nous requérons qu'ils soient dégradés. »

M. le président, requis, dit :

« Vous avez forfait à l'honneur ; je vous déclare au nom de la Légion que vous n'en êtes plus dignes. »

C'est ainsi que se terminèrent les deux principales affaires dites : *Sociétés secrètes du carbonarisme : Caron et Berton.*

Elles nous offraient trop d'analogie avec le procès des quatre sergents de la Rochelle, qui est le but de notre publication, pour que nous les passions sous silence.

Maintenant, entrons en plein dans la

Conspiration de la Rochelle, dite des *Quatre Sergents* parce qu'en fait il n'y eut que quatre condamnés à mort, quoique vingt-cinq accusés aient passé devant la cour de Paris le 21 août 1822.

On peut aisément se figurer l'impression que produisit sur les masses ce procès d'une conspiration ourdie dans la capitale même et presque sur les marches du trône, du trône qui se sentait menacé d'autant plus que les conjurés étaient la plupart dans l'armée.

Aussi l'acte d'accusation, publié le 18 août dans le *Moniteur*, était-il empreint de l'exagération que causent la panique et la passion politique et y donnait-on aux moindres faits les proportions les plus effrayantes et peignait-on sous les couleurs les plus noires les choses les plus insignifiantes. Le roi était en danger, la société était menacée ; il fallait un exemple, on demandait du sang pour en imposer aux conjurés présents et à venir.

Cette pièce importante, que nous avons lue dans son entier, ne prenait pas moins de vingt-deux colonnes du *Journal officiel*, et si nous avons dû en faire quelques extraits, nous ne nous sommes pas contentés de ce document, dont la prolixité n'est pas le moindre défaut. Nous avons aussi fouillé dans les feuilles de l'époque, qui appréciaient bien différemment la conduite des accusés dont nous voulons entretenir nos lecteurs. Un heureux hasard a couronné nos recherches d'un succès inattendu par la découverte d'écrits et de correspondances particulières qui ajouteront de l'intérêt à notre récit.

Nous laissons à nos lecteurs l'appréciation des faits, nous contentant de les exposer impartialement.

A eux de voir dans Bories, Pommier,

Goubin et Raoulx quatre coupables justement punis ou quatre martyrs de la liberté.

Nous arrivons au 21 août, jour fixé
pour l'affaire de la conspiration de la Rochelle.

Le bruit qui s'était fait sur le compte des
accusés depuis la découverte du complot
jusqu'au jour où le drame devait se dé-
rouler devant la cour d'assises avait attiré aux abords du Palais une foule considérable, que les nombreux piquets de
ligne et de gendarmerie qui gardaient
toutes les avenues y aboutissant avaient
peine à contenir.

Des groupes se formaient, des conversations s'engageaient et les soldats avaient
peine à maintenir l'ordre. Quelques cris
séditieux furent entendus et donnèrent à
craindre qu'on ne voulût tenter un coup
de main pour enlever les prisonniers à
leur passage de la Conciergerie au Palais.

Il avait été interdit aux soldats et sous-
officiers qui n'étaient pas de service de
se mêler à la foule, et on semblait craindre également de leur part une manifestation en faveur des accusés.

Malgré les forces imposantes qui étaient
sur pied, on sentait que l'autorité était
inquiète.

Rien pourtant ne vint arrêter l'exercice
de la justice.

A onze heures précises, les portes de la
salle d'audience furent ouvertes, et le public vit alors qu'il fallait abandonner tout
espoir d'y pénétrer, toutes les places étant
déjà presque exclusivement occupées par
des militaires de tous grades et de toutes
armes qui garnissaient la salle ou par
ordre ou par privilége.

Ce fut à grand'peine que les tribunes
ordinairement réservées aux journalistes
leur furent conservées.

Il y avait foule au dedans et foule au
dehors.

A onze heures et quelques minutes, les
accusés furent introduits et placés sur un
triple rang de bancs séparés les uns des
autres par un gendarme, et dans l'ordre
suivant :

Baradère, Hénon, Gauran, Rosé, Bories,
Massias, Pommier, Goubin, Raoulx, Gou-
pillon, Asnès, Bicheron, Castille, Dariot-
secq, Lefèvre, Thomas, Barlet, Demait,
Labouré, Perreton, Cochet, Hue, Dutron,
Gautier, Lecoq.

Leur entrée produisit une impression
indicible : on ne voyait sur aucune de ces
physionomies calmes et dignes, sans forfanterie comme sans affaissement, le plus
petit indice trahissant la noirceur des
complots que l'accusation leur reprochait
d'avoir tramés, le moindre stigmate ca-
ractérisant les sinistres conspirateurs.

MM. les jurés furent ensuite introduits et prirent place en face des accusés.
C'étaient MM. :

Trouvé, chef du jury, et Pavé de Cour-
tilles, Doillon, Perrin, Deloynes, de
Viany, Rodier, Pivost, d'Arlincourt, La-
motier, jurés ;

De Bely et Dubosq, jurés supplémen-
taires.

Immédiatement après, les huissiers an-
noncèrent la cour :

M. le conseiller Monmerqué, président,
accompagné de MM. de Berny, de Fra-
sans, Chevalier-Lemore, conseillers ;
Froidefond, Noël de Pugerat, conseillers
auditeurs ;

MM. de Marchangy, avocat général, et de Broë, substitut.

Les principaux avocats chargés de la défense étaient :

MM. Berville, Mérilhou, Barthe, Coffinières, Chaix-d'Est-Ange, Aylies, Mocquart, Visinet, Legouix, Rumilly, Boulay de la Meurthe, Renouard, etc.. etc.

Il résulte de l'acte d'accusation dont le greffier donna lecture :

Que les nommés Baradère, Massias, Pommier, Goubin, Raoulx, Goupillon, Asnès, Hénon, Gauran, Rosé, Bories, Bicheron, étaient tous les douze accusés d'avoir participé à un complot ayant pour but soit de détruire et de changer le gouvernement ou l'ordre de successibilité au trône, soit d'exciter les citoyens ou habitants à s'armer contre l'autorité royale, soit d'exciter la guerre civile en armant ou en portant les citoyens ou habitants à s'armer les uns contre les autres, crimes prévus par les articles 87, 89 et 91 du Code pénal;

Et que les nommés Castille, Dariotsecq, Lefèvre, Thomas, Barlet, Demait, Labouré, Perreton, Cochet, Hue, Dutron, Gautier, Lecoq, étaient tous les treize accusés de non-révélation dudit complot, dont ils avaient eu connaissance, dans les vingt-quatre heures qui suivirent ladite connaissance, délit prévu par les articles 103 et 105 du Code pénal.

Il nous semble bon de citer ici un passage du texte même de l'acte d'accusation ayant trait aux sociétés secrètes en général et au carbonarisme en particulier, et qui donnera à nos lecteurs une idée de l'esprit qui avait présidé à sa rédaction.

« Une vaste conspiration contre l'ordre social en même temps que contre les trônes et contre chaque famille de citoyens menacée d'être replongée dans toutes les horreurs de l'anarchie, bien plus que contre les dynasties des souverains, a été formée.

« Cette conjuration, incessamment suivie, est l'ouvrage de cette secte de carbonari, désormais si connue, dont l'existence, attestée jusqu'ici par une foule d'irrécusables documents administratifs, aujourd'hui révélée par des actes devenus la matière d'un grand nombre d'instructions judiciaires, ne saurait plus être niée ni par les hommes de bonne foi ni par les amis du trône, de la religion et de nos libertés publiques, telles que les fonde à jamais cette Charte monarchique, l'un des bienfaits les plus précieux de l'auguste famille des Bourbons.

« Répandue comme on le sait en Italie où elle avait hérité du funeste esprit des premiers révolutionnaires de France, et à Naples et à Turin, ces pays porteront longtemps témoignage des maux qu'elle peut tenter; cette secte s'est étendue bientôt en d'autres pays.

« En Allemagne, le meurtre de Kotzebue signala sa présence.

« La Suisse eut la société de la Régénération universelle.

« Dans les îles de la Grèce se formèrent des réunions de patriotes, dont l'objet était « d'arracher l'homme vertueux « à l'esclavage... et de ravir aux insa- « tiables monstres couronnés les produits « de nos labeurs pour en faire une répar- « tition égale entre ceux qui y ont un droit « égal ».

« Genève à son tour fut menacée de devenir le réceptacle des carbonari au point même de donner des inquiétudes aux préfets du voisinage.

« Il était bien impossible que cernée ainsi par la contagion qu'étaient au reste trop disposés à recevoir des hommes qui déguisent leur haine, leur mécontentement et leur ambition sous les trompeurs dehors d'amour de la liberté, la France n'en fût point atteinte.

« C'est par la Corse que commença cette funeste inoculation.

« Dès juin 1819, les autorités judiciaires et civiles dénoncèrent au gouvernement du roi une société de carbonari qui s'y organisait, s'y rassemblait en armée la nuit comme il convient à des brigands, au milieu des champs et dans des maisons désertes.

« Le serment des affiliés était conçu en ces termes :

« Je jure de tenir avant toutes choses « à la liberté.

« D'affronter la mort en toutes les oc- « casions pour les carbonari ;

« D'abandonner au premier signal les « frères de mon propre sang pour aider et « secourir mes frères les carbonari. »

« Quant à leur but, il était celui de tous les pays, renverser la dynastie.

« Bientôt la France continentale en vit naître dans son sein.

« En 1820, on essaya de les organiser en ordre du Soleil, dont était fondateur le révolutionnaire Cugnet de Montarlot, qui même dans sa proclamation en Espagne prenait dernièrement le titre de grand-maitre de cet ordre.

« Cette première ébauche ne tarda pas à revêtir des formes plus régulières.

« Ce fut surtout à Paris, où les malveillants trouvent dans le mouvement per-pétuel d'une grande population plus de moyens d'ensevelir ou de masquer leurs manœuvres, que les ténébreux créateurs de cette dangereuse institution en jetèrent des fondements plus solides. Ils y établirent le comité occulte et directeur qui, jusqu'à présent, échappe encore aux preuves judiciaires quant au membres qui le composent, mais que dénoncent de toutes parts aux incrédulités les plus rebelles ses propres instruments, quant à l'impulsion qu'il donne et quant à l'action criminelle qu'il propage.

« Sur un grand nombre de points de la France ont été tentés ou même ont éclaté d'abominables projets. Partout se retrouve cette impulsion et cette action coupable du comité directeur et aussi la preuve de son existence, dont déposent à cent lieues les uns des autres les conspirateurs forcés de tout avouer par la flagrance des preuves.

« On conspire à Belfort ; sur 44 accusés, il en est 23 demeurant à Paris, tous arrivant de Paris, seul à seul et par des routes différentes, pour se trouver réunis à Belfort le 1er janvier 1822, jour marqué pour l'explosion du complot, explosion qui a eu lieu en effet : c'est bien de Paris que venait l'excitation.

« On conspire à Saumur ; le principal complice du général Berton était le sous-lieutenant Delon, qui entretenait une correspondance à Paris. Alors même que ce général fit son coup de main sur la ville, Delon arrivait de Paris où il était allé prendre ses instructions.

« A Saint-Malo, on s'efforce de corrompre la loyauté d'un grand personnage ; c'est le général Berton lui-même qui tente la corruption, et il parle à ce personnage d'un gouvernement provisoire établi à Paris.

« Bientôt Berton paraît à Brest ; là des tentatives sont aussi faites pour séduire des militaires ; l'un d'eux, indigné, va tout déclarer à son chef et lui dit que l'émissaire en voulant le lier au complot lui a dit que ce complot venait de Paris.

« On conspire à Nantes ; on cherche à débaucl.er des soldats ; on les introduit dans une réunion de carbonari.

« A une table était assis un personnage mystérieux qu'on ne nommait pas ; c'était lui qui présidait la réunion.

« Deux pistolets étaient placés devant lui sur la table : il arrivait de Paris.

« Du reste, on ne cachait pas parmi les conjurés qu'on attendait quelqu'un de Paris et qu'on commencerait aussitôt. Le président anonyme annonçait qu'il y avait à Paris un gouvernement provisoire secret, un comité central, et une police mieux établie que celle du roi pour protéger leur association, jactance bien ridicule sans doute, mais qui ne permet pas de douter qu'en effet c'est à Paris que résident les êtres malfaisants qui se sont chargés de régénérer la France à coup de poignards. A Joigny, on veut enlever le régiment des hussards du Nord ; ce sont des émissaires tous frais arrivés de Paris qui hasardent cette infâme manœuvre, repoussée bientôt par la presque totalité des soldats

« On conspire à Strasbourg ; à Strasbourg, comme partout ailleurs, on annonce aux soldats provoqués à la rébellion que c'est de Paris que vient la direction ; que rien n'est fait à Strasbourg que par des ordres immédiats de Paris ; que la correspondance avec Paris est si active, qu'on y envoie et qu'on en reçoit un courrier tous les huit jours ; que le Comité central duquel partent tous les ordres s'appelle la *Vente suprême.*

« Enfin on conspire à la Rochelle, et tout à l'heure il va être prouvé bien en détail que ce complot, qui a été sur le point d'éclater, avait été arrangé à Paris, et que c'était de Paris que, pour régler à la Rochelle la conduite des conjurés, on attendait les émissaires et le signal.

« Ce comité directeur, ce comité central, cette vente suprême, ce gouvernement provisoire, comme on voudra l'appeler, a aussi, si l'on en croit une multitude de renseignements et des témoignages fort précis, ses ministres, au nombre de trois, réunis en comité de surveillance et de salut public et faisant exécuter ponctuellement tous les ordres de ses maîtres.

« Au-dessous de cette vente suprême, l'association se divise en plusieurs degrés de petites réunions de huit à vingt membres, absolument inconnues les unes aux autres, et à qui il est sévèrement défendu, non-seulement de jamais communiquer ensemble, mais même de chercher à deviner les noms de ceux qui appartiennent aux réunions inférieures ou supérieures.

« Ces degrés de réunions vassales de la Vente suprême sont au nombre de trois principaux :

« Les hautes ventes, qui sont immédiatement au-dessous de la Vente suprême ;

« Les ventes centrales ;

« Les ventes particulières.

« Chaque vente particulière députe à la vente centrale un député et celle-ci en députe un à la haute vente.

« C'est exclusivement par la voie de ces commissaires, liés par leur serment sous peine de mort à ne jamais révéler à leur propre vente rien de ce qui touche aux personnes dont est composée la Vente supérieure, que, de vente en vente, les ordres de la Vente suprême tombent aux derniers rang des carbonari, sans autre organe, sans autre garantie que l'organe et la garantie de chaque commissaire, et ainsi environnés d'un secret tellement impénétrable, quant au nom des individus dont ces ordres émanent, que le propre commissaire qui transmet ces ordres au dernier degré, s'il ne tremblait pas à la seule idée de fausser son serment, ne pourrait même en le faussant que dire les noms de la petite réunion vers laquelle il est député, sans pouvoir dans ses indiscrétions pénétrer plus avant.

« En même temps que tous les degrés de la charbonnerie usent de cette première grande précaution de ne communiquer ensemble que par un commissaire unique, ils en emploient une autre qui concourt avec la première à couvrir toutes les manœuvres d'épaisses ténèbres. Cette seconde consiste à ne jamais rien écrire, et à faire connaître verbalement toutes leurs dispositions par des commissaires qui vont d'un lieu dans un autre, colportant les ordres de la Vente suprême et ayant grand soin de ne s'adresser jamais qu'à un seul carbonaro, auprès duquel ils s'accréditent en même temps qu'il s'accrédite auprès d'eux par l'échange de mots et signes de reconnaissance et par le rapprochement de deux portions d'une même carte fantasquement coupée. De là ces prétendus commis-voyageurs qui inondent les routes et qui, tout en se couvrant d'un titre usurpé, véritable outrage au commerce français, ne savent jamais expliquer le négoce auquel ils se livrent.

« Cette société ainsi constituée renferme les carbonari proprement dits, ceux qui en prennent et qui dans leur féroce audace paraissent fiers d'en prendre le titre.

« En dehors de cette société, il paraît qu'il en existe une autre qui est comme la société d'épreuve et le noviciat de la première ; elle s'appelle la *Société des chevaliers de la Liberté*. Les chevaliers de la Liberté sont à proprement parler, à l'exception des directeurs qu'on leur donne et qui sont nécessairement dans tous les secrets, les dupes et les mannequins des carbonari. Ce sont de petits esprits que les profès ne jugent pas assez forts sur le crime pour envisager fixement des poignards, pour promettre à pleine bouche des assassinats et pour se dévouer aux projets homicides médités contre la patrie, mais qu'ils croient dignes d'être préparés à leur insu et de longue main.

« A ceux-là on ne révèle pas les grands desseins. On ne leur prononce même pas le nom mystique de carbonari. On se contente de les enchaîner par le serment de secourir leurs frères et d'obéir à leurs chefs, serments dont les vrais carbonari essayent ensuite de se servir au jour de l'exécution de leurs complots ; c'est d'ailleurs dans cette société préparatoire que les directeurs font leurs observations sur les sujets qui promettent, et que, graduant leurs séductions suivant qu'ils trouvent des génies plus ineptes ou plus pervers, ils arrivent, avec moins de danger, après les avoir tâtés quelque temps, à leur faire définitivement la proposition de les initier dans la charbonnerie.

« Enfin, et pour terminer le récit de cette sinistre constitution, beaucoup de carbonari, justement frappés de la crainte de voir les rayons de la justice éclairer quelque jour les antres ténébreux dans lesquels ils composent leurs poisons, ont imaginé de se former ouvertement en loge indifférente de franc-maçonnerie, en sorte que, s'ils sont appelés devant les tribunaux pour expliquer le lien qui les attache les uns aux autres et les rapports qu'ils pen-

Arrestation du colonel Caron, 1822. (Page 4, col. 2.)

vent avoir ensemble, ils trouvent dans la société de plaisir le moyen de masquer et de faire disparaître la société de crime.

« Voilà comment se distribuent les carbonari.

« Quant à leurs lois, tous les documents administratifs, une multitude de témoins d'ailleurs, et une pièce saisie sur Vallée, dans le procès de Toulon, en déposent.

Elles se réduisent à deux ou trois essentielles :

« Obéir aveuglément aux chefs ;

« Conquérir la liberté à main armée, et pour cela se munir d'armes ;

« Observer un secret impénétrable sur l'existence, sur les noms, et à bien plus forte raison sur les desseins des carbonari ;

C.

« Ou la mort.

« Ce qui est également prouvé par tous les documents comme par une multitude de témoignages fournis dans les différents procès dont plusieurs tribunaux retentissent depuis quelques mois, c'est que, d'accord sur un point, détruire ce qui est, les carbonari sont divisés entre eux sur tous les autres points et sur ce qui sera : Napoléon II, un prince étranger, la République, mille autres idées, tout aussi absurdes et aussi contradictoires. La division d'opinions, chez nos régulateurs, sur les destinées qu'ils nous réservent, suffit pour apprendre, non pas seulement aux hommes fidèles, mais encore aux hommes de bon sens et aux hommes qui veulent le repos, une liberté saine, telle qu'elle nous est assurée par la Charte et la paix publique, le rare bonheur qui ressortirait immédiatement pour la France de ce déchirement fatal, prélude de bien d'autres déchirements dans lesquels nos nouveaux maîtres ne sauraient ni comment nous gouverner, ni comment s'accorder, même entre eux.

« Après ces notions préliminaires sur la secte désorganisatrice, l'unique auteur des complots différents qui se succèdent dans plusieurs départements, notions générales qu'il importait de fixer d'abord pour mieux faire comprendre le complot qui a failli éclater à la Rochelle, et qui, comme les autres, a été ourdi à Paris, mais qui, à la différence des autres, a laissé découvrir à la justice quelques-uns des hommes de Paris qui l'avaient préparé dans cette ville, il convient de passer à l'exposé des faits qui se rattachent spécialement au complot.

« Dans le cours de l'année 1821, la police de Paris avait reçu l'éveil sur l'existence de réunions de carbonari dans cette ville.

Quelques hommes fort suspects lui avaient été désignés comme fomentant dans ces réunions secrètes de criminels desseins.

« Parmi eux s) distinguaient surtout, disait-on, par leur ardeur, les nommés *Baradère*, avocat stagiaire, député à la haute vente ; *Laroque* et *Gauran*, étudiants en médecine ; *Marcel* et *Rosé*, employés à la Compagnie royale d'assurances, enfin un nommé *Hénon*, ancien militaire, aujourd'hui instituteur dans le faubourg Saint-Marceau.

« Que ces hommes machinassent, c'est ce qui n'était pas douteux pour la police, instruite de l'exaltation de mauvais sentiments qu'ils laissaient éclater au sein de leurs réunions ; mais que machinaient-ils ? c'est ce qu'on ne pouvait savoir avec précision.

« On savait qu'ils étaient instruits de tous les troubles du dehors souvent avant le public ; qu'ils les suivaient de tout leur intérêt ; qu'ils s'agitaient beaucoup, qu'ils étaient armés, qu'ils semblaient attendre des événements importants. Le reste était un mystère. »

Maintenant nous donnons succinctement le récit des faits reprochés aux accusés, pour entrer ensuite dans le détail de ceux qui nous ont été fournis par nos renseignements particuliers et produire les passages marquants de la défense

' Le 45° régiment de ligne avait tenu garnison à Paris en 1820. Massias, capitaine dudit régiment, carbonaro, avait des relations journalières avec de hauts personnages.

Il fut chargé par la Vente suprême d'organiser un complot dans son régiment et il chargea de l'exécution quelques sous-officiers de son régiment.

Bories, sergent-major, âgé de 27 ans (né à Villefranche, Aveyron), se trouva investi des fonctions de chef de ces sous-officiers et il résolut, en conséquence des instructions qu'il avait reçues de Paris du comité directeur, d'organiser une vente militaire au 45e de ligne.

Les membres qu'il embaucha pour en faire partie furent les sergents-majors Fourny, Labouré et Castille; les sergents Goubin, Hue, Cochet et Barlet; les caporaux Gautier, Thomas (Jean) et Lecoq.

Ceux-ci, à leur tour, entraînèrent les sergents Asnès et Édeline, le sergent-major Pommier, le sergent Raoulx et les caporaux Gindrat et Demait, le sergent Dutron, les fusiliers Bicheron et Lefèvre, enfin le sergent Perreton.

La plupart de ces individus furent initiés sans appareil et jurèrent seulement de s'entre-secourir; plusieurs autres furent mis plus intimement dans la confidence et prêtèrent serment sur un sabre de ne rien révéler sous peine de mort.

Perreton, Hue, Cochet et Labouré, ayant quitté la société, sont moins chargés par l'accusation.

Bories, le principal accusé, l'âme de l'exécution du complot, avait dû transmettre aux initiés les signes et mots de reconnaissance.

Ces mots étaient les mêmes qu'à Toulon, à Nantes et partout où éclata une conspiration de carbonari. C'étaient *speranza*, *fede* et *carita*.

La vente militaire dépendait immédiatement d'une vente centrale présidée par Baradère.

Cette vente centrale avait député deux de ses membres, l'un nommé Laroque, étudiant en médecine, et un autre qui est resté inconnu, pour initier Pommier et Goubin.

Bories était député de la vente militaire, dont il avait été l'organisateur, à la vente centrale, dont Baradère était président.

Ce fut donc de cette vente qu'il reçut des poignards et de l'argent pour être distribués aux initiés.

Cette distribution fut suivie d'une réunion qui eut lieu chez un marchand de vin de la montagne Sainte-Geneviève, un nommé Gaucherot, et là on apprit aux militaires qu'ils avaient l'appui des bourgeois. C'est afin d'en faire la preuve que Hénon, Gauran et Rosé s'y trouvèrent députés par la *vente centrale*.

Dans cette circonstance, Hénon fit un discours propre à échauffer les esprits.

A quelque temps de là, Bories conduisit Goubin au Palais-Royal et ce dernier fut félicité par de bons cousins, c'est-à-dire par des carbonari, sur l'honneur que le 45e aurait à commencer le mouvement.

Le régiment part de Paris le 21 janvier 1821 pour se rendre à la Rochelle. En route, Bories fit quelques tentatives de séduction qui échouèrent près du sergent-major Choulet.

A Orléans, il réunit à l'auberge de la *Fleur de lys* ses amis les conspirateurs. Ce fut là que Bicheron fut solennellement initié, et alors Bories annonça aux conjurés que le régiment n'irait pas jusqu'à la Rochelle, parce qu'il avait reçu de Paris des ordres pour commencer le mouvement à l'étape immédiatement après Tours, c'est-à-dire à Sainte-Maure où le régiment devait se joindre à d'autres conjurés pour ensuite se diriger ensemble sur Saumur, dont on leur ouvrirait les portes, la garnison étant gagnée à la révolte.

Des officiers d'artillerie avec du canon suivaient le régiment à distance ; du reste, il attendait des ordres à chaque instant et il ne pouvait manquer de trouver des instructions à Tours.

Pommier, Goubin, Raoulx, Asnès, Bicheron, Barlet, Demait, Dutron, Gautier, Labouré, Lecoq, Thomas, Vivien et Gindrat avouent avoir assisté à ce dîner.

Castille, Cochet, Perreton et Hue disent ne pas y avoir assisté.

En tous cas, il est certain que Perreton, Cochet et Labouré, effrayés du but que se proposaient les carbonari, déclarèrent à Bories qu'ils ne voulaient plus faire partie de cette société.

Bories, dans cette circonstance, dut leur dire :

— Puisque vous abandonnez lâchement la cause de la liberté, c'est que vous n'en êtes pas dignes plus que vous n'êtes dignes d'être Français.

Gindrat fit aussi reproche à Goubin de l'avoir trompé, et de même que Dutron, Gautier, Hue et Lecoq, il se sépara du complot, et aucun d'eux ne reparaît, depuis ce dîner, dans la conspiration.

Bories avait encouru la disgrâce de ses chefs, qui profitèrent d'un manquement à la discipline de sa part pour le casser, et ce fut en route que ce contre-temps lui arriva : il fut mis à la garde du camp et à l'arrivée du régiment à la Rochelle il fut enfermé à la Tour.

Bories délégua pour le remplacer tous ses pouvoirs à Goubin qui à partir de ce moment prend la tête du complot, a des conférences mystérieuses aux environs de la ville avec un député de Paris et un général qu'on suppose être le général Berton.

Le sergent-major Goupillon, le caporal Dariotsecq et le fusilier Lefèvre sont initiés et reçus carbonari. On leur révéla le complot dans son entier : on devait s'emparer des avenues des casernes, arrêter et conduire à Tours le colonel et les chefs de bataillon, empêcher les officiers d'arriver au quartier. Les carbonari devaient prendre le commandement des troupes, se réunir à ceux qui étaient aux environs de la ville, qui devaient se présenter avec le drapeau tricolore arboré.

A ce moment, Goubin entre en relations avec un nommé Marius, président de la haute vente de la Rochelle : il y a entre lui et Massias des allées et venues qui n'aboutissent à rien, le capitaine Massias ayant résolu de ne plus s'occuper de rien et ne voulant plus recevoir aucune communication.

Plusieurs réunions des conjurés ont lieu au *Lion d'argent* et au *Soleil d'or*.

C'est dans cette dernière, au *Soleil d'or*, qu'un officier envoyé par le colonel vint chercher successivement Pommier, Goubin et Raoulx.

Le colonel s'informe près de ces trois sous-officiers de ce qui s'était passé entre eux et des carbonari avec lesquels ils avaient été en conférence à Niort.

Goubin n'ayant pas à ce sujet donné de réponses satisfaisantes fut mis à la salle de police le 5 mars et Pommier qui était devenu son second comme lui, Goubin, l'avait été de Bories, lui succéda dans la direction de la vente militaire.

Pommier se mit en rapport direct avec le commissaire du Comité directeur et le général qui étaient aux environs de la Rochelle.

Le 17 mars, dans un dîner qui eut lieu au *Soleil d'or*, Pommier annonça aux conjurés que la conspiration éclaterait à quatre heures du matin.

Après l'appel du soir, il sort du quartier déguisé en paysan, pour aller conférer avec le général et le commissaire qui étaient en ville depuis six heures du soir. Mais ayant été rencontré par un adjudant et reconnu, il fut arrêté et mis à la salle de police, d'où il parvint à s'échapper. On ne sait s'il vit le commissaire et le général.

Dans la soirée du 18, Goupillon, saisi de remords, fut trouver son colonel et lui livra tous les secrets du complot dont il fit un récit détaillé par écrit; il donna le nom de tous ses complices et remit la lame du poignard que Pommier lui avait donné.

Alors M. le marquis de Toutin, colonel, fit arrêter dans la nuit, après avoir préalablement pris toutes ses mesures pour que l'éveil ne fût pas donné, Raoulx, Asnès, Bicheron, Castille, Thomas, Dariotsecq, Lefèvre, Gindrat, Gautier, Lecoq et Bijou.

Leurs effets et leurs paillasses furent visités et on trouva chez presque tous un ou plusieurs poignards.

Ce qu'il y a de plus surprenant, c'est que tous les conjurés firent des aveux, les uns complets, tels que Pommier et Goubin, d'autres avec de certaines réticences. Plusieurs même consignèrent par écrit leurs déclarations.

Le capitaine Massias nia énergiquement et persista dans son refus de rien avouer.

Bories a fait peu d'aveux; il s'est borné à dire qu'il avait connu, à la loge des Amis de la vérité, Baradère, Marcel, Rosé et Laroque. ·

Sur les délations des conjurés incarcérés, on arrêta Baradère et Laroque, — ce dernier fut remis presque immédiatement en liberté, — Hénon, Marcel, Rosé, Gauran; on

ne trouva rien chez eux de compromettant, si ce n'est un fusil de munition chez Marcel et chez Hénon, et un paquet de vingt-cinq cartouches chez Gauran.

Baradère, dans ses interrogatoires successifs, refusa de répondre, disant qu'il se réservait de s'expliquer aux débats, et dans son dernier interrogatoire non fut sa réponse à toutes les questions.

Ainsi firent Rosé et Laroque.

Tous ont du reste été unanimes lorsqu'on leur a demandé s'ils étaient carbonari, et ont répondu qu'ils ne savaient même pas ce que c'était que cette société et qu'ils n'avaient jamais cherché à entraîner personne à la révolte dans le 45° régiment de ligne.

Hénon, par suite des aveux complets qu'il fit après avoir refusé d'abord de rien avouer, a mis la justice à même de connaître l'organisation complète des carbonari, ainsi que nous en avons donné un aperçu. Il confirma aussi les déclarations de ses complices sur Baradère et Bories.

Laroque fut mis en liberté avec plusieurs autres prévenus.

Après la lecture de l'acte d'accusation eut lieu l'appel des témoins, au nombre de 85, dont 54 à charge et 31 à décharge.

La séance, suspendue pendant une demi-heure, fut reprise et M. le président commença l'interrogatoire des accusés.

Il est bien entendu que nous ne donnons de ces divers interrogatoires que les principaux, afin d'éviter des longueurs inutiles et des redites, les 25 inculpés se divisant en deux catégories, les 12 premiers et principaux accusés de complot, et les 13 autres de non-révélation.

Hénon fut soumis le premier au débat.

M. LE PRÉSIDENT. — Hénon, vous avez

déclaré avoir fait partie d'une association secrète?

Hénon. — Il est vrai que j'ai dit cela.

D. — Persistez-vous dans vos déclarations?

R. — Non, monsieur.

D. — Quel motif aurait donc pu vous porter à faire des déclarations qui ne seraient pas conformes à la vérité?

R. — Un motif bien simple, celui d'obtenir promptement ma liberté. Je suis père de famille, je tiens un établissement d'instruction primaire : une détention de huit jours seulement pouvait me ruiner de fond en comble, c'est ce qui est arrivé. Je n'avais aucune notion des motifs pour lesquels on me fit arrêter. M. le préfet de police me fit de longues questions auxquelles je [ne pouvais répondre ; enfin il me laissa *pressentir* qu'un aveu me ferait obtenir ma liberté. Je crus d'après ce qu'il me disait que mon ami Marcel et Baradère étaient fortement compromis; alors je déclarai tout ce que voulait M. le préfet de police.

D. — Ce que vous dites là est bien peu vraisemblable ; M. le préfet de police vous aura certainement dit que, par un aveu franc et sincère, vous pouviez tout attendre de la clémence et de la bonté du roi. Comment supposer qu'il vous aurait dicté lui-même des déclarations mensongères?

R. — Le préfet a dû faire ce qu'il a fait, je ne l'incrimine pas, la faute est à moi seul ; j'ai d'abord voulu dire la vérité, mais j'ai cru qu'un mensonge probable ferait plus d'effet.

M. le président donne lecture des déclarations circonstanciées et réitérées de l'accusé Hénon sur l'organisation des ventes déguisées sous l'apparence d'une loge de francs-maçons prenant le titre d'*Amis de la Vérité*.

Ces déclarations n'ont pas été seulement faites devant le préfet de police, mais devant le juge d'instruction. Hénon y parle de l'incertitude qui régnait parmi les conjurés sur le but de leurs intrigues ; quelques-uns désiraient le fils de Napoléon, d'autres se bornaient à désirer le retour de l'ancien ministère.

Hénon y avoue de plus qu'il a lui-même harangué une réunion de sous-officiers et soldats, en lui lisant un petit discours que lui avait préparé Baradère.

D. — Je vous demande si des déclarations aussi positives ont pu être l'effet d'une fraude pratiquée à votre égard pour obtenir votre liberté?

R. — Oui, monsieur.

M. le président donne lecture d'un autre interrogatoire où, s'exprimant sur le complot de Saumur, Hénon disait tenir des affiliés de la charbonnerie que Berton avait agi prématurément et sans ordres supérieurs.

D. — Dans ces nouvelles déclarations, vous avez signalé diverses particularités qu'on ignorait.

R. — Ces réponses-là étaient une suite naturelle des premières que j'avais faites à M. le préfet. Tous les journaux parlaient de mouvements dans les diverses parties de la France ; il paraît un ouvrage qui dit que les charbonneries existaient en France depuis trois cents ans et qu'on en a publié les statuts. Il ne m'était pas difficile de bâtir un thème là-dessus.

D. — Vous avez déclaré avoir loué chez le marchand de vin Gaucherot, à l'enseigne du *Roi Clovis*, la chambre où se sont réunis les sous-officiers du 45° régiment, sous prétexte de faire un assaut d'armes.

R. — C'est le préfet lui-même qui m'a dit cela, et qui m'a nommé le marchand de vin ; jamais je n'ai eu de réunion avec les militaires dont il s'agit, et si le marchand de vin a dit cela, il en impose.

L'accusé Pommier, sous-officier, interrogé à son tour, rétracte aussi une partie des déclarations qu'il a faites ; il prétend ne les avoir faites que dans l'espoir de recouvrer la liberté.

M. le président. — Votre déclaration faite à Nantes est non-seulement signée, mais écrite de votre main en sept pages in-8°.

Pommier. — Cette déclaration, quoique écrite de ma main, m'a été dictée par le général Despinois.

M. le président. — Vous l'avez réitérée devant les magistrats.

Pommier. — C'est que le général m'avait dit qu'en persistant dans mes déclarations je me sauverais, ainsi que tous mes coaccusés.

M. le président. — Vous avez persisté à Paris devant M. Casimir, conseiller en la cour.

Pommier. — C'est une suite de la menace que m'avait faite le général Despinois de me traduire devant un conseil de guerre et de me faire fusiller si je ne déclarais tout ce qu'il voulait. Il m'a même offert de l'argent que j'ai refusé, quoique j'en eusse le plus grand besoin, ayant été tenu pendant un mois au secret.

M. le président. — Pourquoi vous êtes-vous procuré des poignards que vous aviez sur vous ou dans votre paillasse ?

Pommier. — Je les avais achetés à Paris avec Goubin. Nous faisions partie d'une société philanthropique et, comme nous voulions donner un air mystique à notre société, il fallait bien avoir des poignards.

M. le président. — Le poignard que vous qualifiez vous-même dans votre déposition de *fatal instrument de la vengeance* pouvait-il devenir le symbole d'une prétendue société philanthropique ? Comment le secret d'une simple société de bienfaisance entre camarades pouvait-il être imposé sous peine de mort ?

Pommier. — C'est que le général Despinois m'a forcé de le déclarer.

M. Marchangy, avocat général. — Ce qui détruit votre système, c'est que vous n'avez pas fait votre première déclaration devant le général Despinois, mais devant le procureur du roi à la Rochelle.

Pommier. — Je n'ai pas répondu autre chose que *non* à tout ce que le procureur du roi m'a demandé.

M. le président lit les premières déclarations de l'accusé Pommier devant le procureur du roi à la Rochelle. Il en résulte qu'à la vérité l'accusé Pommier avait tout nié au premier moment de son arrestation, le 19 mars, lorsqu'il avait paru devant l'officier de la gendarmerie ; mais le 25 mars, traduit devant le procureur du roi, il déclara qu'il allait avouer franchement toute la vérité et fit les aveux les plus complets.

Pommier. — J'ai fait cette déclaration, mais le lendemain du jour où le procureur général m'a parlé. J'avais écrit sous l'influence du général.

M. de Marchangy. — La lettre au général Despinois est postérieure.

M. Ledoux, avocat. — La lettre et l'interrogatoire sont du même jour ; malheureusement ces pièces ne sont point datées par heure.

M. LE PRÉSIDENT. — Si vous aviez été violenté pour écrire cette lettre, pourquoi n'avez-vous pas profité du premier instant où vous étiez devant le procureur du roi pour la désavouer?

POMMIER. — J'étais effrayé par les menaces du général.

M. LE PRÉSIDENT. — Pourquoi à Paris, à cent cinquante lieues du général Despinois, avez-vous persévéré dans vos aveux? Vous saviez alors que vous ne seriez pas jugé militairement.

POMMIER. — Le général Despinois m'avait dit que faisant les mêmes aveux je serais sauvé, ainsi que mes camarades, et qu'il irait lui-même demander ma grâce au roi. Une fois il m'a menacé de faire arrêter mon père.

M. LE PRÉSIDENT. — C'est une monstruosité! cela n'est pas croyable!

Après quelques nouvelles questions adressées par M. de Marchangy à Hénon, on fait rentrer les accusés Baradère, Rosé et Gauran.

M. le président leur rend sommairement compte de ce qui a été dit et fait en leur absence, puis il adresse à Baradère la question suivante :

— Ne paraîtrait-il pas résulter des premiers aveux de vos coaccusés et même de leurs tardives rétractations que vous apparteniez à une société secrète organisée contre le gouvernement, que vous étiez dans cette société président d'une *vente centrale* et député à la *Vente suprême?*

BARADÈRE. — Avant de répondre à aucune question, je dois faire quelques observations à la Cour et à MM. les jurés. On me présente dans l'acte d'accusation

comme membre d'une *vente centrale* et député à une *haute vente*. Le carbonarisme est sans doute hors de la cause, puisque Laroque, Marcel et beaucoup d'autres, convaincus d'être carbonari, sont hors de cause, et que M. Potier, président de la *vente* de Niort, n'est pas non plus en jugement. Au surplus, je récuse la qualification qu'on me donne de carbonaro; je ne suis ni membre ni président d'aucune société de cette espèce.

M. LE PRÉSIDENT. — Les lois ne sont pas, autant que vous paraissez le croire, muettes sur ce genre de société; mais on prête aux réunions dont vous faisiez partie un but bien criminel, celui de renverser ou de détruire le gouvernement.

Baradère se renferme dans une dénégation complète et dit que sa déclaration doit contrebalancer celle de ses coaccusés qui parlent à sa charge.

M. DE BROE. — Les déclarations de Pommier sont d'autant plus croyables que, ne vous désignant pas d'abord nominativement, il disait très-bien votre adresse dans les deux domiciles que vous avez successivement occupés.

BARADÈRE. — Mon nom et ma demeure sont dans l'almanach des 25 000 adresses; tout le monde peut les connaître.

Pommier explique la manière dont il a connu les adresses de Baradère :

— Je m'y étais présenté, dit-il, avec Bories pour me faire recevoir franc-maçon. D'ailleurs, c'est le général Despinois qui m'a forcé de mettre M. Baradère dans cette affaire-là, parce qu'il voulait y inculper des bourgeois.

M. DE MARCHANGY. — Il sera prouvé que Bories était malade à l'époque où vous prétendez qu'il vous a accompagné chez Baradère.

Arrestation du capitaine Vallée, 1822. (Page 13, col. 1.)

M. le président rappelle à Bories les aveux qu'il a faits aussi dans le cours de l'instruction.

— Vous avez organisé, lui dit-il, une vente dans le 45° régiment.

BORIES. — Tout cela est faux. Il était question de se secourir mutuellement au moyen d'une souscription de vingt sous par mois.

D. — La société était-elle secrète?

BORIES. — On avait établi un serment pour rendre la chose plus imposante. Les serments des maçons, comme tout le monde sait, sont encore plus terribles, et je ne sache pas que leur violation ait jamais coûté une goutte de sang.

D. — Vous avez procuré des poignards à presque tous les membres de cette société?

BORIES. — Non, monsieur, c'est faux ; je regardais même les dix-huit poignards qu'on s'était procuré comme un enfantillage qui pouvait devenir dangereux.

M. le président continue d'adresser à l'accusé d'autres demandes plus ou moins importantes, auxquelles Bories ne répond que par des dénégations.

D. — Vous avez dit que vous attendiez en route des ordres du Comité directeur; que votre régiment n'irait pas jusqu'à la Rochelle; qu'un régiment viendrait vous rejoindre sur la route et que vous vous porteriez directement sur Saumur.

Bories. — Ceux qui l'on dit ont imposé.

M. le président. — Pommier l'a déclaré.

Pommier. — Si j'ai fait cette déclaration, elle est fausse.

M. le président. — Vous avez donc toujours menti?

Pommier. — Oui, monsieur.

Massias, qui est en uniforme de capitaine, attribue à un malentendu les déclarations qui l'ont chargé, et se défend de toute connaissance des faits.

Là nous croyons utile de placer une lettre du comte Lavalette, adressée aux journaux qui avaient reproduit dans leurs colonnes l'acte d'accusation, et notamment au *Constitutionnel* où nous avons pris copie de la lettre ci-dessous :

Paris, 21 août 1822.

Monsieur le rédacteur du Constitutionnel.

« Monsieur,

« Je viens de lire dans le *Moniteur* du 18 de ce mois cette phrase d'un acte d'accusation signé Bellart :

« Le capitaine Massias, comme on le « verra par la suite, quoique le mystère « dont il a eu l'art de s'entourer n'ait pas « été entièrement pénétré quant aux dé-« tails de ses démarches, a certainement « joué d'abord dans le complot un rôle « considérable. Il résulte de l'instruction « qu'il s'était lié à Paris avec d'assez « grands personnages, dont un pouvait « paraître une liaison fort inconvenante « pour un soldat du roi, puisque c'était le « sieur Lavalette lui-même, condamné « en 1815 pour conspiration. »

« Je n'examine point si M. le procureur général ne devait pas quelques égards à des malheurs irréparables, et qu'il connaît si bien; je sais qu'on ne me pardonnera jamais le mal qu'on m'a fait, ainsi qu'à madame Lavalette; mais le premier devoir du magistrat intègre est de prouver les faits qu'il avance, surtout lorsqu'il en résulte une imputation qui peut compromettre l'honneur et la sûreté des citoyens. Or je déclare que je n'ai jamais vu M. le capitaine Massias et que son nom et sa personne me sont complétement étrangers.

« Comte Lavalette. »

L'accusé Goubin déclare, ainsi que ses coaccusés, que les déclarations qu'il a faites à la Rochelle, sont entièrement fausses.

M. le président fait lecture des déclarations très-précises de Goubin qui avait entendu dire à plusieurs *cousins* ou *carbonari* qu'il n'y avait pas de temps à perdre, que le mouvement allait éclater et que 20 000 Belges étaient prêts à fondre sur la France avec le drapeau tricolore.

Goubin. — Étant dans les cachots de la Rochelle, Pommier jeta dans ma prison une lettre d'une écriture très-fine, où il me traçait le plan de conduite que je devais tenir devant le général Despinois. Arrivé devant le général, la menace d'être fusillé me détermina à faire toutes les déclarations qu'il voulut.

M. le président donne lecture de l'interrogatoire de Goubin, qui est très-long.

M. LE PRÉSIDENT. — Je vous demande si aucune espèce de persuasion ou de violence a pu vous déterminer à faire devant le procureur du roi des déclarations aussi circonstanciées.

GOUBIN. — J'ai suivi le système établi par le général Despinois. Pommier m'a jeté dans ma prison une lettre où il m'a annoncé ce qu'il fallait faire, je l'ai exécuté ponctuellement. Du reste, mis en présence du général Despinois qui m'avait fait venir devant lui, ce général me donna connaissance d'une déclaration rédigée d'avance, me disant que si je voulais l'adopter et la signer comme faite par moi-même, mon salut était assuré, et que, dussé-je être condamné à mort, il me promettait, *foi de général Despinois*, d'obtenir ma grâce.

M. LE PRÉSIDENT. — Vous avez parlé d'une foule de détails dont Pommier n'avait ni ne pouvait avoir connaissance, notamment sur votre initiation à Paris dans la société des carbonari.

GOUBIN. — Je n'ai été reçu *carbonaro* qu'à la Rochelle, ainsi que tout mes camarades.

PRESQUE TOUS LES ACCUSÉS. — Oui, oui, oui !

M. LE PRÉSIDENT. — Les accusés ne doivent pas répondre par acclamations, mais doivent attendre qu'on les interroge. Accusé Goubin, comment espérez-vous persuader et à qui persuaderez-vous que le général Despinois aurait été assez oublieux de ses devoirs pour vous engager à compromettre par des imputations mensongères des individus étrangers au régiment?

GOUBIN. — Au général Despinois lui-même, lorsqu'il sera présent.

M. LE PRÉSIDENT. — Vous savez bien qu'il est à cent lieues d'ici.

GOUBIN. — Je l'ai demandé en témoignage.

M. LE PRÉSIDENT. — Il viendra peut-être, et alors nous l'entendrons.

Le général Despinois ne fut pas entendu, car il ne vint jamais.

Un incident se produit alors : un nommé Daniès, espion du colonel du 45e, s'est introduit dans la salle d'audience et communique avec les témoins à charge, Bories en fait l'observation au président qui défend à tout étranger de communiquer avec les témoins.

M. DE MARCHANGY. — L'observation de Bories est de peu d'importance. Nous aurons probablement à lui adresser dans le cours des débats un reproche beaucoup plus grave, celui d'avoir essayé de suborner des témoins.

BORIES. — Un reproche de cette nature doit être prouvé ; j'attends le ministère public à la preuve.

M. LE PRÉSIDENT. — Je souhaite de tout mon cœur que les reproches du ministère public ne soient pas justifiés.

BORIES. — Je répéterai à M. le président qu'il ne suffit pas que je sois accusé de ce fait comme de tant d'autres, et que je réclame de son impartialité la preuve de cette imputation, que je déclare honteusement méchante et mensongère.

M. LE PRÉSIDENT. — Goubin, vous avez aussi déclaré tenir de Bories qu'on devait marcher sur Saumur et que deux pièces de canon suivaient le régiment.

GOUBIN. — Pas du tout; je savais seulement que le bruit courait qu'on devait nous envoyer un cordon sanitaire.

BARADÈRE. — Il me semble bien extraordinaire que deux pièces de canon voyagent à la suite d'un régiment, cachées à tous les yeux. On ne peut cependant cacher des pièces d'artillerie dans des boîtes à coton.

M. LE PRÉSIDENT. — Goubin et Pommier ont déclaré que Bories leur avait affirmé ce fait.

BARADÈRE. — Il leur a dit un fait faux.

M. LE PRÉSIDENT. — On connaît votre secte; on sait que très-faible par elle-même elle veut avoir l'air d'être excessivement forte. Si vous avez cinquante complices, vous en annoncez cinq mille. Pour soulever les peuples contre l'autorité royale, il faut bien leur persuader que la révolte sera soutenue et qu'on ne manquera ni d'hommes, ni d'armes, ni de munitions de guerre.

BARADÈRE. — Avant de dire que vous connaissez ma secte, il serait juste d'établir qu'en effet je fais partie d'une secte. Or, c'est ce que je nie...

L'accusé Goupillon est interpellé à son tour.

GOUPILLON. — Ce fut le 18 mars que je fis à mon chef la révélation d'un prétendu complot contre le gouvernement. Un de mes officiers, M. Leloup, m'y détermina en disant que plusieurs de mes camarades avaient fait des aveux et qu'il fallait faire comme les autres, qu'aucun de nous ne serait poursuivi et qu'il n'y aurait de punis que les personnages qui les avaient *mis en train*.

Goupillon convient d'avoir été reçu *carbonaro*.

M. LE PRÉSIDENT. — Des peines sévères, la mort même, pouvaient vous être infligées en cas de violation du secret.

GOUPILLON. — Je n'en ai pas eu connaissance.

L'accusé Asnès, qui a fait des révélations sur l'existence de la société des *carbonari*, persiste dans ses déclarations précédentes et soutient que c'était une simple société de secours mutuels, sans aucun but répréhensible.

Gauran, élève en médecine, dément toutes les déclarations qui ont été faites contre lui par Hénon. Il affirme avec une extrême chaleur n'avoir fait partie d'aucune réunion de *carbonari*.

L'accusé Rosé dément également les premières assertions d'Hénon, et ajoute :

—Je demande à être confronté avec mon accusateur, avec celui qui est cause que je suis détenu depuis cinq mois.

M. LE PRÉSIDENT. — Ce sont les révélations d'Hénon qui vous ont compromis.

ROSÉ. — J'ai été arrêté avant Hénon, et par conséquent avant qu'il eût rien déclaré au préfet de police.

GAURAN. — Il n'était pas difficile au préfet de police, qui savait que M. Rosé et moi nous étions arrêtés, de demander à Hénon s'il ne nous connaissait pas comme *carbonari*.

L'accusé Raoulx répond aux interpellations de M. le président qu'il est faux qu'il se soit fait initier *carbonaro* à Paris; il convient qu'il a été le secrétaire d'une réunion qui avait pour objet un but philanthropique de secours mutuels.

Un débat s'élève sur l'usage des poignards, que les accusés persistent à présenter comme des symboles purement mystiques. Pommier déclare qu'il les a achetés à Paris, dans la rue, à un marchand de vieux habits.

M. le président donne lecture des déclarations faites par Raoulx devant le juge d'instruction et des propositions de complot qui s'agitaient parmi les *carbonari*.

RAOULX, avec feu. — Jamais je n'ai parlé de complot; c'est une fausseté!

L'interrogatoire de Bicheron présente peu d'intérêt; il nie avoir dit qu'il avait vu aiguiser des poignards à Goubin et à Pommier et que de grands personnages étaient dans le complot.

Labouré, Cochet et Perreton disent que s'ils se sont retirés de la société c'était dans la crainte de déplaire à leurs chefs, qu'ils n'avaient même jamais connu de nom les *carbonari*.

Castille, Dutron, Hue, Barlet, Lefèvre, Thomas, Gautier, Lecop, Dariotsecq, Demait, tous sous-officiers au 45°, assurent aussi n'avoir connu d'association que pour des secours réciproques.

M. de Marchangy rappelle qu'un témoin a déposé que Pommier était allé jusqu'à dire à Perreton qu'il avait vu son brevet de capitaine signé de la main même du ministre.

POMMIER, riant. — Il est vrai que j'ai fait cette blague à Perreton devant les gendarmes et pour me moquer d'eux, parce qu'ils étaient constamment dans la prison à épier ce que nous pouvions dire.

UN ACCUSÉ. — On leur en a conté bien d'autres; je leur ai dit, moi, que la conspiration était formée depuis quatre ans.

UN AUTRE ACCUSÉ. — Et ils gobaient tout cela!

M. de Marchangy rappelle à Thomas qu'il avait déclaré que les poignards avaient été achetés pour donner un air mystique à la société *et pour la soutenir.*

M° THOREL DE SAINT-MARTIN. — L'accusé n'a point ajouté ce second membre de phrase.

M. DE MARCHANGY. — Ce ton affirmatif vous sied mal. C'est ainsi que je l'ai entendu, c'est ainsi qu'il l'a dit. Quand la vérité est sur le point de sortir de la bouche des accusés, il est incroyable que les défenseurs s'empressent de la refouler. (*Mouvement très-prononcé au barreau. — Plusieurs avocats se lèvent avec vivacité*).

M° RENOUARD. — Les défenseurs, comme le ministère public, n'ont d'autre intérêt que celui de la vérité. Ils ont droit de s'étonner qu'on leur suppose des intentions d'une autre nature.

M. DE MARCHANGY. — J'invite l'avocat à mettre moins de vivacité dans ses paroles. Ce que j'ai rapporté, je l'ai entendu, et MM. les jurés ont dû l'entendre aussi et sans doute ils s'en souviendront.

M. LE PRÉSIDENT. — Je regrette d'être obligé de dire à M. l'avocat général que je crois qu'il s'est trompé; ces mots : *pour la soutenir*, ont été prononcés par l'accusé à l'occasion d'une autre circonstance et n'ont point de rapport avec la distribution des poignards. (*Mouvement confirmatif au barreau.*)

M. DE MARCHANGY. — C'est possible, mais j'avais cru l'entendre ainsi.

Un incident se produisit à l'audience à propos de la déposition de Pommier relative au général Despinois. Pommier prétendait que le général était allé jusqu'à lui dire qu'il était lui-même carbonaro; qu'avant un mois il livrerait Nantes et qu'il n'avait rien à craindre de lui.

M. LE PRÉSIDENT. — C'est une monstruosité absurde. Il est invraisemblable qu'un brave guerrier, qu'un général qui a toujours dignement servi son roi, soit descendu à un tel état de bassesse et de perfidie.

Mᵉ Mocquart. — Il y a une distinction à faire entre l'impossible et l'invraisemblable, et je me permettrai de faire observer à M. le président que, quelle que soit l'étendue de son pouvoir discrétionnaire, il ne va pas jusqu'à reculer les bornes de l'impossible. S'il est des généraux fidèles à l'honneur, il en est aussi qui ont forfait à l'honneur.

M. de Marchangy. — C'est oublier toutes les convenances. Quoi ! vous osez dire que le général Despinois a forfait à l'honneur?

Au banc des avocats. — Eh ! non, il n'est pas question de lui.

Il s'ensuit une discussion entre l'avocat général qui soutient qu'on a insulté le général absent et Mᵉ Mocquart qui prétend n'avoir fait aucune allusion personnelle et avoir parlé d'une façon générale.

L'avocat général demande qu'en vertu du décret du 14 décembre 1810, M. Mocquart soit réprimandé pour avoir attaqué l'honorabilité d'une autorité établie et qu'il lui soit fait application des peines portées audit décret.

M. Mérilhou, chargé de défendre son confrère sur l'observation faite par M. le président que Mᵉ Mocquart pourrait ne pas présenter lui-même sa défense avec le calme convenable devant la cour, Mᵉ Mérilhou s'exprime en ces termes :

« Messieurs, la défense d'un confrère qui nous est aussi cher par son beau talent que par son noble caractère est une tâche qui doit être revendiquée par tous les avocats qui remplissent ce barreau; mais il m'appartenait plus qu'à tout autre de prendre sa défense aujourd'hui, pour lui qui depuis tant d'années est mon ami si ten-

drement dévoué, pour lui qui, dans une circonstance plus grave et dans cette même enceinte, fit entendre pour moi des accents pleins de courage et d'amitié.

« L'art. 39 du décret de décembre 1810 que le ministère public invoque contre mon confrère est tout à fait mal compris et l'accusation qu'on y trouve est bien frivole. Cet article a eu pour objet de défendre l'honneur des magistrats qui administrent la justice et les autres fonctionnaires publics quant aux devoirs dont ils sont investis; mais il est impossible qu'on trouve dans le décret dont il s'agit un moyen d'entraver la défense et de la rendre véritablement illusoire.

« Ici le général Despinois n'est pas attaqué dans ses fonctions, dans son autorité, c'est comme témoin du procès. Or la loi donne aux défenseurs le droit de dire sur les témoins et les témoignages ce qu'ils croient utile à la défense.

« Que le fait déclaré par Pommier soit plus ou moins honorable pour le général Despinois, c'est ce que Mᵉ Mocquart ne devait pas examiner. Tout le monde est d'accord que le fait imputé au général est infamant par sa nature : se déclarer carbonaro, s'accuser de crimes imaginaires pour surprendre par des mensonges la confiance des prévenus, leur prescrire ou leur suggérer des déclarations accusatrices pour des individus jusqu'alors paisibles et heureux, certes, l'imposture et la perfidie ne peuvent pas aller plus loin.

« Si le fait est faux, l'improbation qui s'y attache ne pourra plus blesser personne.

« Eh ! messieurs, comment pourrions-nous voir vingt-cinq citoyens dans les fers, dont douze sont menacés de la peine capitale?... Le plus grand des crimes leur est imputé et lorsque nous aurons l'espoir de convaincre d'imposture les témoignages qui s'élèvent contre eux, lorsque leur vie ou leur mort sont entre nos mains et dépendront du zèle et du courage que nous déploierons, on interdira au défenseur la véhémence et l'énergie, la sensibilité sera un crime, il faudra qu'il reste calme et impassible, lorsqu'il élève la voix pour sauver un innocent et confondre un imposteur! Ah! disons-le hardiment, l'homme qu'une telle situation ne saurait émouvoir serait indigne du noble ministère que nous avons l'honneur d'exercer.

« Donc la véhémence de mon ami Me Mocquart a été légitime et d'autant plus digne et honorable qu'elle est dangereuse. »

Après la réplique de l'avocat général, qui maintient que Me Mocquart se trouve dans le cas de répression indiqué par l'art. 39, Me Mérilhou réplique de son côté et Me Mocquart, admis enfin à s'expliquer, fait comprendre que, ne connaissant aucunement le général Despinois, il n'a pu avoir l'intention de l'insulter, et c'est par une distraction involontaire de la part de M. l'avocat général, qui a cru voir dans une généralité une allusion particulière qu'il a pu encourir son blâme.

La Cour, après délibération, dit qu'il n'y a lieu de statuer sur le réquisitoire de M. l'avocat général, ni à prononcer aucune des peines portées par les articles 39 et 25 du décret du 14 décembre 1870;

Et néanmoins enjoint au défenseur d'être plus circonspect à l'avenir.

Nous donnons maintenant les principales dépositions des témoins.

M. de Maillardoz, lieutenant-colonel du 7e régiment de la garde (régiment suisse), appelé en vertu du pouvoir discrétionnaire de M. le président, dépose sur l'incident d'Orléans, une rixe entre Bories et un sous-officier du régiment suisse.

M. DE MAILLARDOZ. — Je suis chargé, monsieur le président, de vous présenter les excuses de mon colonel, M. le baron d'Hogguer, qui ne peut comparaître devant la Cour, étant en ce moment de service près de Sa Majesté.

« Le 28 janvier, Bories descendant la rue Royale, dans un état complet d'ivresse, rencontre le sergent Koffman, de mon régiment, et lui dit :

« — Tu n'es qu'un sergent, quoique tu portes les galons de sergent-major.

« — Je vous reconnais, répond Koffman; mais que me voulez-vous?

« — Tu n'es qu'un sergent suisse, une canaille comme les autres. »

« Deux autres sergents de mon régiment arrivent et marchent avec Bories et Koffman.

« En cheminant, ils arrivent près du pont où il y a un poste de huit hommes, commandé par un sergent. Il était alors commandé par le nommé Velin, chevalier de la Légion d'honneur et portant trois chevrons.

« La querelle s'échauffant, le chef du poste s'avança.

« Bories le repoussa deux fois.

« Alors on l'arrêta et on le conduisit au corps de garde, et en même temps que lui un autre sergent et un fusilier du 45e de ligne.

« Un autre soldat de ce régiment, qui était pris de vin, se met à crier :

« — Il faut avoir mon sergent-major! »

« La foule qui entourait alors le corps de garde commença à se grossir; plusieurs malveillants se joignirent au soldat qui redemandait Bories; des cris furent alors proférés contre les Suisses.

« A ce moment, j'arrive ; le sergent intéressé à ce que la foule n'approche pas de son poste fait croiser la baïonnette à ses huit hommes. J'entre au corps de garde ; j'y trouve M. l'adjudant-major Bourdillac, employant tous les moyens possibles pour calmer Bories qui était comme un furieux.

« J'envoie alors un soldat donner ordre aux trois casernes de battre la retraite, bien que l'heure ne fût pas arrivée.

« Je somme la foule de se retirer.

« Loin d'obtempérer à cet ordre, elle se serre et approche tellement qu'il ne reste plus aux soldats du poste assez de place pour croiser la baïonnette. Je renouvelle l'injonction et la foule se dissipe et c'est dans ce moment seulement que les cinquante hommes que j'avais envoyé chercher arrivent, et ils ne servirent qu'à empêcher le retour de tout rassemblement.

« Je dois dire que du milieu de cette foule qui se retirait des pierres furent lancées contre les militaires suisses.

« M. LE PRÉSIDENT. — Accusé Bories, qu'avez-vous à dire contre la déposition de M. le lieutenant-colonel de Maillardoz ?

BORIES. — Je consens à avouer tout ce qu'a dit M. le lieutenant-colonel si on peut prouver qu'une seule fois on m'a vu pris de vin.

M. Delavau, préfet de police, entendu relativement à la déposition d'Hénon à l'audience, dit que ce dernier lui avait fait les révélations qu'on a mentionnées comme un homme pris de remords et qui par un aveu sincère désirerait se faire pardonner un moment d'égarement ; qu'il ne l'avait en rien poussé à faire des déclarations mensongères et qu'il n'avait pas dû en conséquence lui promettre pour ce fait de le faire mettre en liberté, ce qui dans aucun cas n'était en son pouvoir. « J'ai sans doute engagé Hénon à dire la vérité, d'abord dans l'intérêt de la justice et dans l'intérêt même du prévenu, qui par sa franchise pouvait mériter l'indulgence de ses juges et aussi la clémence du roi.

« Sur la proposition que j'ai faite à Hénon de lui lire le procès-verbal de ses déclarations et sur son refus d'abord, j'insistai et j'affirme que ce procès-verbal lui a été lu en entier.

HÉNON, *avec chaleur.* — J'affirme le contraire, et cela, je le jure devant Dieu qui nous jugera tous. Non, le procès-verbal ne m'a pas été lu, quoique M. le préfet me l'ait bien proposé, en effet ; mais comme il était deux heures du matin j'ai refusé de l'entendre.

Me AYLIES. — M. le préfet n'aurait-il pas, par l'intermédiaire d'un certain Bonneau, inspecteur des prisons, offert ou même donné des secours à Hénon ?

M. LE PRÉSIDENT. — Maître Aylies, ce que vous demandez à M. le préfet de police *est étranger aux débats.*

M. LE PRÉFET. — Je demanderai à M. le président de vouloir bien au contraire me laisser répondre, afin qu'il n'y ait dans tout ceci rien de louche. Hénon ne recevant du dehors aucun secours, puisqu'il n'avait ni famille ni amis, on lui accorda, sur ma prière, une somme de trente francs, *je crois.*

Me AYLIES. — Pourquoi ce secours ? Les détenus ne vivent-ils pas tous de l'ordinaire de la prison ?

M. LE PRÉSIDENT. — Vous savez très-bien que dans les prisons on ne donne que la nourriture strictement nécessaire et que c'est une dure position à subir pour un homme habitué à l'aisance.

L'aubergiste du *Roi Clovis*, Gaucherot

À Orléans, Bories réunit à l'auberge de la *Fleur de lys* ses amis les conspirateurs. (Page 15, col. 2.)

et sa femme, mis en présence des accusés, n'en reconnaissent qu'un seul, Hénon, celui qui était venu retenir une salle pour des amis qui devaient y faire un assaut d'armes. Ils déclarent qu'il y avait plusieurs militaires et trois bourgeois. Lorsqu'on leur demande de fixer la date de cette réunion, ils disent ne pouvoir le faire exactement, mais ils affirment que cela ne peut être qu'en février et assurément pas avant.

Cette déposition est assez significative, si l'on veut bien se rappeler que le régiment avait quitté Paris le 21 janvier.

Toutes les autres dépositions des témoins à charge sont insignifiantes et semblent avoir été dictées. On n'y remarque pas le cachet de la vérité ni de la bonne foi.

Les témoins à décharge : Recurt, Forest, Colson et Dubourg, tous les quatre étudiants en médecine, déclarent que les cartouches qu'on a pu trouver chez Gauran lui avaient été vendues par un artilleur nommé Gail.

après le licenciement de l'armée de la Loire.

Plusieurs autres témoins sont entendus et donnent les meilleurs renseignements sur Gauran et Bosé.

Les gendarmes qui avaient transféré Goubin et Pommier de la Rochelle à Paris déposent contre eux sur des propos qu'ils auraient tenus dans la prison et des aveux qu'ils auraient faits.

GOUBIN. — Ce que nous avons pu dire dans cette circonstance nous a été arraché par la violence.

M. LE PRÉSIDENT. — Comment par la violence, et que vous a-t-on dit ou fait?

GOUBIN. — Monsieur le président, lorsque Pommier et moi nous avons été incarcérés à Châtellerault lors de notre transfèrement de la Rochelle à Paris, les gendarmes qui nous ont conduits en prison ne se sont pas contentés de nous faire passer la nuit dans un cachot noir, ils ont poussé la barbarie jusqu'à nous passer au cou un collier qui par une chaîne scellée au mur ne nous laissait pas même la faculté de nous étendre sur la paille humide qui nous servait de couche.

POMMIER. — Oui, monsieur le président, et il nous a fallu ainsi passer une grande partie de la nuit. Les gendarmes qui nous ont fait de fréquentes visites nous offrirent, alors que le jour était sur le point de paraître, de nous ôter ce collier si nous voulions faire des aveux. C'est alors que Goubin et moi, après nous être consultés, avons dit tout ce qu'ils ont voulu.

M. LE PRÉSIDENT. — Accusés, ce que vous dites là est bien peu croyable. Gendarme Noyon, que signifie ce collier?

LE GENDARME NOYON. — Monsieur le président, le récit des deux accusés est faux.

POMMIER ET GOUBIN, se levant en même temps et avec fermeté. — C'est vrai, c'est la pure vérité.

M. LE PRÉSIDENT. — Voyons, gendarme, qu'y a-t-il de vrai dans cette histoire de collier?

LE GENDARME. — Eh! mon Dieu, monsieur le président, on fait beaucoup de bruit à propos de ce collier; ce n'est rien du tout; c'est tout bonnement un vieux collier scellé dans les murs d'un cachot et qui ne sert plus depuis longtemps.

M. LE PRÉSIDENT, indigné. — Mais c'est une infamie, une barbarie! J'avais eu connaissance qu'il existait des colliers de cette espèce à Melun, et aussitôt j'en écrivis au ministre qui donna immédiatement des ordres pour qu'ils fussent enlevés. Et cet ordre a dû être donné par toute la France.

GOUBIN. — Vous voyez cependant, monsieur le président, qu'il y en a encore dans la prison de Châtellerault.

La parole fut donnée à M. l'avocat général, qui, dans un réquisitoire en tous points conformes, soutint l'accusation, raconta dans les plus petits détails tous les incidents les plus futiles, s'acharna à faire ressortir l'énormité du complot, peignit sous les couleurs les plus noires les accusés, indignes de toute pitié et méritant les plus grands châtiments pour avoir troublé l'ordre, menacé la société et voulu renverser du trône qu'elle occupe si dignement Sa Majesté, le représentant de cette auguste famille des Bourbons à laquelle la France devait sa prospérité et sa gloire dans le passé, et dans le temps présent le bénéfice de cette Charte si dignement et si généreusement octroyée à son peuple chéri par le plus grand et le meilleur des rois.

M. le président donna ensuite la parole aux défenseurs.

Nous ne donnerons que quelques extraits des principaux plaidoyers, notre cadre étant trop restreint pour les reproduire in-extenso.

Plaidoyer de M. Berville en faveur de Baradère.

« Messieurs les jurés, un jeune avocat est traduit devant vous ; il est sur les bancs des accusés, et c'est moi qu'il a choisi pour vous présenter sa défense, moi, à peine âgé de quelques années de plus que lui ; moi qui, peu avant lui, fréquentais les mêmes écoles, moi qui peu avant lui ai pris cette robe qui doit lui servir d'égide.

« Ce n'est pas un patron qui vient défendre un client ; c'est un frère qui vient parler pour un plus jeune frère. Mais faut-il défendre Baradère ?

« Est-il contre lui un fait, une charge la plus légère ?

« L'accusation n'en présente aucune, et, *chose inouïe dans les fastes judiciaires, on fait figurer dans un procès criminel,* on place sous le poids d'*une peine capitale* un accusé contre lequel on ne saurait produire *la preuve la plus fragile.*

« Mais n'importe! Baradère a été mis par le ministère public à la tête d'un complot tendant à bouleverser l'Europe : il faut donc remplir la tâche qui m'est confiée. Je pourrais me dispenser d'examiner cette masse de faits généraux présentés par le ministère public et surtout, puisque je ne défends ici que Baradère, éviter de suivre M. l'avocat général dans cette foule de considérations prises de si haut et puisées dans les révolutions des différents peuples pour soutenir le frêle édifice du complot que crée l'accusation.

« Cependant il est d'usage, dans ces sortes de causes, que le défenseur qui le premier prend la parole s'occupe de l'ensemble du procès.

« Je vais me conformer à cet usage. »

Alors le défenseur se livre à l'examen des différentes thèses de cette accusation. Parcourant les faits généraux, il arrive ensuite à la criminalité que le ministère public a attachée au serment qu'on fait prêter aux carbonari.

« Ah! messieurs, dit-il, de quelle gravité est ce serment, si on le compare à celui que font les francs-maçons de ne point révéler les mystères de l'association?

« En effet, écoutez ce serment terrible :

« Je jure, je fais vœu de garder invio-
« lablement tous les secrets, signes et
« mystères qui m'ont été jusqu'à présent
« dévoilés et qui me seront révélés à
« l'avenir, permettant, si je les révèle,
« que mon corps subisse toutes les peines
« et rigueurs qui m'y engagent, qu'on
« m'ouvre les veines des temps et de la
« gorge, et qu'exposé nu sur la plus
« haute pyramide, je sois exposé à souf-
« frir sur cet hémisphère les rigueurs des
« vents, l'ardeur du soleil et la fraîcheur
« de la nuit, que mon sang coule lente-
« ment de mes veines jusqu'à l'extinction
« de l'esprit qui anime la substance, la
« matière corporelle, et, pour augmenter
« les souffrances du corps et de l'esprit,
« que je sois forcé de prendre chaque
« jour une nourriture proportionnée et
« suffisante pour prolonger et conserver
« une faim dévorante et cruelle, n'y ayant
« rien de trop rigoureux pour un par-
« jure. »

« D'autre part, messieurs les jurés, pourquoi donner à cette affaire une importance qu'elle n'a pas? pourquoi chercher à nous effrayer par le récit des dangers imaginaires que la société tont entière et le roi ont courus?

« Il résulte des débats que ni le roi ni la Charte n'étaient en cause. On jurait de défendre la liberté.

« Et d'ailleurs, il faut bien le dire, messieurs les jurés. En quoi des êtres obscurs, des jeunes gens à peine majeurs, des soldats sans nom, pouvaient-ils menacer la société d'un bouleversement, comme le prétend l'accusation?

« Leur insuffisance et leur impuissance sont démontrées par leur petit nombre et par leur position.

« Que pouvaient donc tenter ces vingt-cinq malheureux jeunes gens? Rien, évidemment.

« Vous n'avez donc pas devant vous, messieurs les jurés, les sinistres et farouches conspirateurs qu'on a voulu vous montrer; c'est tout au plus si vous avez à voir dans les accusés quelques jeunes gens que la grande et sublime idée de la liberté de leur pays a pu égarer un instant. »

M° Berville, s'emparant alors des faits applicables à chacun des prévenus, examine s'il a existé à Paris un complot.

« Pour qu'il y ait complot, dit-il, il faut qu'il y ait eu un but déterminé, il faut qu'il y ait eu résolution d'agir; c'est à ces caractères que, d'après les termes de la loi, on doit reconnaître le complot; c'est d'après ces caractères qu'on peut le déterminer; or l'accusation elle-même dit qu'il y avait un but divergent dans les opinions des conjurés. »

M° Mérilhou, défenseur de Bories, combat la première partie du réquisitoire du procureur général.

Il soutient que par une foule de considérations qu'il développe rapidement il faut écarter de la manière la plus absolue la série de faits généraux qui occupe tant de place dans la discussion du ministère public et qui sont complétement étrangers à la cause.

« Qu'avons-nous besoin de passer les monts et les mers pour aller voir chez les nations étrangères comment et pourquoi on conspire, et quel intérêt avons-nous à le savoir?

« A quoi sert de vouloir nous effrayer par le récit de dangers que nous n'avons pu courir? Pourquoi grossir ainsi outre mesure les proportions d'une affaire si mince en elle-même?

« Je crois que nous devons, messieurs les jurés, réduire la question à celle-ci :

« Y a-t-il eu engagement entre les associés, engagement qui tendît à renverser le gouvernement du roi?

« Non, évidemment non; alors, que devient l'accusation? Pas un seul témoin n'a déposé devant vous qu'il ait jamais été proféré une menace de ce genre, et à plus forte raison qu'il y ait eu un projet de formé.

« Pourquoi vouloir nous montrer dans ces malheureux jeunes gens des monstres prêts à tous les crimes, quand aucun d'eux dans son passé n'a donné lieu à la justice d'intervenir?

« Pourquoi, par des imputations exagérées, attirer sur de si jeunes têtes une condamnation capitale?

« Non, messieurs, vous ne verrez pas

dans ce complot qu'on a voulu vous rendre si formidable autre chose qu'un égarement momentané. Vous serez indulgents et la société vous remerciera de lui avoir conservé des membres plus propres à la défendre qu'à la détruire. »

Me Chaix d'Est-Ange, dans la défense de l'accusé Bicheron, prétendit que l'on voyait depuis quelque temps trop fréquemment les soldats figurer dans les nombreuses procédures dont les tribunaux retentissaient, qu'on avait semé là un germe de mécontentement et de méfiance, mais qu'il ne fallait pas conclure à la culpabilité des accusés parce qu'on avait trouvé sur eux ou dans leurs effets des poignards, signe distinctif des carbonari.

« Les sociétés maçonniques aussi ont des poignards, et, en ma qualité de maçon, j'en possède un. »

Et il le montra à la cour qui sourit.

Me Carré, défenseur de Barlet, prévenu de non-révélation. — On a accusé mon client de n'avoir point révélé un complot dont il aurait eu connaissance : mais pour révéler un complot il faut des conditions rigoureuses : la première, qu'il y ait eu complot; la seconde, qu'on en soit instruit, et il n'y a eu ni complot, ni résolution d'agir, ni connaissance réelle de la part de mon client, en supposant que le complot ait existé.

Me Dequevauvilliers, défenseur de Hue. — Toutes les conspirations et toutes les tentatives de désordre dont on vous a parlé ne pourraient prouver qu'en faveur de l'esprit national, puisqu'elles auraient été repoussées partout avec indignation, comme l'acte d'accusation l'affirme.

« Elles n'auraient donc servi qu'à mettre en évidence l'amour des Français pour leur gouvernement et l'impossibilité de l'ébranler. »

Tous les moyens que firent valoir les différents autres défenseurs en faveur de leurs clients étaient les mêmes que ceux que nous venons de citer, à une légère variante près.

M. le président de Monmerqué, dans un résumé aussi brillant qu'impartial, fit valoir l'accusation et les moyens qu'y opposait la défense, fit comprendre à MM. les jurés, la grandeur de leur tâche et qu'ils ne devaient se laisser influencer par aucune considération; qu'il était bien persuadé d'avance qu'ils seraient à la hauteur de la mission qui leur était confiée et qu'ils avaient acceptée, qu'ils avaient un devoir à remplir envers la société aussi bien qu'envers les accusés; que s'ils trouvaient ces derniers coupables ils n'hésiteraient pas à les punir de leur verdict, de même qu'à se prononcer pour eux si dans leur conscience ils les reconnaissaient innocents.

Alors le président demanda aux accusés s'ils n'avaient rien à ajouter à leur défense.

Bories se leva alors et, s'adressant à messieurs les jurés, leur dit d'un ton ferme et digne :

— Messieurs les jurés, vous avez entendu l'acte d'accusation; vous avez été témoins des débats et vous savez s'ils ont rien produit qui justifiât la sévérité du ministère public à mon égard.

« Vous avez été, sans doute, étonnés hier d'entendre M. l'avocat général prononcer ces paroles :

« Toutes les puissances oratoires ne « sauraient arracher Bories à la vindicte « publique. »

« M. l'avocat général n'a cessé de me présenter comme le chef du complot.

« Eh bien! messieurs, j'accepte, heureux si ma tête, en roulant sur l'échafaud, peut sauver celles de mes camarades. »

Il était six heures et demie; les jurés, après avoir entendu la lecture des vingt-sept questions qui leur furent soumises, se retirèrent dans la chambre des délibérations.

Plusieurs défenseurs avaient été trouver les principaux accusés pour leur proposer de demander en leur nom à la cour la position de questions subsidiaires.

L'accusé Baradère s'y refusa formellement.

Les charges qui s'élevaient contre lui étaient tellement frivoles que son défenseur ne crut pas devoir insister

Bories et les autres militaires refusèrent également avec beaucoup d'énergie.

— Nous sommes innocents, disaient-ils. Nous ne voulons pas de demi-résolution; nous voulons une absolution entière ou la mort; nous la préférons à la captivité.

Les avocats, touchés du péril de ces jeunes militaires et tourmentés par une inquiétude que l'événement n'a que trop justifiée, réunirent leurs efforts pour vaincre la répugnance de leurs clients.

— Non, répondit Bories; tout ce que je puis faire, c'est de prendre tout sur moi, afin de délivrer mes camarades.

A ces mots, Goubin, les larmes aux yeux, s'écria :

— Non, c'est à moi de m'accuser; c'est moi qui ai chargé injustement Bories; il est innocent. S'il y a du mal, c'est moi qui ai tout fait; je veux le dire au jury.

Ces deux jeunes gens disputèrent ainsi longtemps à qui s'immolerait l'un pour l'autre.

Ce fut avec peine que les défenseurs, touchés jusqu'aux larmes de cette triste scène, parvinrent à les calmer.

En ce moment, un troisième défenseur entra; il joignit ses efforts à ceux de ses confrères pour engager les accusés à avoir pitié d'eux-mêmes.

Ils consentirent enfin quoique à regret au vœu de leurs avocats relativement à la position des questions.

L'heure de l'audience ayant sonné, ils se jetèrent dans les bras de leurs défenseurs plus émus qu'eux-mêmes, les remercièrent du dévouement qu'ils leur avaient témoigné, les assurèrent encore de leur innocence et de leur confiance dans la justice et les quittèrent pour les retrouver à la cour d'assises.

La cour en ayant délibéré déclara qu'il n'y avait lieu à poser les questions nouvelles.

Quand MM. les jurés et la cour entrèrent dans la salle d'audience, les chuchotements qui avaient eu lieu pendant leur absence cessèrent à l'instant et un silence de mort permit d'entendre le chef du jury, M. le baron Trouvé, prononcer les : « Non, l'accusé n'est pas coupable » qui firent mettre immédiatement en liberté treize malheureux qui venaient de souffrir une dure détention de cinq mois; mais lorsqu'il eut dit les *oui* fatals qui envoyaient quatre têtes tomber sur l'échafaud, on entendit quelques murmures et un cri perçant qui les domina tous.

Une malheureuse mère, sans doute, qui venait d'entendre, par cet arrêt du jury, l'arrêt de mort d'un fils qu'elle chérissait.

Combien les hommes qui sont appelés à se prononcer sur le sort de leurs semblables doivent trembler de commettre une erreur dont les conséquences si terribles rendent la réparation impossible! Comme il faut être sûr de soi pour pouvoir dire que tel accusé est coupable, quand des débats ont pris seize audiences, quand d'un côté vous avez dû, pour remplir avec conscience votre mandat terrible, ne pas perdre un mot de l'accusation, pas un de la défense, pas une déposition des témoins, pas un signe, pas un mouvement de physionomie de l'accusé! Et cela sous peine d'envoyer à l'échafaud un homme que la justice, trompée par les apparences, vous a présenté comme un coupable quand il était innocent.

M. le procureur général ayant requis l'application des peines portées par la loi, Bories, Pommier, Goubin et Raoulx furent condamnés à mort ;

Castille, Dariotsecq et Lefèvre à 5 ans d'emprisonnement ;

Barlet à 3 ans ;

Labouré, Cochet, Perreton à 2 ans ;

Et ces cinq derniers à 500 francs d'amende chacun.

Goupillon, quoique reconnu coupable au même chef que les quatre condamnés à mort, fut déclaré exempt de toute peine, mais condamné à cinq ans de surveillance et 1 000 francs d'amende.

La stupeur était sur tous les visages au prononcé de cet arrêt : les larmes mouillaient bien des yeux parmi les spectateurs de ce triste drame et bien des cœurs étaient gros en jetant un regard sur ces malheureux jeunes gens.

Eux seuls étaient calmes, et s'ils avaient conscience de leur sort, c'est qu'ils avaient d'avance fait le sacrifice de leur vie.

Il était alors onze heures du soir et l'aspect de la salle d'audience était bien fait pour impressionner vivement les témoins de ce drame qui se dénouait à la lueur des bougies, dont la lumière terne ajoutait encore une teinte plus lugubre aux figures fatiguées de l'avocat général et de son substitut et faisait ressortir, par les ombres projetées, la mâle énergie et la résignation des quatre belles têtes des sergents de la Rochelle. Qui les aura vues en ce moment ne pourra jamais les oublier.

M. le président, ayant demandé aux accusés s'ils avaient quelque demande à lui adresser, Bories se leva et dit :

— Je demande comme suprême faveur que Pommier, Goubin, Raoulx et moi nous ne soyons point séparés.

M. LE PRÉSIDENT. — Je ne puis moi-même satisfaire à cette demande, mais je la transmettrai à M. le préfet de police que cela regarde.

En quittant l'audience, les avocats se jetèrent dans les bras des condamnés et ce furent ces derniers, les moins émus de tous ceux qui les entouraient, qui consolèrent ceux qui les plaignaient et pleuraient sur leur sort.

Raoulx dit à Pommier :

— Ce n'est pas mon père que je plains, mais ma mère ! ma pauvre mère !

On entendit Goubin dire à Me Coffinières, qui ne pouvait retenir ses larmes :

— Ne vous affligez pas, vous serez plus heureux une autre fois. Cela n'a pas dépendu de vous, c'était notre destinée.

Bories confie à un avocat qui paraît

être de ses amis une bague, une montre et une épingle pour remettre à une personne dont il lui donne l'adresse à voix basse en lui disant :

— Je vous remets tout cela parce qu'on me le prendrait sans doute ce soir et je compte sur votre promesse de les porter vous-même à.....

« Promettez-moi également d'aller chez moi ; vous y trouverez un plâtre que vous porterez à ma famille.

— Un plâtre, dit l'avocat ; quel plâtre ?

— Le mien, répond Bories, tout ce qui restera de moi dans quelques jours.

Pommier s'écrie au moment où on entraîne les accusés :

— Adieu, mes amis, adieu vous tous ; nous sommes innocents. La France nous jugera et nos familles ne seront pas déshonorées par notre mort.

Bories reprend d'un ton moins élevé :

— Nous finissons notre carrière à vingt-sept ans ; c'est bien tôt.

Il demande M⁰ Mérilhou, son défenseur, et comme on lui répond qu'il est parti :

— Quel dommage ! s'écrie-t-il ; combien j'aurais voulu voir cet excellent homme pour le consoler !

Les condamnés sont alors emmenés par les gendarmes, et la foule, toujours sympathique au malheur, à l'innocence, à la jeunesse, les accompagne du regard jusqu'à ce que le dernier ait quitté la salle en disant adieu.

Les condamnés avaient sollicité comme une grâce de M. le président de la cour d'assises d'intercéder pour qu'ils ne fussent point mis aux fers et séparés les uns des autres.

Il paraît que l'intercession de cet honorable magistrat produisit son effet, au moins pendant leur séjour à la Conciergerie.

Les quatre sergents furent réunis dans une chambre commune et placés seulement sous la surveillance à vue de deux gendarmes.

Ils n'eurent qu'à se louer de l'humanité de M. Bault, greffier-concierge de la prison, qui fit pour ces malheureux tout ce qu'il était en son pouvoir de faire pour adoucir leur position.

Calmes et résignés, ils passaient ensemble en devisant du passé les heures si longues pour le captif et si courtes pour le condamné auquel on a mesuré celles qui lui restent à vivre.

Les défenseurs avaient entendu avec douleur à l'audience le refus que ces infortunés avait fait de se pourvoir contre l'arrêt de leur condamnation.

Le 6 septembre, M⁰ Berville, ayant obtenu de M. le procureur général la permission de communiquer en présence du concierge avec les condamnés, se rendit auprès d'eux afin d'essayer de vaincre leur résolution.

Il les trouva tranquilles et calmes, mais toujours fermes dans leur refus.

— Voyons, mes pauvres amis, réfléchissez bien avant de repousser la demande que je suis venu vous faire au nom de mes collègues, vos défenseurs.

Bories. — Mon cher monsieur Berville, nous vous sommes infiniment reconnaissants de la démarche que vous voulez bien faire près de nous ; vous en remercie-

La femme du concierge laissa sortir les sous-officiers sur leur parole, et ils revinrent librement.

rez bien sincèrement MM. Mérilhou, Coffinières, ainsi que vos deux autres collègues; mais il est inutile que vous insistiez, nous ne voulons pas nous pourvoir contre l'arrêt qui nous condamne.

M⁰ BERVILLE. — Voyons, Bories, vous ne voudriez pas compromettre vos malheureux camarades, pas plus que vous ne devez vous-même persister dans cette fâcheuse résolution. Nous parviendrons peut-être à faire casser ce jugement, dont la sévérité est excessive. Et alors, qui sait?

BORIES. — Non, monsieur Berville, vous n'avez pas l'espoir que la Cour de cassation infirme l'arrêt de la cour d'assises qui nous condamne... Vous savez aussi bien que nous que l'on voulait du sang, et que ce qui est sera maintenu. Du reste, comme vous le dites fort bien, je ne dois pas être seul à vous répondre. Voilà mes pauvres amis qui ont bien le droit d'être consultés, car il y va de leur tête aussi. Et dire que c'est par moi que tout est arrivé! que c'est à moi qu'ils doivent d'être là dans cette prison maintenant, dans d'autres prisons depuis cinq mois, et que demain peut-être on les retranchera du nombre des vivants, eux pleins de vie, de santé, d'avenir. Ah! mes pauvres amis, si seulement on vous faisait libres, je ne donnerais pas seulement ma vie, puisqu'elle ne m'appartient plus, mais je consentirais volontiers et de grand cœur à subir la torture, le pilori, le carcan, tout ce que les hommes civilisées ont inventé de plus cruel et de plus barbare pour torturer leurs semblables.

RAOULX. — Voyons, Bories, cesse de t'accuser ainsi d'être l'auteur de notre perte. D'abord cela n'est pas, et quand bien même cela serait nous ne nous en plaindrions pas.

GOUBIN. — Nous sommes soldats et la mort ne peut pas nous faire peur.

POMMIER. — Tout ce que vous dites là est très-bien, mais M⁰ Berville attend une réponse et il faut la lui donner. Quant à moi, je suis complétement de l'avis de Bories que notre pourvoi sera rejeté et qu'il est donc inutile de faire traîner les choses en longueur.

RAOULX. — Il est bien certain qu'il vaut beaucoup mieux en finir de suite. Notre agonie sera moins longue.

GOUBIN. — C'est mon avis.

BORIES. — Vous voyez, monsieur Berville, quatre hommes innocents que l'on a condamnés à une mort infamante et qui ne demandent plus aux hommes maintenant qu'une chose, c'est que l'on avance l'heure de leur exécution, parce qu'ils savent, ces quatre hommes, que ce n'est pas au nom de la justice qu'on les a condamnés, mais au nom d'une politique effrayée qui, par de sanglantes exécutions, veut enrayer les aspirations qu'une nation tout entière pousse vers la liberté, croyant effrayer par des flots de sang et le sinistre appareil de l'échafaud les masses indécises.

Mᵉ BERVILLE — Eh bien ! mes amis, puisque vous ne voulez rien entendre, puisque vous voulez vous montrer ingrats envers vos défenseurs, qui croyaient cependant avoir quelques droits à un peu de déférence de votre part, puisque, non-contents de vous abandonner vous-mêmes, vous voulez aussi abandonner ceux de vos camarades qui sont frappés par le même jugement qui vous condamne, il ne me reste plus qu'à me retirer et à faire part à tous ceux qui prenaient le plus grand intérêt à votre sort que vous refusez de vous rendre à leurs prières.

BORIES. — Que dites-vous, monsieur Berville ? Nous, ingrats envers nos défenseurs !

RAOULX. — Nous, abandonner ceux de nos amis qui ont encore un espoir ! Non, non, monsieur Berville, il ne sera pas dit que les quatre sergents ont manqué de cœur

et comme pas un de nous ne voudrait que pareil reproche lui fût adressé, nous allons tous signer ce que vous voulez. N'est-ce pas, Pommier ? n'est-ce pas, Goubin ?

Et tous les quatre signèrent et, se jetant au cou de Mᵉ Berville, le conjurèrent de porter à leurs propres défenseurs l'expression de leur reconnaissance.

Bories, Goubin, Raoulx et Pommier se donnaient constamment les marques les plus touchantes de confiance et d'attachement. Ils paraissaient n'avoir qu'une seule volonté, qu'une même pensée.

Il était touchant de voir ces quatre jeunes gens vivant dans le plus parfait accord, se rendant réciproquement une foule de petits services et n'échangeant jamais entre eux que des paroles d'amitié. Jamais un reproche ne sortit de la bouche de l'un d'eux pour aller augmenter la douleur de l'autre.

Ils écrivirent à M. le procureur général pour obtenir de n'être pas transférés à Bicêtre pendant l'instance en cassation, le caractère bienveillant de leur gardien leur rendant plus supportable leur séjour à la Conciergerie.

Mais il était dit que le procureur général ne ferait rien pour ses victimes.

Dans la nuit du 8 au 9, la porte de leur cachot s'ouvrit avec précaution et M. Bault y pénétra, accompagné de deux gardiens, dont l'un se tint près de la porte refermée et l'autre, muni d'une lanterne, éclaira le greffier-concierge dans la partie obscure où se trouvait la paille qui servait de lit aux condamnés.

Celui-ci ayant dirigé sa lanterne de façon à éclairer les quatre têtes des sergents, M. Bault et lui restèrent stupéfaits en constatant qu'ils étaient tous les quatre profondément endormis.

Ce sommeil calme et paisible bouleversait toutes les idées du concierge et il semblait ne plus avoir conscience de ce qui l'amenait.

Ce ne fut qu'après quelques instants que, se retournant vers son porte-falot, il se souvint du motif de sa visite et lui dit d'un air assez embarrassé :

— Quel dommage d'être obligé de les réveiller !

« Voyez donc comme ils dorment! j'avoue que mon métier ne m'a jamais semblé plus dur. Pauvres garçons! aussi calmes dans leur sommeil qu'ils sont doux et convenables quand ils veillent. Ma foi! j'ai regret de les voir partir; je crains bien qu'à Bicêtre ils ne tombent sur pire que moi. »

Pendant toutes ces réflexions faites à voix basse, le gardien avait toujours promené sa lumière de l'un à l'autre; et, si parfaitement endormi que l'on soit, il y a, même dans cet état d'engourdissement, une sensation que la paupière baissée n'empêche pas l'œil de percevoir.

Aussi, presque en même temps, nos quatre dormeurs ouvrirent-ils les yeux, ne se rendant pas compte tout d'abord de la visite qui leur était faite, ni de l'heure à laquelle on la leur faisait.

— Tiens, dit Raoulx, M. Bault qui vient nous voir dans la nuit. Est-ce que vous aviez peur de ne pas nous trouver à notre poste? Vous devez être rassuré, car nous sommes bien là tous les quatre.

— Eh ! mes amis, je le vois, dit M. Bault; mais vous dormiez si bien que je ne savais trop comment vous réveiller pour vous dire...

— Pour nous dire?...

— Qu'il faut vous lever, vous habiller, et que vous partez pour Bicêtre.

— Quelle heure est-il donc?

— Minuit passé.

—Diable ! il paraît qu'on a peur que le soleil nous gâte le teint, qu'on nous fait voyager à cette heure.

En quelques minutes, la toilette des quatre sergents fut faite et leur chétif bagage prêt.

Après quelques mots d'adieu et de remerciement échangés avec ses prisonniers, M. Bault les remit aux mains de l'officier de gendarmerie chargé de les conduire à leur nouvelle destination.

L'officier lui en ayant donné reçu, les condamnés montèrent dans une voiture stationnant dans la cour de la prison, avec un piquet de vingt hommes ; et prisonniers et escorte prirent la route de Gentilly.

Le trajet s'effectua sans encombre.

A une heure du matin, les portes de Bicêtre s'ouvrirent : on fit descendre les condamnés, et, malgré l'heure avancée, ces derniers purent se rendre compte qu'ils seraient bien gardés, car la cour était remplie de soldats l'arme au pied.

Ce fut au point qu'il vint à Raoulx l'idée que peut-être bien on allait les fusiller entre quatre murs.

Mais au même instant des gardiens, avec des falots d'une main, leurs trousseaux de clefs de l'autre, vinrent prendre livraison des prisonniers.

L'officier qui les avait amenés devait avoir reçu de bien sévères instructions et devait avoir encouru une bien grande responsabilité, car ce fut avec un soupir de soulagement, qu'il ne chercha pas à dissimuler, qu'il dit aux gardiens :

— Je viens de faire un trajet d'une heure qui m'a paru diablement long, et jamais dans aucune circonstance je n'ai craint davantage de ne pas arriver à bon port.

— Vous n'avez cependant fait aucune mauvaise rencontre? dit l'un d'eux.

— C'est vrai, mais cela pouvait arriver et je tenais à amener le dépôt qu'on m'avait confié en lieu sûr.

— Je ne sais trop, dit Bories, si nous ne vous devrions pas des remerciements, mes amis et moi.

L'officier reprit :

— Oh! non pas précisément. Si on avait fait la moindre tentative pour vous enlever, mes hommes avaient reçu un ordre qu'ils auraient été heureux d'exécuter en vous logeant à chacun une balle dans la tête.

— Ah! j'y suis maintenant, dit Raoulx. Monsieur est officier suisse et du régiment du colonel Hogguer. Oui, vous avez une petite rancune contre nous et vous êtes jaloux qu'on ait chargé un autre du soin de notre exécution.

— Monsieur aurait voulu remplacer Sanson.

— Il n'y a bien que des Suisses pour avoir de ces ambitions-là, dit Raoulx.

Le gardien-chef, pour mettre fin à cette conversation qui aurait pu dégénérer en querelle et pour éviter de donner prise au moindre reproche de ne pas avoir mis en temps les prisonniers, dont il était maintenant responsable, à l'abri d'un coup de main toujours plus facile à exécuter dans la cour de la prison où ils se trouvaient que sous les doubles verrous de l'intérieur, les introduisit dans une pièce où se tenaient le directeur et l'officier commandant le château.

Après les formalités d'usage, gardiens et prisonniers reprirent leur route à travers de longs couloirs sombres qu'une lampe fumeuse éclairait assez pour en faire ressortir la tristesse et pas assez pour s'y diriger si les gardiens n'avaient eu des falots.

Le bruit des pas de ces huit hommes sous ces voûtes, dont la sonorité était augmentée par le silence de la nuit, avait quelque chose de sinistre.

Enfin on s'arrêta en face de deux cabanons contigus; un des gardiens, éclairé par un de ses collègues, ouvrit une des cellules, y introduisit Bories et Pommier, qui purent alors prendre connaissance de leur logement.

C'était une pièce voûtée, haute de trois mètres cinquante, large de trois mètres sur quatre de longueur; une fenêtre grillée touchant la voûte et suivant sa forme cintrée devait, au milieu de la journée, laisser pénétrer tout juste assez de lumière pour pouvoir, en se plaçant dans le rayon voulu, permettre de lire et écrire sur une table vermoulue et scellée au mur que garnissaient de chaque côté deux tabourets en bois, qu'une chaîne courte retenait au mur de façon à ne pas permettre leur écart.

Une cruche d'eau devait remplir l'office de carafe et de verre.

Deux paillasses munies de deux couvertures complétaient l'ameublement.

Dans la porte se trouvait une ouverture grillée qui permettait aux gardiens de surveiller ce qui se passait à l'intérieur.

Devant chaque cabanon, un factionnaire, l'arme chargée et ayant l'ordre de ne s'écarter sous aucun prétexte, et devant constamment avoir l'œil sur ses prisonniers qui se trouvaient éclairés la nuit par la mèche d'un lampion à bec maintenu par un clou à la muraille.

Goubin et Raoulx furent introduits dans le cabanon voisin, qui était la reproduction fidèle de celui que nous venons de décrire.

Les fenêtres des deux cellules donnaient sur une cour où se tenaient des factionnaires que l'on entendait si on ne les voyait pas.

Raoulx, qui ne perdait jamais la gaieté qui faisait le fond de son caractère et qui riait de tout, dit à Goubin :

— Comment trouves-tu notre logement?

GOUBIN. — Assez triste, je t'assure.

RAOULX. — C'est vrai que ça n'est ni grand, ni gai, ni beau; mais tu ne t'attendais pas, j'imagine, à trouver ici des tapis, quoique cependant nous ayons un suisse à notre porte.

Enfin les malheureux que l'on avait réveillés dans leur premier sommeil cherchèrent à reprendre à Bicêtre le rêve commencé à la Conciergerie. Goubin et Raoulx furent assez heureux pour dormir.

Mais à côté d'eux Bories et Pommier veillaient.

A peine leurs gardiens avaient-ils refermé sur eux la porte de leur cachot que Bories disait à Goubin :

— Tu n'as pas remarqué que l'un des gardiens qui nous accompagnaient chez le directeur et qui nous ont mis en possession de notre nouveau domicile m'a fixé à plusieurs reprises, et profitant du moment où ses collègues avaient les yeux ailleurs m'a fait signe en mettant un doigt sur sa bouche?

— Non, dit Pommier, je n'ai rien vu ; j'étais du reste tout préoccupé du changement que l'on vient de nous faire faire et je regrettais la Conciergerie et ce pauvre M. Bault qui vaut mieux à coup sûr que pas un de nos nouveaux geôliers.

— Eh bien! mon cher, dit Bories, ce que j'ai à te dire pourra peut-être te faire changer d'avis. Ce gardien qui m'a parfaitement reconnu est de deux ou trois ans plus âgé que moi. Nous étions ensemble à Waterloo. Ensemble nous avons couru des dangers qui font de deux hommes deux véritables amis ; j'ai été assez heureux pour lui rendre un petit service, et j'ai tout lieu de croire que, si en mettant un doigt sur sa bouche il a voulu m'engager à la discrétion, ce ne peut être qu'avec l'intention de me servir.

« Nous causerons de cela plus longuement, quand le jour sera venu ; tu dois avoir besoin de repos. Dors, mon pauvre ami ; moi, je vais réfléchir au parti que je peux tirer de cette rencontre inattendue.

— Je n'ai nulle envie de dormir, dit Pommier, et puisque tu viens de parler de Waterloo, je serais très-heureux que tu veuilles bien me raconter cette bataille où nous avons succombé, écrasés par le nombre et la trahison.

— Je voudrais bien te satisfaire à cet

égard, mon cher Pommier ; mais pour te raconter un fait d'armes comme celui-là il faudrait un autre homme que moi ; tout ce que je puis te dire sera bien peu de chose, si on le compare à ce qui s'est passé.

« Je faisais partie du corps d'armée commandé par le maréchal Ney, un brave, celui-là, que Louis XVIII a fait fusiller, il y a environ sept ans.

« Nous venions d'enlever à la baïonnette une position importante, la ferme de la Haie-Sainte, située en deçà du Mont-Saint-Jean. Te dire la bravoure dont étaient animés les soldats, l'élan irrésistible avec lequel ils s'avançaient contre les Anglais, le choc terrible qui résultait de ces heurts d'hommes, qu'une même rage poussait les uns contre les autres ; te dire ces bruits de la bataille, du canon, de la mousqueterie ; te peindre ces bataillons enveloppés dans des nuages de fumée, avançant toujours et gagnant pied à pied, au prix de leur vie, un morceau du champ de bataille ; te faire voir ces monceaux de cadavres qu'il fallait fouler aux pieds pour ne pas perdre un pouce du terrain gagné par tant de sang... non, vois-tu, ce sont de ces spectacles qu'il est impossible de raconter : il y a là tant d'horrible et de sublime à la fois qu'il faut avoir été soi-même acteur et témoin pour comprendre et excuser une bataille.

« Tu n'ignores pas, Pommier, que je ne sais pas mentir ; tu sais aussi que je ne suis pas un lâche : eh bien ! mon cher ami, on m'eût dit avant d'avoir été mêlé à un carnage pareil que moi, Bories, qui jusque-là n'avais pu voir couler le sang de la moindre plaie sans ressentir une espèce de frisson, j'aurais plongé avec rage le fer de ma baïonnette dans le cœur d'un autre homme que je ne connaissais pas, qui ne

m'avait fait, à moi personnellement, aucun mal, que je l'aurais plongé dans celui-ci pour le retirer et en frapper celui-là, et cela pendant des heures, sans prendre même le temps de respirer, et que je ne me serais arrêté dans ce meurtre continu que lorsqu'il n'y eût plus eu devant moi aucun ennemi, eh bien ! à celui-là qui m'eût dit que j'aurais pu le faire, je lui aurais dit, moi, qu'il était fou et que j'étais incapable de suffire à pareille besogne. Eh bien ! mon cher ami, je l'ai fait, et ce n'est qu'après plusieurs heures que ce combat sanglant eut cessé que je me rendis compte de ce qui s'était passé. Comment veux-tu donc que je puisse te dire ce que fut la bataille de Waterloo ? A mes côtés, mes voisins faisaient comme moi ; ils ne peuvent donc être, à ce sujet, plus instruits que je ne le suis moi-même.

« Dans cette horrible mêlée de cadavres et de démons semant la mort à leurs côtés, je n'eus pas plutôt en ma présence le dernier Anglais que je pensai à ne pas le tuer ; celui-là, je voulais lui conserver la vie, le faire prisonnier. Je le sommai de se rendre ; soit qu'il ne me comprît pas ou qu'il feignît de ne pas me comprendre, il ne bougea pas. Il était resté là, impassible, semblant attendre la mort avec un flegme d'Anglais. Je me précipitai vers lui pour le saisir, mais j'avais été devancé dans mon mouvement par un de mes voisins de combat dans les derniers coups donnés et il allait s'emparer de l'Anglais, qui jusque-là n'avait pas bougé plus qu'une statue, quand, au moment d'être pris, celui-ci, d'un mouvement brusque, relevant son arme, allait l'assommer d'un coup de crosse, si je n'étais arrivé derrière lui pour le parer, ce que je ne réussis cependant à faire qu'à moitié, car mon compagnon roula sur le sol au moment même où je désarmais l'Anglais qui ne fit du reste aucune résistance ; à peine l'avais-je saisi qu'il m'entraîna de son poids en tombant raide mort à mes pieds.

« Je me relevai aussitôt et je m'approchai de celui que j'avais cru sauver et que je trouvai sans mouvement, ayant à la tête une plaie béante de laquelle s'échappaient des flots de sang. Je fis à la hâte un bandage avec un lambeau que j'enlevai à la chemise de l'Anglais et je pris la résolution d'arracher à la mort, si cela était possible, celui que je venais de voir pour la première fois. Je lui versai les quelques gouttes d'eau-de-vie qui restaient dans ma gourde, et j'eus la satisfaction de le voir ouvrir les yeux et me remercier.

— Comment t'appelles-tu ? me dit-il.

— Bories, lui répondis-je.

— Eh bien ! Bories, tu m'as sauvé la vie deux fois dans la même minute, en écartant d'abord la moitié du coup qui m'était destiné et qui m'eût infailliblement tué et ensuite en t'occupant de me porter secours immédiatement après, car il est bien probable que je ne me serais pas relevé seul et il m'eût fallu périr là misérablement, foulé sous les pieds des chevaux ou épuisé par la perte de mon sang. C'est maintenant entre nous à la vie à la mort. Je t'ai vu te battre comme un lion, tu as montré du cœur en me secourant, tu es un brave soldat, nous sommes frères d'armes désormais. Souviens-toi donc qu'aujourd'hui tu as en moi un homme qui fera pour toi tout, autant que tu ne lui demanderas rien de contraire à l'honneur, ce que je te crois incapable de faire. Donc, ami, mon frère, adieu ou au revoir ! Nous n'avons plus d'ennemis devant nous et il ne nous reste plus qu'à rejoindre nos bataillons qui se reforment plus loin pour une nouvelle attaque. Je me sens encore assez de force pour recommencer la lutte sur un autre côté, puisqu'il n'y a plus rien à faire ici ; quoique je ne voie plus guère de l'œil droit du côté de ma blessure, il me reste le gauche et cela suffit pour bien viser un ennemi. Embrassons-nous et en avant.

« Nous nous séparâmes et je ne le revis plus.

« Je rejoignis mon bataillon qui s'élançait de nouveau sur l'ennemi à la suite des escadrons du maréchal Ney qui chargeaient sans discontinuer et balayaient le Mont-Saint-Jean. Ce que ce maréchal accomplit de faits héroïques dans cette journée à jamais sanglante et mémorable, nul ne peut le dire. Il se multipliait ! Tantôt vous voyiez son panache blanc au centre de la mêlée, tantôt à gauche, tantôt à droite ; il n'avait plus sur lui que des lambeaux d'uniforme ; son chapeau fut criblé de balles, il eut quatre chevaux tués sous lui, mais lui était invulnérable.

« Il lui eût fallu en ce moment de lutte terrible être appuyé par de l'infanterie et il ne restait plus de notre bataillon que quelques hommes ; c'est en vain qu'il en demanda à l'empereur qui avait au même moment 80 000 Prussiens à combattre.

« A partir de ce moment, ce fut un massacre épouvantable ; il ne resta bientôt plus au maréchal Ney de sa belle et vaillante cavalerie d'il y a quelques heures, quelques centaines d'hommes avec lesquels il n'était plus possible de rompre les lignes anglaises qu'on avait entamées au prix de tant de sacrifices. — L'empereur qui s'était rapproché de nous, voyant que nous ne pourrions plus tenir et sentant qu'il ne pourrait conserver le champ de bataille, que pour la première fois le sort des armées allait le trahir, se sentit perdu et voulut mourir en combattant. On ne peut se figurer le nombre des héros qui succom-

bèrent. Combien de fois ceux qui survécu-
rent avaient bravé la mort! A un moment,
on dit même que l'empereur était tué et
des traîtres poussèrent le cri de : *Sauve
qui peut!*

« L'empereur n'était pas mort, mais la
bataille était perdue malgré les prodiges
de valeur accomplis, malgré la résistance
intrépide de cet autre vaillant général,
l'immortel Cambronne, qui répond fièrement à l'Anglais qui le somme de se rendre ce mot fameux qui passera à la posté-
térité : *La garde meurt et ne se rend pas !*...

« Il fallut cependant battre en retraite et
après avoir perdu 25 000 des nôtres, qui
en coûtèrent bien 35 000 aux alliés, il
fallut que cette héroïque armée reculât
devant un ennemi coalisé qu'elle avait tant
de fois culbuté en détail sur tous les
champs de bataille de l'Europe.

« L'armée était vaincue ; la France écra-
sée à Waterloo eût pu malgré cela rester
glorieuse, mais il y avait dans les rangs
ennemis celui qui allait l'achever en la
vendant à l'étranger, Louis XVIII.

« Voilà, mon cher Pommier, le rôle
bien modeste que ton ami a joué dans
cette grande bataille, et tu as sans doute
reconnu dans le gardien d'aujourd'hui ce
brave et reconnaissant soldat que j'ai eu
le bonheur de servir sur le Mont-Saint-Jean.

« Crois-tu maintenant que je puisse
compter sur sa parole d'alors?

— Certainement il devra faire quelque
chose pour toi, mais à coup sûr il ne te
fera pas libre.

— Eh! mon cher, penses-tu donc que
je voudrais profiter du service rendu pour
réclamer à cet homme quelque chose qui
puisse le compromettre?

— Non ; mais enfin, quel parti comptes-
tu tirer de cette rencontre?

— Mon Dieu! Pommier, tu as été le
confident de tous mes secrets et tu n'ignores pas que j'ai le plus grand attachement,
la plus sincère affection pour une personne
qui m'a donné à moi, pauvre sergent-
major, des témoignages d'intérêt que
plus d'un haut officier aurait été fier de
recevoir. Je t'ai dit comment je l'avais
connue, alors que le 45° était en garnison
à Paris. Un jour que je venais à un rendez-
vous avec un grand personnage, à l'heure
de notre entrevue, une voiture s'arrêta
près de moi et la personne que j'attendais
en descendit.

« Nous causâmes en marchant et après
quelques allées et venues devant la voiture qui stationnait toujours à l'endroit
où était descendu mon compagnon, nous
allions nous séparer quand sur un mot
de cette personne je me mis à exprimer
avec chaleur mes idées sur le projet qui
m'était proposé ; je parlai de la liberté
dans des termes et avec un accent qui
frappèrent mon interlocuteur ; le temps
que me prit cette improvisation s'était
passé à deux pas de la voiture, dont les
portières garnies d'épais rideaux ne permettaient pas de voir à l'intérieur une ra-
vissante jeune femme, qui, non contente
d'avoir entendu, me la fit voir en entr'ouvrant le rideau de la portière et en me faisant un signe d'approbation.

« Mon compagnon, tout entier à ce que
je lui disais et lui tournant le dos, ne put
rien voir de ce mouvement.

« Nous nous séparâmes alors et la voiture partit au grand trot de ses deux chevaux. J'allais moi-même reprendre ma
route lorsque je m'aperçus qu'un papier
était à terre. Je le ramassai machinalement et je ne fus pas médiocrement surpris de voir au crayon sur le premier pli:
Au sergent-major du 45°. J'ouvre le papier
et je lis:

On procéda ensuite à la funèbre et suprême toilette. (Page 286.)

« Je vous ai vu, je vous ai entendu ; je « veux vous revoir et vous entendre en- « core. A demain donc, au même endroit, « à la même heure. »

« Tu comprends combien je fus intrigué ; je ne savais trop que penser de cette aven- ture et quelle en pouvait être la suite.

« Le lendemain, je trouvai mon incon- nue au rendez-vous donné. D'un signe elle me fit monter dans sa voiture, qui prit aussitôt une direction opposée à celle que nous aurions dû suivre pour rentrer dans Paris. J'étais libre, n'ayant ce jour-là aucun service. A peine fus-je monté que cette dame me dit :

« — Je vous ai entendu hier exprimer des sentiments si honnêtes et avec un tel accent de sincérité que j'ai désiré vous revoir. Vous m'avez paru comprendre la liberté sous un point de vue noble et grand ; j'ai moi-même à ce sujet des idées semblables aux vôtres.

« Maintenant causons. »

« Et nous causâmes pendant des heures. La voiture roula tout ce temps et je ne m'étais nullement rendu compte du trajet que nous avions pu faire, quand enfin elle s'arrêta au même endroit où j'étais monté.

« — Nous voilà revenus à notre point de départ, me dit-elle; nous allons nous quitter ici, après avoir fait connaissance, et j'espère que vous ne me refuserez pas de renouveler le plaisir que vous m'avez procuré, autant que cela vous sera possible. Tous les jours, à la même heure, je viendrai ici, et lorsque vous pourrez vous y trouver vous me donnerez la plus grande satisfaction. J'aurai toujours du bonheur à causer avec vous de notre beau et malheureux pays et nous rêverons ensemble de sa liberté. Au revoir donc! Quand vous ne pourrez ou quand vous ne voudrez pas venir, je le saurai en ne vous trouvant pas ici. Je ne veux en rien apporter du trouble dans votre vie et vos habitudes. Au revoir donc! »

« Entraîné par les charmes de la personne et plus encore par l'élévation de ses sentiments, par l'énergie et la volonté que je sentais exister sous cette délicate et frêle enveloppe, je promis de venir autant que me le permettrait mon service.

« Je vins en effet chaque jour, et plus je connus cette femme, plus je l'admirai. Nos conversations avaient un charme que je ne saurais dire, et je ressortais toujours de nos longs entretiens plus décidé que jamais à consacrer ma vie au noble but qu'elle-même poursuivait. Il s'ensuivit à la longue entre nous des rapports tellement intimes, nos sensations étaient en tout si semblables, qu'il n'était pas rare de nous entendre exprimer l'un une impression éprouvée par l'autre au moment même.

« Quand le régiment dut quitter Paris, ce que je sus plusieurs jours à l'avance, je lui en fis part. Elle en fut vivement affectée, et je crus alors remarquer en elle une émotion qu'elle essaya de me cacher un instant.

« — Mon cher Bories, me dit-elle, j'ai la plus grande confiance en vous, je sais que vous êtes incapable d'un mauvais sentiment, et encore moins de profiter d'un aveu que je veux vous faire, quoiqu'il me coûte. Vous savez combien j'aime la France, ce que je rêve pour elle, et combien je serais heureuse de donner ma vie pour assurer le triomphe de la liberté. Jusqu'à ce moment, j'avais cru qu'aucune autre affection ne pouvait entrer dans mon cœur; je m'aperçois maintenant que, sans cesser d'avoir pour la liberté tout l'amour qu'elle mérite, j'éprouve pour un de ses plus zélés partisans des sentiments que je ne veux plus lui cacher. Bories, je vous aime peut-être plus que la liberté. »

« Et elle se jeta à mon cou, m'enveloppant de ses beaux bras, et se cachant la tête sur mon sein.

« Cette déclaration si inattendue, et la façon dont elle se produisit, apportèrent dans tout mon être une sensation jusqu'alors inconnue. Je dus constater également que j'éprouvais pour la plus belle et la plus digne des femmes un véritable amour, mais auquel s'imposait d'abord le plus grand respect.

« Voilà, mon cher Pommier, mon premier amour, et je puis te jurer que celle que j'aime mérite les hommages du monde entier; elle est belle et noble par le cœur plus encore que par la naissance. Elle n'a pas craint d'avouer à un modeste sergent qu'elle, la grande dame, elle l'aimait, que si cet obscur soldat le voulait, elle serait à lui, qu'il était tout pour elle et que nul sacrifice ne lui coûterait.

« Eh bien! Pommier, je n'ai pas abusé de la confiance qu'on a eue en moi ; j'ai tenu à m'en montrer digne, et au lieu de diminuer notre affection, le respect que j'ai toujours montré à celle que je vénère à l'égal de Dieu l'a placée à l'abri de tout événement. J'aime de toute la puissance de mon âme, je suis aimé de même, mais nous avons un autre amour commun et pour lequel nous sacrifions volontiers tous les deux l'amour charnel.

« Vois, mon cher Pommier, comme je me suis laissé entraîner par mes souvenirs : voilà le jour et j'entends nos geôliers qui viennent nous faire leur visite réglementaire. »

En effet, au même instant la porte du cabanon ouverte livra passage à deux gardiens, l'un portant une cruche d'eau, l'autre deux pains de munition qu'il remit à chacun des condamnés.

Bories remarqua bien un signe que lui fit le gardien borgne en lui donnant son pain.

L'autre gardien ayant déposé la cruche qu'il tenait et repris celle qui était dans le cabanon dit alors :

— On va faire passer ici avec vous vos deux camarades. C'est une faveur que le directeur vous accorde et que vous aurez chaque jour si vous vous en montrez dignes : on les réintégrera dans leur cabanon à la nuit.

Il sortit alors pour aller ouvrir à Goubin et Raoulx, qui entrèrent presque immédiatement.

Les gardiens ayant demandé aux con-damnés s'ils n'avaient besoin de rien, ceux-ci demandèrent quelque chose pour leur déjeuner et ils restèrent seuls.

Bories dit à Raoulx de se tenir en face de la porte de façon à masquer l'ouverture qui y était ménagée et alors il rompit le pain qui lui avait été remis ; il y trouva un petit papier qu'il s'empressa de lire :

« Je me souviens du Mont-Saint-Jean et de Bories.

« Je tiendrai ma promesse de te servir ; prépare donc pour ce soir ce que tu demanderas de moi et je le ferai si cela est possible. »

Raoulx et Goubin paraissant tout étonnés, on les mit en deux mots au courant de ce qu'ils ignoraient.

Bories se mit à écrire et à peine avait-il fini que les gardiens revinrent, porteurs de ce qu'ils avaient commandé pour leur déjeuner.

Les quatre amis se mirent à table et leur modeste repas fut aussi gai, leur conversation aussi dégagée que s'ils avaient été à la caserne ou au cabaret.

Leur repas achevé, on vint ouvrir de nouveau en leur annonçant qu'ils eussent à se préparer au plus vite, qu'ils étaient attendus chez le directeur.

Les apprêts ne furent pas longs et les quatre sergents, toujours escortés de guichetiers et de suisses, se rendirent chez le directeur où ils trouvèrent M. de Mon-merqué seul avec un gardien, le compagnon d'armes de Bories, dont nous tenons tous ces détails sur les prisonniers à Bicêtre.

A leur entrée, M. le président se leva,

fit quelques pas au-devant d'eux et leur dit :

— Mes pauvres amis, j'ai demandé à vous voir, mais je ne voudrais pas qu'à ma vue vous puissiez prendre un espoir qu'il me faudrait presque aussitôt vous faire perdre.

« J'aime donc mieux vous dire de suite qu'à mon grand regret je ne suis pas messager d'une heureuse nouvelle ; je vous sais courageux et résignés ; aussi apprendrez-vous sans en être bien surpris que le roi a refusé votre grâce.

« Je ne suis pas venu pourtant insulter à votre malheur, mais bien plutôt pour vous demander si, hors la liberté que je ne puis vous donner, je pourrais faire quelque chose qui vous soit utile ou agréable.

BORIES. — Monsieur le président, nous n'avons pas attendu jusqu'à cette marque d'intérêt que vous nous témoignez en ce moment pour apprécier votre caractère et votre cœur. Vous êtes bien le magistrat intègre, qui, plutôt que de faillir à son devoir, préférerait la mort. Ce n'est pas vous, monsieur le président, qui, par orgueil, ambition ou par un motif plus vil encore de condescendance envers un gouvernement quelconque, iriez poursuivre par d'atroces calomnies, d'infâmes médisances, des malheureux que vous sauriez, dans votre conscience, n'être coupables d'aucun des crimes que vous leur reprocheriez. Aussi, monsieur le président, votre visite est-elle pour nous une des plus précieuses consolations que vous ayez pu nous donner. C'est bien à vous d'être venu dans la prison des condamnés et c'est une justice que vous leur rendez. Vous ne pouvez pas leur dire : Je sais que vous êtes innocents ; non, vous êtes magistrat et

c'est la loi en main que vous avez prononcé ; vous n'avez pas été le juge, vous n'avez été que la personnification de la loi. Quoiqu'il ait pu vous en coûter, ce que vous avez fait, vous deviez le faire, et votre robe ne sera pas tachée de sang.

« Merci donc mille fois, monsieur le président, de votre bienveillance pour nous ; vous nous avez par votre vue fait éprouver autant de joie qu'il nous est donné d'en éprouver désormais en ce monde. Et ce que je sens et ce que je vous dis, mes amis le ressentent comme moi.

« Vous devez bien savoir, monsieur le président, que la mort n'effraie que le coupable et le lâche, et vous verrez, par la façon dont les quatre sergents monteront l'estrade de l'échafaud, qui sera pour eux le dernier pas dans la vie, qu'ils ne sont ni l'un ni l'autre. Nous avons jusqu'à présent su vivre honnêtement et nous saurons mourir en braves.

M. DE MONMERQUÉ. — Hélas ! si jeunes !... Si le roi avait voulu !...

POMMIER. — En refusant notre grâce, monsieur le président, le roi a fait une grande faute, qu'il paiera chèrement peut-être.

BORIES. — Et il rend, par notre mort, un grand service à la liberté.

RAOULX. — Et de quatre pauvres obscurs sergents il fait des martyrs dont les noms seront impérissables.

GOUBIN. — Et on parlera d'eux encore que c'est à peine si on saura que Louis XVIII a existé.

BORIES. — Tu te trompes, car entre nous et Louis XVIII il y aura un trait d'union sanglant, l'échafaud !

GOUBIN. — C'est vrai, tu as toujours raison, mon cher Bories. Monsieur le président, notre ami vous l'a dit, la mort ne nous effraie pas ; mais ce que je trouve horrible, c'est le genre de mort qu'on nous inflige. Quelle horrible chose pour des soldats ! Si encore nous étions fusillés !

BORIES. — Je préfère l'horrible machine ; le supplice est complet par elle ; tandis que si on nous fusillait on aurait presque l'air de nous avoir fait une grâce. Nous serions moins certains d'être vengés.

M. DE MONMERQUÉ. — Voyons, mes pauvres amis, ne vous arrêtez pas trop sur ces douloureux détails. Les démarches faites en votre faveur n'ont pas abouti au résultat que, pour mon compte, j'aurais tant désiré. Vous avez des parents, des amis auxquels vous avez dû penser à faire parvenir quelques souvenirs, quelques adieux. Préparez-les, et si votre confiance en moi est assez grande, je m'engage à les faire remettre. Je ne veux pas non plus que vous ayez à souffrir de la moindre privation et vous me ferez le plus grand plaisir en acceptant de moi tout ce que le règlement de la maison autorisera. Je vais du reste m'entendre à cet égard avec le directeur.

BORIES. — Monsieur le président, refuser ce que vous voulez bien faire pour nous serait vous méconnaître ; nous acceptons donc tout de votre main. Nous allons préparer les quelques souvenirs que nous destinons à ceux qui nous sont chers et, en vous les remettant, nous serons assurés d'avance qu'ils parviendront sûrement à leur adresse.

M. DE MONMERQUÉ. — Eh bien ! mes amis, je vais vous faire mes adieux, car j'ai dépassé de beaucoup le temps que j'avais demandé pour cette entrevue. Adieu donc !

RAOULX. — Monsieur le président, vous nous faites vos adieux et vous paraissez tout ému ; c'est donc pour demain ?

M. DE MONMERQUÉ, les larmes aux yeux. — Non, non, mes amis, ce n'est pas pour demain... je ne sais pas encore le jour... mais je vous promets de venir auparavant... C'est donc à tort que je vous disais adieu ; c'est au revoir que je voulais dire ; seulement, lorsque vous me reverrez... ne me demandez plus le jour... Au revoir ! Courage !...

Et le président en larmes serra la main des quatre condamnés.

Réintégrés dans leur cabanon après l'entrevue qu'ils venaient d'avoir avec M. de Monmerqué, ils s'entretinrent long-temps de lui, et ce ne fut qu'au moment où on vint leur apporter le repas du soir qu'ils s'aperçurent que leur première journée à Bicêtre était bien près d'être écoulée.

Bories, qui avait préparé une double lettre, épiait le moment de la remettre à son ancien compagnon d'armes devenu son geôlier ; mais celui-ci ne parut pas alors décidé à la prendre.

Le dîner se passa aussi gaiement que le déjeuner : on se disposa à se séparer pour la nuit, et quand les gardiens se présentèrent, Raoulx et Goubin étant prêts et ayant fait leurs adieux à leurs amis, le même incident du matin se représenta ; c'est-à-dire que le même gardien qui était allé les prendre dans leur cabanon les y reconduisit, pendant que l'autre, le borgne, restait avec Bories et Pommier.

Ce fut à ce moment que Bories glissa sans mot dire ses deux lettres, l'une dans laquelle il expliquait au gardien le service qu'il réclamait de lui et qui consistait à aller lui-même remettre l'autre à son adresse et prendre la réponse.

La lampe accrochée au mur, la cruche d'eau changée, les deux geôliers s'en allèrent après avoir souhaité à leurs prisonniers une bonne nuit.

Elle fut pour eux aussi paisible que leur conscience, et ce ne fut qu'au jour qu'ils se réveillèrent.

Les jours et les nuits sont bien monotones et bien uniformes dans une prison. Ce qui s'est fait la veille se refait le lendemain ; aux mêmes heures apparaissent les mêmes visages ; les mêmes faits se reproduisent.

Dans la matinée de cette seconde journée, c'est-à-dire le 10 septembre, on vint les prendre après leur déjeuner, à l'heure à peu près à laquelle on était venu, la veille, les chercher pour la visite de M. de Monmerqué : ils furent conduits dans un préau où on les laissa pendant quelques heures respirer le grand air.

Cette faveur, dont ils jouissaient à la Conciergerie, leur sembla préférable à Bicêtre, en raison de la meilleure situation de leur nouvelle prison, l'air étant plus vif et plus pur.

Raoulx surtout menaçait de se griser de grand air. Il aspirait, il aspirait sans cesse, en disant :

—Dieu ! que c'est bon, de l'air ! Et dire qu'il y a des gens assez barbares pour en priver leurs semblables pendant tout une vie ! Décidément, je préfère la mort subite à l'agonie de la prison.

Ils rentrèrent pour prendre leur repas du soir ensemble, après quoi eut lieu pour finir la journée leur séparation comme la veille.

Bories surveillait tous les mouvements de son geôlier commissionnaire, mais celui-ci ne broncha pas et il fallut se résigner à attendre.

Le lendemain 11 septembre, les choses se passèrent comme le 10.

On déjeuna, on fut à la promenade et on dîna ensemble, après quoi on se sépara.

Bories commençait à craindre que sa lettre n'eût pas été remise et il ne pouvait dissimuler sa contrariété.

Le 12 au matin, les pains arrivèrent par la même voie et à la même heure et ce fut avec une satisfaction bien grande qu'ayant brisé le sien Bories en retira un pli assez volumineux.

Il s'empressa de le lire seul d'abord, Pommier s'étant placé de façon à intercepter la vue au factionnaire si la fantaisie lui avait pris de regarder de trop près dans la cellule.

Quand il eut fini, il dit à Pommier :

— Tiens, mon ami, à ton tour, prends connaissance de cette lettre et tu jugeras ce que vaut celle qui m'écrit.

Pommier prit donc des mains de son ami et lut la lettre que nous reproduisons :

« Mon bien cher Bories,

« Tes moments sont comptés ; les jours, les heures s'écoulent avec une rapidité qui m'effraie. J'ai remué ciel et terre pour arriver à te sauver, toi le plus noble des hommes et tes braves et dignes compagnons, de la mort infâme à laquelle vous ont condamnés des juges iniques, et je n'ai pas réussi.

« Mais je ne veux pas que tu meures, et j'ai formé un projet pour l'exécution duquel il me faut ton assentiment d'abord et ta coopération ensuite.

« Je veux devenir ton épouse et tu me ferais la plus mortelle injure en alléguant pour refuser ma demande la disproportion de nos conditions et ta fâcheuse position actuelle.

« Que me font à moi les titres et les honneurs, si ceux qui en jouissent en sont indignes ? Je connais la cour, je connais ceux qui la composent et ceux qui la fréquentent. Si par ma naissance je suis placée haut dans l'échelle sociale, ce n'est point un fait qui me soit propre, il ne peut donc y avoir là pour moi aucun sujet d'orgueil ; les actions nobles doivent seules constituer la noblesse : la distinction ne peut reposer dans un nom, elle n'existe que dans le cœur... La vertu dans la plus humble condition a plus de prix à mes yeux que le vice sur un trône. L'union que j'ambitionne est celle de l'âme. Et quel choix plus digne aurais-je pu faire ? où aurais-je rencontré un cœur battant avec plus de sincérité aux plus nobles aspirations ? Je n'ai vu, je n'ai connu que toi, Bories, pour avoir éveillé en moi ces sensations indéfinissables que la sympathie et la communauté d'idées peuvent seules faire naître ?

« Que de fois, dans nos longues conversations, me suis-je complu, les yeux fermés, dans une sainte extase quand j'entendais ta voix mâle et franche exprimer si dignement les rêves que tu formais pour le salut de ton pays, pour sa grandeur, pour sa régénération !

« Non, Bories, en te choisissant pour le compagnon de ma vie, je ne m'abaisse pas, je m'élève. Mais je serai digne de toi par le cœur.

« J'ai voulu en t'exprimant mes plus secrètes pensées te faire voir que j'appréciais comme le plus grand des biens l'honneur de m'appeler au grand jour madame Bories plutôt que madame la princesse.

« Voilà donc ce que j'ai résolu.

« A tout prix, je gagnerai l'aumônier de la prison, nous serons mariés par lui devant Dieu, et lorsque moi j'irai me jeter aux pieds du roi pour réclamer l'époux de mon choix, on ne pourra me refuser.

« Il y aura grand scandale dans ce monde où l'étiquette seule règle tout. Mais je serai forte et saurai braver tous les courroux. Dieu ne m'abandonnera pas.

« Je prévois une de tes objections, c'est que tu ne voudras pas être seul sauvé ; mais sois sans crainte : celle qui se considère aujourd'hui comme ta fiancée, qui demain espère être ta femme, ne saurait te conseiller une lâcheté et si je devais échouer il n'y aurait pour moi d'autre consolation que de mourir avec vous.

« Oui, Bories, tu es tout pour moi en ce monde ; nul autre que toi n'a fait battre ce cœur qui se glace à la seule pensée des dangers que vous courez, toi et tes amis.

« Je te le jure devant Dieu, je suis à toi et je ne serai qu'à toi !

« Si donc tu me trouves digne d'être ta compagne fidèle et dévouée jusqu'à la mort, conforme-toi scrupuleusement aux instructions qui te parviendront par la même voie.

« Tu trouveras dans cette lettre une fleur pour toi et de l'or pour subvenir aux besoins de tes compagnons, de tes frères ; c'est en leur nom que je te supplie de ne pas refuser et d'ailleurs je suis leur sœur comme je suis pour la vie

« Ta fiancée,

« BLANCHE. »

Pommier, en remettant à son ami la lettre qu'il venait de lire, lui demanda quelle réponse il allait y faire.

Bories, les yeux pleins de larmes, tenait à la main cette fleur que lui envoyait la plus belle et la plus noble des femmes, qui, dédaignant la plus haute position à laquelle lui donnaient droit et sa beauté et sa naissance, avait choisi, au lieu du prince et du grand seigneur, un humble sergent, un soldat condamné à mort.

Bories pleurait, il pleurait sur elle. Il se jeta dans les bras de Pommier en s'écriant :

— Quel malheur est le mien, mon pauvre ami! Et quelle fatalité me poursuit ! Comment ! ce n'était donc pas assez que je vous entraîne tous les trois à la mort ! ce n'était pas assez de quatre victimes ! Mon Dieu ! qu'ai-je donc fait pour être ainsi éprouvé ?

— Voyons, Bories, lui dit Pommier, pourquoi t'abandonner ainsi au désespoir? Tu ne partages pas l'espérance de cette infortunée, je le vois, mais il est de ton devoir de ne pas lui enlever sa dernière illusion ; ce serait un crime. Réponds-lui donc que tu es prêt à tout faire, à suivre en tous points les instructions qu'elle pourra te donner.

— Tu as raison, mon cher ami, je ne dois pas, pour tout le bonheur qu'elle me fait entrevoir, me montrer incrédule, et je vais lui écrire qu'elle peut compter sur moi, que j'appelle de tous mes vœux la réussite de ses projets et que j'apprécie comme il le mérite l'honneur qu'elle veut bien me faire, non pas comme grande dame, mais comme la plus parfaite des femmes.

Et en effet il lui écrivit dans ce sens.

Sa lettre fut remise comme l'avait été la première.

La journée du 13 se passa sans incident digne de remarque.

Le 14 au matin, l'aumônier de la prison, M. de T..., vint trouver Bories et lui dit qu'il avait quelque chose de particulier à lui communiquer.

On fit passer Pommier avec Goubin et Raoulx et alors M. de T... dit à Bories :

— Je suis chargé par une personne qui vous est chère de vous préparer à une nouvelle qui vous étonnera sans doute. Je vais m'acquitter d'abord de ma mission et je vous dirai ensuite à quelles conditions je consens à faire ce qui m'est demandé.

« Mademoiselle Blanche est en ce moment dans la prison. Elle est venue à moi avec une recommandation puissante, me disant qu'elle était votre fiancée et me demandant, comme la plus grande grâce qui puisse lui être accordée, que je consente à vous unir à elle. Elle veut être votre femme, m'a-t-elle dit, pour pouvoir vous pleurer. Je lui ai répondu que le ministre de Dieu, dans des cas extrêmes comme celui où vous vous trouviez, pouvait parfaitement passer sur certaines formalités requises dans les circonstances ordinaires ; qu'il n'y avait rigoureusement besoin que du consentement des deux époux pour célébrer une union devant Dieu.

« Les observations que j'ai cru devoir faire à cette personne sur votre position et le peu d'opportunité que je trouvais pour elle dans une union de ce genre, qui la ferait veuve immédiatement, n'ont paru en rien ébranler sa résolution.

« Vous avez inspiré là, monsieur le sergent, une bien vive passion, pour que non-seulement elle ait résisté à la condamnation qui vous frappe, mais pour que l'on veuille encore maintenant la sanctionner par le mariage.

Exécution des quatre sergents. Bories sur la plate-forme demanda à embrasser ses camarades.

« C'est à vous de bien réfléchir à ce que l'honneur vous commande de faire dans cette circonstance. Devez-vous accepter un pareil sacrifice? L'acceptez-vous? »

Bories, pendant que l'aumônier lui faisait part de sa mission, paraissait fort embarrassé et son attitude aurait pu le surprendre, mais à cette dernière question il répondit avec une certaine chaleur :

— Monsieur l'abbé, j'accepte et je dois accepter ce sacrifice, parce qu'il vient d'une âme grande et fière qui ne supporterait pas sans une douleur immense un refus à sa proposition généreuse. Dieu m'est témoin que s'il était en mon pouvoir de donner à Blanche tout le bonheur qu'elle mérite, je consentirais à vivre uniquement pour elle et pour lui prouver que, quelque indigne que je puisse être d'un dévouement pareil, elle n'aurait jamais à regretter son choix.

— Bien, répondit l'aumônier; il ne me

reste plus maintenant qu'à vous dire à quelle condition je consens à vous marier. Je sais qui vous êtes, mais je ne sais rien de votre fiancée, et je ne ferai rien avant de savoir qui elle est. Vous connaissez sa famille et j'exige de vous que vous me la nommiez.

— Monsieur l'abbé, je ne puis faire ce que vous me demandez, ce secret n'est pas le mien. Si mademoiselle Blanche a cru devoir vous le taire, il ne m'appartient pas de le dévoiler.

L'aumônier eut beau insister, Bories se renferma dans un silence absolu, qui donna sans doute des soupçons à celui-ci.

Il parut cependant fléchir, et lui dit qu'il verrait quand même à passer outre.

L'abbé étant sorti, les quatre condamnés furent réunis comme les jours précédents et on demanda à Bories le résultat de son entrevue. Mais lui semblait ne rien entendre et paraissait plongé dans de sombres pensées.

— Eh bien! Bories, lui dit Pommier, quelle résolution à été prise?

— Aucune, répondit celui-ci. Et je crains bien que cet homme ne nous tende un piége, et que, s'il paraît céder aux vœux qui lui ont été exprimés, ce ne soit pour mieux nous trahir. Ce mariage est d'ailleurs bien étrange, voyez-vous, le fiancé apportant à sa fiancée pour corbeille de noce... sa tête ensanglantée. Au moment où je me trouve accablé par la conscience de vous avoir entraînés tous les trois dans un abime, il faut encore que pour moi une autre victime, et quelle victime! s'y précipite. Elle si pure! si belle! Mon Dieu! ayez pitié de moi; je sens que mon cœur déborde, que mon esprit s'égare; il me semble que ma tête va éclater.

Et Bories se jeta dans les bras de ses amis, qui essayèrent de le consoler.

Cette journée ne fut pas gaie; Raoulx ne fit pas ses plaisanteries habituelles; il y avait là l'un d'eux qui souffrait et les trois autres avaient pour lui un trop sincère attachement pour ne pas compatir à sa peine. Elle fut donc longue et triste, cette journée du 13. Les quatre amis refusèrent leur promenade.

A la nuit, pourtant, Bories parut se calmer et ce fut avec son air habituel qu'il souhaita le bonsoir à ses amis avant leur départ.

Les trois jours qui suivirent furent calmes pour les condamnés. Bories, réconforté par Pommier, était revenu à l'espoir, mais il attendait fiévreusement une lettre; elle ne vint que le 17 et ne contenait que quelques lignes :

« Mon bien-aimé,

« Toutes les difficultés sont levées, toutes les précautions sont prises; c'est demain que nous serons l'un à l'autre pour la vie; ce sera aussi ce même jour que j'irai, après la cérémonie, me jeter aux pieds du roi. S'il allait me refuser!... Mais non, c'est impossible!...

« S'il me refuse, je meurs avec toi...

« A demain donc! je te verrai.

« Toute à toi,

« BLANCHE. »

Mais, hélas! malgré cette lettre, aucun incident nouveau ne se présenta le 17.

Les prisonniers n'eurent d'autre visite que celle de leurs gardiens.

Qu'était-il arrivé?

Ce qui était arrivé, c'est que Blanche avait été suivie, c'est qu'on savait qui elle était, que sa famille avait été prévenue, et qu'au moment où, dans sa blanche robe de fiancée, elle se dirigeait vers Bicêtre pour aller donner sa main à qui elle avait déjà donné son cœur, la voiture qui la transportait fut arrêtée subitement : à peine avait-elle eu le temps de s'en apercevoir qu'elle était bâillonnée et sa direction changée. Ce ne furent pas les portes d'une prison qui s'ouvrirent pour la recevoir, ce furent celles d'un couvent.

Quand la malheureuse comprit que tout était fini, qu'il ne fallait plus penser à tromper la surveillance dont elle était l'objet, ses forces l'abandonnèrent, elle chancela sous le poids de sa douleur et tomba inerte dans les bras des femmes qu'on lui avait données pour la servir et la surveiller.

Blanche toucha les portes de la tombe, un délire effrayant lui fit voir la mort sous des faces terribles, ses rêves étaient pleins de sang.

Et pendant que la maladie la clouait sur son lit de douleurs, les jours passaient sans espoir pour les condamnés de Bicêtre. Nulle nouvelle n'était venue apporter de diversion à leurs sombres pensées. Ils étaient toujours aussi affectueux les uns envers les autres, mais Bories, dont l'âme énergique n'avait jamais faibli, était frappé et certes il supportait courageusement son immense douleur, mais il parlait peu et s'abandonnait des heures entières à des réflexions dont la nature se

trahissait par la sombre contraction de ses traits si beaux et si calmes habituellement.

Enfin, dans la soirée du 20, il parut se dérider un peu et s'adressant à ses amis :

— Je vous ai affligés sans doute par ma taciturnité depuis quelques jours; mais comme vous êtes bons et généreux, vous me le pardonnerez. Qu'il ne soit donc plus question de ce qui s'est passé, et occupons-nous du présent. Il me semble que nous devons approcher du moment fatal; je dois vous avouer que si je le vois venir avec une horreur effroyable pour vous, mes bien chers amis, j'ai hâte qu'il soit arrivé pour moi. Je ne sais à quoi attribuer le pressentiment que j'ai que ce doit être pour demain. Préparons-nous donc à mourir en braves. Eh mon Dieu! qu'a donc la mort de si terrible pour qu'elle nous effraye? Nous ne sommes vieux ni les uns ni les autres et nous avons pourtant déjà constaté tous que s'il y a dans la vie quelques moments de bonheur il y a aussi de terribles passages. Faisons donc gaiement ce léger sacrifice; nous succombons pour la plus sainte des causes : nous sommes innocents des crimes qu'on nous reproche; que la honte retombe sur ceux qui nous ont condamnés. Quant à nous, la France nous gardera un religieux souvenir et en mourant jeunes nous vivrons plus longtemps dans la postérité.

Les quatre amis se séparèrent à l'heure habituelle, après s'être donné les marques les plus touchantes d'attachement.

Il s'était passé cependant un fait grave dans la journée du 19, dont les condamnés n'avaient eu connaissance que par un redoublement de surveillance dont ils ignoraient la cause. Et nous extrayons du *Constitutionnel* l'article suivant :

« Le *Moniteur* annonce ce matin qu'il a été découvert une tentative pour procurer l'évasion des quatre condamnés à mort dans l'affaire de la Rochelle, qui sont à Bicêtre ; que les corrupteurs ont été arrêtés, qu'une somme considérable a été saisie.

« Nous avons fait d'inutiles efforts pour nous procurer des renseignements sur cette affaire. L'immense château de Bicêtre a été entouré, pendant toute la journée, par la force armée et il n'a pas été possible d'y aborder.

« Privés de détails directs, et ne pouvant accueillir les bruits divers qui ont circulé aujourd'hui à Paris, nous sommes contraints de nous borner à reproduire ce que dit le journal ministériel du soir sur le projet qui a été déjoué.

« Il paraît que le complot avait été découvert avant qu'on ait tenté de le mettre à exécution, puisque déjà, depuis deux jours, plusieurs feuilles ont annoncé que la garde de Bicêtre avait été doublée, et que des agents supérieurs de la police avaient été mis en permanence dans la prison.

« S'il faut en croire le *Journal du Soir*, le complot était connu depuis le 14.

« Hier, dans l'après-midi, un officier de paix a arrêté un élève en médecine, au moment où il venait de compter au concierge de la prison une somme de dix mille francs, moitié en or, moitié en billets de banque.

« Cette somme, ajoute la même feuille, « n'était qu'un à compte de celle de « soixante mille francs, qui, avec des « rentes et pensions, devait être le prix de « l'évasion. L'argent et le corrupteur, « ainsi que d'autres individus soupçonnés « de complicité, ont été amenés ce « matin à Paris et remis entre les mains « de la justice. »

« M. le préfet de police a interrogé « ce matin plusieurs personnes prévenues « d'avoir favorisé ce projet d'évasion. »

« La *Quotidienne*, qui paraît être bien informée de ce qui se fait à la police, annonce aujourd'hui que le jeune élève en médecine, prévenu d'avoir voulu tenter l'évasion des condamnés à mort dans l'affaire de la Rochelle, se nomme Marque. »

Vers trois heures du matin de cette nuit du 20 au 21, Bories, en proie à une exaltation extraordinaire, se leva et, secouant son compagnon et ami, lui dit :

— Réveille-toi, Pommier ; c'est aujourd'hui que nous allons mourir.

Celui-ci, profondément endormi et si brusquement réveillé, fut d'un bond sur pied ; à la faible lueur de la lampe, quand il put distinguer les traits décomposés de son ami, qu'il était tout disposé à gourmander de l'avoir ainsi interrompu dans son sommeil, il se calma immédiatement et lui demanda ce qu'il voulait.

— Pardon, mon cher Pommier, lui dit Bories, mais je me suis levé sous l'empire d'un cauchemar affreux et qui pourrait bien n'être que le pressentiment de la vérité.

« Je viens, dans les quelques heures qu'a pu durer mon rêve, de traverser des années, de parcourir des distances considérables ; j'ai vu des trônes culbutés, des couronnes brisées, des sceptres brûlés, les rois anéantis, la liberté fondée établissant un lien indestructible entre les peuples, brisant les frontières et faisant de tous les hommes des frères.

« Mes cheveux étaient devenus blancs; vous étiez près de moi tous les trois. Une femme jeune et belle, vêtue de vêtements blancs, s'avançait vers nous; elle nous tendait ses mains aussi blanches que son voile; elle allait nous toucher quand tout à coup un grand bruit se fait, une foule immense nous entoure, je me retourne et je vois des poteaux se dresser, des planches qu'on ajuste, puis un silence de mort succède au bruit, un cri de désespoir traverse l'espace, un coup sec se fait entendre, je vois rouler à mes pieds une tête, puis une autre, puis encore une autre et je me suis éveillé.

« Quel rêve! mon ami! ces trois têtes étaient les vôtres. Cette femme si belle qui venait à nous, c'était Blanche.

— Voyons, Bories, lui dit Pommier, il doit être trop tôt pour nous lever; remettons-nous sur notre couche.

— C'est inutile; tiens! entends-tu ce bruit de pas dans le couloir? on vient nous chercher. Allons, Pommier, la réalité ne peut dépasser le rêve. Courage! nous touchons au but.

Au même instant, les clefs grincèrent dans la serrure, et le directeur de la prison entra suivi de gardiens derrière lesquels se tenaient des soldats.

On mit les condamnés au fait, en leur disant qu'ils eussent à se préparer au plus vite à partir.

Pommier et Bories étant déjà prêts à moitié attendirent Goubin et Raoulx, moins avancés qu'eux dans leur toilette.

Les quatre amis se comprirent sans parler; ils se jetèrent dans les bras les uns des autres et suivirent leurs geôliers.

Le couloir franchi, on pénétra dans la geôle et de là dans la cour de la prison.

Il était cinq heures du matin, le ciel était sans nuage; les premiers rayons du soleil levant émergeaient à l'horizon, la nature s'éveillait au doux chant des oiseaux.

— Voilà une belle journée qui se prépare, dit Raoulx; nous la voyons commencer, mais je crois bien que nous ne la verrons pas finir.

Deux voitures stationnaient dans la cour, les quatre sergents craignirent un instant qu'on ne les divisât pour le voyage, mais il n'en fut rien; on les fit monter dans la même.

Comme on craignait plus que jamais une tentative en leur faveur, on employa un moyen de la déjouer. Indépendamment des troupes qu'on avait échelonnées sur le parcours de Bicêtre à la Conciergerie et qui avaient reçu des ordres sévères de repousser par les armes toute démonstration, on avait fait d'abord partir une première voiture, dans laquelle il n'y avait personne et qui était fortement escortée : la voiture qui emmenait les condamnés venait ensuite avec une escorte moindre, de façon à faire tomber sur la première tous les efforts qui pourraient être tentés sur un point quelconque du parcours, ce qui permettrait d'amener la seconde à destination. Mais le trajet s'effectua sans incident.

Les quatre sergents arrivèrent à la Conciergerie où ils furent reçus par M. Bault qui ne put cacher, le digne homme, toute la peine qu'il éprouvait de voir ces malheureux jeunes gens pour la dernière fois.

L'abbé Montès, aumônier de la Conciergerie, montra aussi pour eux la plus grande bienveillance ; il ne cessa de leur prodiguer le plus touchant intérêt, leur faisant comprendre que la seule consolation qui leur restait était maintenant dans la religion. Il les accompagna du reste jusqu'au dernier moment.

Sanson, alors exécuteur des hautes œuvres, se présenta accompagné de ses aides ; on procéda de suite à la funèbre et suprême toilette, dont ils subirent tous les quatre les tristes apprêts avec la plus noble résignation, sans qu'un mot fût prononcé par Bories, Goubin et Pommier. Mais Raoulx, qu'on pourrait à bon droit surnommer l'*enfant terrible*, puisque d'abord il était le plus jeune et qu'ensuite, par la force de l'habitude et aussi une très-grande insouciance de la vie, il voyait toujours le côté gai des choses, ne put, même en cette triste circonstance, se dispenser d'une plaisanterie sur sa petite taille.

— Dites-moi donc, mon brave, dit-il à l'aide qui lui coupait les cheveux derrière la tête afin de dégager le cou, je ne suis déjà pas grand, et, la tête enlevée, il restera de moi bien peu de chose.

L'aide se contenta d'ébaucher un sourire, car c'est une justice qu'il faut rendre aux quatre sergents, pas un de ceux qui les approcha depuis leur condamnation ne les entretint et ne les vit sans éprouver pour eux une véritable sympathie.

N'était-ce pas beau et triste à la fois de voir ces jeunes gens faisant si volontiers le sacrifice de leur vie, quand ils pouvaient d'un mot la sauver ?

Mais non, inébranlables dans leur foi politique, comme fidèles à leurs serments, ils ne voulurent point trahir ceux qui les avaient poussés dans l'abîme.

Ils restèrent muets.

Et qui ne serait pas saisi d'admiration en voyant leur attitude mâle et fière ? Ce ne sont point là les criminels auxquels le remords absent fait par forfanterie braver le supplice dont ils croient se faire un piédestal.

Non, chez eux, le sentiment qui les fait mépriser la vie qu'on leur enlève injustement part de plus haut. Et si le sinistre appareil de l'échafaud ne les épouvante pas, c'est que leur âme, dégagée des viles passions terrestres, plane au-dessus, et que la mort leur apparaît comme la palme du martyre.

Ce n'est pas le supplice, mais bien le crime qui est infamant.

Non, Bories, Goubin, Raoulx et Pommier ne sont pas déshonorés par leur condamnation et par leur mort : ils vivront au contraire dans le souvenir de leur pays, pour lequel ils auront rêvé les brillantes destinées des peuples libres.

On avait donné des ordres pour que le funèbre cortége partît à quatre heures de la Conciergerie.

Mais il arriva à cette heure même, au moment où on allait se mettre en marche, une estafette à cheval donnant contre-ordre et disant qu'on attendît de nouveaux ordres.

Qu'y avait-il donc? allait-on surseoir à l'exécution?

On faisait des démarches nouvelles près du roi, démarches qui avaient échoué d'abord et que Louis XVIII semblait disposé à favoriser en faisant usage de ce droit de grâce dont la royauté avait le monopole. On pourrait appeler ce droit de grâce un droit divin.

Le conseil des ministres, ému lui-même des demandes nombreuses faites par toutes les classes de la société, opinait dans le sens de la clémence.

On n'hésitait plus, le roi allait signer. Mais Monsieur et ses amis, les habitués du pavillon de Marsan, entrèrent dans la chambre du conseil, et M. de Peyronnet, alors garde des sceaux, avec eux, fut d'avis qu'il ne fallait pas faire grâce.

Ce furent les mauvaises passions qui l'emportèrent, on satisfit à la vengeance et des ordres partirent pour que l'exécution eût lieu immédiatement.

Il s'était passé une heure pendant toutes ces hésitations et tout le monde était heureux, on croyait à la grâce.

Il n'y avait que les quatre sergents qui semblaient n'y pas croire.

Leur physionomie tranquille ne subit pendant cette heure d'attente si cruelle pour tous les assistants aucune transformation.

Ils restèrent les mêmes.

A ce moment, M. de Monmerqué, fidèle à la promesse qu'il avait faite aux condamnés, vint les voir. Il s'entretint quelques instants avec eux à voix basse et les quitta assez brusquement pour ne pas laisser couler devant les gardiens et les soldats les larmes qu'il avait peine à retenir.

Il avait fait prendre déjà à Bicêtre depuis plusieurs jours les lettres et souvenirs que les quatre amis avaient préparés pour ceux qui leur étaient chers.

Enfin une autre estafette arrive quelques minutes après cinq heures.

Tous les cœurs sont comprimés d'une émotion indéfinissable. Est-ce la vie, est-ce la mort?

Les condamnés seuls paraissaient ne rien voir, ne rien entendre.

C'était la mort que ce soldat apportait au galop de son cheval.

A peine eut-il communiqué sa dépêche que le commandant de l'escorte auquel elle était adressée cria :

— En route!

Et le funèbre convoi se mit en marche par le Pont-au-Change et le quai jusqu'à la place de Grève.

La liberté du passage fut facilement obtenue par le grand nombre de troupes échelonnées sur tout le parcours et par l'importance de l'escorte, ce qui n'empêcha pas la foule de témoigner sa sympathie aux condamnés de mille façons, les uns, les timides, par des regards où se peignaient la douleur et la commisération, les autres, plus audacieux, par des gestes expressifs, par des paroles d'encouragement, d'autres mêmes par des cris et des promesses de vengeance, et les femmes, qui sont toujours dans les foules plus démonstratives que les hommes et qui savent exprimer plus délicatement leurs impressions, en jetant des fleurs à leurs pieds.

Les condamnés, calmes et dignes, se contentaient de remercier du regard et d'un sourire qui faisait mal à voir.

Enfin la sinistre voiture arriva à la place de Grève.

Des milliers de têtes garnissaient les fenêtres des maisons environnantes.

Une foule énorme encombrait la place, et ce ne fut qu'à petits pas que le cortège put arriver aux pieds de l'échafaud.

Ce qu'il y avait de remarquable dans l'attitude de la foule, c'est qu'elle paraissait douloureusement impressionnée et semblait, en venant assister au tableau final et sanglant de ce lugubre drame, accomplir un pieux devoir plutôt que satisfaire une blâmable curiosité.

Non, ces quatre beaux jeunes gens à la prestance mâle et fière ne représentaient pas des coupables marchant à l'expiation ; leur calme révélait leur innocence et ils portaient au front l'auréole des martyrs de la liberté.

On les fit descendre : tous les quatre s'embrassèrent ; celui qui fut désigné pour marcher le premier à la mort était Raoulx.

— Allons, dit-il à ses amis, c'est à moi de donner l'exemple. Adieu! et vous verrez que, quoique le plus jeune, je ne faiblirai pas.

D'un pied sûr et ferme, il gravit les marches de l'échafaud et, arrivé sur la plate-forme, il se livra lui-même aux aides et ce fut au cri de : *Vive la liberté!* que, poussé sur la bascule, le fatal couperet lui trancha la tête.

Goubin vint ensuite et ce fut avec un égal courage qu'il franchit les fatals degrés. Comme Raoulx il poussa le cri suprême : *Vive la liberté!* et sa tête tomba.

Il en fut de même pour Pommier qui monta le troisième, et sa tête roula après le même cri de : *Vive la liberté!*

Bories qui venait d'entendre, comme dans son rêve, les trois coups secs du couteau sanglant, lequel venait de faire tomber trois têtes amies, Bories, auquel on infligeait ce triple supplice, sentit son âme ébranlée ; sa douleur était comble et ce fut avec des larmes plein les yeux qu'il monta les marches fatales. Mais arrivé sur la plate-forme, il reprit toute son assurance et ce fut d'une voix ferme et forte que s'adressant à la foule il dit :

— Frères, si je verse des larmes, ce n'est pas sur mon sort, je vous le jure, mais sur celui de mes pauvres camarades qu'on m'a condamné à voir égorger sous mes yeux.

« En vous donnant notre sang, nous vous léguons notre vengeance.

« Souvenez-vous de leur dernier cri, du mien :

« *Vive la liberté!* »

AVIS. La prochaine livraison, qui donnera la fin du Procès historique des quatre sergents, contiendra hors texte, en gravure, le **médaillon des Quatre Sergents** (d'après David d'Angers), que nous avions promis à nos lecteurs. Nous joindrons **également** à cette livraison, un bon de prime en échange duquel il pourra se procurer *gratis la première livraison* d'un ouvrage à son choix dans notre catalogue. Le tout pour **10** centimes.

De pieux pèlerinages furent faits sur cette tombe. (Page 62, col. 1.)

On l'entraîna sur la bascule et la minute suivante sa tête était tombée.

Le 21 septembre, au nom du roi, la justice fut satisfaite.

Le 21 septembre, au nom de la liberté, le cri suprême des quatre sergents fut entendu, la vengeance fut promise. Elle couva longtemps encore, mais lasse enfin d'avoir vu tant de fois se dresser l'échafaud elle arriva terrible et menaçante, renversant les rois, culbutant les trônes et brisant les sceptres.

Il n'y a plus de rois en France et à la place où se tenait jadis une forteresse-prison se dresse maintenant une colonne que surmonte un génie, celui de la Liberté.

Les tristes dépouilles des quatre sergents furent déposées dans une même fosse au cimetière Montparnasse, qui était alors affecté à la sépulture des condamnés.

De pieux pèlerinages furent faits sur cette tombe.

Un grand artiste, David d'Angers, reproduisit les quatre têtes célèbres en un médaillon remarquable.

Le 21 novembre, deux mois jour pour jour après la sanglante exécution des quatre sergents de la Rochelle, on vit au cimetière Montparnasse venir s'agenouiller sur leur tombe une étrange visiteuse.

C'était une femme jeune et belle, dont la beauté seule eût suffi pour attirer l'attention, mais que sa mise singulière, à pareille époque de l'année, rendait encore plus remarquable.

Elle était vêtue de blanc : on eût dit une mariée, mais en la regardant bien elle eût paru trop triste pour une mariée : elle faisait plutôt l'effet d'une statue figurant la Prière ou la Douleur.

Que venait donc faire cette femme, dans une semblable toilette, sur la tombe de Bories, Goubin, Pommier et Raoulx?

Elle venait chercher son fiancé et elle vint ainsi chaque jour de sa longue et douloureuse existence.

C'était Blanche, que l'on avait arrachée à la mort et qui, apprenant que celui qu'elle aimait avait subi le supplice des infâmes, avait perdu la raison et ne se souvenait que d'une chose, qu'il était mort et qu'elle l'aimait toujours.

FIN